Du kannst von fernen Ländern träumen oder sie aufsuchen.

(Oscar Wilde)

Impressum:

© 2016 by Trutz Hardo
3. Auflage

Umschlaggestaltung, Bildmaterial: Trutz Hardo
Satz: Angelika Fleckenstein; spotsrock.de

Verlag: tredition GmbH Hamburg

ISBN: 978-3-7345-1229-2 (Paperback)
         978-3-7345-1230-8 (Hardcover)
         978-3-7345-1231-5 (eBook)

Printed in Germany

Bibliografische Information der Deutschen Nationalbibliothek: Die Deutsche Nationalbibliothek verzeichnet diese Publikation in der Deutschen Nationalbibliografie; detaillierte bibliografische Daten sind im Internet über http://dnb.d-nb.de abrufbar.

Trutz Hardo

Reise zu den Geistern Afrikas

Von Tunesien bis Kenia

Weltreise Teil III

Inhaltsverzeichnis

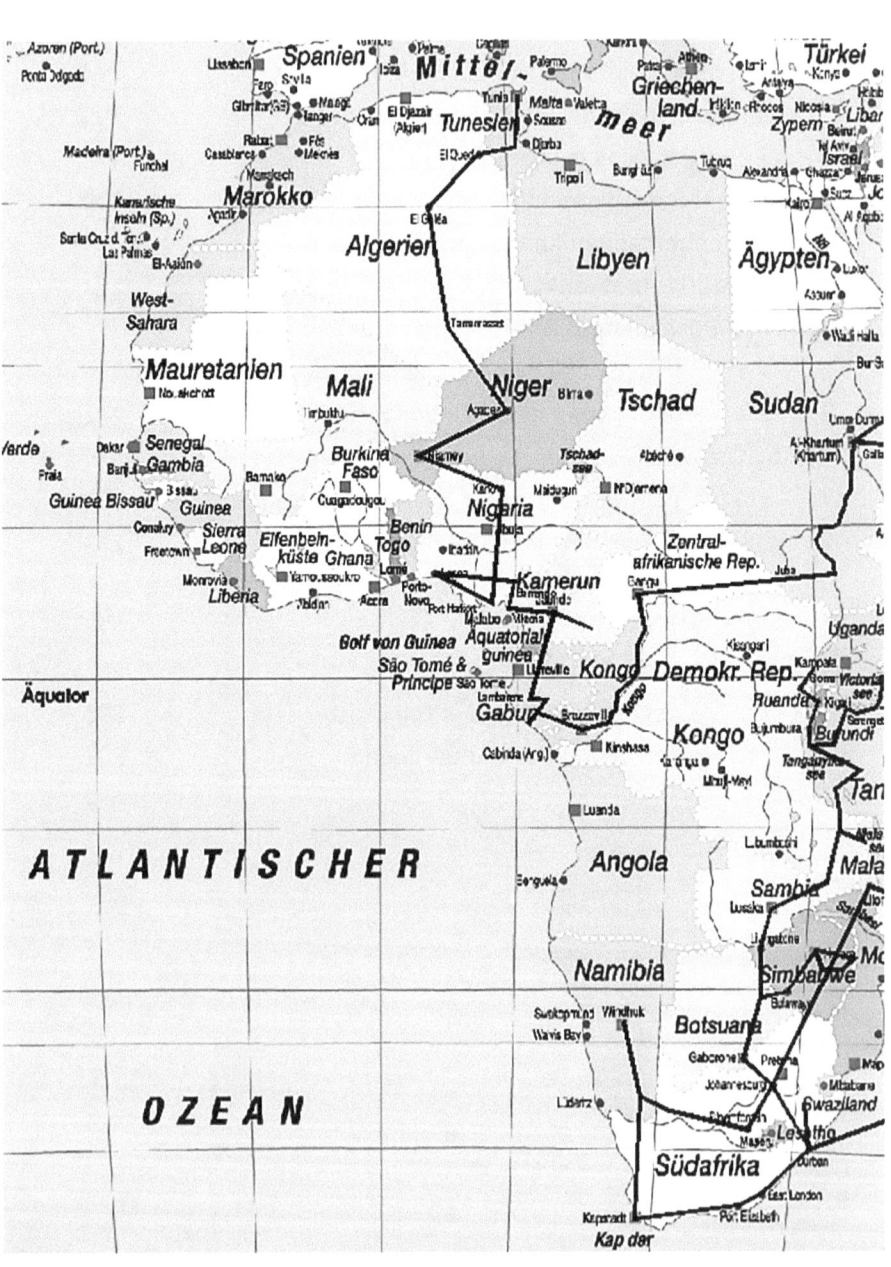

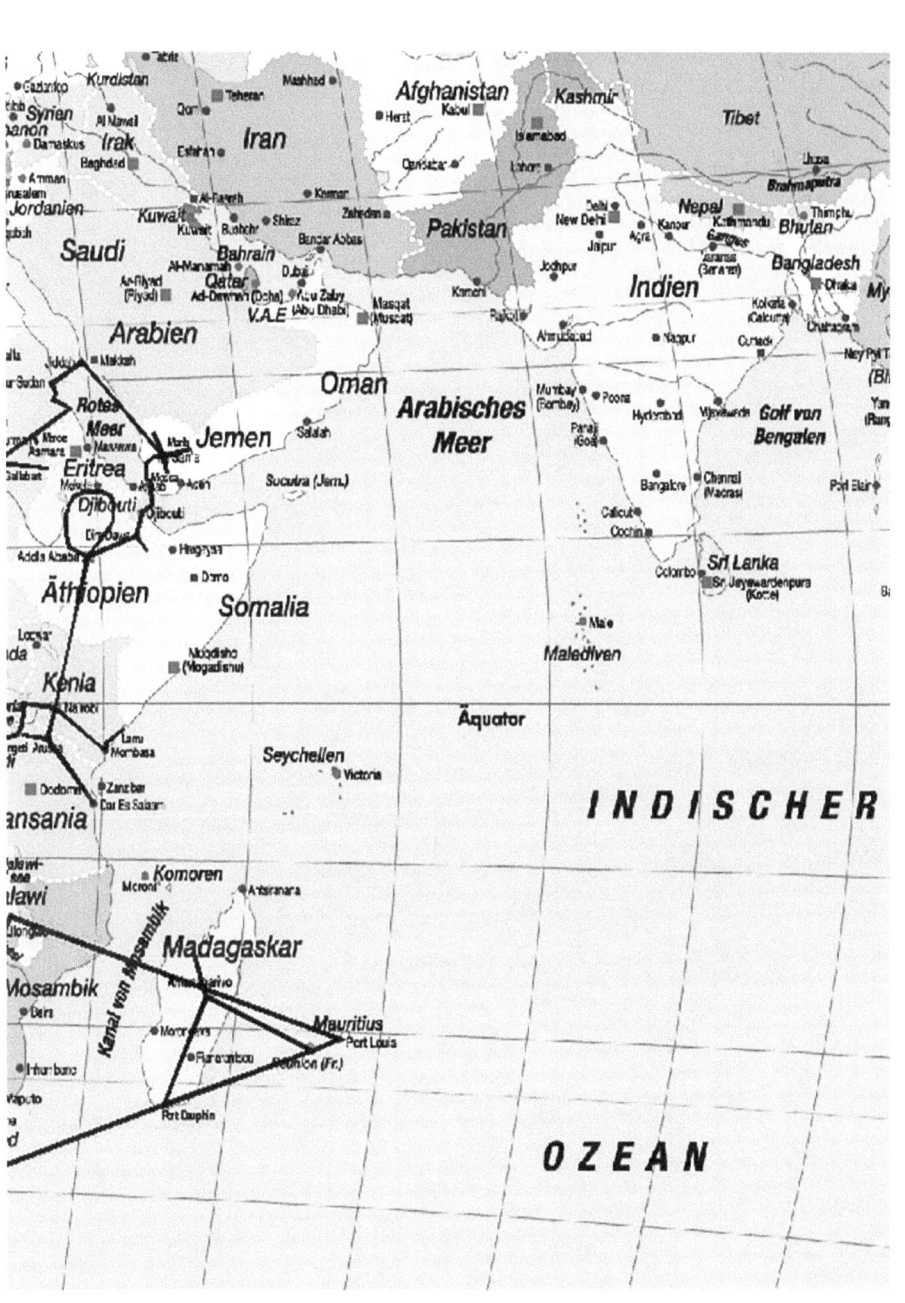

1. Kapitel
Vorbereitungen

1. Im Hurrikan der Liebe

Heute, am 11. Juni 2007 bin ich mit dem Flugzeug aus Deutschland zur Insel *Djerba* in *Tunesien* geflogen, um selbigen Tags noch mit der Fortsetzung meines Berichts über meine Weltreise zu beginnen, die, wie Sie, lieber Leser meiner bisherigen Weltreiseabenteuer, sich erinnern mögen, im Herbst 1972 aufgrund meiner Krankheit in Mali abgebrochen werden musste, nachdem ich von dort im Flugzeug liegend über Paris nach Deutschland zurückgeflogen wurde. Im Frühjahr 1973 schrieb ich auf *Kreta* den während meiner Reisejahre im Kopf konzipierten Roman *T & F* und begann am 25. April 1973 in *Berlin* als Referendar für die Fächer Geschichte und Deutsch an einem Steglitzer Gymnasium.

In der Schule wurde ich sogleich zum Klassenlehrer einer siebten Klasse ernannt, hatte jedoch auch Probeunterricht in anderen Klassen abzuhalten und manches Mal bei plötzlicher Erkrankung anderer Kollegen und Kolleginnen für sie den Unterricht spontan zu übernehmen. Mit den Schülern und Schülerinnen meiner Klasse gingen wir in die Oper (Mozarts *Die Zauberflöte*), besuchten ein Theater (Schillers *Die Räuber*) und ließen uns auch nicht ein Rockkonzert (*Deep Purple*) entgehen. Während meiner Lehrtätigkeit wurde der Wunsch wieder übermächtig in mir wach, nach Abschluss der Referendarzeit meine Weltreise fortzusetzen. Doch bevor ich nach bestandenem Referendariat meinen Rucksack wieder schulterte und „das Weite" suchte, wurde ich von zwei wichtigen Ereignissen überrascht, die auch für meine Afrikareise von entscheidender Bedeutung werden sollten, weshalb ich diese etwas ausführlicher beschreiben möchte.

Schon in den ersten Wochen meines Lehramts war mir eine 17-jährige Schülerin wegen ihrer besonderen Schönheit aufgefallen, die von mir eigentlich nur bei meinen Pausenaufsichten immer wieder heimlich beobachtet werden konnte. Ihre Erscheinung ging mir nicht aus dem Kopf. Als ich ein Jahr später meine Osterferien auf Capri verbrachte, gestand ich mir ein, dass ich sie heftig liebte. Ich geriet in einen Liebestaumel, sodass ich unentwegt an sie dachte und mich entschloss, ihr, der bald achtzehnjährigen Abiturientin, in den nächsten Wochen Briefe zu schreiben, ohne meinen Namen zu nennen. Und als die Schule wieder begonnen hatte, stellte ich mich allmorgendlich in den Eingangsflur, um sie, die immer auf die letzte Minute das Schulgebäude betrat – wohnte sie doch nur 100 Meter entfernt von diesem –, mit meinen sehnsüchtigen Blicken zu erhaschen, ohne merken zu lassen, dass ich mich nur ihretwegen dort eingefunden hatte. Ich war wie besessen von dieser Liebe. Als heutiger Psychotherapeut würde ich sagen, dass mein Verhalten an einen Liebeswahn grenzte, wenn nicht schon in ihn hineingeglitten war. In was hatte ich mich eigentlich hineingestürzt? Ich wusste, dass es strengstens verboten war, als Lehrer sich mit einer Schülerin einzulassen, was, so es aufgedeckt würde, eine Kündigung zu Folge haben könnte, war ich doch als Referendar nur als beamteter Lehrer auf Probezeit eingestellt worden. Und immer wieder versuchte ich, mich von meinen Gedanken an diese Schülerin zu befreien. Doch je mehr ich mich gegen diesen Liebestaumel wehrte, desto heftiger steigerte sich meine Liebe zu dieser jungen Frau. Und ich bat ihre Deutschlehrerin, während ihres Unterrichts hospitieren zu dürfen, sodass ich auf einem Stuhl hinten Platz nehmen konnte, wobei ich meine Augen heimlich auf die etwas an der Seite sitzende heimlich Geliebte lenkte. Ja, ich musste mich irgendwann ihr nähern. Ich musste sie wissen lassen, dass es einen Mann gab, der sie wahnsinnig liebte. Ich fragte ihren Klassenlehrer über seine Schüler aus, um somit indirekt etwas über sie, die Maria hieß, herauszufinden. Nun erfuhr ich, dass sie die einzige Tochter eines Berliner Spediteurs war, dessen Lastwagen mit seinem breit zu lesenden Namenszug nicht nur auf Berliner Straßen, sondern auf den Autobahnen in ganz Deutschland zu erblicken waren. Ich bekam einen Schreck, denn sicherlich hätte ich keinerlei Chancen, die Tochter eines Millionärs zu heiraten, würde sich ihr Vater als Schwiegersohn doch einen studierten und bewährten Betriebsleiter wünschen. Außerdem war ich fast doppelt so alt wie Maria. Würde sie sich auch in mich verlieben können? Ich zögerte immer wieder mein Vorhaben hinaus, ihr zu schreiben. Doch nahezu jeden Tag erblickte ich die Möbelwagen mit ihrem Nachnamen. Schließlich fasste ich mir im Juni ein Herz und schrieb meinen ersten Brief an sie, dessen Entwurf ich noch in meinen Unterlagen vorfand.

Liebe Maria!

Sie werden sich wohl wundern, einen Brief von jemandem zu lesen, den Sie wohl gelegentlich gesehen, jedoch noch nie mit ihm ein Wort gewechselt hatten.

Ich wollte Ihnen eigentlich schon seit einer geraumen Weile schreiben. Sie sind nicht nur eine aparte Erscheinung. Apart und schön zu sein sind keine eigenen Verdienste, obgleich sie den Betrachter beglücken. Aber, wie ich glaube, wodurch sie sich von anderen Schönen unterscheiden, ist die innere Würde und Vornehmheit. Nicht jedem werden diese beiden Eigenschaften an Ihnen auffallen. Vielleicht muss man selbst ein wenig davon haben, um sie bei einer Person bemerken zu können. Aber es gibt auch anderes, von dem ich glaube, mit Ihnen gemeinsam zu haben. Ich meine zum Beispiel die Scheu, sich vor anderen offenbaren zu sollen. Wenn ich als Schüler aufgerufen wurde, war ich verlegen und bekam zu oft einen roten Kopf. Ja, ich war ein Mensch, der ganz aus seinem Inneren heraus wirkte, und so konnte ich mich in einer Welt, die ganz auf Äußerlichkeit abgestellt war, nie zu Hause fühlen. Mein Zuhause waren meine Gedanken und meine Gefühle. Als ich so alt war, wie Sie jetzt sind, dichtete es in mir. Aber diese Gedichte waren nicht für die Öffentlichkeit bestimmt. Sie waren mein Geheimnis. Eines dieser meiner Geheimnisse will ich für Sie auf ein Blatt schreiben. Es soll Ihnen gewidmet sein, im Vertrauen darauf, dass Sie es auch weiterhin als Geheimnis bewahren werden

Damals, als ich so alt war wie Sie und meine innere Welt sich nicht vorstellen konnte, in der äußeren Welt überleben zu können, dachte ich oft daran, mein Leben zu beenden. Heute könnte ich über mich lachen, denn ich finde mich sehr gut in der Welt zurecht, ja ich wünschte, 120 Jahre alt werden zu können. Ich nehme überreichlich an diesem Leben teil, vielleicht mehr als andere. Ich habe Erfolg in nahezu allen Dingen, die ich beginne. Ja, ich bin eigentlich mit mir und der Welt zufrieden.

Habe ich mich in den Jahren eigentlich verändert, oder bin ich mir in meiner Seele treu geblieben? Ich glaube, dass beides zutrifft. Wenn ich Sie manches Mal heimlich betrachte, so erkenne ich in Ihnen sehr viel von dem, was ich damals war und empfand. Vielleicht ist es das, was mir die Kühnheit gibt, Ihnen zu schreiben und Sie wissen zu lassen, dass jemand lebt, der stolz darauf ist, dass es Sie gibt.

Mit herzlichem Gruß, Ihr Unbenannter

Und auf einem gesonderten Blatt fügte ich folgendes Gedicht bei:

Der Dichter

Der Dichter ist der Menschheit Brunnen,
in den so manche Träne fällt,
und unsere Augen werden lichter durch Glanz,
den er in Händen hält

Erahnt er doch, was uns verdrießet,
erfühlet er des Menschen Schmerz.
Macht er nicht, dass die Liebe fließet
in unser tränenschweres Herz?

Beugt er sich nicht vor manchem Bilde
und bittet für uns Linderung?
Irrt er nicht durch der Welt Gefilde
und fraget nach des Wehs Warum?

Sucht er denn nicht für uns den Frieden,
da ihm sein eigen Ich nichts wert,
und er mit seinem ganzen Lieben
für unser Glück sich selbst verzehrt?

Drum weiset ihm ein wenig Güte
für seine Lieb' euch zugetan,
denn seines Liedes Herzensblüte
kann nur erglüh'n auf eurer Bahn.

Mit welchen Gefühlen werde ich wohl diesen Brief in den Postkasten geworfen haben? Und als ich am übernächsten Tag wieder auf dem Eingangsflur des Schulgebäudes stand, beobachtete ich sie heimlich, ob sie vielleicht den Brief gelesen und auch herausgefunden haben könnte, wer dieser unbekannte Briefschreiber gewesen sein mochte. Und nahezu jeden Morgen stand ich im Flur und beobachtete sie, doch ließ sie sich nie durch Blicke irgendeinen Bezug zu mir anmerken, sondern ging mit einem flüchtigen „Guten Morgen" an mir vorbei.

Wie ich bald herausfand, hatte sie am 25. August Geburtstag. Ich war soeben aus New York zurückgekehrt, wo ich bei meiner Freundin Doris meine Arbeit für das zweite Staatsexamen geschrieben hatte. Dort kam mir der Gedanke, Maria eine Luxusausgabe von Thomas Manns *Der Zauberberg* auszuleihen. Auf jeder der hinteren Seiten schrieb ich in der oberen Ecke in umgekehrter Reihenfolge je einen Buchstaben meines Vor- und Zunamens samt meiner Adresse in der Hoffnung, dass sie, so sie beim Lesen dieses Romans auf die letzten Seiten gestoßen sein sollte, meinen Namen und meine Anschrift erfuhr, um mir somit zu antworten. Diese Geburtstagssendung wurde nun ergänzt von den Geschenken einer Schallplatte mit Auszügen aus Richard Wagners *Lohengrin* und einem indischen Ring. Der Gedanke, ihr das Buch anstatt zu schenken nur auszuleihen, war daran geknüpft, sie zu veranlassen, mir auf jeden Fall zu antworten, wollte ich doch Gewissheit darüber haben, wie sie über meine Zuneigung dachte. Dieser in geistige Höhen hinaufsteigende Roman und diese aus Himmelshöhen kommende Musik sollten eine Brücke bauen helfen von ihrem Herzen zu dem meinen. Und auch nach diesem Geburtstagsbrief wie auch vor diesem hatte ich so manchen Brief für sie bestimmt, den ich dann aber nicht abzuschicken wagte, stattdessen ihn zerriss oder aufbewahrte. Einer dieser nicht abgeschickten Briefe lautete folgendermaßen:

„Liebe Maria,

beinahe wäre ich Ihnen vor kurzem zufällig begegnet, aber bei dem Beinahe ist es geblieben. Ich habe mir schon oft vorgestellt, Sie unvermutet irgendwo zu treffen. Ich glaube, ich wäre anfangs sehr verlegen, würde mich aber nach den ersten Worten bestimmt schnell wieder fangen. Ich bin augenblicklich in etwa der gleichen Position wie Sie. Sie stehen noch vor der letzten Prüfung, während die meinige einen Monat später stattfinden wird. Danach wäre ich Studienrat z. A. Aber ob ich jemals Studienrat werde, ist sehr fraglich. Nicht dass ich befürchten müsste, mein Examen nicht zu bestehen oder dass es mich von allem Schulischen graulte. Ganz im Gegenteil. Es ist ein wunderschöner Beruf. Trotzdem habe ich schon an der Schule zum Bedauern des Direktors gekündigt, denn mich treibt es wieder hinaus in die Welt. Diesmal will ich für zwei Jahre Afrika bereisen, so nicht noch etwas passieren sollte, was mir wichtiger sein könnte als abenteuerliches Reisen. Mein zweites Staatsexamen wollte ich eigentlich nur ablegen, um zum einen wieder einmal für einige Zeit in Deutschland zu leben, zum anderen aber, um mich beruflich abzusichern, denn bei eventuell sich ergebenden familiären Umständen könnte ich auf einen Schulberuf in Deutschland immer zurückgreifen.

Aber ich habe in diesem Leben ein anderes Vorhaben zu erfüllen, als zu arbeiten und behaglich zu leben. Ich habe nämlich der Dichtung zu dienen und für sie zu leben. Dies ist mein ganzes Geheimnis. Und alles, was ich tu und treibe, steht unter dem Bewusstsein, der Poesie dienen zu müssen. Sicherlich werden Sie mich für einen Kauz und Spinner halten, aber ich meine es ernst mit meiner Aussage, ungeachtet, was man von mir halten mag. Übrigens sind Sie eine der ganz wenigen Personen, denen ich davon erzähle. Denn Sie stehen meinem Herzen näher, als Sie sich vorstellen können..."

Obwohl ich mich in diesem Liebesbann verstrickt sah, hatte ich immer wieder neue Freundschaften mit Frauen geschlossen, in denen

ich das Weibliche in all seinen verschiedenen Darbietungen aus-
schöpfte, wobei der Libidodrang vorherrschte. Doch jeder Gedanke
an Maria schloss eine Erotik aus. Meine Liebe zu ihr war ganz und gar
platonisch oder – gesteigert ausgedrückt – „überirdisch-himmlisch".
Und in der Folge beobachtete ich sie auf dem Flur oder Pausenhof
weiterhin, ob sie mit irgendeinem Blick wohl herausgefunden haben
könnte, wer ihr unbekannter Geburtstagsgratulant gewesen sein
mochte. Nun wurde ich von ihrer Deutschlehrerin aufgefordert, den
Deutschunterricht in dieser Oberprima probeweise zu übernehmen,
wobei Goethes *Tasso-Drama* zu besprechen war. Ich gab mir alle
Mühe, Maria nicht in die Augen zu schauen, da ich befürchtete, rot zu
werden oder gar meine Sinne zu verwirren. So kam ich jeden Tag mit
zitterndem Herzen zur Schule. Auch malte ich mir immer wieder in
Gedanken aus, wie ich oder sie sich verhalten würden, wenn wir uns
zufällig auf der Straße oder in einem Geschäft begegnen sollten. Einerseits wünschte ich mir solch eine Begegnung, andererseits hatte
ich Angst davor, denn vielleicht könnte sie mir kühl entgegnen, dass
sie sich meine Bedrängungen verbiete. Doch wenn sie meine Zuneigung erwidern würde und wir uns heftig ineinander verlieben würden, dann könnte es zu einer baldigen Eheschließung kommen. Ihr
Vater könnte mich in seinen Betrieb einspannen wollen – und meine
Weltreiseabenteuer wären zu einem Ende gelangt. Denn ein Liebes-
toller wäre zu jeder Einwilligung bereit, so sein Liebesverlangen
dadurch seine Erfüllung fände.

Endlich nahte sich im Dezember das mündliche Abitur, nachdem
das schriftliche schon erfolgt war. Nach dieser letzten bestandenen
Prüfung war sie keine Schülerin mehr, und ich durfte mich aus schul-
behördlicher Sicht ungestraft ihr nähern. Sie als gute Schülerin würde
sicherlich bestehen. An diesem letzten Tag der mündliche Überprü-
fung wurde Maria eine halbe Stunde, bevor sie dem Prüfungsgremium
gegenüberzutreten hatte, in einen Raum geführt, wo ich, der dort die
Aufsicht führte, ihr einen vorzubereitenden Text zu übergeben hatte.
Jetzt befand ich mich zum ersten Mal allein mit ihr in einem Raum.
Hoffentlich konnte sie sich auf den vorgelegten Text konzentrieren.
Vielleicht hatte sie ja schon den Zauberberg gelesen und also den Namen ihres heimlichen Verehrers herausgefunden und wusste nun,

wer vor ihr saß. Ich hatte mich am Vortag in einen Blumenladen begeben und für sie einen großen Strauß ausgesucht, der ihr mit meinem Begleitbrief samt meiner Anschrift und einer beigefügten Eintrittskarte für die Philharmonie am nächsten Tag nach zwölf Uhr an ihre Adresse zu überbringen war. Und während nun Maria das vor ihr liegende Gedicht las, über das sie gleich befragt werden sollte, dachte ich daran, wie sie wohl reagieren würde, wenn sie nachher nach Hause kommt und den Blumenstrauß sieht und alsbald den Brief liest, der folgendermaßen lautet:

„Liebe Maria!

Zu Ihrem Bestehen des Abiturs möchte ich Ihnen herzlichst gratulieren. Es freut mich für Sie, endlich die Stufe erreicht zu haben, wo man frei entscheiden kann, was man mit seinem Leben anfangen will.

Ich wollte Sie schon seit längerer Zeit einmal persönlich kennenlernen, aber bisher sah ich Sie nur aus einer Distanz, aus der man keine persönlichen Worte zu wechseln pflegt. Deshalb bin ich auf die Idee gekommen, Sie in ein Konzert einzuladen, zu welchem ich hiermit die Karte schicke. Ich würde Sie am Tag des Konzerts um 19 Uhr mit dem Wagen von zu Haus abholen. Wenn Sie aus irgendeinem Grund verhindert sein sollten, mitkommen zu können, so bitte ich Sie, mir telefonisch (8851713) Bescheid zu geben. Falls meine Wirtin am Telefon sein sollte, bitte ich Sie, ihr das Nötige auszurichten.

Ich werde im Januar nach meinem Referendarsexamen wieder auf Weltreise gehen. Afrika steht diesmal auf meinem Programm. Wie lange ich außerhalb Deutschlands verweilen werde, weiß ich noch nicht. Ich verspüre den Drang in mir, viel in der Welt kennen zu lernen, denn die Welt ist wundersam und voll von Offenbarungen.

Mit herzlichem Gruß, Trutz"

Sie bestand ihre mündliche Prüfung, der ich beiwohnte, mit Bravour. Und nun, nachdem sie nicht mehr die Schulbank zu drücken hatte, wartete ich auf ihre Antwort. Schon am übernächsten Tag erhielt ich ihren Brief mit der darin zurückgeschickten Eintrittskarte:

Berlin, den 11.12.74

„Lieber Herr Hockemeyer,

für die Zeichen Ihrer Aufmerksamkeit, insbesondere dem schönen Blumenstrauß zum bestandenen Abitur, möchte ich mich hiermit herzlich bei Ihnen bedanken. Ihrer freundlichen Einladung kann ich aus Gründen, die zu nennen ich mir vorbehalten möchte, nicht Folge leisten.

Mit freundlichen Grüßen und den besten Wünschen für Ihren weiteren Lebensweg.

Maria H."

Nun war es also entschieden. Maria legte keinen Wert auf eine Begegnung mit mir. Hiermit hätte mein Liebeswerben eigentlich zu einem Ende gekommen sein müssen. Vielleicht kam für sie alles zu überraschend, und sie benötigte Zeit, sich erst in ihr neues Leben einzufinden, als sich in eine für sie ungewisse Beziehung zu stürzen. Ich war einerseits froh, meine Weltreise im Frühjahr fortsetzen zu können, wollte jedoch auch weiterhin, wenn auch aus der Distanz, um sie werben und nach meiner Rückkehr um ihre Hand anhalten. Als im Januar nach den Weihnachtsferien ihre Abiturfeier in der Aula abgehalten wurde, konnte ich ihr, die sie neben ihrer in kostbarem Pelz gehüllte Mutter stand, zum ersten Mal die Hand schütteln und in ihre Augen sehen.

Bevor ich nach bestandenem Referendarexamen die Schule verließ und im Februar 1975 meinem Freund Jochen meine Klasse als neuem Klassenlehrer übergeben konnte, schrieb ich Maria folgenden Abschiedsbrief:

„Liebe Maria!

Verzeihen Sie, wenn ich Sie nochmals mit einem Schreiben belästige. Aber mich drängt es Ihnen ebenfalls einen Abschiedsbrief zu schreiben, weil ich Ihnen vieles zu danken habe, zu danken für etwas, wozu sie wahrscheinlich jeglichen Dank als unberechtigt von sich weisen würden. Denn seit etwa zehn Jahren war es das erste Mal, dass ich wieder

17

jemanden liebte, jemanden, an den sich meine Gedanken mit Zärtlichkeit, Fürsorglichkeit, Hingebung und ungebrochener Ehrlichkeit schmiegten. Als ich zur Osterzeit letzten Jahres auf Capri verweilte und ich mir wünschte, Sie an meiner Seite zu haben, da gestand ich mir ein, dass ich sie liebe. Seitdem kamen Sie mir nicht mehr aus meinen Gedanken und Träumen. Ich beschloss nun, um sie zu werben. Und in meinen kühnsten Gedanken sah ich Sie schon als meine Frau, mit der ich nochmals um die Welt reiste, um ihr die Wunderbarkeiten dieser Erde zu zeigen.

Verzeihen Sie, wenn ich über Dinge offen rede, die Ihnen wohl als peinlich erscheinen könnten. Aber im Laufe der Jahre habe ich gelernt, dass es besser ist, offen zu sein und über Dinge auch zu reden, die man sonst allzu gern verschwiegen mit sich herumträgt.

Im letzten Jahr schrieb ich einen Roman, und ich trug mich mit dem Gedanken, diesen Ihnen zu widmen. Doch da sein Autor aus gewissen Gründen anonym bleiben wird, war es nicht schicklich, eine Widmung dem Buch voranzustellen. Aber in gewisser Weise bleibt dieser Roman mit Ihnen verbunden, da das Ihnen gewidmete Gedicht Thema dieses Romans ist. Wenn ich in einigen Jahren aus Afrika zurückkehren sollte und das Buch liegt gedruckt vor, dann möchte ich mir erlauben, Ihnen im Vertrauen auf Ihre Verschwiegenheit ein Exemplar schicken zu dürfen.

Sie haben sich wohl in der Wahl ihres Studiums dazu entschlossen, in die „Fußstapfen" Ihres Vaters zu treten. Dies ist ein mutiges Unterfangen und verdient volle Hochachtung. Ich war lange genug in führender Stellung der Niederlassung eines Weltkonzerns, um zu wissen, wie aufregend und interessant es ist, ein Unternehmen zu leiten. Aber solche Leitung erfordert auch alles von einem Menschen, was er zu geben vermag, wobei der zeitliche Aufwand (12 bis 14 Stunden am Tag) nur eine der persönlichen Leistungsanforderungen ausmacht. Zu diesem Beruf gehört u. a. Leidenschaft, bedingungslose Hingabe und ein unbezwinglicher Glaube an den Erfolg. Ich hatte damals in Neuseeland diese Fähigkeiten entwickeln können. Und meine Zeit als „district manager" möchte ich in meinem Leben nicht missen. Aber ich fühlte doch ständig, dass ich zu etwas anderem berufen zu sein schien und habe dieser inneren Berufung endlich nachgegeben und mich in ihren Dienst gestellt.

Da ich für Sie als Weihnachtsgeschenk schon seit Monaten ein ganz bestimmtes Buch ausgewählt hatte, das nun an jemanden weiterzuschenken mir unpassend erscheinen will, möchte ich mir erlauben, Ihnen dieses zuzuschicken. Es ist von einer jungen Frau geschrieben, die– als sie es schrieb – nur um ein Weniges älter war als Sie.

Leben Sie wohl, und mögen Sie auf Ihrem mutigen Lebensweg viel Freude erleben.

Trutz,

(der Sie nicht so schnell aus seinem Gedächtnis verlieren wird.)"

Ich hatte den Roman *T & F* als gebundenes Schreibmaschinenmanuskript anonym ohne Rückadresse an die UNESCO in Genf gesandt, da diese auch schriftstellerische Werke internationaler Autoren in einer besonderen Reihe verlegte. Der Grund, meinen Namen als Autor nicht zu nennen, ging von der Vorstellung aus, dass wir Menschen eins sind, sodass auch der Dichter mit seinem Werk sich nicht hervorheben sollte, um bewundert und verehrt zu werden. Außerdem wollte ich die Autorenrechte und somit die Tantiemen dieser Menschheitsorganisation der UNO als finanzielle Unterstützung zukommen lassen, damit durch den Verkauf meines Buches manch anderes Gute geschaffen werden könnte wie zum Beispiel die Drucklegung der Werke unbekannter oder diffamierter Schriftsteller.

2. Das unheimliche Klopfen

Eingangs hatte ich erwähnt, dass ich von zwei wichtigen Ereignissen überrascht worden war, die für meine Afrikareise von entscheidender Bedeutung werden sollten. Das eine war die Liebe zu Maria, die wie ein Hurrikan durch mein Herz stürmte, und das andere Ereignis werde ich Ihnen, liebe Leserin und lieber Leser, jetzt beschreiben.

Kurz nach dem bestandenen Abitur von Maria besuchte ich eine Lehrerkollegin namens Lilia. Und da es meine „Unart" ist, bei einem Erstbesuch das Bücherregal nach der dortigen Lektüre durchzusehen, um mir ein Bild von der Geistesart der betreffenden Person zu verschaffen, entdeckte ich dort ein Buch mit folgendem Titel: *Bericht vom Leben nach dem Tod* einem gewissen *Arthur Ford*. Und folgender Dialog mag sich damals ergeben haben:

Tom[1]: „Was? Ein Leben nach dem Tod gibt es doch gar nicht. Wie kann man ein Buch über solch ein Thema schreiben?"

Lilia: „Doch, es gibt ein Leben nach dem Tod. Du solltest dieses Buch lesen."

Tom: „Solch einen Unsinn lese ich nicht. Mit dem Tod ist alles aus. Unser Körper zerfällt ebenso wie die Blätter, die im Herbst von den Bäumen fallen und dann sich auflösen."

Lilia: „Ja, der Körper zerfällt. Aber wir sind mehr als der Körper. Unsere Seele lebt weiter."

Tom: „Dafür gibt es keine Beweise."

Lilia: „Lies dieses Buch, darin wirst du genug Beweise finden."

Tom: „Ja, die Buddhisten und die Hindus glauben an ein Leben nach dem Tod und sogar an eine Wiedergeburt der Seele in einem neuen Erdenkörper. Aber das sind alles Wunschgedanken, da man Angst davor hat, sich einzugestehen, dass mit dem Tod alles aus ist. Nein, solch ein Buch beschmutzt nur meine Hände. Ich stelle es wieder zurück."

Lilia: „Bevor man kritisch über etwas urteilt, sollte man sich mit dem Thema erst einmal intensiv beschäftigt haben. Die meisten Menschen äußern sich aus Voreingenommenheit ablehnend über etwas, ohne sich vorher mit dem Gegenstand ihrer Abwertung wirklich auseinandergesetzt zu haben. Nimm

---

[1] (so nannten mich nun meine Freunde)

dieses Buch mit nach Hause, lies es. Wir können uns dann gemeinsam über den Inhalt unterhalten."

Also nahm ich widerwillig dieses von mir als Schundlektüre bezeichnete Buch mit.

Und in meinem Zimmer in einem Wohnblock am unteren Kurfürstendamm angekommen, vertiefte ich mich sehr bald in dieses Buch. Der amerikanische Autor schildert darin sein Leben und Wirken als Medium und Geistlicher, der Kontakte zur jenseitigen Welt und deren Bewohnern, unseren Verstorbenen, herstellt. Er wird in seiner Heimat und in Kanada von spiritistischen Gemeinden eingeladen. In Kirchen und Gemeindesälen setzt sich dieser Pastor vor den Versammelten auf einen Stuhl und schließt seine Augen. Alsdann versetzt er sich in einen Trancezustand, woraufhin sein Geistführer namens *Fletcher* durch seinen Mund spricht. Dieser ist sein Geistführer aus der jenseitigen Welt, der nicht nur Fragen aus der Zuhörerschaft beantwortet, sondern – und das ist das Besondere – die Versammelten fragt, wer von ihnen mit einem seiner eigenen verstorbenen Freunde oder Verwandten Kontakt hergestellt haben möchte. Er fragt, ob sich unter den sich Meldenden auch ein Lehrer, Bürgermeister, Arzt oder ein Polizist befinde, da man davon ausgehen könne, dass sich solch eine allgemein bekannte Person der Gemeinde nicht vorher mit dem Medium abgesprochen haben könnte. Und zum Erstaunen der Anwesenden vermag Fletcher nun wirkliche Kontakte zwischen jemandem der Anwesenden und einem von dessen Verstorbenen herzustellen. Arthur Ford wurde von vielen Forschern und so genannten „Geisterjägern" geprüft. Doch niemals konnte man ihm Betrug nachweisen, da sich die vermittelten Kommunikationen mit Jenseitigen immer als korrekt herausstellten.

Als ich derlei Beweise für die Existenz von einem Leben nach dem Tod und der möglichen Kontaktaufnahme mit Verstorbenen las, saß ich bis zwei Uhr nachts mit dem aufgeschlagenen Buch in meinem Bett. Ich konnte nicht einfach etwas lesen und das Dargestellte, so überzeugend es sich auch darbieten mochte, akzeptieren. Ich musste eigene Beweise für die Richtigkeit des Vorhandenseins von Geistern erhalten, denn nur dann konnte ich von deren Realität überzeugt werden. Deshalb flüsterte ich in den Raum hinein: „Wenn es euch wirklich geben sollte, dann klopft bitte dreimal ganz deutlich, damit ich es hören kann." Ich wartete etwa fünf Minuten, ob sich ein Klopfen hören ließ. Doch nichts geschah. Alsdann wiederholte ich flüsternd meine Bitte. Und plötzlich klopfte es dreimal laut, und zwar an die Schlafzimmertür meiner Wirtin, die „Herein!" rief. Ich bekam einen Schreck. Also waren die Unsichtbaren meiner Bitte nachgekommen und hatten sich deutlich bemerkbar gemacht. Ja, warum sie an die Tür meiner Wirtin laut klopften und nicht in meinem Zimmer an die Wand oder an die Tür, war sicherlich mit Vorbedacht geschehen. Denn hätten sie diese Klopfzeichen in meinem Zimmer zu Gehör gebracht, hätte ich mir spätestens am nächsten Morgen eingeredet, dass das nächtlich Gehörte nur Einbildung, Wunschdenken oder Halluzination gewesen sein müsse. Als ich am Morgen die Wirtin fragte, ob sie in der vergangenen Nacht ein Klopfen an ihrer Tür gehört habe, verneinte sie es. Die Geister hatten sie also im Schlaf das Herein rufen lassen. Jetzt war in mir die Neugier geweckt. Ich wollte weitere Bücher zu dem Thema "Leben nach dem Tod" und über Jenseitskontakte lesen.

Arthur Ford befand sich bei seiner Kontaktaufnahme mit Verstorbenen in Trance, die er durch Selbsthypnose herstellte. Ich kaufte mir nun zwei Bücher über Hypnose und suchte dann in den Gelben Seiten des Telefonbuches nach einem Hypnotiseur, um mich von ihm in Trance versetzen zu lassen und womöglich auch die hypnotische Induktion bei ihm zu erlernen. Unter der Rubrik Heilpraktiker fand ich einen Therapeuten für Hypnotherapie. Diesen suchte ich in der Konstanzer Straße auf. Doch leider versetzte er mich nicht in die erwünschte Trance, sondern geleitete mich in ein kleines Zimmer, wo ich mich liegend bei geschlossenen Augen auf seine von einem Tonband wiedergegebene Stimme zu konzentrieren hatte, die mich in einen so genannten Alphazustand versetzte. Nach etwa zwanzig Minuten betrat er wiederum dieses Zimmer und gab mir hypnotische Suggestionen ein. Im Grunde erlernte ich bei ihm nichts weiter als das so genannte Autogene Training, das mir in der Folge gute Dienste leisten sollte. Ich suchte ihn mehrere Male auf und ließ mich in den Zustand versetzen, in welchem man seinen Körper nicht mehr spürt, seinen

Geist mit positiven Suggestionen füttert und anschließend mit einem entspannten körperlichen Wohlgefühl die Augen wieder öffnet. Dies sollte die Grundlage für meine weitere Beschäftigung mit Hypnose werden.

Doch das Wunderbare bei meinen Besuchen war, dass ich in einem verstaubten Regal vererbte Bücher seines verstorbenen Vaters fand, die sich mit den Phänomenen der wissenschaftlich überprüften und bestätigten Materialisation von Gegenständen und sogar von verstorbenen Personen befassten. In diesen Büchern waren Fotographien abgebildet, die jene materialisierten Geistwesen oft in voller Gestalt zeigten. Die Autoren waren Wissenschaftler und Ärzte, allen voran Professor *Schrenck-Notzing*, der in München für dem Mystischen zugetane Kreise Séancen mit verschiedenen Medien durchführte. Zu diesen eingeweihten Gästen gehörte auch Thomas Mann der im *Zauberberg* aufgrund seiner dortigen Erfahrungen und Überzeugungen auch ein Kapitel über Materialisationsphänomene einbaute, in welchem sich der im Krieg gefallene Joachim Ziemßen seinem Freund Hans Castorp in voller Gestalt zeigte. Mein hochverehrter *Thomas Mann* war also ebenfalls ein Eingeweihter solcherlei Geistererscheinungen. Er bedurfte noch dieser Séancen, um Geister wahrnehmen zu können, während *Goethe*, wie ich später nachlesen konnte, nicht nur mit Geistern sprach, sondern sie selbst an helllichten Tage manchmal zu sehen vermochte. Ich durfte mir aus diesem reichhaltigen Regal immer wieder Bücher mit nach Hause nehmen, die ich nun mit brennender Neugier verschlang, ohne dabei die Vorbereitungen für meine mündliche Examensprüfung im Januar zu vernachlässigen. Nun hatte sich der skeptische Nihilist in mir zu einem werdenden Spiritisten gewandelt, der immer mehr über Geisterkommunikation und Jenseits erfahren wollte. Noch war mir nicht bewusst, welche Bedeutung dieser Paradigmenwechsel für meine Afrikareise haben sollte, denn viele Stämme befanden sich mit ihren verstorbenen Ahnen durch Trancemedien in ständigem Kontakt.

Ich las auch in einem dieser ausgeliehenen und verstaubten Bücher über Medizinmänner Afrikas, die oft in ihrer Ausübung Rat und Hilfe von Verstorbenen ihres Faches erfuhren. Ich nahm mir vor, solche Medizinmänner aufzusuchen, um von ihnen mehr über ihre wunderartigen Heilweisen und Jenseitskontakte zu erfahren. Doch sicherlich würden sie einem Europäer, der sie als Neugieriger aufsuchte, nicht ohne weiteres ihre Geheimnisse anvertrauen. Ich musste ihnen selbst etwas bieten, sodass wir Geheimnisse mit einander austauschen konnten. Ich verfiel auf den Gedanken, Zaubertricks zu lernen, weshalb ich mich in der Neuköllner Hermannstraße zum *„Zauberkönig"* begab. In diesem Laden, der mit Zauberzubehör behangen war, wurde ich von einer älteren Frau bedient, der ich mein Anliegen vorbrachte, einige Gegenstände zum Zaubern zu erwerben, mit denen ich Afrikaner in Staunen versetzen könnte. Sie fragte mich, wie viel ich auszugeben gedächte, und ich nannte die Summe 100 bis 150 Mark. Sie führte mir mit kleineren Gerätschaften einige Tricks vor und nannte mir den jeweiligen Preis. Nachdem ich mich für diesen und jenen Trick samt Zubehör entschieden hatte, lud sie mich hinter die Ladentheke zu sich und zeigte mir, wie man diese Tricks durchzuführen hatte. Ich war erstaunt über die Leichtigkeit dieser Handhabungen, sodass ich sie zu Hause gleich einübte, zum Beispiel, wie man den an einem dünnen Faden befindlichen chinesischen Würfel langsam nach unten bewegt, wie man ein Taschentuch oder eine Zigarette verschwinden lässt oder ein Seil durchschneidet, um dieses anschließend wieder als ganzes Stück zu präsentieren.

Mitte Februar, nachdem ich Maria jenen Abschiedsbrief geschrieben hatte, quittierte ich meinen Dienst an der Schule, besorgte mir Reiseschecks und Medikamente zur Krankheitsprophylaxe, packte meinen Rucksack, schnürte meinen Schlafsack darauf und stellte meine übrigen Sachen bei der Großmutter meines Freundes Jochen unter. Alsdann verließ ich als frisch gebackener Referendar Berlin, um mit dem Zug über Salzburg nach Athen zu gelangen. Ich hatte mir anders als auf meiner Weltumrundung nun vorgenommen, in Notizbüchern mir die wichtigsten Begebenheiten nebst Orten und jeweiligem Datum einzutragen. Doch wie es sich im Laufe der Reise fügte, notierte ich mir ebenfalls darin die vielen Gedanken zu meinem bei der Rückkehr zu schreibenden Molar-Roman, skizzierte Ideen zu einer Novelle über Richard Wagner, schrieb weiterhin nebst meinen eigenen entwickelten Gedanken die wichtigsten Stellen aus den verschiedenen spirituellen Büchern auf, die mir unterwegs in die Hand fallen sollten, sodass ich nach meiner Rückkehr über genügend schriftliche Unterlagen verfügen sollte, die nebst meinen Erinnerungen in dieses Ihnen vorliegende Buch nun eingeflossen sind.

3. Auf Umwegen nach Afrika

In dem mir schon von zwei Aufenthalten her bekannten *Athen* angekommen, nahm ich den Vorortzug nach seiner Hafenstadt *Piräus*, wo ich selbigen Abends das Fährschiff nach Kreta bestieg, das mich am Morgen des 18. März nach *Heraklion* brachte. Hier nahm ich den Bus, sodass ich schon zur Mittagszeit in meinem geliebten *Aghia Galini*, jenem Fischerdorf an der Südküste, ankam und in dem mir schon vertrauten *Hotel Selena* oberhalb des Hafens wieder mein Zimmer Nr. 8 bezog, in welchem ich vor zwei Jahren meinen Roman *T & F* geschrieben hatte und in welches ich in späteren Jahren immer wieder zurückkehren sollte, um hier sieben Winter hindurch meinen Farbroman zu Papier zu bringen.

Und hier war es wohl, dass ich mich entschloss, irgendwann nach meiner Afrikareise einen Roman über meinen Dichtervater Molar zu schreiben. Mein kriegsversehrter Vater mit dem bürgerlichen Namen *Dr. Karl Ernst Hockemeyer* war als Wittwer mit seinen vier Kindern gleich nach Kriegsende noch vor dem Einmarsch der Russen von Thüringen nach Hessen geflüchtet. In den nächsten Jahren brachte er seine beiden Söhne und die jüngeren Töchter bei fremden Familien und in Internaten unter, während er durch den Verkauf von Medikamenten und Opiaten, die er aus einem geheimen, bei Kriegsende eingebunkerten Versteck besorgte, den Unterhalt für sich und die Kinder bestritt. Da jedoch der Handel ohne Lizenz mit Opiaten, selbst wenn diese nur an Apotheken und Ärzte von ihm veräußert wurden, verboten war, wurde er von der Polizei erst in der britischen, dann in der amerikanischen und schließlich in der französischen Zone gesucht und nach seiner Ehe mit der Flüchtlingsfrau *Dita Petersen*, mit der er und seine Kinder in Meersburg am Bodensee in einer Flüchtlingsbaracke wohnte, in Konstanz inhaftiert. Vor seiner Festnahme fuhr er in den Zügen durch Westdeutschland und verkaufte die von seiner Frau und angestellten Mitarbeiterinnen gefertigten Bastschuhe, während er nach seiner Inhaftierung sich ganz auf den Verkauf seiner eigenen Lyrik beschränkte, die er auf gefaltetem Büttenpapier den Leuten in Zügen und in Bahnhofsgaststätten anbot. Ich hatte in der Baracke diese gefalteten Gedichtbögen nach seinen Angaben ineinander zu legen und sie manchmal am Rande zu lochen und sie durch ein buntes Band präsentabel zu gestalten. Dann zog er mit neuen Stapeln seiner „Festlichen Gaben", in dicken Tragetaschen verstaut, wieder in die Weite und kehrte in immer größeren Abständen zum Verdruss seiner auf ihn wartenden Ehefrau in die Barackenidylle zurück, um sich wieder mit neuen Stapeln seiner Gedichte zu versehen. Und da Dita bald den Grund für seine jeweils verzögerte Heimkehr herausgefunden hatte, kam es mit großem Erschrecken für uns Kinder zur Scheidung, worauf unser Vater nach München zog, um seiner neuen Geliebten nahe zu sein und um ihre Hand für seine dritte Eheschließung anzuhalten, während wir Kinder wieder bei fremden Familien oder in Internaten unterkamen. Über meinen Vater und sein spannendes Leben als Dichter wollte ich einen Roman schreiben von etwa 300 bis 500 Seiten. Und ich nahm mir vor, mir während meiner Afrikareise Gedanken über Inhalt und Aufbau zu machen.

Und immer wieder dachte ich an Maria, die, obwohl sie eindeutig ihr Desinteresse für mich schriftlich bekundet hatte, nicht aus meinen Gedanken weichen wollte. Ich nahm mir vor, bei meiner Rückkehr nach Deutschland einen erneuten Annäherungsversuch zu machen. Immer wenn ich an sie dachte, schlug mein Herz schneller. Einerseits fühlte ich Wehmut, andererseits war ich froh, diesem Liebesbann vorerst entkommen zu sein. Aber hatte sich dieser wirklich von mir gelöst? War mein Vater ebenfalls von einem Liebesbann gefangen gehalten worden, dass er für seine neue Geliebte seine Ehe aufgab und sich von seinen Kindern entfernte?

Die Wiesen und die Berghänge waren zu dieser Zeit auf Kreta, jener Geburtsstätte des Zeus, übersät mit farbenprächtigen Anemonen und anderen Blumen. Und während dieser vielen Spaziergänge in die Natur und zu jenem großen Felsblock, von dem man oben stehend einen großartigen Überblick über das vor sich ausgebreitete Tal und das dahinter sich anschließende Meer genießen konnte, dachte ich immer wieder an Maria und an den zu konzipierenden Roman. In einem Restaurant kündigte ich an, dass ich an einem Nachmittag Zauberkunststücke vorführen würde, denn ich wollte ausprobieren, ob ich nun auch die erlernten Zaubertricks vor einem Publikum wirkungsvoll zu demonstrieren vermochte. Und nicht nur die versammelten Kinder, sondern auch Erwachsene zeigten sich von den Darbietungen verblüfft. Dies war sozusagen meine Generalprobe für derlei Demonstrationen für Afrika.

Ich lernte in Aghia Galini einen jungen Ägypter griechischer Herkunft aus Alexandria kennen, der aus Hufeisennägeln Hals- und Armgeschmeide herstellte und sie an Touristen und Einheimische verkaufte, sodass er neben seinem heimlichen Handel mit Haschisch gut davon lebte. Er fertigte für mich aus jenen Nägeln ein armausbreitendes Männchen, das, wie er mir erklärte, mich auf meiner Afrikareise als notwendiges Schutzamulett von allem Bösen fernhalten würde. Dieses um den Hals zu hängende und auf der Brust zu liegende Amulett würde von den Afrikanern als mächtiger Schutzzauber angesehen werden, und zugleich könne dieses auch als Pendel benutzt werden, um von meinen mich begleitenden Geistern Rat einzuholen, wann immer ich diesen benötigte. Er zeigte mir, wie ich dieses Pendel zu gebrauchen hatte, und tatsächlich bewegte es sich auf meine Fragen hin in die gemäß eines Kodes abgemachte Richtung. Damals hätte ich mir nie träumen lassen, dass ich einmal selbst Pendelkurse geben würde. Bevor ich diesen griechischen Ägypter, der bald wegen seines Haschischhandels ins Gefängnis kommen sollte, kennen lernte, hatte ich mit meinem mitgebrachten Kassettenrekorder mit Geisterstimmen experimentiert, deren Anleitung ich einem Buch über Tonbandstimmen entnommen hatte. Man hat bei eingestellter Aufnahme das Mikrophon vor sich in den Raum zu halten und hörbar Fragen zu stellen, auf welche die Geister, wenn auch mühselig zu hören und oft schwer zu entziffern, antworten würden. Nachdem alle Fragen mit genügend Pausenabstand zwischen ihnen gestellt sind, spult man die Kassette zurück und beginnt mit dem Abhören. Doch so oft ich auch diese Versuche wiederholte, konnte ich keine raunenden oder flüsternden Geisterstimmen vernehmen. Schließlich bat ich sie, nach den an sie gerichteten Fragen bei einem Ja einmal zu klopfen und bei einem Nein zweimal. Und wie erstaunt war ich, die jeweiligen Antworten durch deutliches Klopfen auf der Kassette hören zu können. Doch nachdem ich mein Amulett als Pendel zu gebrauchen verstand, unterließ ich weitere Versuche mit dem Aufnahmegerät, das ich sowieso nicht in meinem Rucksack nach Afrika mitnehmen wollte.

Ich bereiste bei diesem Kreta-Aufenthalt die Südküste bis zum westlichen *Paleohora* und die Nordküste von *Chania* bis *Aghios Nikolaios*, und nahm in *Heraklion* das nächtliche Fährboot, das mich nach Piräus brachte, von wo aus ich über Athen per Anhalter nach *Delphi* gelangte. Wie erstaunt war ich über diese prachtvoll auf einer Berghangterrasse gelegene und nach der Athener Akropolis berühmteste Tempelanlage des griechischen Altertums. Nach Süden blickt man auf die sich herrlich ausbreitende Bucht am Golf von Korinth, und nach Norden hin erhebt sich der Parnass, den ich gleich am nächsten Tag besteigen musste, waren der Sage nach doch hier die Musen zu Hause. *Calliope* war die Muse der epischen Dichtung. Ob sie mich wohl beim Schreiben des Molar-Romans inspirieren würde? In Delphi befand sich einst das bedeutsamste Orakel. Ich entdeckte am Boden nahe dem Apollotempel eine Felsspalte, an der noch gelbliche Schwefelreste zu erkennen waren. Denn hier mussten vor vielen Jahrhunderten, noch bevor sich das klassische Altertum etablierte, Dämpfe aus einer schwefelhaltigen warmen Quelle aufgestiegen sein, wobei man von unten kommende Geräusche vernommen haben mochte. Diese, so interpretierte ich, wurden von Priestern als Stimme der Erdgöttin Gea ausgegeben, die sich durch diese röchelnden Laute aus der Tiefe den Menschen verkündete und ihnen auf Fragen hin Antworten erteilte. Schließlich, nachdem dieser Ort als Orakelstätte bekannt geworden war, erbaute man dort die ersten Tempel. Jener unter diesen bekannteste und mächtigste wurde dem Apollo geweiht. Hier bildete man Orakelpriesterinnen aus, durch die der Gott sich den sogar aus weiten Entfernungen herbeiströmenden Antwortsuchenden verkündete. Und da Delphi als heiligste Orakelstätte vor allem von Apollo beschützt war, errichtete man dort tempelartige Gebäude, die als

Schatzdeponien dienten, denn kein Grieche würde es gewagt haben, in diese Schatzhäuser einzubrechen, da er dann mit dem Zorn des Gottes hätte rechnen müssen und, wo immer er auch hin entfliehen wollte, von dem erzürnten Gott aufgefunden und bestraft worden wäre. Bevor ein griechischer Herrscher einen Krieg zu beginnen trachtete oder andere wichtige Entscheidungen zu treffen hatte, kam er selbst oder schickte Boten zu einer Orakelstätte, und zwar vornehmlich nach Delphi, um sich über den Ausgang seines Vorhabens zu informieren. Da die Durchgaben der jeweils in Trance befindlichen Phythia meist doppel- oder mehrdeutig zu verstehen waren, wurden solche Antworten aus Götterhöhe oft falsch ausgelegt. Im Alten Griechenland lebten die Menschen, „als ob die Gottheit nahe wär". Und sicherlich ließen sich Geister durch den Mund jener jungfräulichen Medien vernehmen, die sich als einen der Götter oder eine der Göttinnen ausgaben, um somit hilfreichen, aber auch manchmal zerstörerischen Einfluss auf die Menschen nehmen zu können. Vieles ist von den Resten der Tempelanlagen wieder errichtet worden, denn so manches Erdbeben vergangener Jahrhunderte hatte seinen Tribut gefordert. Doch auch gewalttätige Barbaren aus dem Norden scheuten sich nicht, Tempelanlagen zu verwüsten und den steinernen Abbildungen von Göttern die Nase abzuschlagen. Ich habe wohl alle bedeutenden Tempelanlagen des griechischen Altertums in späteren Jahren aufgesucht, die in Kleinasien, auf den griechischen Inseln, auf dem Peloponnes, auf dem griechischen Festland oder in Süditalien und auf Sizilien als Ruinen zu bewundern sind. Doch keine von all diesen hat mich derart nachhaltig beeindruckt wie Delphi.

Am dritten April betrat ich, von *Igomenitza* mit dem Fährschiff kommend, in *Brindisi* italienischen Boden und stellte mich gleich anderen Tags an die Straße in der Absicht, so schnell wie möglich nach Sizilien zu gelangen, um vor dort das Fährschiff nach Tunis zu besteigen. Im westlichen *Süditalien* an der Ausgangsstraße eines Ortes stehend, traf ich einen Studenten, der in Rom Jura und Psychologie studierte und nun ebenfalls wie ich per Anhalter nach Sizilien, wo er in *Catania* zu Hause war, reisen wollte. Da mein Italienisch trotz einiger Trampreisen in Italien zu wünschen übrig ließ, war ich froh, dass Eduardo fließend English sprach, da seine Großmutter Engländerin war. Wir freundeten uns schnell an, und er lud mich ein, bei ihm in Catania nach meiner Ankunft zu übernachten. Da das Trampen allein leichter als zu zweit war, trennten wir uns aufs Erste. Er erreichte sein Zuhause vor mir. Ich war nun vier Tage lang sein Gast. Von hier aus unternahm ich Tagestouren. Eine führte mich dem am östlichen Fuße des *Monte Tauro* hoch gelegenen *Taormina*, das schon zur Römerzeit ein Erholungszentrum für reiche Römer gewesen sein musste, die in dem noch heute nahezu erhaltenen Amphitheater bei Theateraufführungen und sicherlich bei den beliebten Gladiatorenkämpfen, bei welchen man seinen Wettleidenschaften nachkommen konnte, ihre Zeit vertrieben. Ein anderer Ausflug führte mich bis fast ganz hinauf auf den *Ätna*, diesen oft noch Lava ausspuckenden und mit 3.200 Metern höchsten Vulkan Europas. Hier begegnete ich einem älteren englischen Ehepaar, das ihre hochbetagte Mutter und Schwiegermutter unter den Armen eingehakt hielt, um die Weinende zu stützen und zu trösten. Ich fragte das Ehepaar, warum diese Frau weine, ob sie sich verletzt habe und ob ich einen Arzt holen solle. Doch dann brüllte diese Frau zu mir gewandt heraus: „Dies ist der erste Berg in meinem Leben, den ich nicht mehr bis obenhin besteigen kann." Und als ich nach ihrem Alter fragte, antwortete sie, dass sie bald 90 Jahre zähle, aber gemäß ihrer Lebensmaxime jedes Ziel, das sie sich im Leben vorgenommen habe, auch erreichen wolle. Nun aber wisse sie, dass sie alt geworden sei und auf weitere Bergtouren verzichten müsse. Von ihrem Sohn erfuhr ich, dass sie vor wenigen Jahren mit ihm auf seiner kleinen Yacht von England nach Neuseeland gesegelt sei. „What a tough woman", dachte ich.

Am vierten Tag meines Aufenthaltes bei Eduardo setzte ich meine Reise über *Syracus*, wo es wieder griechische und römische Altertümer zu bestaunen gab, nach *Agrigento* fort. Ich musste meinem neuen Freund beim Abschied versprechen, ihm hin und wieder zu schreiben und bei meiner Rückkehr nach Europa ihn nach Möglichkeit zu besuchen.

2. Kapitel
Durch die Sahara nach Westafrika

1. Auf Karl Mays Spuren über den Chott El-Djerid

Und dann vom Schiff aus erblickte ich die Nordküste des afrikanischen Kontinents. Ich hatte bisher auf meinen Semestertrampreisen nur Ägypten, Libyen und Marokko kennengelernt. Jetzt wollte ich aber *Tunesien* und dann Teile von Algerien aufsuchen. Was wusste ich eigentlich bisher über Tunesien? Die Phönizier, von den Küsten des östlichen Mittelmeeres stammend, hatten sich an diesen Gestaden schon vor über 3.000 Jahren niedergelassen und als Handel treibendes Volk eine Stadt erbaut, die späterhin als *Karthago* Zentrum eines Punischen Reiches werden sollte, deren Anführer jener geschichtsbekannte Hannibal sogar Rom belagerte. Doch wurde dieses Reich nach dem Dritten Punischen Krieg 146 v.Chr. von den Römern erobert. Und das damals zerstörte und wieder aufgebaute und mit prächtigen Bauten versehene Karthago war unter Augustus bereits die Hauptstadt der Provinz Afrika. Doch gelangten schon um 439 n. Chr. die germanischen Wandalen unter Geiserich über Spanien kommend nach Karthago. Sie vertrieben die Römer und errichteten ein Gewaltreich, das erst 533 von Belisar, dem Heerführer des Kaisers Justinian, erobert und somit dem Oströmischen Reich eingegliedert werden konnte. Doch schon 705 drangen muslimische Heere aus dem Osten in dieses Land ein, zwangen nach und nach die Bevölkerung, sich zum Islam zu bekehren, und setzten ihren Siegeszug fort und eroberten sogar den größten Teil des heutigen Spaniens. Im 16. Jahrhundert wurde Tunesien Teil des Osmanischen Reiches. Der Sultan setzte dort als Vizekönig einen Bey ein, der, selbst als die Franzosen 1881 die Oberhoheit über dieses Land einnahmen, weiterhin als deren Marionette regierte, bis 1956 Tunesien die Unabhängigkeit erhielt und *Habib Bourguiba* zum ersten Staatspräsidenten ernannt wurde, der dann sein Land bis 1987 regierte.

Tunesien ist etwas weniger als halb so groß wie Deutschland und mochte zu meiner Zeit damals etwa eine Bevölkerung von sieben Millionen zumeist muslimischen Einwohnern aufweisen, deren Abstammung vornehmlich auf eine Mischung von Berbern und Arabern zurückzuführen ist. Im Gegensatz zu den arabischen Kernländern tragen die Frauen hier keine Verschleierung, denn der französische Einfluss war überall zu spüren, hatten doch die meisten jungen Leute in der Schule Französisch als Zweitsprache, sodass ich, der am 11. April in der Hauptstadt *Tunis* ankam, mich überall verständigen konnte und bald auch eine kostengünstige Herberge fand. Heute ist diese Stadt zu einer Millionenmetropole angewachsen, während sie bei meiner Ankunft weniger als eine halbe Millionen Einwohner zählen mochte.

In einem Vorort besuchte ich die Ruinen der einstigen Römerstadt *Karthago*, wo es dank französischer Archäologen viel Beeindruckendes und teils wieder rekonstruiertes Mauerwerk zu sehen gab, wie zum Beispiel die großen Bäder, das Kolosseum, ein Theater, das Odeon nebst den Tempeln der Juno, des Jupiter, der Minerva und des Äskulap sowie auch Grundmauern von einem Aquädukt. All diese Prachtbauten waren einst mit Hilfe von Heeren von Sklaven erbaut, die sich späterhin mit der Bevölkerung vermischten. Auf dem belebten Markt der Innenstadt fand ich ein einziges Buch in deutscher Sprache. Es war *Der Stille Don* von *Scholochow*, ein Roman, der mir als Freund der russischen Literatur bisher entgangen war und welchen ich sogleich erstand. Und während ich in den nächsten Tagen per Anhalter dieses Land, das im Norden zumeist aus Olivenbäumen bestand, im Süden aber vielfach durch nicht zu bewirtschaftende Böden bis hin zu Wüstenlandschaften durchzogen war, las ich nun in diesem Kosakenroman. Und da ich in Gedanken den Molar-Roman konzipierte, hatte ich nun den Schlüssel für die Kapitelgestaltung durch diese Lektüre gefunden. Denn meisterhaft hatte Michail Scholochow es verstanden, nicht wie sonst üblich die Erzählung von einem Ereignis ins nächste fließen zu lassen, sondern Sprünge einzuflechten, indem er im jeweils neuen Kapitel kurz das inzwischen Geschehene zusammenfasste, um dann zu einem neuen Hauptereignis überzugehen, sodass sich dieses jeweils wie eine in sich geschlossene Kurzgeschichte darbot. Ebenso wollte ich es nun auch in meinem Roman halten. Wie großartig, dass zufällig gerade mir dieser Roman in die Hände fallen musste, oder war ich, wie Goethe sagen würde, zu jenem Buchstand von unsichtbaren Begleitern „geschoben" worden?

In der algerischen Botschaft, in der ich um ein Visum nachkommen wollte, erhielt ich die Mitteilung, dass man Deutschen kein Visum ausstelle, da sie bei den Olympischen Spielen letztes Jahr in München auf Geheiß der Israelis die palästinensischen Kidnapper ermordet hatten. Gott sei Dank hatte ich für derart unerwartete Fälle den Bericht einer amerikanischen Zeitung über meine erstaunliche Weltreise mitgenommen. Der davon beeindruckte Botschaftsangestellte wolle erst an oberer Stelle nachfragen, ob man in meinem Falle eine Ausnahme machen könne, weshalb ich erst in einer Woche wieder kommen möge.

Somit stellte ich mich an die südliche Ausgangsstraße, von wo ich mit verschiedenen Autos und Lastwagen nach *Sousse* und schließlich nach *Sfax* gelangte. In beiden Städten mit ihren überdachten Basaren hielt ich mich zwei Tage auf. Doch mein erstes Ziel waren die in einem runden Steinkessel eingemeißelten Berberbehausungen in Matmata. Nur wenige dieser künstlichen Höhlenbehausungen, die ihre Bewohner vor der Hitze schützen, waren noch bezogen, da die Regierung für sie ein nur wenige Kilometer entferntes neues Dorf errichtete, in welchem es Strom und Wasser gab.

Mädchen vor ihrer Höhlenwohnung

Doch mein Hauptziel dieser Rundreise in den Süden war das Chott El-Djerid. Dieser ist ein gewaltiger Salzsee mit einer Breite und Länge von über 100 Kilometern. Während der heißesten Jahreszeit ist die

Oberfläche ganz trocken, doch sobald mal Regen gefallen ist, was häufiger in den Wintermonaten vorkommen kann, verwandelt sich diese getrocknete Oberfläche in eine wässrige Lache, sodass, wenn man auf unfesten Boden gelangt, darin einsinken und zu Tode kommen kann. Nun in der Mitte des Monats April sollten es, wie ich mir sagen ließ, noch viele gefährliche Stellen geben, sodass man mir riet, wie man riet, einen kundigen Führer für die Überquerung zu mieten. Doch vertraute ich auf mein Glück, hatte es mich doch auf meinen bisherigen Reisen in manchen Situationen vor Widerwärtigem bewahrt. Hinter *Kebili* ragt noch eine feste Landzunge in diesen Salzsee hinein. Als pubertierender Pennäler hatte ich die Bücher von *Karl May* gelesen. Und der fiktive Roman *Durch die Wüste* beginnt bei der Überquerung eben dieses Salzsees mit dem Wort des Hadji Halef Omars, das da lautet „Sidhi". Komisch, was sich in einem Gehirn an Nebensächlichkeiten alles einprägt, während oft sehr wichtige Dinge der Vergessenheit anheimfallen.

Nun wollte ich allein zu Fuß diesen gefährlichen See überqueren, gab es doch damals anders als heute noch keine Straße, die sich durch die grauweiß schillernde Fläche bahnte. Also machte ich mich zur frühsten Stunde auf den Weg, und zwar an der engsten Stelle, sodass an jenem Tag gut 50 Kilometer zurückzulegen sein mochten. Ich folgte den Spuren von Pferdewagen, die besonders gefährliche Stellen umfuhren, gab es doch sonst keine Hinweis- oder Warnschilder. Ein sehr heftiger Ostwind gab mir zusätzliche Schubkraft von hinten. Ich wollte diesen ausnützen und spannte meinen mich immer begleitenden langen Regenschirm auf, der mir meist als Sonnenschirm diente, um mich nun, diesen vor mich hinhaltend, vom Wind ziehen zu lassen und damit mein Gehen zu beschleunigen. Doch schon bald kam ein heftiger Windstoß von hinten und drehte das Schirmgestänge nach vorne, sodass dieses zerbrach. Nun war mein ständiger Reisebegleiter nicht mehr zu gebrauchen. Ich begradigte ihn wieder und steckte ihn aufrecht neben dem Pfad in den Boden. In Tunis würde ich mir wieder einen neuen dieser für mich unentbehrlichen Schattenspender und Regennassverschoner besorgen. Und als ich nach ein, zwei Kilometern pausierte und mich umdrehte, sah ich trotz der Entfernung meinen Regenschirm deutlich erkennbar an jener Stelle stehen, als ob ich mich keine 50 Meter von diesem entfernt hätte. Der Chott El-Djerid ist wie manche Wüstengegenden bekannt für seine Luftspiegelungen, sodass weit entfernt liegende Orte und Oasen einem ganz nah erscheinen, während sie sich oft noch 100 Kilometer weit entfernt befinden. War auch meine Liebe zu Maria, an die ich immer wieder denken musste, nur eine Fatamorgana? War überhaupt jede große Liebe zu einem Menschen nicht nur eine Spiegelung der Liebe, die wir im Jenseits schon zu dieser Seele gespürt hatten? Weit und breit begegnete ich keinem Menschen auf diesem langen, schweißtreibenden, von Windböen begleiteten Marsch. Nur einmal kam mir ein kleines Fuhrwerk entgegen, gezogen von zwei Pferden. Der viel Sand mit sich führende Wind hatte die Augen der Vierbeiner zum Tränen gebracht. In diesem Tränennass verklebten sich die Sandkörner, sodass diese armen Tiere wie Pferdegespenster aussahen.

Bei Dämmerung entdeckte ich eine Oase mit Palmen vor mir. Ich hatte es also geschafft. Humpelnd, da sich Blasen in meinem Schuhwerk gebildet hatten, betrat ich dieses Dorf. Ich war es schon von anderen fernen Ländern gewöhnt, manchmal wie ein Außerirdischer betrachtet zu werden, denn auch hier hatte man doch wohl noch nie einen Europäer gesehen, der allein über diesen gefährlichen Salzsee marschierte. Ich fragte einige Männer, die bei ihrem gesüßten Tee vor einer kleinen Kaschemme saßen, wo ich übernachten könne. Und einer der Männer etwa in meinem Alter erhob sich und gab mir im gebrochenen Französisch zu verstehen, dass ich in seinem Hause übernachten könne. Also folgte ich ihm. Er teilte mir einen Raum zu, und ich war froh, mich meiner Schuhe entledigen zu können und später die Blasen mit einer Nadel aufzustechen. Dann kehrte er in das Zimmer zurück und bedeutete mir durch Handzeichen, zum Essen zu kommen. Wir saßen auf dem Boden, und seine Frau, von einem Kopftuch umhüllt, servierte uns das Essen. Dann zauberte er von irgendwo eine Flasche mit starkem Alkoholgehalt hervor, und ich musste mit ihm anstoßen. Alkohol ist für einen gläubigen Muslim strengsten verboten, doch schien er in seinen eigenen vier Wänden zu hoffen, dass Allah ihn dort nicht sehen würde. Während er munter darauf los trank, nippte ich nur verhalten an jenem Getränk. Er hatte anscheinend den Narren an mir gefressen, wie man so sagt, lobte die Deutschen, die während des letzten Krieges einige Monate lang sein Land beherrscht hatten, schimpfte auf die Franzosen, und war bald stock betrunken. Und dann, als ich mich todmüde erheben wollte, um meine Matratze aufzusuchen, gab er mir zu verstehen, dass er seine Frau über Nacht zu mir schicken wolle. Ich war verblüfft. Ich dachte, dass diese Gastfreundlichkeit heute nur noch bei den Eskimos zu finden sei. Und obwohl ich seine Frau als solche nicht abgelehnt haben würde – war ich doch sonst auf meinen Reisen immer bereit, mich mit einer Landesschönen einzulassen –, lehnte ich dennoch sein großzügiges Angebot ab, nicht nur, weil ich vom langen Marsch erschöpft war, sondern weil ich auch dachte, dass ihm nur in diesem Trunkenheitszustand die Idee kam, seine Frau bei mir nächtigen zu lassen, könne er doch bei Nüchternheit am Morgen über das Vorgefallene verärgert sein, sodass sein Zorn nicht nur über mich, sondern auch über seine Frau gekommen wäre. Die orientalische Frau hat ihrem Mann bedingungslos zu gehorchen. Und sicherlich hätte sie ohne zu Murren mit einem fremden Mann das Bett teilen müssen, wenn ihr Mann das so bestimmt haben würde.

Am nächsten Morgen suchte ich eine der warmen Quellen auf, nahm ein Bad darin und stellte mich dann an die Straße. Ich, der ich immer noch humpelte, war froh, alsbald einen Lastwagen gefunden zu haben, der mich nach *Gafsa* mitnahm. Am folgenden Abend gelangte ich nach *Hammamet*, das sich seines schönen Strandes wegen schon zu einem Touristenort emporgeschwungen hatte. Ich sprach in einem Restaurant zwei junge Schweizerinnen an und lud sie zu einem Getränk ein, war der 23. April doch mein 37. Geburtstag. Und da ich eigentlich daran gedacht hatte, am Strand in irgendeiner verborgenen Ecke beziehungsweise hinter oder in einem Fischerboot zu nächtigen, kam mir nun eine bessere Idee. Deshalb fragte ich die Beiden, ob ich in ihrem Zimmer auf meinem Schlafsack liegend übernachten könne. Sie waren einverstanden, befand sich doch noch ein Extrabett in ihrem Strandbungalow. Als ich in dem mir zugewiesenen Bett lag und das Licht erloschen war, dachte ich, wie schön es wäre, als Geburtstagsgeschenk mit einer dieser Adretten das Bett zu teilen. Deshalb fragte ich leise in die Dunkelheit hinein, wer von ihnen unter meine Bettdecke schlüpfen möchte. Und obwohl ich vorher gehört hatte, dass sie sich noch im Bett bewegt hatten, taten sie so, als ob sie mich nicht gehört hätten, auf dass sich mir keine Geburtstagsfee im Nachtgewand nahte. Was hätte wohl Maria, an die ich immer wieder denken musste, gesagt, wenn sie gewusst hätte, was für ein libidobezogener Mann ich war?

Nach Tunis zurückgekehrt, holte ich mein bereitliegendes Visum von der algerischen Botschaft ab, erhielt am folgenden Tag auch das Visum für Niger auf deren Botschaft. Und mit meinem neu erstandenen Regenschirm in der Hand passierte ich am 29. April von *Souk Arras* kommend die algerische Grenze.

2.   Bei den Tuaregs im Süden Algeriens

Algerien ist mehr als viermal so groß wie Frankreich und zugleich nach Sudan der zweitgrößte Staat auf dem afrikanischen Kontinent. Der größte Teil des Landes besteht aus Wüste oder Wüstengebirgen. Im Norden vom Mittelmeer bis zum Atlasgebirge hin wohnen die meisten der zehn Millionen Einwohner, die sich zum größten Teil aus Vermischungen aus Arabern und Berbern zusammensetzen. Die Römer betrachteten neben Ägypten diese Provinz Afrikas als ihre Kornkammer. Nachdem die arabischen Heere ab dem 8. Jahrhundert dieses Land zu ihrem Herrschaftsgebiet samt Islamisierung der Bevölkerung erobert hatten, kam es erst nach blutigem Krieg 1830 unter französischer Hoheit. Hunderttausende von Franzosen siedelten sich in den nächsten Dezennien in den fruchtbaren Gegenden an, gründeten große Landgüter, auf denen sie Weizen säten, legten Obstplantagen an und bepflanzten die Berghänge mit Weinreben. Die Franzosen waren sozusagen die alles bestimmenden Aristokraten des Landes und nutzten die billigen Arbeitskräfte oft zum Unwillen der einheimischen Bevölkerung aus, die sich als Muslime von Christen bevormundet sahen. So gab es immer wieder kämpferische Auseinandersetzungen, die sich vor allem nach dem Zweiten Weltkrieg mehr und mehr zuspitzten. Die französische Regierung suchte das Unabhängigkeitsstreben ihrer Kolonie 1947 dadurch zu beheben, indem es Algerien zu einer ihrer Departements erklärte und Paris damit zur Hauptstadt auch dieses Landes wurde. Dementsprechend stand es nun der Bevölkerung frei, sich in dem französischen Mutterland niederzulassen, was in der Folge Hunderttausende Algerier ausnutzten, um dort sich als billige Arbeitskraft zu verdingen. Doch die rebellischen Untergrundkämpfer, die mit Waffen aus dem Ostblock versorgt wurden, kämpften erbittert für ihre Unabhängigkeit weiter. Frankreich führte alsbald an zwei Fronten Krieg, in Indochina und in Algerien. In diesem neuen afrikanischen Departement kämpften neben den internationalen Soldaten der Fremdenlegion über eine halbe Million eigener Truppen. Als 1956 die Nachbarstaaten Tunesien und Marokko ihre Unabhängigkeit erstritten hatten, operierten die algerischen Freiheitskämpfer zusätzlich aus diesen beiden Ländern heraus, wo sie immer wieder mit neuen Waffen versorgt wurden. 1962 mussten die Franzosen ihre Kämpfe einstellen. Das Land erhielt seine Unabhängigkeit, und fast alle französischen Siedler, so sie nicht schon während der kriegerischen Auseinandersetzungen oft fluchtartig das Land verlassen hatten, wurden in ihr eigentliches Heimatland zurückgebracht. Bei diesen kriegerischen Auseinandersetzungen der letzten Jahrzehnte, sollen über 50.000 Franzosen und mehr als eine Millionen Algerier das Leben verloren haben. Alle von Franzosen vorher besessenen Ländereien wurden nach kommunistische Vorbild in staatseigene Kolchosen umgewandelt. Wein durfte nicht mehr angebaut werden, da es den Gesetzen Allahs widersprach. Und die einst reiche Kolonie versank zurück in Armut. Der damalige Präsident war *Boumedienne*, der in dieser neuen Republik ein strenges Regiment führte und Europäern nur ungern den Zutritt in sein Land gestattete, weshalb ich auch auf mein Visum eine Woche warten musste, denn mir wurde dieses nur als Sondergenehmigung zur Durchreise ausgehändigt, sodass ich das Land nicht so ausgiebig, wie ich es gern gewollt hätte, bereisen durfte.

Mit einem Auto erreichte ich am ersten Tag in diesem Land bei Dunkelheit *El Oued*. Den ganzen Tag über hatte es gestürmt. Wo sollte ich zu dieser späten Stunde noch eine Unterkunft finden? Durch diesen Ort gehend und nach einer Ecke Ausschau haltend, wo ich mich niederlegen könnte, entdeckte ich eine Moschee, deren Dach von wei-ßen halbkugelartigen Wölbungen bedeckt war. Diese fand man auf mehreren Gebäuden, konnten doch dann die heißen Sonnenstrahlen nicht unmittelbar auf ein Dach prallen, womit die Räume darunter re-lativ kühl blieben. Auf einer steinernen Seitentreppe stieg ich auf die-ses Dach und legte mich zwischen diesen etwa zwei Meter breiten Halbkugeln nieder. Ich wurde durch den Aufruf zum Morgengebet von einem Muezzim auf dem neben mir sich hochreckenden Minarett geweckt, der mich von seiner Höhe herunter, Allah sei Dank, nicht er-späht hatte, war doch das Betreten einer Moschee für einen Nicht-muslim strengstens verboten – und sicherlich galt das auch für einen Christen, der solch einem Heiligtum aufs Dach gestiegen war, um dort zu nächtigen. Ich hatte Glück, gleich am nächsten Morgen einen Last-wagen zu finden, denn für normale Autos waren diese Straßen oft un-passierbar, es sei denn, man verfügte über einen Vierradantrieb. Und schon bald sah ich, warum es sich so verhielt. Wir kamen an einen verwaisten Lastwagen heran, der bis zu den Fenstern hinauf von ei-ner Sanddüne durch den Sturm des letzten Tages eingeschlossen ge-wesen war.

Eine über Nacht entstandene Sanddüne versperrt den Verkehr.

In der Wüstenstadt *Gardaia*, in der sich eine muslimische Sekte niedergelassen hatte und wo, soweit ich mich erinnere, Häuser blau angestrichen waren, verblieb ich zwei Tage, bis ich eine Mitfahrgelegenheit in das mehrere Hundert Kilometer weiter im Süden befindliche Oasendorf *In Salah* fand. Doch die Hauptstraße südlich von Gardaia war damals noch nicht geteert. Dieser Ort mit seinen verstaubten Lehmhütten lag einige Hundert Meter entfernt von der Hauptpiste, wurde aber von jedem Fahrzeug aufgesucht, da es hier die einzige Tankstelle weit und breit gab.

Auch die Palmen haben es schwer, sich gegen die Sanddünen zu behaupten.

Hier begegnete ich *Koos und André* dem holländischen Haarlem, die mit dem Fahrrad versuchten, durch die Wüste zu fahren, bald jedoch dieses Vorhaben vorerst aufgegeben hatten, war es doch streckenweise unmöglich, auf der mit Steinen und oft von Sandflächen bedeckten Straße zu fahren. Ein Lastwagen hatte sie schließlich hier abgesetzt. Und so warteten wir gemeinsam auf eine Weiterfahrt nach *Tamanrasset*, der berühmten Stadt der Tuaregs. Doch so sich einmal ein Lastwagen einfand und wir dessen Chauffeur fragten, mitgenommen zu werden, verneinte dieser und verwies auf ein Gesetz, dass man keine Ausländer mitnehmen dürfe, sei es doch schon häufiger vorgekommen, dass aufgrund von Sandverwehungen ein Lastwagen

weit von der Piste abgekommen und im Sand schließlich stecken geblieben war, wobei alle, da keine Hilfe kam, verdurstet seien. Wir
mussten uns also in Geduld fassen, in der Hoffnung, dass wir einen
Lastwagenfahrer bestechen konnten oder dass ein Europäer mit seinem Lastwagen hier vorüberkam, hatten sich doch, wie wir erfuhren,
vormals einige Deutsche und jetzt besonders Schweizer und Österreicher darauf spezialisiert, auf Lastwagen Autos nach Westafrika zu
bringen, um sie dort gewinnbringend abzusetzen.

Und immer wieder, wenn ich an Maria dachte, schien mein Herz
schneller zu schlagen. Diese vier Tage, die ich wartend in *In Salah* verbrachte, nutzte ich, um die ersten Gedanken zu meinen Roman über
meinen Vater in ein mitgeführtes Notizbüchlein zu schreiben. Von den
vielen aufgeschriebenen Punkten will ich kurz einige, die dann später
in meinem Roman Eingang finden sollten, erwähnen: Molar als Pazifist mit Weltverbesserungsideen, der von der englische Militärpolizei
wegen Drogenhandels verhört und nur deshalb nicht inhaftiert wird,
weil er sich als alleiniger Versorger seiner verwaisten Kinder herausreden kann; wie er sich in der Baracke durch eine unter dem Teppich
verborgene Klappe vor einer Inhaftierung verstecken kann; wie er als
Münchhausen auf dem Münchner Faschingsball verkleidet seine
große Liebe kennenlernt; wie er als Bettelkünstler mit mir über die
Dörfer zieht, und es versteht, mit dem Handwagen voller Esswaren
und Kleidungsstücken abends vollgepackt in die Barackenwelt zurückzukehren, während ich den Bäuerinnen als jeweils heutiges Ge-
burtstagskind vorgestellt werde, dem der arme Vater leider kein Geschenk bereiten kann; wie er das Angebot eines Schweizer Margari-
nefabrikanten, als Ölpalmspezialist mit seiner Familie nach Madagaskar zu ziehen, durch Unbedachtsamkeit vermasselt; wie er seinen
Herzwein herstellt und diesen dem kranken Papst Pius XII zuschickt,
der ihm den Segen für sich und die Familie erteilt; wie er in Zügen
seine Gedichte verkauft; wie er sich einen Passierschein von der englischen Behörde ausstellen ließ, der ihm erlaubte, mit seinem Auto
nach Neustadt zu fahren, doch nun mit diesem Ausweis durch manche
Teile des besetzten Deutschlands fahren konnte, da es mehrere Orte
dieses Namens gibt; wie er die gelegentlichen Briefe seiner begeister-

ten Leserschaft vorliest; wie seine Kinder seine Stimme anlässlich einer Dichterlesung im Schweizer Rundfunk mit anhören; wie seine Frau als kommunistische Spionin bezichtigt wird; seine Hochzeitsreise mit dieser und seinen vier Kindern auf die Zugspitze; wie mein Vater an einem vollen Apfelbaum mit mir vorbeikommt und meint, ich solle nachher von diesen reifen Früchten pflücken, ich aber entgegne, dass wir Flüchtlinge nur Fallobst einsammeln dürfen, wonach er sich mit aller Macht gegen den Stamm wirft und sagt, dass nun genug Obst aufzuheben sei usw. Ich sammelte also Stoff für mein schriftstellerisches Unternehmen und schrieb alles auf, was ich mit ihm selbst erlebt und von anderen über ihn, den ewig Hilfsbereiten und Frieden Stiftenden, gehört hatte.

Und auf einem Spaziergang in die umliegenden Einöden dachte ich immer wieder an Maria und an meinen zu schreibenden Roman. Plötzlich vernahm ich eine innere Stimme, die sagte: „Schreibe diesen Roman in sieben Farben!" Wer hatte mir das gerade zugeraunt? Und diese Aufforderung wiederholte sich.

Und ich entgegnete: „So etwas gibt es nicht in der Literatur."

„Alles Neue hat es vorher ebenfalls nicht gegeben. Jemand muss mit dem Neuen einen Anfang setzen."

„Aber", so erwiderte ich in Gedanken, „einen Roman in sieben Farben zu schreiben würde bedeuten, für jede Seite sieben verschiedene Filme zu erstellen, womit solch ein Buch mindestens viermal so teuer sein würde. Kein Verleger würde sich auf solch ein risikoreiches Unternehmen zumal von einem noch unbekannten Schriftsteller einlassen. Nein, auf euren Vorschlag gehe ich nicht ein."

Und die Stimme wiederholte: „Schreibe ihn in sieben Farben."

Und ich sagte: „Wenn ihr mir garantiert, dass dieser Roman in sieben Farben gedruckt wird, dann will ich ihn auch in sieben Farben schreiben."

„Wir", so vernahm ich weiter, „werden dafür sorgen, dass er in sieben Farben noch zu deinen Lebzeiten erscheint."

Ich musste mich erst einmal damit zurechtfinden, dass von höherer Seite ein Anliegen darin bestand, dass ich diesen Roman überhaupt schreiben sollte, und dann auch noch in sieben Farben. War es mein Vater, der Dichter Molar selbst, der mir diese Aufforderung in Gedanken zukommen ließ, oder waren hier andere jenseitige Schriftsteller am Werke? Späterhin sollte ich bei einigen noch herausfinden, wer zu diesem neunköpfigen jenseitigen Schriftstellerteam gehörte, wenn mir auch alle übrigen Namen erst nach meinem Tod offenbart werden würden. Also in sieben Farben sollte ich diesen Roman schreiben. Nun, das wäre als Niederschrift ganz einfach. Ich hätte eben das Aufgeschriebene nur mit dem betreffenden Farbstift vorerst zu unterstreichen. Doch welche Farben und wie ich sie zu gebrauchen hatte, blieb mir noch ein Rätsel.

Am vierten Tag des Ausharrens konnten wir in *In Salah* einen algerischen Lastwagenfahrer überreden, uns gegen ein Bakschisch mitzunehmen. Damit die Polizei nicht die mitreisende verbotene Menschenfracht entdecken könnte, entschied er sich, nachts um drei loszufahren. Doch sollten Koos und André sich zwei, drei Kilometer südlich der Piste aufhalten, um dann dort ihre Fahrräder auf den mit Schnüren hochbepackten LKW aufzuladen, während ich mich unauffällig zu dieser frühen Stunde bei ihm einfinden möge. Noch am Nachmittag fuhren die beiden Holländer mit ihren Rädern davon. Ich zog mich auf mein Zimmer zurück, wagte aber nicht einzuschlafen, um nicht die sich wohl nicht so schnell bietende Gelegenheit, nach Tamanrasset zu kommen, zu verpassen, denn ein öffentliches Verkehrsmittel wie Bus oder Bahn gab es nicht, es sei denn, man hätte von der Hauptstadt Algier aus ein Flugzeug bestiegen. Doch um Mitternacht begann es zu stürmen. Gegen drei Uhr kämpfte ich mich durch den Sandsturm hindurch zu dem Lastwagen. Ich weckte den dort auf den Vordersitzen schlafenden Fahrer, der aber meinte, nicht bei diesem Sturm losfahren zu können, sodass wir abzuwarten hätten, bis dieser aufgehört habe. Ich solle mich auf mein Zimmer zurückbegeben. Er werde mir rechtzeitig Bescheid sagen, wann er losfahren würde. Und ich dachte an meine beiden neuen Freunde, die ohne Schutz mit ihren Rädern nun in der Wüste diesem Sturm ausgesetzt waren. Hoffentlich überlebten sie ihn.

Noch vor Mittag legte sich der Sturm, sodass wir endlich fahren konnten. Und als wir uns auf der Hauptpiste nach dem Süden befanden, hielt ich Ausschau, wo wir wohl die auf uns Wartenden am Straßenrand entdecken könnten. Und schließlich nach etwa zwei Kilometern erblickten wir sie. Beide konnten sich kaum auf den Beinen halten. Ihre Gesichtshaut war noch teils vom Sand gezeichnet, wie auch ihr Bart und das nun zerschlissene Haar mit Sandkörnern durchdrungen war. Sie waren auf solch einen Sandsturm nicht vorbereitet gewesen und hatten sich nur dürftig mit Kleidungsstücken gegen diesen zu schützen versucht, doch die mit großer Geschwindigkeit einher fegenden feinen Sandkörner, die sogar den Lack von einem Auto abschmirgeln konnten, drangen manchmal sogar durch Kleidungsstücke hindurch. Zuerst reichten wir ihnen, denen noch die Nase voller Sand zu sein schien, das begierig von ihnen geschlürfte Wasser, hatten sie ihren eigenen Vorrat doch schon getrunken. Ich half den beim Gehen Wankenden, ihre Fahrräder auf der hohen Ladung zu befestigen. Und während der Weiterfahrt brachen sie in Tränen aus, da sie geglaubt hatten, diesen sandigen Gewaltsturm nicht überleben zu können. Und sie machten dem Fahrer Vorwürfe, nicht zur angegebenen Stunde gekommen zu sein, während dieser ihnen erklärte, dass beim Fahren der Sand in Motor und Getriebe hineingeweht wäre und sein Fahrzeug zum Stehen gebracht haben würde. Schließlich schliefen beide nach dieser für sie furchtbarsten Nacht ihres Lebens trotz der holprigen Straße ein. Hatte ich ein Glück, nicht mich ebenfalls nachts an die Hauptpiste begeben haben zu müssen, um dort auf diese Mitfahrgelegenheit zu warten.

Auf unserem Weg in den Süden sahen wir so manches Autowrack am Straßenrand einsam stehen. Wie uns der Fahrer erklärte, graben die Tuaregs manches Mal Löcher in die Piste, sodass den unvorsichtig herbeifahrenden Autos die Achsen brechen. Wird das Fahrzeug dann verlassen, kommen sie aus ihren Verstecken hervor und räubern es aus. In früheren Zeiten haben die Räuber unter den Tuaregs Karawanen überfallen und Menschen getötet. Dieses Nomandenvolk zog Jahrhunderte lang mit seinen Kamelkarawanen handeltreibend durch die Wüsten, brachte sogar schwarze Sklaven und Goldgeschmeide nach dem Norden, belud auf dem Rückweg seiner Kamele mit Salz und

Kupfer und beförderte es zu den Ländern südlich der Sahelzone. Doch viele von ihnen hatten sich auch in den Savannen dieser Zone niedergelassen, wo sie Viehzucht betrieben. Moderne Fahrzeuge haben den Handel mit Karawanen heute zum größten Teil überflüssig gemacht, sodass viele Tuaregs sich in Oasen niederließen oder in Ortschaften, wo sie einem Beruf nachgehen oder weiterhin Handel treiben konnten. Doch einige von ihnen wollten ihr Nomadenleben nicht aufgeben und halten sich abseits von Menschenansammlungen auf.

Wir erreichten mit diesem Lastwagen glücklich *Tamanrasset*, das Zentrum der wohl von den Berbern abstammenden Tuaregs. Ich lernte in dieser Stadt ein junges Paar aus Genf kennen, das, bevor es die Wüste weiter nach dem Süden durchquerte, einen Abstecher zum östlich gelegenen *Hoggart-Gebirge* unternehmen wollte. Und auf meinen Wunsch hin, mit ihnen, die sich *Henry* und *Liane* nannten, dorthin zu fahren, luden sie mich ein, in ihrem VW-Bus mitzukommen, war ich doch ein zusätzlicher Begleitschutz, denn es passierte, wenn auch selten, dass ein Auto ausgeraubt wurde.

Auf dem Wege zu diesem Gebirge gelangten wir zu einer aus Schilf umkleideten Hütte, vor der ein Autoreifen lag. Dieser, wie ich erkannte, diente als Brunnenrand. Ich stieg in diesen Brunnen hinein und fotografierte die herab schauenden Gesichter.

Am Fuße dieser mächtigen Gebirgskette, dessen höchste Erhebung fast 3.000 Meter beträgt, entdeckten wir, ungewöhnlich für diese Gegend, ein einstöckiges weißes mediterran anmutendes Haus, dessen Besitzer unseren Bus erspäht hatte und froh war, in dieser Einsamkeit Besucher zu

Mit unserem VW-Bus hielten wir vor einer Hütte.

empfangen. Er, der dort ganz allein lebte, lud uns ein und zeigte mit Stolz auf seine Anpflanzungen, denn sein Haus hatte er genau über einer Quelle, die aus dem Berg kam, gebaut. Somit, wie mir bewusst wurde, entzog er den Nomaden das kühle erfrischende Wasser, das sie zum eigenen Bedarf und zum Tränken der Kamele benötigten, während er dieses auf seine Gartenanlage leitete. Wie konnte man so egoistisch sein?

Kinder am Brunnenrand

Ich klettere in den Brunnen.

Neugierige und verwunderte Blicke verfolgten meinen Abstieg.

Und während dieses Ausflugs verweilte ich in Gedanken wieder bei meinem zu schreibenden Roman. Und mir wurde eingegeben, so schien es mir, dass der eigentliche Autor dieses Romans als ein Geist vorzustellen sei, der sich in der Raum- und Zeitlosigkeit aufhaltend die Menschen von seiner geistigen Höhe aus betrachtet und dort in irdischer Abgeschiedenheit seine Dichtungen verfasst, dessen Werk dann der irdische Leser allein für sich zu Hause liest. Warum sollte es nicht gegeben sein, dass der jenseitige Schriftsteller seinen Leser zu sich in seine Raum- und Zeitlosigkeit ruft, um mit ihm zusammen diesen Roman über den Dichter Molar zu verfassen, sodass jener während des Lesens zugleich gestaltender Mitverfasser eben dieses Werkes werden kann? Sobald der Wagen zum Stehen kam und wir ausgestiegen waren, trug ich diese Gedanken in mein Notizbuch ein.

Bei unserer Weiterfahrt hielten wir vor einem typischen Tuaregzelt, um es zu fotografieren. Es war ganz rund gefertigt und mochte etwa einen Durchmesser von acht Metern haben. Nur in der Mitte konnte man stehen, während es sich zu den Seiten hin bis zu einer Höhe von einem Meter spannte. Auf das Gebrumm des Autos hin kamen seine Bewohner daraus hervor, und der Mann winkte uns zu und lud uns ein, bei ihnen Tee zu trinken. Alle waren in typischer Tuaregtracht gekleidet, doch blieben die Gesichter der Ehefrau und der jungen Tochter unbedeckt. Der Hausherr – beziehungsweise der Zeltherr – erzählte uns, da er in der Schule ein wenig Französisch gelernt hatte, über das Leben der Tuaregs und ihrer Sitten. Die schöne Tochter mit ihrem braungebrannten Gesicht servierte uns Süßigkeiten. Er bot uns von Frau und Tochter geknüpfte und gestrickte Wollsachen zum Kauf an. Auf dem Weg zurück nach *Tamanrasset* erzählte mir Henry, dass der Vater ihm die Tochter angeboten hätte. Er hatte sicherlich gedacht, dass Liane meine Frau sei, war es doch bei ihnen Brauch, dass ein Mann nur eine jüngere Frau geheiratet haben konnte. Mir hatte auf Kreta ein Franzose erzählt, der mit seiner jungen Tochter ebenfalls im VW-Bus die nördlichen Wüstenländer besuchte, dass ein reicher Saharabewohner ihm siebzig Kamele für seine Tochter angeboten habe. Und vielleicht hätte dieser Tuareg gerne Henry als reichen Schwiegersohn, der ja sogar einen VW-Bus besaß und so weit bis hierher mit diesem reisen konnte, für seine hübsche Tochter auserkoren gesehen. Oder meinte dieser Vater mit seinem versteckten Angebot etwa etwas ganz anderes, wie Henry es interpretierte?

Auf dieser Fahrt kamen wir drei überein, dass ich sie durch die südlich gelegene gefährlichere Wüste nach Niger begleiten durfte. Ich war sehr froh, nicht noch länger in *Tamanrasset* auf eine Mitfahrgelegenheit warten zu müssen. Am nächsten Morgen war ich erstaunt, draußen im trockenen Flussbett Kindergeschrei zu hören. Denn im Hoggart hatte es geregnet, und nun, seit vielen Monaten, bahnte sich langsam das Wasser durch dieses Sandbett. Selbstverständlich hatte es sofort schulfrei gegeben, denn dieses seltene Ereignis würde keinen auf der Schulbank sitzen gelassen haben. Die Jungen liefen dem wie eine Schlange sich vorwärts bahnendem, immer mächtiger werdenden Wasserlauf voran.

Ein Österreicher war mit seinem Lastwagen in Tamanrasset angekommen. Der LKW hatte auf der Ladefläche noch einen Kleinlaster geladen. Diese beiden Fahrzeuge wollte er in Nigeria verkaufen. Er war froh, in Koos und André und zwei anderen Trampern Mitfahrer gefunden zu haben, die er kostenfrei mitnahm, damit sie, so der Wagen im Sand stecken bleiben sollte, beim Freischaufeln der Reifen mithelfen konnten. Sicherlich hätte er auch mich noch mitgenommen. Doch ich

Im Gebirge hatte es geregnet. Endlich wieder Wasser im Flussbett.

hatte ja schon meine Mitfahrgelegenheit bestens geregelt. Und am nächsten Tag fuhren wir dem hochgeladenen Lastwagen hinterher, den wir allerdings bald aus den Augen verloren, da wir häufiger stecken blieben und schließlich auch dessen Sandspuren durch die schnell sich einstellenden Verwehungen nicht mehr erkennen kannten. Doch wir wussten, dass wir immer nach Süden zu fahren hatten. Bevor wir losgefahren waren, mussten wir uns bei der Polizei melden, wo wir samt dem Fahrzeug registriert wurden. Denn sollten wir nicht in spätestens drei Tagen in Niger angekommen sein, von wo wir ein Telex zu schicken hätten, würde man mit dem Flugzeug eine Suchaktion starten.

3. Den Zähnen eines Krokodils in Niger entkommen

Hinter Tamanrasset gab es keine Straßen mehr, die nach Süden führten. Wenn man Glück hatte, fand man Pisten von Lastwagen. Die *Sahara* ist die größte Sand- und Gesteinswüste der Welt und erstreckt sich nahezu über 5.000 Kilometer vom Atlantik bis zum Roten Meer und wird nur durch den Nil unterbrochen. Ihre Breite beträgt zwischen 1.300 bis 2.000 Kilometer. Hier in der südlichen Sahara hatten wir Sanddünen zu umfahren und unseren eigenen Weg zu finden. Und immer wieder blieben die Räder im Sand stecken. Dann hieß es auszusteigen, die Räder freizuschaufeln, ihnen die vorsorglich mitgeführten und in Tamanrasset erstandenen eisernen Platten vor diese zu legen und womöglich noch beim Anschieben zu helfen. Es herrschten, wie wir auf dem Thermometer sehen konnten, über 50 Grad im Schatten. Bei diesen Bemühungen lief uns der Schweiß herab, sodass wir alle paar Minuten Wasser trinken mussten. Henry hatte ein 100-Liter-Fass mit Wasser vorsorglich hinter unseren Sitzen stehen. Hoffentlich würde dieser Vorrat bis zum nächsten Ort in Niger reichen. Zu allem Übel stellten sich bei mir große Zahnschmerzen ein. Weder meine beiden Schweizer noch ich hatten Schmerztabletten dabei. Dieser Schmerz breitete sich dann auch auf die Ohren aus. Sicherlich gab es

auf Hunderten von Kilometern keinen Zahnarzt, und an ein Zurück-
fahren nach Tamanrasset war sicherlich nicht zu denken. So hielt ich
mir bei der Weiterfahrt mit einem Taschentuch die Backe, während
Tränen die Wangen herunterliefen. Wie konnte ich auch nur die sonst
immer auf meinen Reisen mit mir geführten Schmerztabletten vergessen haben!

Wann wir die Grenze zu diesem Land, das „nur" halb so groß war
wie Algerien, überquert hatten, konnten wir nicht ermitteln. Auf jeden Fall gab es hier und da Strauchwerk, und es zeigten sich immer
mehr Spuren von Kamelen und Eseln im Sand. Wir folgten diesen und
gelangten schließlich in einen vereinsamten Ort namens *Arlit*. Wie
froh waren wir, nicht in der Wüste uns verfahren zu haben. Denn von
hier aus gab es eine erkennbare Piste, die nach *Agadez* inmitten der
Sahelzone führte, die seit Jahrzehnten in zunehmendem Maße der
Trockenheit anheimfällt, stellte sich doch der für die Landwirtschaft
nötige Regen immer seltener ein, weshalb sich hier die Armut der Bevölkerung besonders krass bemerkbar machte. Die Franzosen hatten
sich seit Beginn des 20. Jahrhunderts für dieses Land als Kolonie interessiert, doch mussten sie sich mit ihren Truppen gegen mehrere Aufstände behaupten, bis sie dieses Land völlig unter ihre Kontrolle bekamen. Erst 1960 erhielt *Niger*, benannt nach dem großen Fluss im
Westen des Landes, seine Selbstständigkeit als unabhängige Republik, die sich aber bald schon in eine Militärdiktatur umwandelte. Erdnüsse und Kupfer und späterhin auch Uran sind ihre Hauptexportar-
tikel, die kostspielig zu den Häfen nach Nigeria und Benin transportiert werden müssen. Dieses Land ist wie einige andere afrikanische
Länder besonders stark auf internationale Hilfe angewiesen. Und oft
konnten wir hier ausgemergelte Kinder mit aufgeblähten Bäuchen sehen, wie auch in *Agadez* überall Bettler den wenigen Europäern die
Hände entgegenstreckten. Unter den vielen Völkern mit unterschied-
lichen Sprachen fielen hier besonders die hochgewachsenen und
schmalen Peuls (sprich Pöls) auf, die neben den von mir noch späterhin aufzusuchenden und von ihrer Statur her kräftiger gebauten Nu-
bas im Sudan und den Masais in Ostafrika zu den drei körperlich größten Afrikanern gehören.

Dieser Brunnen ist 80 Meter tief. Ein Kamel zieht den gefüllten Lesersack nach oben.

In *Agadez* traf ich *André* und *Koos* wieder. Und da Henry und Liane einen direkten Weg nach dem südlichen Nigeria nehmen wollten, ich aber zuerst in der Hauptstadt Niamey mir das Visum für jenes Land zu besorgen hatte, entschloss ich mich, mit dem gedoppelten Lastwagen hinter dem Fahrerhäuschen stehend, mitzufahren, konnte ich doch von hier oben bestens meine Blicke in die Landschaft schweifen lassen.

Bei einem größeren Stausee machten wir Rast und zögerten nicht, ein ersehntes Bad in diesem nicht ganz sauberen Wasser zu nehmen, aus welchem hier und da noch graue Stämme und Äste von abgestorbenen Bäumen ragten. Und während wir uns im See erfrischten, rief auf einmal eine Stimme: „Krokodile!" So schnell wie möglich schwammen wir zum Ufer zurück. Doch einer der Holländer – ich glaube es war Kos – wurde von einem Krokodil verfolgt, konnte sich nur auf einen dieser kahlen Baumstümpfe retten, während, wie wir nun beobachteten, ein großes Krokodil zu ihm hochstarrte. Würde dieses Tier zu ihm, dessen Füße sich nur eineinhalb bis zwei Meter über dem Wasserspiegel befanden, etwa hochklettern und ihn mit seinen Zähnen herunterziehen können? Und schon nahte ein zweites Reptil. Beide waren sich sicherlich ihrer Beute gewiss. Doch wie könnten wir den um Hilfe schreienden und um sein Leben fürchtenden Kos aus seiner verzweifelten Lage retten? Wir hatten kein Gewehr. Und die Steine, die wir auf diese Tiere warfen, ließen sie unbeeindruckt. Jemand kam auf die Idee – war ich es? –, dem Kos ein langes Seil zuzuwerfen. Dieses sollte er sich um den Bauch binden, während das andere Ende an unserem Doppellaster zu befestigen wäre, das ihn dann mit aufgenommener Geschwindigkeit durch das Wasser ans Land ziehen würde. Nach mehreren Wurfversuchen konnte der auf dem kahlen Geäst Zitternde das Seilende fangen und es sich um den Bauch binden. Der mit dem Rücken zum Wasser gewendete Laster begann nun mit einem Ruck Vollgas zu geben und Kos durch das Wasser an den glitschigen Strand zu ziehen. Die ihrer sicheren Beute verlustig gegangenen Reptile schwammen sofort hinter Kos her, und eines von ihnen kam sogar aus dem Wasser heraus und blieb nur einige Meter von uns entfernt regungslos liegen, als sei es das bravste Tier weit und breit.

Es schien überhaupt keine Furcht beziehungsweise keinen Respekt vor uns zu haben.

Wir wagten uns nun nicht dem See zu nähern, um von dort Wasser zu schöpfen, mit welchem sich Kos vom Schlamm hätte reinigen können. Er musste versuchen, sich mit dem im Lastwagen mitgeführten Wasser notdürftigst zu säubern. Doch dann stellten wir uns in einiger Entfernung um dieses gepanzerte Schuppentier mit einer Gesamtlänge von etwa drei bis vier Meter auf, um es zu bestaunen und zu fotografieren. Zwei, drei Wagemutige unter uns versuchten sich von hinten diesem Tier zu nähern. Und als es keinerlei Anstalten machte, nach uns zu schnappen, sondern mit geschlossenen Augen vorgab zu schlafen, berührte ich es am Schwanz. Aber es verhielt sich weiterhin so, als ob es keinerlei Notiz von uns nähme, selbst als ich einen Fuß auf sein Hinterteil setzte. Schließlich, von herausfordernder Kühnheit gepackt, stellte ich mich mit beiden Beinen für einige Sekunden auf seinen Körper, darauf vertrauend, dass das Krokodil entweder weiterhin unbekümmert stillhalten würde, oder dass ich bei einer plötzlichen Bewegung schnell zu Seite springen könnte. Die Zuschauenden applaudierten über mein Wagestück. Im Nachhinein könnte ich mich noch über diesen Leichtsinn ohrfeigen. Hätte sich das Reptil mit einem schnellen Ruck bewegt, wäre ich wohl zur Seite gestürzt und wäre dann seinen Zähnen nicht entkommen. Somit hätte auch meine Liebe zu Maria ihr irdisches Ende gefunden, und der Molar-Roman wäre nie geschrieben worden. Wer hielt eigentlich eine schützende Hand über mich?

Wir machten auf freier Strecke an einem Brunnen Halt, an welchem sich eine Beduinenfamilie mit ihren Rindern und Schafen niedergelassen hatte. Wir wurden von ihr zum Tee eingeladen. Ich habe es immer wieder erlebt, dass Muslime Fremden gegenüber sehr gastfreundlich sind, wie der Koran es auch von ihnen fordert. Ich entdeckte in einem Topf Milch und in einer Schale Reis. Und da ich Hunger verspürte, fragte ich die uns den Tee servierende Frau, ob sie mir einen warmen Milchreis zubereiten könne, würde ich sie auch dafür bezahlen. Ich ließ mir dann den zubereiteten und mit Zucker gesüßten Brei gut schmecken. Als ich gesättigt den Preis wissen wollte, den ich ihr für dieses leckere Mal schuldete, nannte sie mir einen horrend hohen Preis, der sicherlich fünfmal so hoch war, wie ich ihn mir vorgestellt hatte. Warum hatte ich nicht vorher nach dem Preis gefragt? Mit Unmut zahlte ich ihr widerwillig die geforderte Summe, hielt ihr aber mein hufeisernes Amulett entgegen und gab der nun entsetzt Dreinschauenden zu verstehen, dass sie für diese Gaunerei bestraft würde. Späterhin habe ich diese Drohung bitterlich bereut und in Gedanken diese Frau für mein liebloses Handeln um Vergebung gebeten. Ganz gleich, wie gemein auch man von anderen behandelt wird, darf man nie mit Lieblosigkeit reagieren. Ich hatte also noch ganz viel zu lernen. Und vielleicht war ja auch dieser von ihr geforderte Preis gerecht, stammte dieser Reis eventuell aus dem fernen Asien. Und der weite Weg bis hierher in diese Einöde wird seinen Wert um Vielfaches erhöht haben. Selbst nach Jahren, wenn ich an diese Begebenheit dachte, habe ich mich immer wieder dafür entschuldigt. Nun ja, nobody is perfect.

Über Nacht hielten wir in *Tana*. Der österreichische Fahrer schlief auf den Vordersitzen, während wir, zu denen sich außer den Holländern und jenen beiden Trampern aus Tamanrassett noch zwei weitere Tramper in Agadez zugesellt hatten, schliefen ganz oben auf der Ladefläche des Kleinlasters. Am Morgen wachte ich auf, als eine Stimme neben mir rief: „Mein ganzes Geld ist weg!" Sofort richteten wir uns alle auf. Und auch bei zwei anderen war das Geld gestohlen. Gott sei Dank bewahrte ich mein Geld im Brustbeutel, der nachts, in meine Hose eingewickelt, unter meinem Kopf zu liegen kam. Mir war nichts abhanden gekommen. Nun gab es große Aufregung. Wir hatten in Agadez einiges Geld in die lokale Währung gewechselt. Als wir herabgestiegen waren, fanden wir die Geldbörsen auf der Seite der Straße liegen. Die Dollarnoten, die schweizerischen, holländischen und deutschen Geldscheine waren alle noch darin zu finden, nur das lokale Geld war gestohlen. Hatten die Beraubten nochmal Glück gehabt, denn die Diebe kannten offenbar nicht die wertvolleren Scheine anderer Währungen, weshalb sie unberührt blieben.

In *Niamey* verweilte ich drei Tage, da ich auf mein Visum für Nigeria zu warten hatte. Ich wohnte bei der Heilsarmee. Es war Mangozeit, und meine Lieblingsfrucht konnte ich auf dem Markt billig erstehen. Von Koos und André verabschiedete ich mich, denn sie wollten von hier aus auf ihren Rädern nach Nigeria weiterfahren. In dieser Stadt, in der man außer den einheimischen Sprachen auch ein oft schwer zu verstehendes Französisch sprach, gab es Viertel und Lokale, in denen Prostituierte wie überall in Schwarzafrika nach Freiern Ausschau hielten. Noch wusste ich nicht, dass diese sich aus karmischen Gründen diesen Beruf ausgewählt hatten. Ich habe jede Frau, ganz egal, wer sie war, immer mit großem Respekt und herzlicher Zuneigung behandelt, und habe sie jeweils als ein Geschenk der Schöpfung aufgefasst, das unter anderem auch zur Freude des Mannes erschaffen worden war. Doch hatte mein Libidodrang nichts mit meiner Liebe zu Maria zu tun. Dazwischen standen Welten. Damals gab es noch kein Aids, das erst zwei Jahrzehnte später wie eine Seuche um sich griff und bis zur Jahrtausendwende die schwarzafrikanische Bevölkerung dezimieren sollte, doch musste man sich vor anderen Geschlechtskrankheiten vorsehen.

In dieser Hauptstadt mit damals etwa 300.000 Einwohnern stand ich auf der Brücke, die über den Nigerfluss führte. Dieser ist mit seiner Länge von über 4.000 Kilometer nach dem Nil und dem Kongofluss der drittgrößte Afrikas. Er entspringt in den Bergen Guineas, das ganz im Westen liegt, und mündet in Nigeria in eine Bucht des Atlantischen Ozeans. Seinem Vorhandensein haben Millionen von Afrikanern ihr Leben zu verdanken. Und während ich in den Fluss schaute, entdeckte ich dort ein daher treibendes totes schwarzes Baby. War es verstümmelt zu Welt gekommen, dass die Mutter oder deren Verwandte es in den Fluss warfen? Oder war es eine Totgeburt? Oder? Ich wusste schon, dass die Seele dieses Kindes sicherlich schon einen neuen Körper in der jenseitigen Welt wieder angenommen haben würde und vielleicht auf eine andere passendere Gelegenheit wartet, um wiederum, von einer Mutter geboren, das irdische Licht zu erblicken.

In jenem Dorf nahe der nigerianischen Grenze traf ich Herrn *Schönbach* aus Deutschland, der hier in diesem Land schon längere Zeit mit seiner Familie lebte und eine Farm aufgebaut hatte. Er lud mich ein, mit ihm auf sein Landgut zu kommen, wo er unter anderem auch Pferde züchtete. Er hatte Besuch aus Deutschland. Somit schlug er uns allen vor, mit ihm in die Gegend zu einem bestimmten Ort zu reiten. Er ließ die Pferde von seinen Angestellten satteln, und bald ging es im Galopp über die Felder und staubigen Pfade. Ich hatte nie Reiten gelernt und wusste daher auch nicht, wie ich das Pferd zu kommandieren hatte. Dieses merkte bald, dass es nicht gefordert wurde, bei dieser Hitze mit den anderen mithalten zu müssen, und ging nun in einen gemütlichen Gang über, der mir sehr zustatten kam, hatte ich mich doch bis dahin krampfhaft am Sattel festzuhalten versucht, um nicht abzustürzen. Die anderen Reiter waren schon längst in der Ferne verschwunden. Warum hatte ich meinem Gastgeber nicht gesagt, dass ich nicht reiten könne? Was immer ich jetzt mit den Zügeln anstellte, das Pferd reagierte nicht. Schließlich hatte es sich besonnen, drehte sich um und schlug den Weg zurück zur Farm ein. So hoffte ich wenigstens. Denn schon bald fand ich mich vollkommen in der Einöde verloren. Der gemütlich einherschreitende Vierbeiner wusste sicherlich, wo es etwas zu trinken gab, um erst einmal seinen Durst zu stillen. Auch meine Kehle war schon seit einiger Zeit ganz ausgetrocknet, und ich hätte sicherlich eine größere Summe für einen einzigen Schluck Wasser bezahlt. Durst ist eine der größten Torturen, die ein Mensch erleben kann. Tatsächlich schritt das Pferd auf einen Tümpel zu, dessen Wasser aus einer braunen Brühe bestand. Vor einer diesem Pfuhl angrenzenden Hütte entdeckte ich kleinere Schweine, die sicherlich in diesem Dreckswasser sich oft und gerne suhlten, was mein Pferd aber nicht abhielt, seinen großen Durst zu stillen. Und mein Durst war sicherlich nicht geringer. Solle ich absteigen und ebenfalls daraus trinken? Doch was wäre, wenn es mir nicht gelingen sollte, wieder auf das Pferd zu steigen? Würde ich dann überhaupt meinen Weg zu Fuß zurückgefunden haben, den aber sicherlich das Pferd kannte? Ein Mann trat aus jener armseligen Hütte, den ich zu mir winkte. Ich reichte ihm meinen ledernen Hut, den ich mir bei jenem Tuareg am Hoggart-Gebirge erstanden hatte, und bat ihn, mir diesen mit dem braunen Wasser zu füllen, woraufhin ich dieses mit heißem Verlangen in meine ausgetrocknete Kehle hinabstürzte. War ich nicht überaus leichtsinnig? Hielten sich doch in dieser Lache unzählige Bakterien auf, die schlimmste Krankheiten verursachen könnten. Schließlich war ich froh, dass das Pferd ohne mein Zutun seinen Weg nach Hause fand.

Auch während des Ritts auf diesem gemütlich einherschreitenden Pferd kamen mir weitere Gedanken zum Molar-Roman. Der Autor und der Leser sollten Molar im Traum erscheinen und ihn auf seine dichterischen Unzulänglichkeiten hinweisen. Der Leser kann sich wie der Autor zu jedem beliebigen Ort in jedwede Zeit hineinbegeben und, für irdische Augen unsichtbar, alles als gegenwärtiges Geschehen erleben. Die Grenzen der Zeit sind aufgehoben. Am Ende des Romans verschmelzen Autor, Leser und Molar zu einer Einheit. Das waren alles unerhörte Gedanken, die noch kein anderer Schriftsteller meines Wissens in seinen Werken vorgestellt hatte. Nur Goethe, so war mir bewusst, hatte im zweiten Teil des Faust-Dramas seinen Helden von Mephisto in die verschiedenen Zeiten geleitet, sei es auf thessalische Felder der Antike, in das mittelalterliche Griechenland oder in eine erdachte Gegenwart am Meer.

Als ich die Farm erreichte, war Herr Schönbaum schon mit seinen Freunden zurückgekehrt. Man hatte nach mir gesucht, aber mich nicht finden können. Und er machte mir berechtigte Vorwürfe, warum ich ihm nicht gesagt hätte, dass ich nicht reiten könne. Sie waren nämlich zu einem benachbarten Dorf *Massalata* geritten, das weit und breit bekannt sei für seine dort wohnenden Hexen und Zauberer. Schade, dass ich dieses Dorf nicht selbst in Augenschein nehmen konnte, um vielleicht von einer dieser Personen über ihre Künste zu erfahren. Doch am nächsten Morgen kam einer der deutschen Gäste aufgeregt zu Herrn Schönbach und berichtete ihm, dass seine in der Brieftasche mitgeführten 7.000 Mark gestohlen worden seien. Das dünne vor Moskitos Schutz bietende Drahtnetz am offenen Fenster war aufgeschnitten gewesen. Natürlich wurde auch ich verdächtigt. Der Hausherr rief die Polizei an. Nachdem zwei Polizisten eingetroffen waren, verhörten sie alle Angestellten und meinten schließlich, dass der Täter aus dem Nachbardorf gekommen sein müsse. Und die Aufforderung, doch dort den vermeintlich Gesuchten zu ergreifen, lehnten die Polizisten ab mit dem Hinweis, dass sie sich nicht in jenes Dorf mit den Hexen wagten, könnten sie doch mit einem Unglück bringenden oder vielleicht sogar mit einem tödlichen Zauber behaftet werden. Man solle aber den Marabut, den weisen Seher des Dorfes, von dort kommen lassen. Dieser wurde nun mit dem Jeep herbeigeholt. Und als er sich im Haus von den Schönbachs einfand, wusste er sofort, wer der Dieb gewesen sei. Dieser habe schon öfter Diebstähle ausgeführt und sei heute in den frühen Morgenstunden zurückgekehrt, habe noch einige Sachen gepackt und sei unter Zurücklassung seiner Frau und seinen Kindern über die nahe Grenze nach Nigeria entflohen. Und die noch anwesenden Polizisten zuckten bedauernd mit den Achseln, da man in diesem Falle keine Möglichkeit habe, dem Dieb nachzusetzen, denn die dortige Polizei würde sich nicht um Straftäter eines fremden Landes kümmern, es sei denn, sie würden dort straffällig werden.

4. In der Hexenküche eines Medizinmannes im Norden Nigerias

Am 26. Mai überquerte ich die Grenze zu *Nigeria*. Diese Republik ist etwas mehr als zweieinhalbmal so groß wie das wiedervereinte Deutschland. Bis in den ersten beiden Jahrzehnten des 19. Jahrhunderts war es über 200 Jahre lang eines der Hauptlieferanten für Sklaven, die vor allem von Engländern gegen Gewehre, Pistolen und Kanonen eingetauscht wurden und gewinnbringend nach den östlichen Küstengebieten Lateinamerikas, den Inseln der Karibik und vor allem von diesen nach den Südstaaten Amerikas gebracht wurden. Stämme bekriegten sich, um möglichst unversehrte Männer und Frauen einzufangen, die als Sklaven tauglich schienen. Nigeria ist das volkreichste Land Afrikas, das zu meiner Zeit etwa 30 Millionen Einwohner gezählt haben mochte, deren Anzahl sich bis zum Jahre 2000 auf 40 Millionen erweiterte. Impfungen und andere medizinische Versorgungen haben nicht nur die hohe Kindersterblichkeit drastisch reduziert, sondern auch die durchschnittliche Lebenserwartung erhöht. Während die südliche Hälfte des Landes mit seinen vielen Tropenwäldern von häufigen Regenfällen heimgesucht wird, weist die nördliche Hälfte auf Grund der seltenen Niederschläge meist nur spärlichen

Pflanzenwuchs auf. Hier wird vor allem Viehzucht betrieben und Sorgum, Mais, Erdnüsse und Baumwolle geerntet. Im Norden wohnen die Muslime, im Südteil sind meistens christliche Missionare seit fast anderthalb Jahrhunderten tätig, haben aber die Stammesreligionen immer noch nicht ganz verdrängen können, denn viele Afrikaner füllen zwar am Sonntag die Kirchen und suchen auch bei Erkrankungen einen Arzt oder ein Hospital auf, gehen aber trotzdem noch zum Medizinmann, der ihnen mit Hilfe seiner Geister medizinische Hilfe oder geistlichen Rat zukommen lässt und Schutzamulette verkauft. Jedes der vielen Völker und Stämme hat seine eigene Sprache und wiederum Dialekte, doch sind die Sprachen der Haussa aus dem Norden, den Yorubas aus dem Südwesten und jene der Igbos aus dem Südosten am meisten verbreitet, während Englisch von allen Schülern als Pflichtfach erlernt wurde, das als Pidgin English seine eigene Aussprache angenommen hat. Ich habe manches Mal staunen müssen über die Sprachfähigkeiten oft unstudierter Leute, die mehrere dieser Sprachen beherrschen. Die Engländer hatten sich nach Ende des Sklavenhandels, der im Königreich ab 1807 eingestellt wurde, immer mehr für die Naturprodukte des südlichen Nigerias, wie dem Pflanzenöl, Gummi und Kakao, interessiert und dann besonders für die Bodenschätze, vor allem, nachdem man hier nicht nur Kohle und Zinn, sondern Erdöl fand. Heute ist Nigeria vor Angola der größte Öl- und Gasexporteur Schwarzafrikas. 1960 erhielt Nigeria seine Unabhängigkeit und etablierte sich 1963 als Republik.

Die erste Stadt, in welcher ich mich absetzen ließ, heißt *Sokoto*. Ich kam bei einem anglikanischen Missionar unter. Wie ich auch auf meinen weiteren Reisen durch den Schwarzen Kontinent seltenst für eine Unterkunft zu zahlen hatte, waren doch christliche Missionare, Entwicklungshelfer oder sonstige Europäer gerne bereit, einem Reisenden wie mir Unterkunft und oft auch Verpflegung zu gewähren, besonders wenn einer von ihnen mich auf der Straße aufgelesen und mit seinem Wagen zu sich nach Hause mitgenommen hatte. Doch wurde ich auch oft von Einheimischen eingeladen. Und wenn ich keine kostenlose Unterkunft fand, hatte ich auf dem Boden bei der Polizei oder in einem Schulgebäude meinen Schlafsack ausbreiten können. In Sokoto herrschte Chaos. Da es kein Licht wegen lang anhaltenden

Stromausfalls gab, konnten auch die Wasserpumpen nicht in Betrieb genommen werden. Von dem englischen Missionar erfuhr ich, dass sein Heimatland der neu eröffneten technischen Hochschule einen mehrere Zentner wiegenden Computer geschenkt habe. Doch als er angeschlossen werden sollte, habe man entdeckt, dass der hiesige Strom für diese Anlage nicht geeignet sei. Dieses großzügige Geschenk im Zuge der Entwicklungshilfe war also, wie man so sagt, in den Sand gesetzt. Vor den Tankstellen standen Schlangen von Autos, die irgendwann, wenn es neues eingeschränktes Benzin wieder geben sollte, nicht leer ausgehen wollten. Trotzdem gelang es mir schon am nächsten Tag, eine Mitfahrgelegenheit nach *Kano* bekommen.

In dieser größten Stadt im Norden dieses Landes, die mehrheitlich von muslimischen Haussas bewohnt wird, wurde ich bei meiner Erkundung nach einer kostenlosen Unterkunft auf den Campingplatz verwiesen, wo ich unter einem Schilfdach meinen Schlafsack ausbreiten konnte. Hier lernte ich *Peter* kennen, einen Ibo aus Victoria in Kamerun. Er war ganz depressiv und erzählte mir Folgendes. Er sei mit dem Zug nach Kano gereist. Im Gepäcknetz habe er seinen Aktenkoffer aus Aluminium verstaut, in welchem sich Silberschmuck, das den Bewohnern seines Ortes gehörte, befand, das er für sie gewinnbringend in Kano zu veräußern vorhatte, um dann mit einer Lastwagenladung voll mit Zwiebeln nach Hause zurückzukehren. Als er im Hotelzimmer seinen Aktenkoffer öffnete, musste er feststellen, dass dieser während er im Zug schlief, vertauscht worden war. Nicht nur das Silber in einem Wert von etwa 2.000 US$ war somit gestohlen, auch fehlte sein Reisepass. Er sei dann zur Polizei gegangen, um den Diebstahl zu melden. Und da er sein Hotelzimmer aus Geldmangel gleichen Tages wieder räumen musste, hatte man ihn nach hier auf den kostenlosen Campingplatz verwiesen. Er fragte mich nun, ob ich für ihn irgendeine Arbeit haben würde, müsse er doch Geld erbetteln, damit er an die Grenze Kameruns reisen könne, um seiner Frau Bescheid zu geben, mit ihrem Pass zu ihm auf die nigerianische Seite zu kommen, um ihm Geld zu geben und dann einen neuen Reisepass daheim zu beantragen, denn ohne einen solchen würde man ihn auch nicht über die Grenze in sein Land hineinlassen. Ich gab ihm etwas Geld, damit er sich bei seiner morgigen Arbeitssuche ernähren konnte. Und wir verabredeten uns für den nächsten Tag an einem Teestand.

Dort traf ich ihn wieder. Er war weiterhin vollkommen deprimiert und sagte, dass er sich aufhängen wolle. Denn er sei in seiner Verzweiflung zu einem Medizinmann gegangen, um diesen um Rat zu fragen, was er ihm vorschlage, unternehmen zu müssen, um Geld zu verdienen. Dieser wollte aber zuerst von ihm selbst bezahlt werden. Weiterhin berichtete er, dass er jemanden um Geld angebettelt habe, worauf ihm der Angeredete ein Taschentuch gab, in welchem sich ein Joint (eine selbstgedrehte Marihuana-Zigarette) befand. Peter kramte diesen aus seinem Taschentuch hervor und zeigte ihn mir und fragte, ob ich ihm diesen abkaufen wolle. Ich verneinte, hatte ich mit solch benebelnden Suchtmitteln nur schlechte Erfahrungen gemacht, denn sie verursachten bei mir Hämorrhoidenschmerzen. Dann, so entgegnete er, will er morgen zur Polizei gehen und ihr diesen Marihuana-Besitz gestehen, da man ihn sogleich für 15 Jahre einsperren werde. Somit brauche er wenigstens nicht zu verhungern. Dieses Vorhaben konnte ich ihn schnell vergessen lassen, zahlte ich ihm nun die genannten sieben Niras für die Zugfahrt an die südöstliche Grenze Nigerias. Gleich neben dem Teestand, wo man auch einen Hamburger bestellen konnte, der auch Peter bestens auf meine Kosten mundete, hatte ich schon vorher eine an einem Pfahl befestigte etwa 150 mal

Peter zeigt mir das Reklameschild des Medizinmannes.

60 Zentimeter breite buntbeschriftete Holztafel gesehen. Ein Medizinmann pries hier sein Können an.

Die Abschrift dieses Reklameschildes gebe ich hier auf Englisch wieder:

N. Dr. Uwadineke IROH'S HERBALIST HEALING HOME REGG. IN NIGERIA NO 420431

THE MASTER OF ROOT AND LEAFES IS NOW IN TOWN. PLEASE HAVE /YOU MADE PEACE WITH GOD OF UNIVERS? DON'T BE ASHAMED. CONSULT/ ME FOR THE FLOWING CHARMS TO DESTROY WITCH CRAFTS, TREATS/ OBANJE, WOMEN TROUBLE, PROTECTION AGAINST POISON, GOOG LUCK RING/ AND CHARMS, PROMOTION, INCREASING MARKET CUSTOMER. I READ YOU PALM & TELL YOUR OMEY ACCIDENT, BEGGING WITHOUT REFUSE, DEAD/ TERTACLES DUE TO CRONICLE GONNEREA, CHILDREN CONFUSION. CALL IN AT NO. 17A IJEBU RD. 5/6 KANO

Und hier die etwas freie Übersetzung:

Das Iroh Naturheilzentrum von Naturdoktor Uwadineke, nigerianische Registrierungsnummer 420431.

Der Meister der Wurzeln und Blätter ist jetzt in der Stadt. Haben Sie schon Frieden mit dem Gott des Universums gemacht? Sie brauchen sich nicht zu schämen. Kommen Sie zu meiner Beratung Ich kann Ihnen wirkungsvolle Mittel herstellen, die Verhexungen auflösen, gegen böse Geister schützen, Frauenkrankheiten heilen und Sie vor Vergiftungen immun machen. Ich kann Ihnen einen Glücksring und Schutzamulette anfertigen, sodass Sie eine Beförderung erhalten oder Ihren Umsatz steigern können. Ich kann Ihre Hand lesen. Ich heile Geschlechtskrankheiten und befreie Kinder von Besessenheit. Suchen Sie mich auf in der Ijebustraße 17A in 5/6 Kano.

Ich fragte Peter, ob er diesen Mann kenne. Er bejahte, wusste auch, wo dieser wohne, und versprach mir, mich morgen vor seiner Abreise zu diesem zu geleiten.

So lernte ich den 30-jährigen medicine man (Medizinmann) und herbalist (Heilkräuterexperte) *Uwadineke* aus dem ehemaligen Biafra, dem Stammland der Igbos, kennen. Und da ich mir auf dieser Afrikareise, also anders als auf meiner Weltreise, nahezu jeden Abend Notizen über alles Interessante aufgeschrieben hatte, kann ich Ihnen, liebe Leser, einen Einblick in die oft schauderhafte, aber auch verblüffende und oft erfolgreiche afrikanische Heilkunst geben. Dieser Medizinmann wohnte mit seiner Zweitfrau und ihren drei Kindern in einem Flachgebäude direkt an einer staubigen Straße. Seine Wohnung bestand, von einer Außenküche im Seitenhof abgesehen, aus einem einzigen Raum, der zugleich Schlaf- und Kinderzimmer, aber auch Wohn-, Behandlungs- und Wartezimmer in einem war. Die Schlafecke wurde durch einen mitten im Raum herunterhängenden Vorhang getrennt, vor dem dieser junge Heilkünstler einen kleinen Altar errichtet hatte, auf welchem sich zwei Jesusbilder neben Räucherstäbchen, Kerzen, einer Bier- und einer Cola-Flasche befanden. Doch in deren Mitte stand eine mit klarem Wasser gefüllte Glasschüssel, in der grüne Glasperlen lagen und auf der Oberfläche Blätter schwammen. Dieses Wasser wurde zum Besprengen des Raumes, aber auch manches Mal zum Bestreichen der Stirn eines Patienten benutzt. Uwadineke sprach Englisch in Pidgenform. Außer den Verwechselungen von he und she, von him und her, klang sein gesprochenes girl wie gäl, bed wie bird und Thailand hörte sich bei ihm wie Tälent an.

Vor dem Haus des Wunderdoktors

Ich befreundete mich schnell mit diesem stets lächelnden Mann, der in mir einen Medizinmann aus Europa sehen mochte, sodass er sich viel Zeit für mich nahm und auf alle Fragen bereitwilligst einging. Er war im Biafrakrieg von 1967 bis 1970 Soldat und dann auch Offizier, der mehrere Verwundungen erlitten hatte, aber dank Helens Beistand immer mit dem Leben davongekommen war. Und auf meine Frage, wer *Helen* sei, erzählte er mir ausführlich von seinen Erfahrungen mit dieser Geisterfrau, die sein Heimatdorf beschütze und unweit von diesem entfernt im Fluss wohne. Als er zwölf Jahre zählte, war Helen ihm zum ersten Mal, umgeben von wilden Tieren, im Traum erschienen. Sie kam nun öfter zu dem Träumenden und sagte ihm, wer am nächsten Tag im Dorfe sterben würde. Und das Vorausgekündigte traf immer ein. Der Junge jedoch behielt diese nächtlichen Mitteilungen für sich. Helen galt als Feenkönigin des Wassers, weil sie nicht nur in diesem lebte, sondern auch von einigen Leuten, besonders von hellsichtigen Kindern, auf einem Nachen stehend dort beobachtet wurde. Sie war von weißer Haut, und ihr schwarzes Haar hing bis auf die Hüften herab. Als Uwadineke achtzehn Jahre alt war, erschien ihm Helen im Traum und sagte, er solle sich einen anderen Beruf wählen. Sie würde ihn zu verschiedenen Handwerkern führen. Und er möge ihr dann am Ende sagen, welchen Beruf er danach erlernen wolle. Sie führte ihn im Traum zum Schmied, zum Bäcker, zum Schuhmacher, zum Schneider und zu anderen Handwerkern und schließlich zum Medizinmann. Und der Achtzehnjährige war sich sofort sicher, dass er diesen und keinen anderen Beruf erlernen wolle. Und Helen, die ihm sagte, dass sie bereits wusste, dass er sich für diesen Beruf entscheiden würde, kündigte ihm weiterhin an, dass sie nun jede Nacht ihm im Traum erscheinen würde und ihn in der Heilkunst unterrichten werde. Und tatsächlich wurden ihm im Traum Blätter, Rinden und Wurzeln gezeigt und auch erklärt, welche Wirkungen sie als Heilpräparate haben würden, wie sie zuzubereiten und zu mischen seien. Doch forderte sie ihn auch auf, am nächsten Tag die betreffenden Pflanzen im Wald aufzufinden.

Als er 20 Jahre alt war und sich durch Helen ein großes Wissen angeeignet hatte, aber noch nicht damit praktizierte, wollte er eines Abends seine Freundin zum Tanz abholen, weshalb er sich einen

Schlips umgebunden hatte. Auf dem Damm am Fluss entlang gehend, kam ihm auf einmal eine große weiße Frau, umgeben von Kindern des Dorfes, entgegen. Als sie ihm ihr Gesicht zuwandte, erkannte er Helen, die ihm bisher nur im Traum erschienen war. Und der junge Mann begrüßte sie, die ihn zuvor mit seinem Namen angeredet hatte, und schüchtern bot er ihr an, in sein Haus zu kommen. Doch sie entgegnete: „Ich bin schon öfter dort gewesen, aber jetzt habe ich woanders hinzugehen." Und sie wandte sich dem Fluss zu, stieg in diesen hinein und war auf einmal verschwunden. Die Kinder liefen unter Begeisterungsausrufen ins Dorf zurück, um dort zu erzählen, was sie erlebt hatten. Uwadineke, wie er mir weiterhin ausführte, stand wie gelähmt da. Schließlich ging er nach Hause. Sie hatte ihm angekündigt, dass, wenn sie ihm sichtbar erscheinen würde, dies das Zeichen sei, dass er mit der Ausübung seines Berufes als Heiler beginnen könne. Sie, wie sie ihm versichert hatte, würde ihm bei seinen Heilungen, so er sie um Beistand anrufe, jeweils bei ihm sein und ihm eingeben, was zu tun sei. Und so begann seine Heilerkarriere, die ihn schließlich, da es in seiner Heimat so viele andere gute Heiler gab, nach Kano führte, denn auch hier wohnen viele Igbos, die damals im Krieg hierher geflohen waren. Vor einigen Jahren sei er sehr krank geworden. Er sah die Köpfe von sieben Geistern, die mit Messern und Knüppeln bewaffnet ihn attackieren wollten. In seiner Angst rief er Helen um Hilfe an. Diese teilte ihm durch Intuition mit, dass er von sieben bösen Geistern befallen sei, die er bei anderen Klienten ausgetrieben hatte und die ihn deshalb zu töten trachteten. Er solle ein großes Messer mit einer von ihr beschriebenen Breimixtur bestreichen und mit bestimmten Federn unter sein Kopfkissen legen. Und so wurde er wieder gesund.

Ich hörte ihm gespannt zu und hinterfragte das mir sprachlich oder inhaltlich unverständlich Gebliebene. Er lud mich ein, mit ihm und seiner Familie, solange ich hier sein sollte, zu essen und bedauerte, mich nicht als seinen Gast bei sich in einem Extrazimmer unterbringen zu können. Doch ich entgegnete, dass ich ja auf der Betonterrasse, die zur Straße führe, schlafen könne. Er besorgte mir für die kommende Nacht eine Matratze, auf der ich nun dort nachts eine Woche lang schlafen konnte. In einer Entfernung von dreihundert Metern gab es eine Diskothek, deren große Lautsprecher die sehr laute Musik bis zwei Uhr nachts erdröhnen ließen, sodass vor allem die Bass-rhythmen sicherlich über einige Kilometer im Umkreis zu hören waren. Doch keinen Afrikaner störte das. Bei uns hätte man sofort die Polizei wegen nächtlicher Ruhestörung gerufen. Auch ich hatte mich schnell an diese Rhythmen gewöhnt und wachte jedes Mal am Morgen erfrischt auf. Da nun diese Matratze nur einen Meter von jenem Hauptweg entfernt war, hatten mich nun viele Vorbeigehende bemerkt, die nun wussten, dass ein mächtiger Medizinmann aus „Djermanni" den hiesigen berühmten Medizinmann besuche, womit auch dessen Ansehen bei der Bevölkerung stieg.

Und in jener Woche lernte ich viel über die afrikanischen Heilweisen kennen, war ich doch nahezu bei jeder Heilbehandlung als Beobachter dabei, von denen ich nun einige charakteristische Beispiele beschreiben möchte. Eines Tages kam ein Mann zu Uwadineke, der sich im Behandlungszimmer auf den Stuhl setzte, doch von meinem Medizinmann nicht über sein Leiden befragt wurde. Denn, wie Helen anordnete, möge ihr Schüler sie bei neuen Patienten anrufen, sodass sie ihm sagen könne, unter welcher Krankheit der oder die jeweils Heilungssuchende leide und wie ihr beizukommen sei. Uwadineke zündete eine Kerze und ein Räucherstäbchen an und rief seine unsichtbare Heilerin herbei. Diese, wie er mir später darlegte, habe ihm erklärt, dass jener Mann eine Geschlechtskrankheit habe. Er solle für ihn einen bitteren Saft aus Kräutern und Starkbier bereiten, sodass er nach Einnahme desselben zu Hause fürchterlich brechen müsse und auch heftigen Durchfall bekomme. Dadurch scheide er die krankmachenden Gifte aus. Und sie fügte hinzu, dass er diesem Mann, da er nicht reich sei, an diesem Tag nur zwei Niras abnehmen möge, jedoch später nach erfolgter Heilung noch 40 Niras nachfordern könne. Dieser Mann war mit dieser finanziellen Abmachung einverstanden und kehrte am Nachmittag zurück, wo mein Medizinmann ihm das nach längerer Zubereitung hergestellte Gebräu mit weiteren Anweisungen überreichte. Für einen Afrikaner kann nur derjenige ein reicher Mann sein, der starke Geister um sich hat oder einen Glücksring am Finger trägt oder über starke Amulette verfügt, die ihn vor Missgunst und Misserfolg schützen. Man wird sich kaum mit einem reichen Mann anlegen wollen, denn man würde solch einen Streit hundertprozentig verlieren, muss er doch über machtvolle Geister verfügen, die ihn beschützen und verteidigen werden, vor denen man sich wohl hütet. Hingegen ist jener ein armer Mann, wenn er nicht die richtigen Glücksamulette besitzt oder wenn missgünstige Geistern ihn von an Glück und Wohlstand fernhalten. Reichtum und Einfluss sind somit keine Eigenschaft des Talents, sondern des Beistandes wohlgesonnener und starker Geister. Wenn also jemand von Misserfolg oder Unheil heimgesucht wird, wird er schnell zu einem Medizinmann gehen, um sich gegen Honorar ein starkes Schutz- und Erfolgsamulett samt den oft dazugehörigen Hilfsgeistern geben zu lassen. Auch fertigte Uwadineke für mich ein in einem dünnen Brustlederbeutel zu tragendes besonderes Schutzamulett an, das mich vor Angriffen oder Diebstahl beschützen sollte.

Die zuzubereitenden Medikamente sind oft von wirkungsvoller Symbolik. Möchte eine Frau, dass ihr Mann ihr treu ist, wird sie ihm heimlich eine vom Medizinmann gefertigte Tinktur mit Hundeleber in den Kaffee träufeln, denn ein Hund ist treu. Zu Pulver verriebene Glühwürmchen erregen nach Einnahme desselben Aufmerksamkeit, sodass man vor anderen leuchtend dasteht und nicht übersehen wird, ein Mittel übrigens, das gerne von Prostituierten eingenommen wird. Die Rinde von Bäumen wird als Schutzmittel gegen alles Mögliche und sogar gegen böse Geister verabreicht, denn die Rinde schützt den Baum. Viele Afrikaner haben dicke Kerben im Gesicht, die ihnen schon als Kind eingeritzt wurden, denn diese sollen sie vor Unheil und vor allem vor bösen Geistern schützen, von denen offenbar ganz Afrika heimgesucht ist, denn der Glaube an böse Geister hält die Afrikaner in großer Angst. Um eben solche üblen Geister von jemandem fernzuhalten, ritzt mein Gastgeber manches Mal auch mit einer Rasierklinge seine Patienten auf Stirn, Arme und Brustkorb.

Eltern brachten meinem Medizinmann ein Baby von nur einem Monat. Es kam mit einem verkrüppelten Hals zu Welt. Die Eltern glaubten daher, dass es einen bösen Geist in sich berge, weshalb sie es zu töten beabsichtigten. Doch als sie ihm den Hals umdrehen wollten, begann das Kind heftig zu schreien. Daraus schlossen sie, dass es einen starken Schutzgeist haben müsse, der es nicht zulassen würde, seine kleinen Schutzbefohlenen umzubringen. Also ließen sie es leben, wollten sie doch keinen Ärger mit diesem Schutzgeist bekommen. Mein afrikanischer Doktor bestrich nun diesen Hals mit einem Brei.

Eine Frau kommt zu ihm und zeigt ihr den dickgeschwollenen Arm. Uwadineke bereitet ebenfalls einen Brei aus Wurzeln und Wasser und schmiert ihn auf die Schwellung. Alsdann nimmt er ein glühendes Holz und hält es an die eingeriebene Stelle, um die Krankheit dort zu vertreiben.

Ein Bankangestellter verliert seinen Arbeitsplatz. Er möchte durch den Heiler Helen bitten, ihm zu helfen, dass er wieder eingestellt werden oder eine neue Anstellung erhalten möge.

Ein Schüler steht sieben Tage vor seiner Examensprüfung. Vor Aufregung kann er sich nicht mehr konzentrieren und versteht nicht mehr, was er liest. Hier hilft eine tägliche Einreibung der Stirn mit Kokosmilch und bis zu den Prüfungen jeden Tag eine Portion Bohnen mit einem Ei.

Mein Freund stellt die verschiedenen Mixturen aus manchmal haarsträubenden Zutaten her wie zum Beispiel aus der Asche von Hundeherzen, Schlangen- und Eidechsenköpfen, aus Knochenpulver und Honig, aus Eiern und Hühnerblut, aus Pferde-Urin und Froschschenkeln. Und wird Letzteres zusammen mit Hühnerfedern in einem Amulett getragen, soll dieses Mittel verhelfen, Freundschaften zu schließen. Bestreicht man aber die Zunge mit einer bestimmten Paste, dann kann niemand einem einen Wunsch verwehren, er hat also immer Erfolg und sagt stets die richtigen Worte. Andere Mittel schützen vor Diebstahl und vor den verschiedensten Krankheiten. Ich erlebte auch die Zubereitung dieser Mixturen und war somit in eine richtige Hexenküche geraten. Jeder unserer Mediziner würde sich sicherlich zu Recht mit Abscheu von diesen hexerischen Heilungspraktiken und widerlichen Rezepturen abwenden. Viele Afrikaner, wenn nicht sogar die meisten, stecken jedoch noch im tiefsten Aberglauben. Der Glaube versetzt Berge. Und somit geschehen auch oft die verblüffendsten Heilungen.

Wenn wir uns gemeinsam zum Essen auf dem Boden niedersetzten, warf der medizinische Wundermann, dem man große Heilerfolge nachsagte, ein Weniges von der Mahlzeit auf den Boden. Denn, wie er mir erklärte, sei das bei den Igbos und anderen Stämmen der Brauch. Man wolle dadurch weiterhin die Gunst der guten Geister beibehalten beziehungsweise nicht die Missgunst böser Geister heraufbeschwören. Er glaubt auch an das Karmagesetz. Wenn man Böses ausführt, wird einem Böses in diesem oder in einem zukünftigen Leben begegnen. Darum sei es für jeden geboten, Gutes zu tun. Der Glaube an die Reinkarnation ist zumindest bei den Nigerianern im südlichen Teil des Landes selbstverständlich, so man noch nicht vom Christentum voll vereinnahmt worden war. Uwadineke kann sich an ein früheres Leben vor dem Ersten Weltkrieg als einfacher Farmer erinnern. Er habe damals durch Krankheit drei seiner Kinder verloren. Eine der damals verstorbenen Töchter sei seine heutige Mutter und eine andere seine heutige Schwester. Und da sich alle drei noch an jenes Leben genauesten erinnern können, wird er auch in diesem Leben von seiner Mutter und seiner Schwester noch immer „Vater" genannt. Er besuche gelegentlich das Dorf, in welchem er damals gelebt hatte. Und als ich nachfragte, ob auch andere sich an ihre früheren Leben erinnern könnten, antwortete er: „Ja, so viele." Ich war erstaunt, das zu hören, denn ich wusste bisher noch nicht, dass auch in Afrika der Gedanke an die Reinkarnation wie bei den Schamanen in Sibirien, den Indianern und Eskimos, bei den muslimischen Sufis, bei den Indern und Buddhisten des fernen Ostens zu einer selbstverständlichen Tatsache gehörte. Das gab mir gehörig zu denken. Wir in den „zivilisierten" Kulturen haben so großartige Philosophen wie Kant, Hegel und Heidegger hervorgebracht. Aber durch unsere Logik, unsere Ratio, haben wir Grundwahrheiten des Lebens verdrängt beziehungsweise geleugnet. Doch bei diesen Afrikanern ist die Reinkarnation nicht nur Glaubensbestandteil, nein, man erinnert sich sogar an seine früheren Leben, eine Fähigkeit, die übrigens auch Goethe gehabt hatte. Und ich nahm mir vor, mich von nun an intensiv mit dem Thema Reinkarnation und Karma zu beschäftigen.

Uwadineke und ich

Zu Uwadineke kamen auch verschiedene „herbalists", vor allem Frauen, die sich von ihm in die erweiterte Kunst des Heilens unterweisen lassen wollten und dafür auch zu zahlen bereit waren. Da ich meinem Gastgeber die Hypnose an einigen seiner Patienten erfolgreich demonstrierte und ihn dadurch selbst vom Rauchen befreite, sollte ich auch diesen seinen Schülerinnen hypnotische Suggestionen eingegeben. Und da mich dieser Medizinmann als großen Heiler bereits vorgestellt hatte, wollten sie, dass ich auch für meine Bemühungen eine Bezahlung annehme. Obwohl ich ihnen erklärte, dass ich kein Heiler und schon gar nicht ein Medizinmann sei, doch dass ich ihnen gerne das Autogene Training beibringen würde, um sich autosuggestiv positiv programmieren zu können, konnte ich sie dennoch nicht von ihrer Voreingenommenheit, in mir einen Medizinmann zu sehen, befreien und wurde deswegen von ihnen mit großem Respekt behandelt.

Eine von diesen Frauen hatte eine Tochter, die als Prostituierte arbeitete. Sie hatte aber kein Glück, genügend Freier anzuziehen. Über diesen Fall schrieb ich später von Lagos aus einen Brief an meinen Freund Jochen in Berlin, dem auch ein Foto mit Uwadineke und mir beigefügt war. Hier ist der Bericht:

„Auf dem beiliegenden Foto siehst du zwei „native doctors", denn als solcher wurde ich trotz meines energischen Einspruchs von meinem Gastgeber den neugierig sich Nahenden und Verwunderung Zeigenden vorgestellt. Ich hatte die Gelegenheit, einigen seiner Patienten mittels Hypnose das Rauchen abzugewöhnen oder gar einmal den „bösen Geist" auszutreiben. Letzteres trug sich folgendermaßen zu. Die Tochter einer Kollegin meines Gastgebers klagte darüber, dass sie seit vielen Jahren einen faulen Geruch in der Nase verspüre, der ihr das Leben verübele und nur durch die Machenschaften eines bösen Geistses entstanden sein könne, der zudem über außerordentliche Kräfte verfügen müsse, da selbst die Künste studierter Mediziner sowie der Wunderdoktoren und Heilpraktiker bisher versagt hätten. Uwadineke und ich verabredeten uns in der „Hexenküche" ihrer Mutter. Jene hatte eine Ziege geschlachtet, und der Kopf lag mit heraushängender Zunge vor dem verdeckten Altar, umräuchert von Incens und bestrahlt von Kerzenlicht. Die Hexe hatte zuvor ihrem Schutzgeist diese Ziege als Opfer gebracht und ihn um Beistand angefleht, während mein Hexenmeister und ich kleine Huldigungsopfer vor den Altar legten und Glück und Segen dem Haus wünschten. Wir zerrieben daraufhin zwei poröse Steine von braungrüner und weißer Farbe in unseren Händen und schmierten diese in unsere Gesichter. Ersterer Stein symbolisiert das Blut, letzterer das Wasser. Wir setzten uns zu viert an einen Tisch. Und da meine Nachbarn mir versicherten, dass alle ihre Geister gegenwärtig seien, kam mir die Idee, diese Zuversicht auf ihre Richtigkeit hin zu überprüfen. Ich malte ein „yes"

und ein „no" auf den Tisch, stellte ein umgestülptes Glas dazwischen und forderte Hexer, Hexe und deren Tochter auf, meinem Beispiel zu folgen und Zeige- und Mittelfinger bei ausgestrecktem Arm auf das Glas zu legen. Jeder sollte der Reihe nach seinen Schutzgeist anrufen und ihn oder sie um die jeweilige Anwesenheit fragen. Da das „yes" sich mir gegenüber befand und ich das Glas kaum berührte, konnte also niemand mutwillig „schummeln". Und bei allen vier Anrufungen bewegte sich das Glas der bejahenden Markierung zu. Diese makabren Gebräuche der Geisterevokation, das zum Einmaleins spiritistischer Bemühungen zählt, schienen selbst die abgebrühten Geistseher zu verblüffen. Nachdem ich die Tochter gebeten hatte, sich hinzulegen und sie sich bald im Trancezustand befand, schien es ein Leichtes zu sein, den bösen und übelriechenden Geist aus ihrem Nasen- und Rachenraum zu vertreiben und ihm zu befehlen, nie wieder Besitz von diesem Mädchen zu ergreifen. Weiterem Exorzismus bin ich bisher aus dem Wege gegangen, werde aber auf meinen weiteren Reisen noch oft Gelegenheit haben, ihm nachzukommen. Was ich also während meiner Examenszeit an Theoretischem auf den Feldern der Selbst- und Fremdhypnose und des Spiritismus mir angeeignet hatte, wird jetzt in praktische Betätigung umgesetzt, um durch die eigene Veranschaulichung die völlige Gewissheit über so genanntes Obskures und Okkultes zu erlangen und diese als Pseudo-Obskuriäten zu entlarven."

Und tatsächlich. Der üble Geruch war aus ihrer Nase verschwunden. Habe ich vielleicht auch eine „Helen" an meiner Seite, oder war sie es eventuell, die dieses Heilwunder vollbrachte? Wer bei einem Heilwunder einwirkt oder wodurch es geschieht, ist eigentlich unwichtig. Hauptsache, die Heilung funktioniert.

Als ich mit Uwadineke einen Spaziergang in die umliegende Gegend unternahm, fielen mir wieder die vielen Talismane und Amulette an den Bäumen auf, die man dort aufgehängt oder sonst wie befestigt hatte. Jeder Baum besitzt einen Geist. Je größer der Baum, desto mächtiger muss sein Geist sein. Diesen Geist bittet man um Stärke, Ausdauer und vor allem um Schutz vor bösen Geistern. Die Welt Afrikas ist in eine Geisterwelt hineingestellt. Selbst die so genannte unbelebte Natur ist von Geist erfüllt. Nichts ist tot. In allem webt der Geist in 1.000 verschiedenen Gestalten. Während wir in den zivilisierten Ländern die unsichtbare Welt als nicht vorhanden ansehen, ist für die Afrikaner jene Welt ebenso Wirklichkeit, da sie nicht nur geglaubt, sondern sogar empfunden und erfahren wird.

Doch nun war es Zeit, meine immer spannender werdende Trampreise durch Schwarzafrika fortzusetzen.

5. Hypnotische Abenteuer
auf dem Dach der Heilsarmee in Lagos

Über Jos in der Mitte des Landes erreichte ich mit den verschiedensten Wagen die Hauptstadt Lagos mit ihren damals rund eine Million Einwohnern, strömen doch aus allen Teilen des Landes und sogar des Auslandes Menschen hierher, um Arbeit zu finden, weshalb vor allem sich die Slums immer mehr ausbreiten. Ich kam aus zwei Gründen in diese Stadt, denn zum einen musste ich mir hier das Visum für Kamerun besorgen, zum anderen wollte ich endlich meinen Zahn behandeln lassen, der mir immer wieder Schmerzen bereitete. Wo ich die erste Nacht verbracht hatte, weiß ich nicht mehr – vielleicht auf oder unter dem Lastwagen, der mich in diese regenfeuchte Metropole brachte.

Als ich am nächsten Tag meinen Reisepass in der Botschaft Kameruns abgegeben hatte, um ihn schon am nächsten Tag mit dem Einreisevisum abzuholen, kamen mir zu meiner Überraschung *Koos* und *André* entgegen, die sich ebenfalls dort ihr Visum für das nächste mit dem Fahrrad zu durchquerende Land besorgen wollten. Was für ein erfreutes Wiedersehen. Wir umarmten uns herzlich. Und ich wartete auf sie, bis sie wieder aus jener Botschaft herausgekommen waren. Alsbald setzten wir uns in ein Restaurant und tauschten einander unsere Reiseabenteuer aus. Sie waren schon vor ein paar Tagen hier angekommen und wohnten auf dem Dach der Heilsarmee mitten in der Stadt, wo sie auch ihre Fahrräder in einem Schuppen unterstellen konnten. Und sie meinten, dass ich dort ebenfalls unterkommen könnte. Wenn es regnen sollte, könne man in jenem Schuppen Unterschlupf finden. Und es regnete hier zu dieser Jahreszeit oft und heftig. Ich war sofort bereit mit ihnen zu kommen, um die Generalin der dortigen Heilsarmee zu fragen, ob ich ebenfalls auf dem Dach meinen Schlafsack ausbreiten dürfe, doch sei das Haus zwischen 11 Uhr nachts und 6 Uhr morgens geschlossen. Und als beide mir erzählten, dass sie auf dem mir vertrauten Campingplatz in Kano genächtigt hätten, erfuhr ich, dass sie dort ebenfalls *Peter* getroffen hätten, der ihnen genau die gleiche Geschichte wie mir aufgetischt hatte, den sie ebenfalls zu Mahlzeiten einluden und ihm für seine Bahnfahrt jene sieben Niras zusteckten. Was für ein durchtriebener Gauner doch dieser Mann war, der sich sicherlich noch so manches Geld spendende Opfer auf dem gelegentlich von ausländischen Reisenden aufgesuchten Campingplatz mit seiner ausgedachten Kofferverwechslungsgeschichte auswählte. Auch hatte er diesen beiden jene Marihuana-Zigarette aus dem Taschentuch hervorgeholt und gesagt, dass er sich nun zur Polizei begebe, auf dass sie ihn für zwölf Jahre hinter Gitter einsperrten, womit er dem Hungertod entkommen würde. Wir amüsierten uns nun köstlich über diesen Betrüger, der immerhin die Dauer des Gefängnisaufenthaltes variierte. Und ich musste meinen beiden Freunden genauestens erzählen, was ich bei jenem Medizinmann in Kano alles erlebt hatte. Auch erzählte ich ihnen über meine hypnotischen Experimente. Und Kos sagte, dass er sich gerne auch von mir hypnotisieren lassen möchte, sei doch solch ein Anliegen schon lange sein Wunsch gewesen.

Ich durfte also mit der Erlaubnis jener Generalin der Salvation Army ebenfalls auf dem Dach dieses Gebäudes wohnen. Ich habe die bibelstarken Christen von der Heilsarmee immer sehr geachtet, waren sie doch selbstlose Menschen, die anderen, wo immer möglich, aus Nächstenliebe Hilfe zukommen ließen, ohne um Geld zu bitten. Doch waren sie auf Spenden angewiesen. Das uns als Übernachtungsbereich zur Verfügung stehende flache Betondach unter freiem Himmel maß etwa 20 mal 10 Meter, und in der Mitte stand diese mit Eisenblech überdeckte Hütte, in deren Enge wir uns bei einem nahenden Regenguss oft schnell zurückziehen konnten. Und eines Abends kam ich nun dem Wunsch von Kos nach. Zu uns drei Europäern gesellte sich ein junger Student aus Guinea namens Maurice, der mit mehreren anderen Studenten seines Landes in einem Mehrbettzimmer in den unteren Stockwerken untergebracht war. Von ihm erfuhr ich übrigens, dass er sein Geburtsdatum nicht genau wisse, da dieses von den Eltern nie notiert worden war, aus Angst, dass Schwarzmagier, so sie Namen und das genaue Geburtsdatum von einer Person wissen sollten, mit beidem großen Schaden anrichten könnten. Dieser Brauch, in Unwissenheit seines eigentlichen Geburtsdatums zu verbleiben, ist, wie ich noch herausfinden sollte, bei vielen Afrikanern verbreitet und bereitet ihnen bei der Ausstellung von Ausweisen, ohne eine benötigte Geburtsurkunde vorweisen zu können, oft größte Schwierigkeiten.

Koos legte sich auf seinem Schlafsack mit den Füßen zu uns dreien gewandt, also vor André, Maurice und mir, nieder. Er war eine ideale Versuchsperson, die leicht und tief in den hypnotischen Zustand versetzt werden konnte. Zuerst führte ich mit ihm die Armlevitation durch und gab ihm positive Suggestionen ein. Dann suggerierte ich, dass sein Darm, da Kos unter Durchfall litt, sich wieder stabilisiere, was auch später sich positiv bestätigte. Doch dann bekam ich die Idee, ihn mit geschlossenen Augen aufstehen zu lassen, und suggerierte ihm, dass er durch die geschlossenen Augen sehen könne, und forderte ihn auf, sich um die Hütte herum zu begeben und sich anschließend wieder vor uns niederzulegen. Ich war selbst erstaunt, dass dieses Experiment, von dem ich in einem Buch gelesen hatte, so einfach klappte. Sicherlich wusste er, wo die Hütte mit ihren Rädern stand. Doch war es im hypnotischen Zustand möglich, ohne geöffnete Augen zu sehen? Welche unbekannten Sinne wurden dabei eigentlich aktiviert? War es das Gedächtnis oder ein holistisches Bewusstsein, über das Ungeborene im Bauch der Mutter verfügen, die ihre Eltern hören und auch „sehen" können, was ich späterhin durch meine Tätigkeit als Rückführungstherapeut erfahren konnte? Und als Koos wieder die vorherige Lage eingenommen hatte, kam ich auf die Idee – oder wurde sie mir eingegeben? –, ihn sich hinsetzen zu lassen und ihm zu suggerieren, dass vor ihm nur Andre und Tom sitzen würden. Und nachdem er, weiterhin im Trancezustand befindlich, auf meine Aufforderung hin die Augen öffnete, fragte ich ihn, wen er vor sich sehe, und er sagte: „Tom und André."

„Schau nochmals genauer hin", so forderte ich ihn auf.

„Nein, ich sehe nur Tom und André."

Der von ihm nicht gesehene Maurice erhob sich, ganz bleich geworden vor Angst, und stürmte davon. Für ihn war das Hexerei. Und in den weiteren Tagen vermied er unsere Gesellschaft. Leider vermochte ich Koos noch nicht in eines seiner früheren Leben zurückzuführen, denn es mangelte mir noch an der Kenntnis, wie man erfolgreich dabei vorzugehen hatte. Späterhin sollte ich Tausende von Menschen in ihre jeweiligen früheren Leben zurückführen, sei es durch Einzelrückführungen, besonders bei Therapien, sei es durch Gruppenrückführungen oder durch meine Kassetten und CDs.

Und da immer wieder mächtige Regengüsse niederschütteten, begab ich mich in die Bibliothek und las in den verschiedenen Büchern über Nigeria und über alles, was ich über seine Gebräuche und vor allem über seine Medizinmänner erfahren konnte. Dort lernte ich einen jungen Polizisten kennen, dem ich über meine hypnotischen Versuche berichtete. Ich will ihn *Rudy* nennen. Und da er ebenfalls von seiner Rauchsucht befreit sein wollte, nahm ich ihn mit auf das Dach der Heilsarmee, und in Trance versetzt, gab ich ihm die Suggestionen ein, dass er von nun ab einen Widerwillen gegen Zigaretten habe, da sie ihm in seinem Mund einen kotähnlichen Geschmack produzieren würden. Er wollte mich anschließend für die Befreiung von seiner Rauchsucht bezahlen. Doch als ich dies abschlug, streifte er seine Armbanduhr ab und wollte sie mir reichen. Auch dies wies ich zurück, habe ich doch nach meiner Studentenzeit nie wieder eine Armbanduhr getragen. Denn wie ich viel später durch Rückführungen herausfand, haben jene, die einen Widerwillen gegen Armbanduhren und Armketten oder gegen Halsketten oder gar gegen Rollkragenpullover haben, aus früheren Leben diese Aversionen mitgebracht, waren sie doch vormals meist am Hals erwürgt, erhängt oder mit Eisenschienen oder Ketten an Hals und Hand- und Fußgelenken gefesselt gewesen.

Und als ich meinem neuen Polizistenfreund, der außerhalb seiner Dienstzeit seine Uniform abgelegt hatte, über meine vielen Reiseabenteuer erzählte, sagte er spontan: „Das musst du einem Reporter erzählen. Das wird die Leser interessieren." Somit brachte er mich zur *Sunday Times*, der wohl meist gelesenen Wochenendzeitung ganz Nigerias. Aus diesem Interview, das erst am 20. Juni mit großer Überschrift und einem Foto erschien, will ich einige Passagen wiedergeben.

Am ersten Tag, als er in Begleitung eines Polizisten in unser Office hereingestürmt kam, sah er mit seinen abgetragenen Jeans, die manche stürmische Zeiten erlebt hatten, zerschlissen aus. ... Sein Ziegenbart, der ihn wie einen Revolutionär und Radikalen erscheinen lässt (Meine Anmerkung: Wer einen Bart à la Castro trägt, wird nicht nur in Lateinamerika für einen „gefährlichen" Revolutionär gehalten.), verdeckte sein gutes Aussehen. Man könnte ihn für einen entfernten Cousin Abraham Lincolns halten. Auf meine Frage hin, warum er diese Per-Anhalter-Reisen durchführe, antwortete er: „Vielleicht treibt mich die Neugier. Ich habe keine spezielle Antwort darauf. Alles, was ich sagen kann, ist, dass das Schicksal es so verfügt hat." Er betrachtet seine Weltreise als eine Art innere Notwendigkeit, die ihm das Gefühl vermitteln soll, dass er ein Weltbürger ist, der nicht gebunden ist an Glauben und Rasse.

Über sein Studium sagt er: „Das war ein geistiges Abenteuer. Und ich versprach mir, dass ich nach meinem Studium eine gleich lange Zeit mit Abenteuern in der Praxis verbringen werde." Über sein Sexleben befragt, erzählt er: „Ich kann mir keinen Sex in Nigeria erlauben, denn mit einem Mädchen zu schlafen kostet fünf bis zehn Nira (damals war ein Nira etwas mehr als drei Mark wert bzw. fast zwei US$.). Und ich will am Tag nicht mehr als 50 Kobos (einen halben Nira) für meine Mahlzeiten ausgeben." Tom scheint asketisch und bizarr zu sein, aber ich denke, dass es das Los eines Globetrotters ist, sein Leben mit Gleichmut hinzunehmen.

Von Lagos aus beabsichtigt er, Zentral- und dann Ostafrika zu besuchen. Weiter soll seine Reise über Madagaskar nach Indien und Nepal bis nach Japan führen, bevor er 1980 die Transibirische Eisenbahn zurück nach Deutschland zu nehmen beabsichtigt. Zum Schluss sagte er:

„Ich glaube, dass die ganze Welt in den nächsten 100 Jahren zu einer Nation zusammenwächst. Dann wird es keine Rassenunterschiede mehr geben, und Afrikaner werden in unserer Welt eine große Rolle spielen."

Koos und André hatten Lagos trotz der oft mächtigen Regengüsse schon verlassen. Ich hatte nun das Dach der Heilsarmee ganz für mich. Vielleicht werden wir uns auf dem Weg nach Kamerun oder dann weiter zum Süden oder Osten hin irgendwo wieder begegnen. Was für eine verrückte Idee, mit dem Fahrrad durch Afrika zu reisen. Aber war nicht mein Unternehmen ebenso verrückt? Wer oder was trieb mich zu solchen Reisen? In den Buchläden von Lagos fand ich einige esoterische Bücher. Von den Taschenbüchern kaufte ich einiges, um sie unterwegs lesen zu können. Mindestens fünf Bücher von *Lobsang Rampa* landeten schließlich in meinem Rucksack. Dieser Mönch, der zur Zeit des 13. Dalai Lamas lebte und als hellsichtiges Medium sich in dessen Nähe aufhielt, war schon in den 20er Jahren des letzten Jahrhunderts verstorben.

Nach seinem Tod wurde auf höherer Ebene beschlossen, dass er in den Körper eines bereits lebenden kanadischen Journalisten hineingehe, nachdem dessen Seele durch einen Unfall den Körper verlassen haben sollte. Lobsang Rampa konnte jedoch zusätzlich zu seinem eigenen auch dessen gesamtes Wissen nebst Sprache mit in dieses neue Leben nehmen. Sein Auftrag war, mit den Fähigkeiten eines westlichen Journalisten durch Bücher und Vorträge der westlichen Welt über das Tibetertum und vor allem über spirituelle Werte zu berichten, um bei der geplanten Bewusstseinserweiterung der Menschheit behilflich zu sein. Sollte mein Molar-Roman etwa auch einer solchen Bewusstseinsweiterung dienen? Hatte ich eventuell von „oben" ebenfalls einen Auftrag zu erfüllen? Unter den Taschenbüchern fand ich auch eines mit dem Titel *„There is no death"* (Es gib keinen Tod) von einem Herrn *Phillips*. Ich hätte damals nie daran gedacht, ihm späterhin zufällig in Simbabwe zu begegnen, wo wir mit seiner verstorbenen Frau kommunizieren sollten.

Mitte Juni lernte ich in Lagos *Vicky* kennen, die verstört und finster vor sich hinblickte. An das Wo und Wie unseres ersten Treffens kann ich mich nicht mehr erinnern. Sie war an einer High School Lehrerin für Englisch und Französisch. Sie glaubte, obwohl sie als Christin erzogen worden war, von Geistern besessen zu sein. Ihre Mutter wollte sie schon ins Irrenhaus bringen. Doch Vicky wollte Nonne werden. Sie sah – wie wir sagen würden – Gespenster, die ihr nachstellten und Angst bereiteten. Mit ihrer verstorbenen Schwester war sie häufig im Gespräch. Alles deutete auf eine klassische Schizophrenie mit einer multiplen Persönlichkeitsstörung hin. Wie könnte ich ihr wohl helfen? Schade, dass ich keine Helen anrufen konnte, die mir sicherlich besten Rat erteilt hätte. Ich würde also versuchen, ihr durch Hypnose die Geister auszutreiben, die sie belästigten. Aber wo könnten wir solch einen Exorzismus durchführen? Sie teilte ihre enge Wohnung mit mehreren anderen. Dort ging es also nicht. Und trotz des Verbotes, unangemeldete Personen mit in das Gebäude der Heilsarmee zu bringen, gelang es mir noch vor Schließung der Ausgangstür, sie unentdeckt auf das Dach dieses Gebäudes zu bringen. Niemals hätte Frau Generalin es erlaubt, dass in dem Männerteil ihres streng gehüteten Hauses eine Frau Einlass gefunden haben dürfte. Ich versuchte nun Vicky, die auf meinem Schlafsack lag, in den hypnotischen Alphazustand zu versetzen. Aber so viel Mühe ich mir auch gab, die unermüdlich sich einmischenden und sie ablenkenden Stimmen ließen sie sich nicht entspannen und zur Ruhe kommen. Schließlich schlief die werdende Nonne auf meinem ausgebreiteten Schlafsack neben mir unberührt ein. Doch dann einige Stunden später weckte sie mich. Sie sagte, dass eine Frau sie gerufen habe, zu der sie sofort gehen müsse. Ich versuchte ihr zu erklären, dass sie bis morgen um sechs Uhr zu warten habe. Aber sie ließ nicht locker. Nun bedurfte es aller Überredungskunst, sie bis zum Morgen zurückzuhalten. Und tatsächlich gelang es mir wieder, sie unbemerkt nach Öffnung der Ausgangstür nach draußen zu geleiten, wo sie nun jene Frau aufzufinden hoffte, die sie ständig während der Nacht bei Namen gerufen hatte.

Schon einige Tage zuvor hatte ich die Zahnklinik der Universität aufgesucht, um jetzt meinen mich oft noch quälenden Schneidezahn durch eine Füllung behandeln zu lassen. Der Chef der Klinik, der sich wohl alle Ausländer persönlich zu behandeln vorbehielt – vielleicht der besseren Bezahlung wegen –, meinte, dass er den Zahn ziehen müsse. Ich wehrte mich dagegen. Doch er gab mir zu verstehen, dass dieser nicht mehr zu retten sei. Also zog er ihn, auf dass ich nun bis Südafrika mit einer beim Öffnen des Mundes sichtbaren Zahnlücke versehen war. Ich hatte ihn vorher gefragt, ob er mir die Behandlung möglichst kostengünstig durchführen könne. Vielleicht war das der Grund, warum er sich nicht die Mühe machen wollte, zu bohren und eine Füllung vorzunehmen. Doch wie viele Dinge stellen sich im ersten Augenblick als negativ dar, die sich jedoch im Nachhinein als Gutes erweisen. So war schon mancher Partner nach einer unerwünschten Trennung verzweifelt und wollte sich vielleicht sogar das Leben nehmen. Doch späterhin ging er eine erneute Partnerschaft in Liebe und Harmonie ein und war froh, dass die Trennung oder Scheidung damals vollzogen worden war. Doch wenn man wüsste, dass alles, was einem im Leben begegnet, aus höherer Sicht genau das Richtige, weil Notwendige ist, dann könnte man sicherlich mit Schicksalsschlägen gefasster umgehen. Ebenfalls hätte ich wütend sein können über diesen Chefarzt, der mir vorstellte, dass dieser Zahn auf keinen Fall zu retten sei und damit unbedingt gezogen werden müsse, während eine einfach Füllung sicherlich das Richtigere gewesen wäre. Doch um ein gutes Beispiel an dieser Stelle anzufügen, dass das im Augenblick sich als misslich Darstellende sich späterhin als Sinnvolles und Gutes erweisen kann, will ich weiterhin auf den gezogenen Zahn zu sprechen kommen. In Südafrika ließ ich mir einen provisorischen Zahn einfügen. Später auf Kreta wurde mir eine stabile Brücke aus silbrig schimmernden Metall eingefügt. Und als ich 1982 in *Ephrata* im US-Staat Pennsylvania weilte, verwandelte sich diese Brücke bei einer medialen Demonstration von Paul Esch in einer Kirche mit Hilfe von jenseitigen Zahnärzten in Gold. Hätte ich nicht damals diesen Zahn gezogen bekommen, würde ich wahrscheinlich nie solch ein Wunder in meinem Munde erlebt haben können. Übrigens habe ich späterhin diesen Wunderpastor durch Deutschland, die Schweiz und Österreich begleiten dürfen, bei dessen Auftritten mehrere der Anwesenden in ihrem Mund dort, wo sie im Zahnbereich Amalgamfüllungen besaßen, auf einmal Goldfüllungen vorfanden. Und dieses Wunder geschah auch selbst im Mund von Zahnärzten. Unser Verstand findet auf solche nachgewiesenen Wunder keine zufriedenstellende Antwort. Für Afrikaner ist alles ganz einfach mit dem Einwirken von guten oder bösen Geistern zu erklären.

In dem oben begonnen Brief an meinen Berliner Freund waren noch folgende Zeilen hinzugefügt:
„Ich nähere mich jetzt der zweiten Hälfte meines Lebens. Dies wurde mir nur allzu deutlich, als ich mir diese Woche einen mich schon in der Wüste quälenden Zahn ziehen lassen musste.
Ich reise eigentlich nur mit halbem Herzen, da, wie ich Dir gebeichtet habe, meine andere Hälfte in Berlin weilt. Ich hoffe, dass die weiteren Reisen auch diese Wunde zum Vernarben bringen. ..."

Und trotz all der vielen erregenden Erlebnisse musste ich immer wieder an Maria denken. Und bei diesen Gedanken an sie glaubte ich feststellen zu können, dass mein Herz schneller zu pochen begann. Jetzt würde sie an einer Universität wahrscheinlich Wirtschaftswissenschaften studieren.

Schließlich stand ich wieder Autos anhaltend an der Straße, um zu dem Land der Igbos zu gelangen. Noch wusste ich nicht, dass meine Erlebnisse sich an Spannung noch steigern sollten. Bisher hatte ich für Transportmittel durch Nigeria noch keine fünf Mark ausgegeben, obwohl schon 2.000 Kilometer hinter mir lagen.

6.   Im Zentrum nigerianischer Geister

Über *Benin City*, der zweitgrößten Stadt Nigerias, brachten mich die verschiedensten Autos immer näher zum Südosten des Landes, denn ich wollte jenes von Uwadineke mir bezeichnete Dorf aufsuchen, wo er Helen, seiner Wasserfee und Schutzpatronin, als junger Mann begegnet war. So unterhielt ich mich mit verschiedenen Fahrern und fragte sie besonders nach ihren Erlebnissen mit guten und bösen Geistern. Einer erzählte mir, dass bestimmte Bäume von mächtigen Geistern bewohnt würden, Bäume, die zu fällen kein Nigerianer sich getraue, um sich nicht der Rache eines solchen Baumgeistes auszusetzen. Und so wurden mir einige Geschichten mit triumphierendem Lächeln erzählt, dass die europäischen Bauingenieure, welche die Straßenlegung durch den Dschungel überwachten, schließlich nach Weigerung der einheimischen Arbeiter das Fällen eines bestimmten großen Baumes selbst übernehmen mussten. Und es dauerte nicht lange, dann wurden sie entweder von einer tödlichen Krankheit heimgesucht oder kamen bei einem Unfall ums Leben. Die Geistergläubigen lachen oft über die Ungläubigkeit der Weißen aus Europa und Amerika, da sie ja gar keine Ahnung über die unsichtbaren Einwirkungen von Geistern haben. Auf diesen Straßen durch die Tropenwälder sah ich hin und wieder Lastwagen in den Gräben liegen, denn, wie ich beobachten konnte, waren deren Fahrer oft nicht abgeneigt, trotz Verbots an Rast- oder Tankstellen alkoholische Getränke zu sich zu nehmen. Damals waren viele Brücken der Hauptstraßen oft nur einspurig zu überqueren. Nahten sich die meist überladenen Lastwagen von zwei Seiten einer Brücke, wollte jeder der beiden Fahrer für sich die Vorfahrt beanspruchen, mit der Folge, dass beide Fahrzeuge mitten

Dieser leprakranke Bettler hat schon ein halbes Holzbein und keine Zehen und Finger mehr und kann mir trotzdem noch zulächeln.

auf der Brücke zusammenstießen und ich so manchen zertrümmerten Lastwagen unten im Flussbett entdeckte. Sicher waren die bösen Geister für diesen Zusammenstoß verantwortlich. Und vielleicht hatten diese auch jene tödlich verunglückten Fahrer zu alkoholischen Getränken verführt. Alles wird dem Einfluss der Geister zugeschoben.

Wie gut, dass wir Europäer von solchem Glauben verschont sind. Und schließlich gelangte ich in den südöstlichen Teil des Landes, der hauptsächlich von den Igbos (sprich Ibos) bewohnt wird. Nun muss ich jedoch zuerst kurz berichten, was sich nur wenige Jahre vorher hier ereignet hatte.

Die Igbos gehörten zu den gebildetsten Nigerianern, war doch in ihren drei Provinzen der Einfluss der Engländer durch Schulen und Missionarseifer besonders groß. Durch die an ihren Küsten entdeckten Ölquellen und dann durch das im großen Stil geförderte und exportierte Öl und Gas wurde Nigeria verhältnismäßig reich. Doch dieser Reichtum floss oft in die Taschen der im entfernten Lagos ansässigen Politiker der Regierungsparteien, sodass die Igbos selbst kaum etwas von den auf ihrem Grund und Boden gewonnenen Schätzen abbekamen. Das erboste sie. Sie entschlossen sich daher am 30. Mai 1967, sich von Nigeria abzutrennen und einen eigenen Staat mit dem Namen Biafra zu gründen. Nun entstand ein regelrechter Krieg. Die Regierung verfügte über gepanzerte Fahrzeuge, schwere Geschütze und Flugzeuge, während die Soldaten des rebellierenden *Biafra* trotz Unterstützung einiger afrikanischer Länder mit mangelhaften Kriegswaffen auszukommen hatten. Obwohl die Rebellenarmee anfangs sogar siegreich bis Benin City vorstieß, wurde sie bald zurückgedrängt, und über drei Jahre lang musste sie sich auf ihrem eigenen Grund gegen die immer siegreicher vorstürmenden Truppen der Nationalarmee unter größten Verlusten verteidigen. Ihre Bewohner versuchten zu flüchten, und viele Kinder wurden nach Gabun evakuiert. Die Zurückgebliebenen fanden oft keine Nahrung mehr, da alles vernichtet und zerstört war. Sie mussten auf Rinden und Blätter zurückgreifen, um sich vor dem grassierenden Hungertod doch noch zu retten. Internationale Organisationen versuchten ihr Leiden, das die Weltpresse in vielen Berichten verbreitete, durch Hilfsgüter zu lindern. Und als den Aufständischen der neuen Republik die Munition ausging, ergaben sie sich im Januar 1970. Dies war das Ende der kurzlebigen Republik Biafra. Durch diese Kriegseinwirkungen waren die Verluste der Soldaten auf beiden Seiten sehr hoch. Auch Hunderttausende der Bevölkerung fanden durch Bomben, Gefechte und mutwillige Exekutionen wie auch vor allem durch Verhungern den Tod.

Obwohl ich in diesem von vielen Wäldern durchzogenen ehemaligen Rebellenstaat Uwadinekes Dorf mir als erstes zu besuchen vorgenommen hatte, ließ ich mich von einer günstigen Mitfahrgelegenheit zur Hafenstadt *Port Harkort* mitnehmen.

Diese ist der Zentralhafen für den Ölexport. Hier wurde ich von einem Mann namens *Jo* angesprochen, der, wie es sich herausstellte, in Deutschland Maschinenbau studiert hatte und mich gleich zu sich nach Hause einlud. Er brachte mich am nächsten Tag zur Redaktion der *Nigeria Tide*, wo ich wiederum für die Zeitung interviewt wurde, und zwar am Rande eines Schwimmbeckens, wohin mich der Reporter, nachdem zuvor ein Bild von mir aufgenommen worden war, hingeleitete. Und da ich diesem Journalisten über meine Erfolge bei Rauchern durch hypnotische Suggestionen erzählte, bat er mich, diesen Versuch aufs Exempel ebenfalls bei ihm auszuprobieren. Er legte sich auf eine gepolsterte Liege, und ich begann ihn in den Alphazustand zu versetzen und dann die betreffenden Suggestionen einzugeben. Danach wollte er alles von mir wissen, was mit meinen spirituellen Interessen zusammenhing. Er führte mich zu seinem Chef, und beide vereinbarten, dass ich über spirituelle Themen einige Berichte schreiben sollte, wofür sie mir je zehn Niras zahlen würden. Und in den nächsten Tagen, als ich schon bei einem Medizinmann länger verweilte, schrieb ich sieben Artikel, die ich zwei Wochen später in der Redaktion ablieferte. Der erste Artikel befasste sich mit dem Autogenen Training und der Heilung durch Selbstsuggestion, der zweite schilderte die Heilerfolge durch Hypnose, der dritte berichtete über Rückführungen in die heutige Vergangenheit, und ich kam auch auf das frühere Leben jener *Bridy Murphy* sprechen, das der amerikanische Hypnotiseur *Morey Bernstein* schon zu Beginn der 1950er Jahre aufdecken konnte. Im vierten Artikel schrieb ich über die Reinkarnation, in welchen Teilen der Welt man daran glaubt, gab Beispiele von indischen Kindern, die

sich an frühere Leben erinnerten, und erwähnte auch die Wiederge-
burten des *Dalai Lama*. Der fünfte Artikel war mit *Die Existenz von
Geistern* überschrieben, in welchem ich die Einwirkung des Pendels
durch Geisterhand erklärte und auf die Erlebnisse *Arthur Fords* hinwies, die ich in seinem Buch in Berlin gelesen hatte und das samt den
Klopfgeräuschen meine Hinwendung zur Spiritualität bewirkte. Im
sechsten Bericht beschrieb ich die Tonbandstimmenforschung und
stellte dar, was sich nach unserem Tod ereignet. Im siebten Bericht
schilderte ich die Entdeckungen des amerikanischen Professors *Carl
Wickland,* der viele der schizophrenen Insassen seiner geschlossenen
Psychiatrie mit Hilfe von Geistern und der Medialität seiner Frau von
ihren Besetzungen durch erdgebundene Seelen zu befreien vermochte. Von meinen eigenen Erlebnissen abgesehen, entstammten all
diese Berichte der Erinnerung an jene Bücher, die ich in den letzten
zwei Monaten vor meiner Abreise mit Eifer gelesen hatte. Im Vergleich zu heute war mein damaliges Wissen über all diese Themen
noch sehr gering, las ich doch in den nächsten Jahren noch viele Bücher über derlei Themen, sodass meine heutige Bibliothek schon zu
einer esoterischen Schatzkammer angewachsen ist.

Am nächsten Abend führte *Jo* mich ins Lido, einem Treffpunkt für
neue Begegnungen und sexuelle Anbahnungen. Denn hier wie in allen
Städten Nigerias wimmelte es von Prostituierten. Diese Mädchen waren oft von ihren in bitterster Armut lebenden Eltern zu diesem Ge-
werbe angehalten worden, um auch für sie mitzuverdienen, zum anderen gab es viele, vormals verheiratete Frauen, die, wenn sie kein
Kind gebären konnten, von den Männern als „Nieten" fortgeschickt
wurden, nachdem diese sie gekauft hatten. Ihnen blieb oft nur, sich zu
prostituieren. Und es befanden sich unter den „leichten Mädchen"
auch solche, die anscheinend einen bösen Geist in sich hatten und deshalb von keinem Mann als Ehefrau gekauft worden waren. Wie ich
von Jo erfuhr, sind die allgemeinen Preise für eine zu heiratende Frau
folgende: Eine Frau ohne Schulausbildung kann man für 200 Niras
(damals etwa 300 US$) kaufen, mit Schulausbildung muss man für sie
das Doppelte zahlen. Jedoch bei einer Frau mit College- bzw. Universitätsabschluss steigert sich gleich ihr Verkaufswert auf 1.400 Niras.
Frauen werden also noch wie Sklavinnen verkauft. Hier in der Nähe,

in *Abonema*, befand sich einst einer der größten Sklavenmärkte für den Ferntransport nach Übersee. Ich erlebte dort die große Feier anlässlich der Befreiung vom „Igbojoch" durch die Bundesarmee. Dort wurde ich zu einer Frau geführt, die sich schon seit 14 Tagen in Trance befand und in diesem Zustand die Zukunft vorauszusagen vermochte.

Im Lido lernte ich *Rose* kennen, die mich zu sich einlud. Nachdem ich ihr mein Interesse an afrikanischer Geisterkunde mitgeteilt hatte, meinte sie, dass sie mich am folgenden Tag zu ihrem Vater bringen möchte, der Mitglied einer spirituellen Vereinigung sei, die mit Geistwesen einen ständigen Kontakt führten. Ihr Vater brachte mich am anderen Tag zu *Sunday* und *Silas*, zwei Medizinmännern, welche die 1958 gegründete spirituelle *Mermaid Lodge* (weiße Seejungfrauen Loge) in *Ekume Umnopara* bei *Umuahia* leiteten. Ersterer war dessen Oberhaupt und Silas sozusagen seine rechte Hand. Sunday führte mich in Begleitung von Silas in sein „Holy House", einer weißgestrichenen kleinen Hütte mit schilfbedecktem Giebeldach, deren Außenwände mit den Gestalten von weißgesichtigen Feen des Flusses, bunt von Blumen umgeben, bemalt waren. Dort nahm Sunday ein sogenanntes „Egbe", ein aus dünnen Bambushölzchen gefertigter und zusammengefalteter Fächer von etwa 15 mal 12 Zentimeter, in die Hand und bat seine Schutzpatronin, eben eine Mermaid, ihm durch dieses Instrument der Geisterkommunikation mitzuteilen, ob ich willkommen sei, ob man mir vertrauen dürfe und ob es erlaubt sei, unser gegenseitiges Wissen auszutauschen. Nach jeder Frage öffnete sich dieses Bambustuch von allein nach beiden Seiten, was ein Ja bedeutete. Beide Medizinmänner waren über diese Bejahungen hoch erfreut und schüttelten mir nochmals die Hand. Daraufhin führte mich der etwa siebzigjährige Sunday in seine größere Hütte, um welche sich andere Hütten gleicher Größe gruppierten, in denen seine drei Frauen samt den Kindern wohnten. Als er mich in sein Behandlungszimmer geleitete, deutete er auf einen Teller mit Essen, von dem schon etwas verzehrt zu sein schien. Diesen stelle er, wie er mir erklärte, jeden Abend vollgefüllt hier her, damit die sich der Speise bedienenden Schutzgeister weiterhin seine Familie und seinen Hof bewachen. Und er versicherte mir, dass kein Tier davon gegessen haben könnte, dass es allein seine Schutzgeister waren. Und ich dachte, dass diese Geister sich wohl in der Gestalt von Ratten an diesen Leckereien labten. Ich nahm mir vor, all das, was ich bei diesen Medizinmännern erleben würde, kritisch zu hinterfragen.

Silas lud mich mit Zustimmung von Sunday ein, bei ihm zu wohnen. Auch war seine Hütte um einen sandigen Platz gebaut, an das sich reihum die Hütten seiner vier Frauen anschlossen. In der Mitte dieses Hofes stand ein mächtiger Baum, der, wie ich erfuhr, von einem starken Geist bewohnt war, der das „compound" (Gehöft) beschützte und der auch mit Speisen versorgt wurde, denn vor jeder Essenseinnahme wurde ihm und den anderen unsichtbaren Beschützern etwas vom Teller auf den Boden gelegt. Und ich dachte, dass die vielen Hühner, die hier überall herum liefen, wie auch die Ameisen jeden Tag treffliche Speisen genossen. Wie er mir später erklärte, sei diese Speisung der Geister nur symbolisch zu verstehen, benötigen sie doch keinerlei irdische Nahrung, um sich zu ernähren. Doch kosteten sie manches Mal von diesen, um sich den irdischen Schwingungen zu nähern. Im Schatten dieses wunderbar gewachsenen Baumes befand sich ebenfalls ein kleines mit Schilf bedecktes „Holy House", das auch mit „mermaids" ebenso bunt bemalt war wie jenes von Sunday. Silas ließ mir von seinen Frauen eine der Hütten herrichten, in welcher ich nun vierzehn Tage als sein Gast übernachten durfte. Ich hatte so viele interessante Aufzeichnungen über das in jenen Tagen Erlebte aufgeschrieben, dass ich gar nicht weiß, wo ich nun mit meinem Bericht beginnen soll.

Der 42-jährige Silas war in einer christlichen Familie aufgewachsen. Mit siebzehn hatte er einen Traum, in welchem Geister ihm mitteilten, dass er einstmals ein Heiler werden würde. Als er 18 Jahre alt war, suchte ihn ein ihm unbekannter „native doctor" (einheimischer Doktor ohne Universitätsabschluss, also ein Medizinmann) auf und sagte, dass sein Geist ihn geschickt habe, ihn zu bekehren. Er führte ihn um zwei Uhr nachts zum Fluss, wo sie zuerst den Wassergeistern opferten. Silas musste sich alsdann in das Wasser legen. Auf einmal hielt er einen Stein in der einen und einen Stock in der anderen Hand. Diese waren ihm als Zeichen der Gunst von Geisterhand gereicht worden. Der „native doctor" wusch ihm nun die Ohren, damit er die Stimmen der Geister zu hören vermochte. In dem Holy House des Heilers hielt er auf dessen Geheiß ein Ei ans Ohr und vernahm darin deutlich Geisterstimmen. Seitdem hörte er deren Stimmen, die ihm dann bei seinen späteren Heilungen zu Nutze kommen sollten. Doch seine eigentliche Helferin und Heilerin hieß „Queen Star" (Sternenkönigin) und war wie Uwadinekes Helen eine Flussfee. All sein Wissen, wie er mir sagte, habe er von ihr in Träumen erhalten. Die „native doctors" dieser Gegend besaßen alle eine solche weiße Frau als Schutzpatronin und Heilhelferin, die sie mit Opfergaben beehrten. Die „female native healers" (Heilerinnen) hatten immer einen hilfreichen männlichen Geist zur Seite, mit Ausnahme der Heilerin und des Mediums *Florence* die neben Sunday und Silas als dritte Vorsitzende die Mermaid Lodge leitete. Zu ihr kamen auch Schwangere, die wissen wollten, wer von den Verstorbenen sich in ihrem Bauch wiederverkörpere. Übrigens gab es in dieser Gegend, wie ich erfuhr, viele dieser Logen, die jeweils ihre spiritistische Gemeinde von oft über 1.000 Mitgliedern betreuten.

Silas wurde vorerst Lehrer und sprach ein relativ gutes Englisch, was natürlich unseren vielen Gesprächen zugute kam. Danach war er im Krankenhaus beschäftigt und verkaufte anschließend als Vertreter europäische Medikamente. Mit 31 wurde er durch die Initiation von Sunday in die Mermaid Lodge aufgenommen, und dieser half ihm auch beim Bau seiner Geisterhütte (Holy House). Mit dreiunddreißig wurde er aurasichtig. Als der Krieg 1967 ausbrach, ernannte man Silas zum spirituellen Berater des kriegsführenden Stabes. Solche „advisers" hatten die Aufgabe, die Soldaten der Biafra-Armee durch Schutzamulette unverwundbar zu machen und ihnen einen Trank zu verabreichen, der sie tapfer kämpfen ließ, bis sie den ihnen verheißenen Sieg erfochten hätten. (Jedoch die Soldaten der Bundesarmee hatten sich sicherlich ebenfalls mit Schutzamuletten vorsorglich eingedeckt.) Einem Soldaten, dem er solch ein Schutzamulett gefertigt hatte und, wie dieser meinte, auch deshalb den Krieg unversehrt überstand, verehrte meinen lieben Silas nun als einen Medizinmann, der über besonders starke Geister verfügte. Deshalb scheuten sich jener und seine Familie auch nicht, selbst weiteste Wege in Kauf zu nehmen, um sich bei Silas und seinen Geistern Rat und Schutz zu holen sowie sich von ihm auch Heilmittel verabreichen zu lassen.

Anlässlich eines Festes der Spiritisten-Gemeinde sitzen wir um Silas herum vor seinem bemalten Geisterhaus.

Die Unsichtbaren hatten meinen Gastgeber vor einiger Zeit im Traum durch ein Tor ins Geisterland geleitet. Dort gab es andersartige Pflanzen und Blumen. Alles war leuchtender als in der irdischen Welt. Dort befanden sich ebenfalls Männer, Frauen und Kinder wie hier. Er wurde dort von Queen Star in einen wundervoll geschmückten Tempel geführt. Ich bat Silas, seine Geister zu bitten, mich ebenfalls nachts in diese Geisterwelt zu führen, was er versprach, doch leider nicht erfüllt wurde.

Die Reinkarnation ist für die meisten Nigerianer etwas Selbstverständliches, besonders aber für die Mitglieder dieser spiritistischen Logen. Wie mir berichtet worden war, wurde eine verstorbene Mutter als Tochter ihres Sohnes wiedergeboren, woraufhin dieser seine Tochter „Mutter" nannte. Und als er verstarb, wurde er als Sohn der Schwester seiner Frau wiedergeboren und nannte letztere „Mutter". Denn viele Leute erkennen sich aus ihrem früheren Leben wieder. Die Mitglieder dieser Logen glauben daran, dass man siebenmal die

Chance erhält, durch wiederholte Erdenleben sich sittlich und spirituell zu vervollkommnen. Hat man das schon nach der ersten oder in einer der sechs folgenden Inkarnation erreicht, wird man ein „holy spirit", ein heiliger Geist also. Dieser ist dann befähigt, als guter Schutzgeist einem Erdenbürger zugeordnet zu werden. Ist es einem jedoch nach der siebten Inkarnation immer noch nicht gelungen, seine Seelenschwingungen zu erhöhen, verbleibt man oft ein böser Geist. Der weibliche oder männliche Schutzgeist erscheint den Mitgliedern im Traum und nennt ihnen seinen Namen. Silas vermag sich an zwei seiner früheren Leben zu erinnern. In dem einen war er ein Kleinbauer und in dem anderen ein glückloser „native doctor". Er glaubt, dass die jetzige Inkarnation seine letzte sei, werde er doch dann für immer in der geistigen Welt leben.

Wie Silas erzählte, befand er sich eines Tages mit Hilfe seines Geistes außerhalb seines Körpers. Er nahm sich in einem Flugzeug auf dem Weg nach Lagos wahr. Ein anderes Mal erlebte er ein außerkörperliches Erlebnis, als seine Geister ihn in Addis Abeba dabei sein ließen, als dort der Friedensvertrag zwischen Biafra und der Bundesregierung Nigerias geschlossen wurde. Er sagte mir, dass seine Geister versprochen hätten, ihm auf gleiche Weise auch London zu zeigen. Silas vertraute mir auch an, dass er wohl verhindern könne, dass Regen fällt, es jedoch noch nicht in seiner Macht stehe, es regnen zu lassen. Vielleicht wird ihm auch noch diese Fähigkeit verliehen, wie sie anderen Naturdoktoren schon zu Eigen ist.

Joshua, ein Heiler dieser Spiritisten-Gemeinde, lud uns alle zu seinem Fest ein. Er war vor Monaten zu Silas gekommen, um dessen Geister um Rat zu ersuchen, da seine Frau nicht schwanger werden konnte. Jene hatten versprochen, dass sie bald einen dicken Bauch bekäme und dass er selbst ein erfolgreicher Heiler werden würde. Nun war beides eingetreten. An diesem Tag sollte er zum Sekretär der *Mermaid Lodge* ernannt werden. Aus diesem Anlass wurden zwei Schafe und zwei Hühner geopfert. Blut und Kopf der Tiere gehörten den Geistern, das Fleisch aber den versammelten Gästen. Nun wurde auf Trommeln mit Händen und auf Töpfe mit Klöppeln geschlagen. Alle bewegten sich zu diesen Rhythmen. Drei Frauen gerieten in Ekstase, die sich dann, von bösen Geistern besessen, auf dem Boden wälzten und Schreie ausstießen, bis jene aus ihnen entwichen, sodass diese drei regungslos liegen blieben. Joshua, als Gastgeber, hatte den Gästen das Fleisch und je nach Wunsch Palmwein oder Bier zu reichen. Bei Dunkelheit gingen wir alle im Gänsemarsch zum Fluss hinunter, wo ich mich jeden Morgen zum Waschen hinbegab. Dort wurden Kerzen angezündet. Silas schlachtete eine Ziege und ein Huhn, während Joshua einer Ziege den Hals durchschnitt. Das Blut hatte ordnungsgemäß in den Fluss zu fließen, wohnten ja dort die Mermaids, denen zu Ehren dieses Opfer gebracht werden sollte. Danach rezitiert der Gastgeber aus der Bibel. Auch sprach er an mich adressiert belobigende Worte und empfahl mich der Obhut der Wasserfeen. Danach wurde ich aufgefordert, an die Versammelten einige Wort zu richten. Daraufhin kam jeder zu mir und schüttelte meine Hand. Ich war nun sozusagen in ihre Gemeinde als Ehrengast aufgenommen.

Öfter kamen Männer oder die Frauen selbst, die eine Medizin haben wollten, um ein Kind zu bekommen. Wie erstaunt war ich, als die Frau eines hohen Beamten zu Silas kam und ihn um eine Medizin bat, damit sie auf Verlangen ihres entfernt lebenden Mannes nicht schwanger würde. Er bereitete dann der Wartenden jenes gewünschte Verhütungsmittel, bestehend aus verschiedenen Rinden, Wurzeln, Asche und Blättern, und riet ihr, sich einen Strick um den Bauch zu legen, der das Dickwerden verhindern würde. Noch am selben Tag kam eine Frau und brachte meinem Gastgeber Dankesgaben in Form von Bier, Coca Cola, Eiern, Colanüssen und Geld. Denn Silas hatte ihr vor einigen Monaten versprochen, dass ihrem Sohn geholfen würde, bald eine Anstellung zu finden. Und tatsächlich hatte dieser jetzt eine gut bezahlte Tätigkeit auf dem Flughafen von Lagos gefunden.

Eine Frau, die ich anlässlich jenes Festes verzückt auf dem Boden liegen gesehen hatte, kam zu mir als dem „berühmten" Naturdoktor, um sich durch Hypnose von ihren starken Menstruationsbeschwerden befreien zu lassen. Was, so dachte ich, hatten Silas und Sunday mir nur alles eingebrockt? Und da diese Frau sich nicht von mir abweisen lassen wollte, versuchte ich sie mittels eines Übersetzers in den Trancezustand zu versetzen. Leider vergeblich. Viele Jahre später als Rückführungstherapeut war es mir möglich, mehrere Frauen von solchen Leiden zu befreien. Aber bis dahin sollte es noch ein weiter Weg werden. Diese Frau, wie mir durch die Übersetzerin erklärt wurde, habe neun Töchtern, jedoch noch keinem Sohn das Leben geschenkt. Ihre Töchter würden nun von keinem Mann geheiratet, da diese befürchten, dass ein Fluch auf dieser Familie liege, demzufolge auch weiterhin nur Töchter geboren werden könnten. Was solche Art von Aberglauben doch für Unheil anrichten kann! Sicherlich, so dachte man, war diese Familie von bösen Geistern verhext. Nicht umsonst lag ja deren Mutter vor einigen Tagen mit Konvulsionen am Boden. Ich fühlte tiefstes Bedauern mit diesen Menschen, die Opfer eines solchen Aberglaubens wurden, während andere damit großartige Geschäfte machten.

Silas hatte, wie bereits erwähnt, vier ihm angetraute Frauen. Drei von ihnen hatten ihm Kinder geboren und somit die von ihnen erwartete Pflicht erfüllt. Doch die Vierte war unfruchtbar geblieben, was allgemein als eine große Schande angesehen wurde, musste sie doch von bösen Geistern an der Erfüllung ihrer Frauenpflicht gehindert worden sein. Doch Silas verstieß sie nicht, denn er hatte herausgefunden, dass sie sich leicht in Trance versetzen konnte und Geisterstimmen aus ihrem Munde sich den Anwesenden verkündeten, um diesen Rat zukommen zu lassen. Und mein ewig skeptischer Geist ließ mich vermuten, dass für diese Frau, so sie verstoßen worden wäre, wahrscheinlich nur das Los einer Prostituierten oder eben auch als Alternative ein Leben als betrügerisches Medium in Frage kam. Gab es also unter den medialen Frauen mehrere, die, um sich nicht Männern feilbieten zu müssen, mediale Fähigkeiten vortäuschten?

Wer sich mehrere Frauen leisten kann, bedient sich dieser Vielweiberei. Falls zwei Ehefrauen sich streiten sollten, würden sie vom Ehemann schwer bestraft. Er verweigert sich ihnen sieben Wochen lang, während sie in dieser Zeit ihm auch kein Essen bereiten und auch nicht an festlichen Veranstaltungen teilnehmen dürfen. Außerehelicher Verkehr ist höchst strafbar. Doch wenn es den Frauen gelingen sollte, ihren Mann davon zu überzeugen, dass ihr Geistführer in der Gestalt eines anderen Mannes gekommen sei, um mit ihr sich geschlechtlich zu vereinen, mag sie eventuell nicht verstoßen werden.

Es ist erlaubt, dass die Frau bei der Vorstellung ihres Geistführers masturbiert, so er es von ihr wünscht. Ebenso darf sich der Mann mit seiner Geistführerin auf ihren Wunsch hin in Gedanken mit ihr vereinigen. Von solch einer Geistersexualität hatte ich bis dahin noch nichts gehört. Erst viel später als Therapeut fand ich heraus, dass oft Triebmenschen beiderlei Geschlechts von sexsüchtigen erdgebundenen Seelen zur Promiskuität angehalten werden, um die erotischen Genüsse mittels ihres Besessenen mitzugenießen. Frauen in der Zeit ihrer Menstruation dürfen dem Ehemann kein Essen bereiten, noch ihm die Hand reichen. Viele Medizinmänner setzen sich nicht auf einen Stuhl, der von einer Frau benutzt worden ist. Früher brachten einige ihre eigenen Stühle mit, so sie sich nicht wie üblich auf den Boden setzten. Die Frauen würden niemals ihren Mann mit „darling" oder „sweet heart" ansprechen. Sie nennen ihn „Sir", „Dad" oder „brother". Die jüngste Frau von Sunday war erst 17 Jahre alt und war äußerst schön. Er hätte ihr Opa sein können. Wahrscheinlich hatte er ihrem Vater eine Menge Geld bezahlt.

Die meisten der „vermögenden" Männer Schwarz- und Braunafrikas haben mehrere Ehefrauen. Der Islam gestattet einem Moslem vier Gattinnen. Doch wird dieses Gebot von reichen und vor allem einflussreichen Männern gerne übertreten. So las ich noch 2008 in der Zeitung, dass ein 84-jähriger Nigerianer über 86 angetraute und selbstverständlich gekaufte Frauen verfügte, dem angedroht wurde, sich von 82 seiner Frauen zu trennen, ansonsten er sogar mit der Todesstrafe zu rechnen habe. Aber auch nicht moslemische Männer wie Silas und Sunday sind mit drei beziehungsweise vier Frauen verheiratet, überschreiten aber nicht eine Vielehe mit mehr als vier Angetrauten, da ja mit Hinweis auf die Praxis der Moslems auch diesen nur vier Ehefrauen gestattet werden.

Silas Brüder waren im Krieg gefallen und hinterließen Ehefrauen und Kinder, für die er sich jetzt verantwortlich fühlte und ihnen deshalb auch Geld zukommen ließ. Sie brachten auch weiterhin Kinder zur Welt, denn er hatte ihnen gestattete, auch andere Männer zu lieben und sich ihre nicht öffentlichen Gunsterweisungen zusätzlich bezahlen zu lassen. Dies war nun eine versteckte Prostitution.

Ich staunte über die fruchtbare Gegend, in welcher sich diese verschiedenen spirituellen Gemeinden befanden. Hier gab es alles in Fülle, seien es Mangos, Bananen, Pampelmusen Papayas, Apfelsinen, Mandarinen, Zitronen und viele andere lokale Früchte, deren Namen ich nicht wusste. Man erntete Mais, Yam, Kasswa, Cocoyam, Kürbis, Melonen, Kokosnüsse, Palmwein und Ananas. Ich glaubte mich in einem irdischen Paradies zu befinden. Nie mehr auf meiner weiteren Durchquerung Schwarzafrikas habe ich diesen Reichtum an Naturprodukten an einem Ort erlebt.

Während meines Aufenthaltes bei Silas durfte ich bei allen seinen vielen Heilungen zugegen sein, war es doch für mich äußerst spannend, alles miterleben zu dürfen. So kam eine Frau *Aba* zu ihm. Es war Brauch, dass jeder, der zu einem „native doctor" kam, ihm Geschenke, meist aber ein lebendes Huhn mitbrachte. Das wurde von einer seiner Frauen zubereitet, sodass ich jeden Tag Hühnerfleisch zu essen bekam. Jene Frau blieb bisher ohne Leibesfrucht. In ihrer Not suchte sie nun einen mächtigen Medizinmann auf. Silas führte sie in meiner Begleitung nachts zum Fluss, um dort eine zeremonielle Heilung durchzuführen. Unter Anrufung bestimmter Geister wusch er ihr Gesicht und ließ sie sich ihren ganzen Körper reinigen. Am nächsten Morgen setzte diese Frau sich vor sein geheiligtes Geisterhäuschen, und eine Stimme verkündete ihr von innen, dass sie zu ihrer Freude bald einen dicken Bauch bekäme. Bei dieser Gelegenheit fragte ich auch seinen jenseitigen Doktor, ob er mir den Namen meines persönlichen Geistführers oder jenen der Geistführerin nennen könne, und er antwortete, dass sie bereits hier sei und er sie mir beim nächsten Mal nennen würde, wobei ich auch dann weitere Fragen stellen könne.

Eine Besessene wurde zu Silas gebracht. Er nahm ein lebendes Huhn und legte es auf ihren Kopf. Unter Anrufung von Silas Geisterfrau wurde der die Frau besetzende Geist aus ihrem Kopf in das Huhn getrieben. Jetzt war diese Frau von dem bösen Geist befreit. Das Huhn jedoch fiel nach einigen Schritten tot um. Ein Mann kam aufgeregt zu Silas und meldete ihm, dass auf seinem Hof der Hahn mitten am Tage gekräht habe. Der Medizinmann befahl ihm, diesen Hahn sofort zu töten. Späterhin fragte ich, warum er dem Mann diesen Rat erteilt habe, und er erklärte mir, dass ein Hahnenschrei zur ungewohnten Zeit Unglück bedeute. Doch könne man dieses noch abwenden, wenn man das Tier sogleich töte.

Eine Mutter brachte ihr schreiendes Baby. Sie wollte zum einen wissen, ob es eines ihrer reinkarnierten Verwandten sei, und zum anderen wollte sie es vor bösen Geistern beschützen lassen. Ihre Fragen wurden durch das Egbe bejahend beantwortet, während Silas ihrem zweiten Begehren dadurch nachkam, indem er mit dem Messer je zwei Schnitte auf den Schläfen des nun noch lauter schreienden Kindes vollführte und diesem noch eine Muschelkette um den Bauch legte. Sie zahlte ihm nun hocherfreut das ihm zustehende Honorar.

Nur den Wenigsten war es gestattet, in sein Holy House einzutreten. Mir erlaubte er es jedoch, sodass ich entscheiden konnte, mich entweder draußen mit den anderen niedersetzen oder mich nach innen zu begeben, wo er von mir getrennt hinter einem Vorhang saß, um dort die Geister, die angerufen werden sollten, durch seinen Mund sprechen zu lassen. Bevor sich *Queen Star* oder ein anderer Geist verlauten ließ, leitete die weibliche Geisterstimme von *Senghi* die folgenden Gespräche ein, indem sie die Anwesenden begrüßte. Doch hin und wieder veränderte sich die Stimme von Silas, der als Medium fungierte, sodass auf einmal eine männliche tiefe Stimme erklang, dann wieder eine hohe weibliche, wie wir das bei Bauchrednern vernehmen können. Ich konnte auch meine Stimme zum Zwitschern bringen, indem ich mir ein mitgeführtes sogenanntes Vogelblättchen auf die Zunge legte. Und als ich ihn deswegen zur Rede stellte, gab er zu, diese Veränderungen seiner Stimme künstlich durch Flaschen, Gläser, Büchsen und Töpfe herzustellen. Ich war sehr enttäuscht, dass die Leute dadurch betrogen wurden. War denn das Ganze hier vorgeführte Geistergetue nur Theater? Doch er versicherte mir, dass, um bestimmte verschiedene und bereits bekannte Geister zu markieren, er mit ihrer Erlaubnis deren Durchsagen mit der jeweils veränderten Stimme anpassen dürfe. Doch er schwor, dass die Eingebungen der Durchsagen echt seien. Er befand sich bei diesen nicht in Trance, wie ich es später bei Medien in Amerika und anderswo erleben konnte. Übrigens teilte mir Senghi eines Tages den Namen meiner Schutzpatronin mit. Sie hieße „*Maria*". Ich bekam einen Schreck. Zu niemandem hatte ich über meine geheime Liebe zu Maria, an die ich auch weiterhin immer wieder denken musste, gesprochen. Hatten die Geister den Namen meinen Gedanken entnommen?

Ich hatte Sunday und Silas einige meiner Zaubertricks vorgeführt, die sie sehr in Erstaunen versetzten. Und die Bewunderung für mich hielt auch an, nachdem ich ihnen diese erklärt hatte. Sunday benutzte für Geistermitteilung auf der Ja- und Nein-Basis ein ähnliches nur größeres Instrument wie jenen chinesischen Würfel, der sich unter meinen Zauberutensilien befand. In der Mitte einer Schnur war ein würfelähnlicher kleiner Kasten angebracht. Straffte man die unten festgehaltene Schnur, dann bewegte sich dieser Würfel etwas nach unten, ließ man jedoch den Faden wieder etwas locker, blieb jener stehen. Ein sich nach unten Gleiten bedeutete ein Ja, das Stehenbleiben ein Nein. Und da mir der Mechanismus vertraut war, konnte ich diesem Medizinmann genau auf seine Finger schauen und entdecken, dass er, ohne dass die ihn um Auskunft Ersuchenden es merkten, heimlich den Faden anspannte oder lockerte, um einer jeweiligen Beantwortung nachzukommen. Wie gut, dass ich Zaubertricks erlernt hatte. Jetzt konnte ich solchen Betrug leicht durchschauen. Ich stellte ihn deswegen zur Rede, und er gab zu, durch seine Hand den Faden zu straffen oder zu lockern. Doch die Geister gäben ihm ein, was er, um die erteilten Botschaften korrekt zu vermitteln, zu tun habe, ja manchmal würden sie sich seiner Hand selbst bedienen. Wie dem auch sei. Ich war wieder gewarnt, Geistermitteilungen skeptisch zu verfolgen.

Wenn Gäste kamen oder wir andere Naturdoktoren aufsuchten, wurden immer in kleine Stücke geschnittene Colanüsse gereicht. Sie sind ungemein bitter, sodass ich mir nur die kleinsten Teile aussuchte. Doch ein rituelles Begrüßungsgeschenk abzuweisen wäre äußerst unhöflich gewesen.

Ich hatte beiden auch die Bewandtnis meines aus Hufeisennägel gefertigten Schutzmännchens, das ich deutlich sichtbar auf der Brust trug und von allen als besonders starkes Amulett angesehen wurde, erklärt, dass ich dieses als mich begleitendes Pendel benutzte. Ebenfalls demonstrierte ich ihnen das Glasrücken. Sie hielten mich danach für einen Magier der Geisterkunde und, wie ich leider bald herausfinden musste, hatten sie das alles weitererzählt. Natürlich steigerte es das Ansehen der beiden, dass aus weiter Ferne ein geisterkundiger Naturdoktor gekommen war, um sein Wissen mit ihnen auszutauschen. Und, wie ich befürchtet hatte, kam schon der erste, der von meinen angeblichen magischen Künsten vernommen hatte, und wollte wissen, warum er als Schneider zu wenige Aufträge bekäme. Ich entgegnete ihm, dass ich ihm nicht helfen könne. Doch er deutete auf meinen Eisenmann auf meiner Brust und meinte, dass ich ihn befragen solle. Nun also, meinetwegen. Er stellte Fragen, und mein Talisman, ihn am Halsband nach vorne haltend, antworte auf seine Fragen mit den jeweiligen Bewegungen, die ein Ja oder Nein bedeuteten. Natürlich habe ich diese nicht beeinflusst. Was als Resultat herauskam, war, dass er und seine Frau jeder dem Erdgeist einen Hahn opfern sollten und dass er von Monika, einem Medium, erfahren würde, wer dieser Erdgeist sei. Der arme Schneider atmete erleichtert auf. Daraufhin wollte er noch etwas über das Schicksal seines Bruders wissen, doch mein Pendel ließ sich nicht aus der Ruhelage bewegen.

Sunday und Silas brachten mir nun das Handlesen bei. Die linke Hand bezog sich auf die früheren Leben, die rechte hingegen auf das heutige. Die beiden obersten Querlinien waren der Geisterwelt zugeordnet, während die nach unten führende äußere Linie über die Dauer des Lebens, die innere Linie aber über die Gesundheit Auskunft gab. Sie streckten mir nun ihre Hände entgegen, die ich lesen sollte. Gemäß der mir gegebenen Erklärungen versuchte ich mein Bestes, und sie waren erstaunt, wie genau ich Angaben über ihre früheren und über das heutige Leben vermittelte. Ich glaubte, alles nur phantasiert zu haben. Doch sie waren überzeugt, dass meine Geister mir diese exakten Auskünfte eingegeben hätten, die ich durch meinen Mund verlauten ließ. Nun war ich in ihrer Wertschätzung für mich und besonders für meine Geister gestiegen. Hätte ich mich nur nicht auf diese Handlesungen eingelassen. Denn beide verbreiteten mein vermeintliches Können, sodass in den folgenden Tagen immer wieder Besucher kamen, die sich von mir ihre Hände lesen lassen wollten. Ich verließ mich ganz allein auf meine Intuition, vermied aber, mir eingegebene unangenehme Mitteilungen zu äußern. Der Verkehr mit der Geisterwelt beruhte also zum größten Teil auf dem Vertrauen, dass die in den Sinn kommenden Gedanken von unsichtbaren Quellen stammen. Hier tat sich ein großes Feld für Betrug und falsche Auslegung auf, so man vor allem von seinen eigenen Eingebungen oder von denen der Foppgeister zum Narren gehalten wurde oder sich dadurch vor anderen zum Geisterkasper machte.

Silas erzählte mir, wie einst ein Mann zu ihm kam, um die „spirits" zu befragen, ob sein schon seit langem vermisster Bruder noch lebe, woraufhin die Geisterstimme ein Ja ertönen ließ. Und tatsächlich kehrte wenig später unverhofft der Bruder nach langer Abwesenheit wieder heim. Nun war dieser Mann erneut zu ihm wegen anderer Auskünfte gekommen, die ihm die Geister beantworteten. Doch nun zweifelte er an, ob jene angeblichen Geister auch echt seien und nicht nur von Silas fingiert wurden. Und die Geisterstimme fragte ihn daraufhin, ob sie ihm nicht schon eine richtige Mitteilung bezüglich der Rückkehr seines Bruders gegeben hätten. Doch er wollte nun unbedingt einen nachhaltigeren Beweis haben. Auf einmal näherte sich ihm eine Eidechse, kroch durch das Hosenbein zum Bauch hinauf. Der Mann erhob sich entsetzt, öffnete sein Hemd, sodass das Tier entkommen konnte, und suchte selbst sein Heil in panischer Flucht. Derlei beweisführende Geschichten über wirkungsvolle Einflüsse von Unsichtbaren gab es die Fülle, wie ich sie selbst noch erleben sollte.

Oft war ich dabei, wenn Ratsuchende bei Silas im dem oder vor dem „Holy House" saßen und er die Beantwortung der gestellten Fragen dem sich des Egbe bedienenden Geist überließ. Ein Mann fragte nun einen solchen, ob seine Tochter einen Mann heiraten könne, dessen Frau verstorben war. Er wollte nun wissen, ob im Hause dieses Heiratswilligen sich ein böser Geist befände, der dessen Frau den Tod gebracht habe, denn er möchte vermeiden, dass seiner Tochter ein gleiches Schicksal bevorstehen könnte. Das Egbe sagte, dass in jenem Haus kein böser Geist wohne, sondern dass diese Verstorbene selbst in sich einen solchen gehabt habe, der sie durch Krankheit tötete. Weiterhin fragte der in dieser Hinsicht sichtlich zufriedene Mann, wer ihm letzte Nacht etwas auf sein Dach geworfen habe, ob es sich dabei um eine böse „Medizin" handele, die sein Feind, mit dem er vor Gericht ziehen will, ihm als Fluch von einem Zauberer hatte anfertigen lassen, damit er den Prozess verlieren würde. Der durch Silas agierende Geist verneinte, dass es sich um ein bösartiges Vorgehen seines

Widersachers handele. Und auf seine weiteren Fragen eingehend, teilte er ihm mit, dass das Gerichtsurteil für ihn positiv lauten würde. Natürlich wurde Silas nicht nur durch ein Hühnchen belohnt, sondern auch mit einer Summe Geldes, denn von jedem, der vermögend war, erwartete auch ein Naturdoktor ein entsprechendes Honorar. Das Kuriose an dieser Geschichte war, dass dieser Mann, da er mich ebenfalls für einen großen Magier hielt, mich fragte, ob ich eine Medizin anfertigen könne, um ganz sicher zu gehen, dass er den Prozess auch gewinnen würde, wolle er mich dafür doch auch gebührend bezahlen. Soweit war es also schon gekommen. Natürlich lehnte ich ab.

Es gibt dort die verschiedensten Arten von Geistern, abgesehen von den bösen, die sich vor allem bei und in Menschen und deren Wohnbereichen niederlassen, um Schaden anzurichten. Außer den hohen Geistern, die in ihrer Welt jenseits der unseren leben, befinden sich Geister im Wasser, in der Luft und vor allem auf der Erde. Diese Erdgeister sind nicht nur auf beziehungsweise in Bäumen zu Hause, sondern können auch als Zwerge in der Erde wohnen oder ihr Domizil sogar in einem Ameisenhaufen aufschlagen. Doch viele der guten Geister stehen den Menschen ebenfalls nah und halten sich in deren Nähe auf.

Von den von Silas vernommenen kuriosen Geschichten mit Medizinmännern habe ich mir folgende notiert. Er nahm einst an einer Versammlung bei einem mächtigen Medizinmann teil. Dieser wurde von einem der Anwesenden, der nicht wusste, dass jener zugegen war, tief beleidigt. Daraufhin nahm jener Magier sein Messer hervor und führte gegen jenen gerichtet einen Schnitt durch die Luft. Auf einmal lag dessen Kopf vom Körper getrennt am Boden. Dann sprach dieser Magier zu dem Kopf und fragte ihn, ob er es nochmals wage würde, ihn zu beleidigen. Der Kopf, entsetzt darüber, neben seinem Körper zu liegen, bereute, diese Beleidigung ausgesprochen zu haben. Alsdann nahm dieser Zauberdoktor den Kopf und fügt ihn wieder an den Körper, macht einige Striche über den Hals und spuckt darauf. Und der Mann erhob sich wieder. Keine Narbe war am Hals zu sehen. Über derlei magische Künste verfügte Silas nicht, wie er mir gestand. Er und die Naturdoktoren verlassen sich ganz auf die Durchsagen der Geister und handeln nach deren Durchgaben.

Bei einem anderen Medizinmann erlebte er als Zuschauer eine Operation, die jener an einem Mann durchführte, der über heftige Magenschmerzen klagte. Er nahm ein Messer, spuckt auf dieses, öffnete mit einem Schnitt die Bauchdecke, legte eine Medizin hinein, verschloss die Wunde mit einer Handbewegung und spuckte nochmals auf die Operationsstelle. Der Operierte erhob sich sogleich und fand sich von seinen Bauchkrämpfen befreit. Was hier an Wunderbarem geschah, habe ich viele Jahre selbst erleben dürfen, als ich als Assistent des philippinischen Wunderchirurgen *Jun Labo* neben ihm stehen durfte. Nachdem er aus dem durch Geisterhand geöffneten Bauch und anderen Körperstellen bösartiges Gewebe herausbefördert hatte, warf er dieses in einen Eimer. Das jeweils viele Blut auf den operierten Köperteilen hatte ich mit einem Handtuch abzuwischen. Ich kann mich auch heute noch dafür verbürgen, dass es sich dabei um keine Illusionen oder Trickanwendungen handelte.

Silas bildete auch werdende Naturdoktoren und Naturdoktorinnen aus. Eine dieser Schülerinnen, die Herbalist und Medium werden wollte, musste ihn immer wieder zu diesem Zweck aufsuchen. Sie hatte sich, nachdem das mitgebrachte Huhn mit einem Messer getötet worden war, auf sein Geheiß hin mitten in den Sand seines Hofes niederzulegen und die Augen zu schließen. Sodann träufelte ihr der Meister jenes Blut auf die Lider, bedeckte diese noch mit Blättern und breitete ein weißes Tuch über ihren Körper aus. Sie befand sich, wie er mit sagte, nun in Trance und blieb dort, umgeben von gackernden Hühnern, zwei Stunden bewegungslos liegen. Alsdann hielt ihr Ausbilder einen Spiegel über ihre immer noch geschlossenen Augen und fragte die in Trance Befindliche, was sie sehen könne. Sie antwortete: „Ein Auge." Er wiederholte diese Frage und erhielt die gleiche Antwort. Silas war über ihre Antworten sichtlich zufrieden. Sie machte Fortschritte. Nun durfte sie, aus der Trance erwacht, aufstehen und sich das Blut aus den Augen waschen. Ihr Lehrmeister gratulierte ihr. Nachdem sie ihn bezahlt hatte, sagte er, dass sie, sobald sie das Geld für die nächste Stufe ihrer Einweihung zusammengespart hätte, wiederkommen solle, denn dann würde er sie zum Fluss hinunterführen, in den sie sich hineinzulegen habe, wo sie in Trance befindlich von den Geistern einen Gegenstand in die Hand gelegt bekommen würde.

Einen Tag vor meiner Abreise durfte ich auch jenes der Geisterver-
mittlung dienende Egbe in die Hand nehmen, das sich auf meine Fragen von Geisterhand öffnete und von allein wieder schloss. Mir wurde
bestätigt, was Sunday medial mitgeteilt worden war, dass ich vormals
in Indien als armer Bauer namens Pandu gelebt hätte und 1864 verstorben sei. Er hatte auch orakelt, dass ich bisher fünf frühere Leben
hatte und noch siebenmal reinkarnieren würde.

Am 5. Juli schrieb ich einen Brief an meinen Berliner Freund *Jochen*:

*„Ich halte mich hier im Süden Nigerias doch noch länger auf als ge-
plant. Im Augenblick schreibe ich für eine lokale Zeitung (Port Harcourt) Artikel über Selbst- und Fremdhypnose, über Inkarnation und
Spiritismus. Anregungen zu den beiden letzteren Themen finde ich hier
jeden Tag, da ich schon seit zehn Tagen zu Gast im „Urwald" bei Spiritisten bin, die morgen ihr großes monatliches Fest feiern, auf dem zu
erwarten ist, dass einige Dutzend ihrer Mitglieder in Trance fallen und
wahrsagen werden. Ich komme mir vor wie ein Präsident der Rotari-
Gesellschaft aus Amerika, der die Tochtergesellschaften gleichen Namens in Europa besucht und überall herumgereicht und mit Ehren empfangen wird. Schon mehrere Hähne wurden mir zu Ehren geopfert. Gott
sei Dank bin ich bisher noch nicht genötigt worden, selbst solche Opfe-
rungen vorzunehmen. Viele Tricks der Medizinmänner durfte ich
„durchschauen", zumal ich, wie Du weißt, ja auch „trickman" bin und
hier deswegen einen großen Ruf genieße, was dazu beiträgt, dass Mitglieder selbst zehn Meilen nicht scheuen, um den „Spiritualisten" aus Europa zu sehen, der zumal die Hand lesen kann. Letzteres wurde mir von
zwei „native doctors" beigebracht, und sie forderten gleich mehrere Familienmitglieder auf, mich zu erproben. Ich dachte, dass es damit seine
Bewandtnis hätte. Aber der mich betreuende Medizinmann, bei dem ich
wohne, streute nun das Gerücht aus, ich könne jeden Gegenstand in einen anderen verwandeln und zudem jedem, der möchte, seine Vergangenheit und Zukunft aus der Hand lesen. Ich war etwas ungehalten über
meinen Silas, so nennt mein „doctor" sich, und verbot ihm, weitere Lü-
gen. Aber er bestand darauf, dass er nicht lüge, denn wenn ich die Hand
läse, würde mir mein „spirit" automatisch die richtigen Worte in den
Mund legen. Und wenn er ein wenig übertrieben habe hinsichtlich meiner Zauberkünste, so könne dies ja auch nicht schaden, denn so würde*

es sich schneller herumsprechen, dass ein Weißer zu der hiesigen Spiritisten-Gemeinde extra von weither gekommen sei, um als Spiritist ihm Grüße von europäischen Spiritisten-Zirkeln zu überbringen. Somit würde, wie Silas erklärte, der Ruhm und das Ansehen der „Mermaid Lodge", wie sich ihre Vereinigung nennt, steigen und viele noch an der Echtheit dieser Lodge Zweifelnden würden nun zu raschem Entschluss geneigt sein, beizutreten. Anscheinend darf man für eine gute Sache ruhig ein wenig Lug und Trug riskieren. Dies scheint die Devise der meisten Medizinmänner Afrikas überhaupt zu sein. Aber man hat Erfolg, die Leute glauben an die Wunderkräfte. Und dieser Glaube wiederum vollbringt Wunder. Der Glaube kann, wie es heißt, Berge versetzen. Dies gilt besonders für die Gläubig-Abergläubischen Afrikas.

Noch diesen Monat hoffe ich in Kamerun zu sein. So long. Trutz"*

Frauen wetteiferten beim Abschied darum, meinen Rucksack tragen zu dürfen.

Am Sonntag, dem 6. Juli, fand meine Abschiedsfeier statt. Alle Oberen der Mermaid Lodge und einige weitere Mitglieder dieser spiritistischen Geisterorganisation nahmen daran teil. *Monika*, eine „herbalist" und Medium, hatte schon manchen Blick auf mich geworfen, doch wagte ich nicht, mich ihr zu nähern, konnte das doch Schwierigkeiten gebracht haben, zumal sie verheiratet war. Trotzdem stellte sie sich dicht neben mich, ja, berührte mit ihren Hüften und dann auch mit den Schultern meinen Körper und sagte: „Du siehst, unsere Geister mögen sich." Welch wunderbare Art, um einer Person seine Zuneigung zu gestehen. Selbst ein ungehöriger faux pas kann somit Geistern zugeschoben werden. Und hätte ich gesagt:

„Mein Geist möchte dich küssen", wäre vielleicht die Antwort gewesen: „Mein Geist würde bestimmt nichts dagegen haben." Auf diesem Fest erzählte sie mir, der ich immer hellhörig für weitere Geisterkuriosa war, folgendes Erlebnis. Sie war zum Fluss gegangenen, um Wasser zu holen. Auf einmal hörte sie die Stimme ihres Geistes, der ihr sagte, den Krug hier stehen zu lassen und sofort nach Hause umzukehren. Als sie zu ihrer Hütte kam, stand dort vor dem Eingang ihr vollgefüllter Krug. Weiterhin habe sie von einem „native doctor" Folgendes erzählt bekommen. Er habe sich abends zum Essen niedergelassen, als die Öllampe vor ihm auf dem Tisch verlosch. Doch dann flackerte sie wieder auf, und zu seiner Verwunderung entdeckte er, dass das Essen von seinem Teller verschwunden war. Was sollte ich nun von all dem hier Erlebten und Gehörten und vor allem Erfahrenen halten?

Beim Abschied drückten sie mir alle die Hand mit den besten Wünschen für meine Weiterreise. Sie waren sich sicher, dass ich ganz beschützt sein würde, wachten doch meine mich begleitenden starken Geister auf mein Wohlergehen. Sie alle hatten mich gerne aufgenommen, und sicherlich hätte einer Karriere als Naturdoktor und Medium in ihrem Kreis nichts im Wege gestanden. Ich hatte das Gefühl, hier echte Freunde gefunden zu haben.

7.   Im Ältestenrat der Männer von über 100 Jahren

Wenn Sie, lieber Leser, vorerst einmal genug von Geistern haben, dann empfehle ich Ihnen, dieses Kapitel zu überschlagen. Denn in diesem wird wieder über Geister und Magier berichtet.

Meine anfänglichen Pläne, den Ort aufzusuchen, in welchem Uwadineke der Flussfee Helen begegnete, konnte ich mir jetzt ersparen. Denn was ich nun bei Silas erlebt hatte, genügte, um mir Einsicht in das Wirken der dortigen Geister verschafft zu haben. Silas brachte mich mit einem Taxi in die benachbarte Stadt *Umuahia*, wo ich mich wieder an die Straße stellte, um zurück nach *Port Harcourt* zu trampen. Wir stiegen aus dem Taxi aus, und mein mir liebgewonnener Freund reichte dem Fahrer durch das geöffnete Seitenfenster einen Geldschein. Und während er auf das Wechselgeld mit ausgestreckter Hand wartete, fuhr der Fahrer mit Vollgas davon. Wenn dieser gewusst hätte, wen er vor sich gehabt hätte, würde er diese Gaunerei nie gewagt haben. Und ich erinnerte mich wieder an meinen Polizistenfreund von Lagos, der meinte, dass die Menschen seines Landes krank an der Geldsucht seien.

In der ölstickigen Hafenstadt angekommen, begab ich mich gleich ins Büro der *Nigeria Tide*, um dort meine sieben Artikel abzuliefern. Diese hatte ich während meines Aufenthaltes bei meinem Geisterfreund zu Papier gebracht. Mir wurde nun eine Sekretärin zu Verfügung gestellt, der ich das Geschriebene diktierte. Diese Artikel sollten in den nächsten Tagen in der Zeitung als „specials" erscheinen. Mir wurden nun die versprochenen 70 Nira ausgezahlt. Ich erzählte dem Journalisten, dem ich beim ersten Besuch am Schwimmbad erfolgreich das Rauchen abzugewöhnen vermocht hatte, von meinen vielen Erlebnissen. Er meinte, dass dort jeder Zehnte sich als „native doctor" ausgebe, worunter sich viele Scharlatane tummelten, sodass man immer auf der Hut sein müsse, wen man aufsuche. Er berichtete mir nun von einer Gegend in der Mitte des südlichen Nigeria, in welchem es Leute gebe, die ein Alter bis zu 140 Jahren erreichten. Er war als Reporter vor einiger Zeit dort gewesen, um über diese alten Menschen einen Bericht zu schreiben. Ich war sofort hellhörig und fragte ihn, ob er mir diesen Ort nennen könne, denn diesen wollte ich nun unbedingt aufsuchen, um mich selbst zu überzeugen, dass es derartig alte Menschen auf unserer Erde geben könne. Er schrieb mir die Adresse von einem Arzt auf, der dort wohnte und über das Phänomen sehr alter Menschen ein Buch zu schreiben unternahm. Diese Sensation durfte ich mir nicht entgehen lassen.

Um zu Doktor Mume zu gelangen, musste ich die Hälfte des weiten Weges nach Lagos mit Mitfahrgelegenheiten bis *Benin City* zurücklegen und konnte dann die Straße südlich über *Warri* nach *Agbarho* nehmen. Dort angekommen, fragte ich mich nach seiner Klinik durch. *Dr. Josef Mume*, ein verheirateter Mann von etwa 45 Jahren, nahm mich herzlich auf und lud mich ein, bei ihm zu wohnen. Was hatte ich wiederum für ein Glück! Wir wurden schnell Freunde. Seine Eltern waren Mitglieder der Zeugen Jehovas, einer christlichen weltweiten Sekte, die neben anderen neukirchlichen Glaubensausrichtungen besonders in Afrika missionarisch tätig geworden war und für die Großkirchen wie dem Katholizismus, dem Protestantismus und wie hier in Nigeria der anglikanischen Kirche viele Gläubige durch Neubekehrungen abzogen. Dr. Mume war Arzt für alternative Medizin, der sich den Schüssler-Salzen verschrieben hatte. Der deutsche *Dr. Schüssler* führte die Hauptursachen von Krankheiten auf anorganische Unausgewogenheiten zurück. Stellte man im Körper durch bestimmte Salze und andere Mineralien das Gleichgewicht wieder her, würde auch der Mensch wieder gesund. Dr. Mume wohnte in einem Haus gleich neben seiner Klinik. Er stellte mich seiner Frau und seinen Kindern vor und zeigte mir das Zimmer, in welchem ich dann elf Tage lang übernachtete. Alsdann führte er mich durch seine geräumige Klinik, in welcher etwa 15 Kranke untergebracht waren. Er erklärte mir ihre Symptome samt Verursachungen. Den meisten seiner Patienten, die mit inneren Leiden zu ihm kamen, verordnete er ein einwöchiges Fasten unter täglicher Einnahme von Wasser mit Saft von ausgepressten Zitronen. Dies würde alle Gifte des Köpers entschlacken. Danach beginne er erst mit der medikamentösen Behandlung. Er verbinde, wie er mir weiterhin erklärte, die biochemische Methode Schüsslers mit dem Wissen, das er von Kräuterkundigen und „native doctors" gelernt habe. Gegen Wurmkrankheiten verordnete er zum Beispiel Knoblauch. Er behauptete, Kinderlähmung innerhalb von wenigen Wochen heilen zu können. Denn bei dieser Krankheit handele es sich um eine meist durch Masern ausgelöste Verkrümmung des Rückgrats, wodurch die Nerven gedehnt oder gequetscht würden. Er verordne in diesen Fällen Kalzium zur Stärkung der Knochen und Massage für Muskeln und Nerven. Er rettete einem jungen Mann sein Bein, das nach längerer vergeblicher ärztlicher Bemühung doch amputiert werden sollte. In seinem Laboratorium erklärte er mir die Beschaffenheit der Schüssler-Salze, die er zum größten Teil aus Deutschland bezog. Außer auf eine Disharmonie der Baustoffe des Körpers und auf Infektionen führt er viele Krankheiten sowohl auf eigenes Verschulden durch unbedachtes Essverhalten oder gar sündhaftes Betragen zurück, aber auch auf das Einwirken von Magie und bösen Geistern. Nun waren wir bei einem meiner mich brennend interessierenden Themen angekommen. Und in den nächsten Tagen erzählte er mir von selbst miterlebten oder aus erster Quelle vernommenen Begebenheiten. Als ich den eigentlichen Grund meines Besuches darlegte, dass ich gekommen sei, jene uralten Menschen kennenzulernen, sagte er, dass ich einen guten Zeitpunkt dafür gewählt hätte, träfen sich doch in den nächsten Tagen die ältesten Männer der Umgebung in seinem Heimatdorf. Er wolle nachfragen, ob er mich zu ihnen geleiten dürfe.

Vom diesem Zeugen Jehovas, für den die Existenz von bösen Geistern außer Zweifel stand, erfuhr ich nun viel Interessantes. Auf meine Frage hin, ob er an die Reinkarnation glaube, stritt er diese ab, da seine Kirche solcherlei Aberglauben verbiete. Denn nach dem Tod verfällt der Köper zu Staub, doch der von Gott eingegebene Atem, also die Seele, kehrt zu ihm zurück. Und trotzdem erzählte er mir folgende Geschichte. Eine Mutter brachte ihr sterbendes Kind zu einem Eingeborenendoktor. Dort verstarb es. Dieser schnitt nun in die Schläfen jeweils zwei Kerben ein und sagte zu der zu tröstenden Mutter: „Dieses Kind wird als dein nächstes Kind wiedergeboren, und du wirst es an diesen Einschnitten erkennen können." Und tatsächlich zeigten sich nach der Geburt bei ihrem nächsten Kind eben diese Markierungen auf den Schläfen.

„Aber", so entgegnete ich, „das ist doch ein schlagender Beweis für die Reinkarnation! Wie anders willst du dieses Phänomen erklären?"

„Bei Gott ist alles möglich" war seine Erklärung.

Hartnäckige Skeptiker und fundamentalistische Glaubensbessesene kann man nicht bekehren, es sei denn, sie hätten ein solches oder ähnliches Bekehrungserlebnis erleben dürfen, wie ich es in Berlin hatte erfahren dürfen, das mich von einem Saulus in einen Paulus verwandelte.

Folgendes Ereignis hatte mein nun neuer Freund Josef auf einem Ärztekongress für alternative Medizin miterlebt. Eine Heilerin, also eine „female native doctor" trat auf die Bühne. Dort schnitt sie mit einem Messer einer mitgebrachten Taube den Kopf ab, begann dann eine Weile unter murmelnden Lauten zu tanzen, hob daraufhin den abgeschnittenen Kopf wieder auf und setzte diesen zurück auf den Rumpf und ließ die Taube fliegen. Alsdann stellte sie ein gläsernes leeres Gefäß auf einen Tisch, bedeckte es mit einem Tuch und begann wieder zu tanzen. Auf einmal gab es einen Knall, das Tuch fiel zu Boden, und aus dem zerbrochenen Gefäß krochen Eidechsen und anderes Kleingetier. Bei einem „native Doktor" erlebte Josef, dass dieser es vermochte, bei geschlossenen Augen Namen und Herkunft eines ihm Unbekannten zu nennen. Dies müsse ihm von einem Geist eingegeben worden sein, so deutete es mein Freund. Josef habe sein Wissen über einheimische Heilkräuter von einem alten Naturdoktor vermittelt bekommen, den er „Großvater" nannte und der ein Ju-Ju-Mann war, also ein Medizinmann mit magischen Fähigkeiten. Dieser lag mit einem anderen Ju-Ju-Mann im Streit. Es ging um Landbesitz. Beide hatten öffentlich verkündet, ihren Widersacher innerhalb von sieben Tagen zu töten. Auf einer Leiter befestigte er eine „Medizin" und befahl dem zwölfjährigen Josef, die Leiter anzuzünden. Dann murmelte der Alte seine Zaubersprüche. Und auf einmal explodierte diese Medizin und schoss wie eine Rakete in die Luft. Wenig später starb sein Widersacher wie vom Blitz getroffen. Dieser bereits verstorbene „Großvater" half ihm gelegentlich. So war Josef einmal mit einem schwierigen Fall beschäftigt, bei welchem er nicht wusste, wie er ihn behandeln sollte. Im Traum erschien sein großer Lehrmeister und fragte ihn, ob er sich an bestimmte Kräuter erinnere, die er ihm gezeigt habe. Am nächsten Tag besorgte sich sein Schüler diese und konnte seinen Patienten heilen. Doch dieser großväterliche Lehrmeister nahm vor jedem längeren Verlassen des Hauses ein spezielles Kräuterblatt, murmelte Zaubersprüche und verstaute es in seiner Kleidung. Diese „Medizin" sorgte dafür, dass ihn unterwegs kein Unglück befiel oder ein böser Geist sich an ihn heftete. Dieser große Wunderdoktor gab Josef damals ein bestimmtes Mittel, woraufhin er selbst bei den Menschen zu erkennen vermochte, wer ein Hexer („wizzard") oder eine Hexe

Einmal beobachtet Josef, wie eine Ziege ihr Zicklein zu Welt bringen wollte, aber es nicht herauskam, weshalb sie vor Schmerzen furchtbar schrie. Dann lief sie zu einem Busch, fraß einige Blätter, die ihr Übelkeit verursachten, aber dadurch das Neugeborene problemlos zur Welt brachte. Bei ähnlichen Fällen, in denen die Wehen einer Frau schmerzhaft oder lange andauern, lässt er sie ebenfalls dieses Brechmittel einnehmen, und das Kind kommt sogleich aus dem Mutterschoß heraus.

Josef glaubte an zweierlei Geister: zum einen an solche, die schon vor der Sintflut lebten und als böse Widersacher der Menschheit einzustufen seien, und zum anderen an die Seelen Verstorbener, die aufgrund ihres sündhaften Betragens nicht in den Himmel eingelassen worden waren und nun als ungute Geister die Menschen belästigten, indem sie diese ebenfalls vom Pfad der reinen Liebe abzubringen beabsichtigten. So wurde einst die sehr gebildete Frau eines Schulmediziners von einem Geist heimgesucht. Verschiedene Poltergeräusche ließen sich des Nachts in ihrem Haus vernehmen. In ihrer Not suchte dieses christliche Ehepaar Rat und Hilfe bei einem Eingeborenendoktor. Dieser fand heraus, dass sie von einem Meergeist belästigt würde, der sexuelle Absichten auf sie habe. Es sei ein Wunder, dass dieser ihren Mann noch nicht getötet habe. Um diesen Störgeist loszuwerden, sei es notwendig, ihm einen Ochsen zu opfern und jede Nacht auf weißem Laken eine Kerze brennen zu lassen, bis das Übel behoben sei. Doch dieses Ritual lehnte das Ehepaar als gute Christen ab. Josef konnte mir nicht sagen, wie die Geschichte letztendlich ausgegangen war.

Über einen ihm befreundeten Naturarzt namens *Benedikt*, der in der Nähe wohnte, berichtete mir Josef Folgendes. Als jener zwölf Jahre alt war, erschien ihm zum ersten Mal im Traum eine Meerjungfrau (Mermaid). Sie besuchte ihn nun hin und wieder. Doch als er achtzehn Jahre alt war und die Schule abgeschlossen hatte, forderte sie ihn im Traum auf, er solle sich das Nest eines bestimmten Vogels holen, sich außerdem weiße Kreide und drei Federn von drei verschiedenen Vögeln besorgen. Und tatsächlich fand Benedikt drei Tage später hoch oben in einem Baum das bezeichnete Nest. Alsdann erschien seine Fee ihm wieder im Traum und gab neue Anweisungen. Nun sollte er das Nest, die Kreide und die drei Federn zwischen zwei

Spiegel legen, in deren Mitte eine Kolanuss neben einer anzuzündenden Kerze zu liegen habe. Die Kolanuss würde dann zu ihm sprechen und im Spiegel würden ihm Bilder erscheinen, die jedoch nur er und kein anderer zu sehen vermag. Und tatsächlich konnte er von nun an telepathische Mitteilungen aus der Kolanuss erhalten und Gesichter im Spiegel erkennen. Kommt also ein Klient wegen irgendeines Anliegens zu ihm, zündet Benedikt die zwischen den Spiegeln aufgestellten zwei Kerzen an, setzt sich dann ins Sofa und erzählt dem Klienten, ohne diesen zu kennen, dessen Namen, sein Anliegen und wie sein Problem zu lösen sei.

Vor einem Jahr sei Benedikt im Traum sein vor langem schon verstorbener Vater erschienen. Er gab ihm den Grund an, warum seine Schwiegertochter bisher unfruchtbar geblieben sei. Jemand aus der Verwandtschaft habe in ihrer Küche einen Topf mit Federn, Nägeln und Muscheln vergraben, um ihr Unglück zu bringen. Er möge ihr nun sagen, dass sie in der Küche bis auf weiteres kein Feuer anzünden solle, bis der Topf gefunden sei. Und tatsächlich grub sie dort diesen Topf mit den ihr Unheil bringenden Utensilien aus. Sein Vater gab nun Benedikt weiterhin Anweisungen, wie er die Schuldige finden könne. Er solle alle Familienmitglieder zu sich bitten und bestimmte Zauberworte aussprechen, auf dass die Schuldige auf einmal ihre üble Tat gestehen müsse. Und als er die Familienmitglieder versammelt hatte und jene Zauberworte verlauten ließ, fiel auf einmal die Schwester seiner Frau vor ihm nieder und gestand, diesen verhexten Topf dort vergraben zu haben. Sie habe nämlich selbst keine Kinder bekommen können und wollte aus Eifersucht nicht, dass ihre Schwester Kinder haben würde. Unter dem Versprechen, sich nie wieder auf Hexerei einzulassen, wurde sie, wie sonst üblich, nicht verstoßen und durfte weiterhin bei ihrem Mann verbleiben. (Wie verführerisch ist es doch, sich probeweise magischen und auch schwarzmagischen Ausübungen hinzugeben, dann aber wie ein Süchtiger diesen zu verfallen und sich nur schwer aus diesem Teufelskreis wieder lösen zu können.) Ich fragte Josef, ob wir diesen Medizinmann aufsuchen könnten, aber dieser sei augenblicklich verreist. Doch könnten wir einem anderen mächtigen Medizinmann einen Besuch abstatten.

Dieser hieß *Chief Gbemeke* und wohnte in dem Nachbarort *Ododego*. Er war mit seinen 90 Jahren in dieser Gegend der älteste noch aktive Medizinmann, der sogar noch mit dem Fahrrad seine bettlägerigen Patienten besuchte. Er konnte auch, wie er sagte, erst 89 oder auch schon 90 Jahre alt sein, denn zu der Zeit seiner Geburt und auch noch viele Jahre später stellte man keine Geburtsurkunden aus, und außerdem musste der genaue Geburtstag aus Sicherheitsgründen gegen Zauberei geheim gehalten werden. Bei Ausbruch des Ersten Weltkrieges sei er 30 Jahre alt gewesen. Sein Vater lebe mit seinen 130 Jahren immer noch. Er hätte nichts dagegen, ebenfalls ein Alter von 140 zu erreichen, wie einer jener Männer im Ältestenrat. Und da er nur wenig Englisch sprach, fungierte Josef als Dolmetscher. Von diesem noch rüstigen jungen Alten erfuhr ich, dass jedes Jahr die mächtigsten Medizinmänner ein Treffen veranstalteten, bei denen er auch teilnehmen durfte. Jeder müsse dann einen Beweis seines Könnens ablegen, um weiterhin zu diesem elitären Kreis von Ju-Ju-Männern gehören zu dürfen. Einer von ihnen schmierte reihum eine bestimmte Paste auf den Arm von jedem der Anwesenden. Und alle fielen daraufhin zu Boden. Dieser Alte will sich nicht mit solchen magischen Dingen abgeben, seien sie doch die Domäne von Hexen und Zauberern, die Unheil zu vollbringen vorhaben. Manche Medizinmänner könnten jemand, der in der Ferne weilt, den Befehl geben, sofort zurückzukehren. So dieser Zurückkehrende an einen Fluss gelangen sollte und kein Boot vorhanden sei, das ihn hinübersetzen könnte, würde er unweigerlich in den Fluss gehen, um hinüberzuschwimmen, auch auf die Gefahr hin, dass er ertrinke.

Ju-Ju-Zauberer müssen immer Böses tun, wie Chief Gbemeke weiterhin auf meine Fragen ausführte. Er habe die Gabe, wizzards (Hexer) und witches (Hexen) zu erkennen. Er sei gegen ihre Einflüsse geschützt. Sie könnten sich jedoch unsichtbar machen und sich zum Beispiel auf den Rücken eines Fahrradfahrers setzen und ihm den Befehl eingeben, eine ganz andere Fahrtrichtung einzuschlagen. Sie vermögen für andere unsichtbar durch die Luft zu fliegen und astral andere Erdteile aufzusuchen, wo sie für jene Menschen ebenfalls Unheil auszuführen in der Lage seien. Manchmal gestehe eine böse Hexe ihre Übeltaten. Nach tiefer Reue und dem Versprechen, nur dem Guten zu dienen, werden sie dann oft hervorragende „native doctors". Hexen und wizzards haben ihre heimlichen Treffen. Diejenigen, welche die bösesten Taten begangen haben, werden im Rang befördert. Sie können kräftige „Medizin", Schutzamulette und fluchbeladene Objekte fertigen oder kräftige Zauberflüche, die so genannten „spells", aussprechen. Eine Frau kann sich von solch einem Zauberer eine Paste herstellen lassen, sodass sie damit jeden Mann zu verführen vermag. Doch kann ein Mann, der eine Frau begehrt, die jedoch einen anderen liebt, sich eine bestimmte Zauberpaste auf die Lippen streichen, sodass jene Frau sich ihm ergeben muss. Oder ein Ju-Ju-Mann vermag durch seine Geister zu bewirken, dass, welche Frau auch immer, plötzlich zu einem sie begehrenden Unbekannten ins Haus kommt. Natürlich kosten dieses „charms" und „spells" viel Geld. Doch für manche Zaubermittel bedarf es bestimmter menschlicher Körperteile. Früher mussten Menschen, um jene zu erhalten, deswegen töten, vor allem Kinder. Wie Josef mir berichtete, kennt man einen Chirurgen in Lagos, der Leichenteile für teures Geld verkauft.

Wie schon bei den Mitgliedern der Mermaid Logde wurde ich auch hier wegen meines Eisenmannes auf der Brust gefragt, ob ich ihnen ebenfalls einen solchen als mächtigen Schutz herstellen könne. Und Josef meinte zu mir, dass er mich bei reichen Leuten einführen könnte, die für solch einen „charm" mir wohl bis zu fünfhundert Niras zahlen würden. Und mein Freund schlug mir vor, dass ich mir auch am Arm von ihm einige Einritzungen zusätzlich verabreichen lassen sollte, würden diese mir weiterhin besten Schutz bieten. Ich dachte, ich höre nicht recht. Er, der Zeuge Jehovas, praktizierte, wenn auch in gemilderter Form, Magie? Er habe, wie er ausführte, diese Schutzstriche bei einem Mann vorgenommen, der als Angestellter mit seinem europäischen Arbeitgeber in größte Schwierigkeiten geraten war. Nach diesen Einritzungen habe dieser Boss jenen Mann plötzlich freundlich behandelt und ihm wenig später eine Position als Manager angeboten. Und Josef, dieser heimliche Magier, erzählte mir weiter, dass er einst einen Baumgeist in seinem Garten vermutet habe, der jedoch auch auf den Baum seines Nachbarn nach Belieben hinüberwechselte, wo bei jedem Baumwechsel ein rotes Licht blitzartig aufleuchtete. Als ein Medizinmann ihn besuchte, vermochte dieser jenen

Baumgeist zu sehen. Jetzt war Josef in seiner Vermutung bestätigt. Nun wollte er aber diesen Geist nicht mehr auf seinem Grundstück als Baumbewohner dulden, erwies dieser sich doch als Störenfried. Anlässlich eines Festes ließ Josef sich durch die rhythmischen Trommeln in einen Trancezustand versetzen. Und in diesem nahm er jenen Baumgeist wahr, der ihm sagte, dass er nur unter der Bedingung seinen Baum nicht mehr besuchen wolle, wenn er ihm einen Ochsen opfere. Und natürlich durfte keiner der Gemeindemitglieder seiner Kirche erfahren, dass er ein Tier opferte, um dem Verlangen eines Geistes nachzukommen. So sind auch viele Christen, die sonntags in die Kirche gehen und sich, so sie dem katholischen Glauben angehören, beim Abendmahl eine Oblate auf die Zunge legen lassen, heimliche Besucher von Medizinmännern unterschiedlichster Qualität.

Und eines Tages besuchte uns *Benedikt*. Endlich durfte ich ihm begegnen. Ich hatte viele Fragen an ihn zu richten. Er meinte, dass die Verstorbenen niemals direkt zu einem sprechen würden, sondern nur durch andere Geister oder in Träumen. Zweimal im Jahr besuchte er das Land, in welchem die Mermaids wohnen. Das war für mich etwas Neues. Denn ich dachte, sie hätten ihr Zuhause unter Wasser. Nein, dem sei nicht so, erklärte er. Nur wenn sie ihre eigentliche Heimat bis zu sieben Tagen verließen, zögen sie sich ins irdische Wasser zurück. Wo sie wohnten, gebe es keine Sonne, doch alles leuchtete aus sich selbst heraus. Es gebe dort Straßen, Häuser mit runden aus Schilf gefertigten Dächern. Die Wände der Häuser seien wundervoll bemalt, wie sogar die Kühe und die von diesen gezogene Wagen Verzierungen aufwiesen. Alle Tiere seien dort völlig zahm, selbst die Schlangen. Alle Bäume stünden in Blüte, und die Pracht der Blumenwiesen überträfe alles an Schönheit. Jene Mermaids riefen einige der Irdischen durch Boten an oder sprächen auch direkt zu ihnen. Sie möchten den Menschen nur dienen.

Benedikt erklärte mir, was für eine Bewandtnis es eigentlich mit den so genannten Ju-Jus habe. Diese sind Seelen und Geister von leblosen Objekten, für die die Begriffe gut oder schlecht nicht existieren. Sie werden meistens erst von einem Ju-Ju-Meister zum Leben erweckt, versehen mit den verschiedensten Aufgaben. Ihm sind sie hörig. Doch wenn dieser stirbt, haben sie weiterhin ein Eigenleben, bis das Objekt, an das sie gebunden sind, zerfällt. Sie vermögen ihre Gestalt zu verändern, können mehrere Meter groß sein und sich dann auch wieder in einer Nuss verstecken. Sie bewohnen gerne einen Baum, vermögen sich aber auch in eine Schlange hineinzubegeben und diese nach ihrem Willen zu manipulieren, besonders, wenn der Ju-Ju-Meister beschlossen hat, jemanden durch einen Schlangenbiss töten zu lassen. Benedikt war in der Lage, manchmal die Geister und die Ju-Jus zu sehen. Wenn man sie anrempelte, zum Beispiel irgendwo auf der Straße, könnten sie böse werden und einem Menschen Unglück bringen oder ihn wahnsinnig werden lassen.

Später erzählte mir Josef, dass es ihm dreimal bisher gelungen sei, solche sonst unsichtbaren Ju-Jus zu sehen, nachdem er von einem Medizinmann eine gewisse Tinktur in die Augen geträufelt bekommen hatte. Sie sind daran zu erkennen, dass sie auf dem Kopf zu gehen vermögen, oder Dinge, die man meistens auf dem Kopf trägt, wie zum Beispiel Wasserkrüge und Gepäck, zwischen den Beinen oder anderswo bei sich führten. Auch scheinen sie meistens einen halben Meter über dem Erdboden zu schweben. Er hatte noch etwas von dieser Tinktur vorrätig. Ich versuchte diese und ließ sie mir mittels einer Pipette in die Augen träufeln. Aber so sehr ich mich auch anstrengte, nirgends wollte sich mir ein Geist oder Ju-Ju zeigen. Josef meinte, um in dieser Hinsicht erfolgreich zu sein, müsse man ihnen zuerst ein Opfer bringen. Aber mir stand nicht der Sinn danach, deshalb einen Ochsen zu töten, und selbst wenn es sich zur Erreichung dieser Geistersichtung nur um einen zu opfernden Hahn gehandelt haben würde. So weit ging also meine Neugier für Geister doch nicht.

Und endlich war der von mir herbeigesehnte Tag gekommen, an dem wir zum Rat der Ältesten der über einhundert Jahre zählenden Männer eingeladen werden sollten. Etwa zehn Greise, von denen einige noch sehr rüstig aussahen, saßen im Freien auf einer Matte im Kreis. Der 90 Jahre alte *Chief Gbemeke* gehörte noch nicht zu diesem Rat, denn es fehlten ihm noch zehn Jahre. Josef deutete auf den Ältesten unter ihnen und sagte, dass dieser 140 Jahre alt sei. Chief Gbemeke stellte mich seinem Vater vor, der 130 Jahre zählte. Er selbst war noch der einzige überlebende Sohn des Uralten, denn dessen Kinder waren oft schon im Kindes- und Jugendalter an Krankheiten verstorben. Sein

Vater habe so viele Nachkommen, dass er sie gar nicht alle kennen könne, ist er doch von einigen Kindern der Urururgroßvater. Josef deutete noch auf zwei, drei andere, die ebenfalls jenseits der 120 waren. Dann stellte er mich diesem illustren Gremium vor, und die Uralten nickten zustimmend. Denn er musste etwas in ihrer Sprache gesagt haben, das wie eine Belobigung oder Hervorhebung geklungen haben mochte. Mir wäre es lieber, wenn man mit Bescheidenheit über mich spricht. Aber wie ich schon in Kano und bei der Mermaid Lodge erfahren hatte, wollte man mit meinem Besuch angeben, da es ihr eigenes Ansehen hob. Josef hatte schon ein Buch über die Anwendung von Heilpflanzen geschrieben. Und wie er mir sagte, beabsichtige er, ein Buch über das Altwerden zu verfassen. Er meinte herausgefunden zu haben, dass jene Männer deshalb so alt geworden seien, da sie gemäß einer alten Tradition sich oft mit dem Rücken zum Feuer setzten, um das Rückgrat zu wärmen. Dies sei das ganze Geheimnis. Aus diesem Grund lebten hier viele über 100-jährige Frauen und Männer, auch wenn letztere bei weitem nicht alle hier versammelt waren. Wer hinter den faltig ledernen Gesichtern mochte unter diesen ein Hexer oder Zauberer sein? Wie viele ihrer unsichtbaren Geister hatten sie wohl mitgebracht? Welch ein gigantisches Wissen mussten sie sich bei solch einem langen Leben angeeignet haben? Solche Fragen mochten damals durch meinen Kopf gegangen sein. Auf dem Rückweg zeigte er mir das Haus seines Großvaters. Er war sehr wohlhabend und besaß 20 Frauen.

War es „Zufall" oder nicht, dass ich eines Tages in der Zeitung folgende Todesanzeige fand mit der fetten Überschrift:

„CHIEF'S FATHER DIES AT 155. Tausend Trauernde, darunter der Bürgermeister und verschiedene Staatsbeamte, nahmen an der Beisetzung von Bitinyu Mwera, Vater von Herrn Festo Bitinyu, dem Oberhaupt (Chief) von Kakamega, teil, der im Alter von 155 Jahren verstarb. Herr Mwera hinterlässt 396 Enkel, hatte zwölf Frauen, von denen vier wie auch 32 seiner Kinder noch leben, während sein ältester Sohn 98 alt ist."

Ich hatte Josef gegenüber geäußert, ein *Egbe* zu erwerben, jenen Fächer aus flachen Bambushölzchen, den man wie ein Pendel benutzen kann, um Antworten von unsichtbarer Seite zu erhalten. Am vorletzten Tag suchten wir den Naturdoktor *Ejite* auf, der mir versprochen hatte, bis zu diesem Tag das Egbe, das hier Amé genannte wurde, fertigzustellen. Dieses hatte seinem verstorbenen Bruder gehört. Er habe es jetzt erneut mit sieben Hilfsgeistern aufgeladen, die mir helfend in meinem Leben zur Seite stehen würden. Ich könne mich ihrer bedienen. Sie wären gerne bereit, meinen Wünschen nach Möglichkeit zu entsprechen. Und da ich ja über jene 70 Niras aus Port Harcourt verfügte, zahlte ich ihm einen Teil dieser Summe. Josef beglückwünschte mich zu dieser Erwerbung und meinte, dass ich wohl der einzige Europäer sei, für den solch ein Zauberinstrument gefertigt worden war. Normalerweise dürfen nur eingeweihte Naturdoktoren über ein solches verfügen. An dieser Stelle dürfte es die Leser interessieren, was mit diesem Egbe weiterhin geschah. Ich benutzte es nur anfangs, und war erstaunt, wie akkurat es mir Dinge auf der Ja- und Nein-Basis mitteilte. Doch bevorzugte ich das um meinen Hals hängende Pendel mit dem Eisenmann. Ich schickte irgendwann diesen Bambusfächer nach Deutschland zurück. Und auch nach meiner Rückkehr verwahrte ich es unbenutzt im Schrank, ohne weiter daran zu denken. Was hätte ich auch von diesen sieben Geistern mir wünschen sollen? Reichtum benötigte ich nicht, da ich bescheiden zu leben gewohnt war. Erfolg hatte ich mir selbst zu verschaffen, vor allem durch das disziplinierte Vorgehen beim Schreiben meiner Bücher. Jemand zu schaden, kam für mich nicht in Frage. Ich brauchte dieses magische Requisit nicht. Doch immer wieder geschahen in meiner Wohnung ungewohnte Dinge. Die Birnen der Lampen knallten durch, das Faxgerät musste wiederholt repariert werden, der Fernseher schaltete sich von alleine an und wieder aus, obwohl ständig Strom vorhanden war. Was war da bloß los? Schließlich wurde mir eingegeben, dass diese Störungen auf das Vorhandensein der sieben an mein verborgenes Egbe gebannten Geister zurückgingen, die sich langweilten, von mir nicht engagiert zu werden, und sich deshalb nun in Erinnerung zurückrufen wollten. Mir wurde eingegeben, sie nach Afrika zurückzuschicken. Als dies getan war, hatte ich vor solchen unleidlichen Störungen endlich Ruhe. Doch schon ein Jahr später stand ich in Koblenz vor Gericht. Denn in dem dritten Band mit dem Titel „*Jedem das Seine*" meiner Molartetralogie kam ich auf das Karmagesetz zu sprechen, das ich auf alle Menschen bezogen hatte und auch auf die Opfer des Holo-caust. Und obwohl der orthodox chassidische Glaube der Juden eben-falls davon überzeugt ist, dass man immer wieder reinkarnieren muss, um das Verfehlte aus früheren Leben wieder zu begradigen und somit das Karmagesetz lehrt, wurde ich in drei Prozessen schuldig wegen Volksverhetzung und Verunglimpfung des Angedenkens der Toten nebst einer Geldstrafe verurteilt und dieser Roman (bis auf den heutigen Tag übrigens immer noch) verboten. Hätte ich doch die sie-ben „Nothelfer" nicht schon weggeschickt. Vielleicht hätten sie das Ur-teil anders ausfallen lassen können.

8. Bei den Besessenen in den Bergen Westkameruns

Am 24. Juli überschritt ich die Grenze nach *Kamerun*. Dieses Land, das in seiner Fläche etwas ausgedehnter als Schweden ist, nimmt die Ge-stalt eines Dreiecks ein, dessen nördliche Spitze in die dürren Steppen nach Tschad hineinreicht. 1881 wurde dieses Land eine Kolonie des Deutschen Kaiserreiches. Während des Ersten Weltkrieges mussten nach heftigen Widerständen die kaiserlichen Truppen, die sich den französischen und englischen Soldaten zur Wehr setzten, die Waffen strecken. In den Friedensverhandlungen nach dem Krieg wurde Ka-merun den Franzosen zugesprochen, während sein westlicher bedeu-tend kleinerer Teil mit den Bali Highlands, die an Nigeria angrenzen, nun als britisches Mandatsgebiet galt. In den 35 Jahren deutscher Herrschaft erhielt dieses Land ein bis dahin unbekanntes Verwal-tungssystem mit Polizei- und Postwesen. Straßen und Eisenbahnstre-cken wurden verlegt, denn wie jede Kolonie der europäischen Groß-mächte diente sie in erster Linie der Ausbeutung von Rohstoffen und Naturalien. Die Deutschen führten damals ihre Sprache als offizielle Amtssprache ein. Ich traf noch einen alten Mann, der damals als Post-bote seinen Dienst versah, mit dem ich mich in meiner Sprache unter-hielt. Er hatte sie noch nicht vergessen. 1961 erlangte Kamerun als wiedervereinigtes Land seine Unabhängigkeit.

Ein Auto brachte mich nach *Bali*, einem mitten in einer wunderschönen Berglandschaft gelegenen Städtchen. Hier sprach ich einen bärtigen weißen jungen Mann an, ob er wisse, wo ich hier eine günstige Unterkunft finden könnte. Er war amerikanischer Entwicklungshelfer und lud mich ein, bei ihm zu wohnen. Mit *Dan* befreundete ich mich schnell. Von ihm erfuhr ich vieles über das Land und seine Sitten. Er kannte auch den Stammeskönig von Bali persönlich. Er stellte mich ihm vor. Dieser mit dem Titel „Fon" besaß gegenwärtig fünfunddreißig Frauen und zählte 240 Kinder als seine eigenen. Er bekleidete kein öffentliches Amt, wurde aber von seiner Bevölkerung weiterhin verehrt und mit Geschenken bedacht. Ich fragte ihn, ob er an die Wiedergeburt glaube. Und er, der sich als Christ von solchem Gedankengut eigentlich entfernt zu halten hat, war jedoch von der Tatsächlichkeit der Wiedergeburt überzeugt und berichtete mir Folgendes: Er kannte eine Familie, deren Kinder schon im frühen Alter verstarben, doch das jeweils Neugeborene ähnelte in vielem dem zuvor Verstorbenen. Durch Geistermund erfuhren sie mittels eines Medizinmanns, dass bei ihnen immer dieselbe Seele wiedergeboren werde. Sie sollten einem Neugeborenen einen Finger abtrennen. Denn wenn dieses wieder früh sterben sollte, würde dem nächsten Kind dieser Finger fehlen. Und tatsächlich verhielt es sich so, wie dem Elternpaar erklärt worden war. Denn dem nächsten ihnen geborenen Kind fehlte genau an jener Stelle der Finger, die sie dem zuvor verstorbenen abtrennen ließen. Der Fon meinte, dass es viele ähnliche Fälle gebe, nur trenne man nicht gleich einen ganzen Finger ab, sondern ritze oder schneide Markierungen an gewissen Körperstellen ein, die sich dann meist beim nächsten Kind genau an jenen Stellen wieder zeigen würden. Professor Ian Stevenson, der 1997 die Reinkarnation endgültig anhand solcher Wiedergeburtsnarben und Muttermale an den Körpern von Kindern als Tatsache beweisen konnte, hätte sicherlich in Kamerun und anderen Teilen dieses Kontinents ebenfalls noch viele beweisträchtige Fälle untersuchen können.

Hier begegnete ich *Simon* aus *Kunto*, der anlässlich eines Baptistenkongresses nach Bali gekommen war. Er erzählte mir folgende Begebenheit: Als er zehn Jahre alt war, erblindete er über Nacht. Diese plötzlichen Totalerblindungen ereigneten sich in seinem Dorf bei etwa ihm Gleichaltrigen häufiger, was jedoch in der ganzen Umgebung sonst nie vorkam. Natürlich konnte das nur mit Hexerei und bösen Geistern zusammenhängen. Seine Mutter nahm ihn nun mit zu einer Medizinfrau, die bekannt war für die Aufhebung von Hexenflüchen („spells"), mit dem Wunsch, eine mögliche Wiederherstellung seines Augenlichtes herbeiführen zu lassen. Diese Frau gehörte dem Stamm der *Fulani* an und wohnte in den nördlichen Bergen der so genannten *Bali Highs*. Und da er nichts sehen konnte und es auch damals keine Transportmittel zu jenem abgelegenen Bergdorf gab, musste er von seiner Mutter an der Hand geführt werden, sodass sie zwei Tage für diesen Marsch benötigten. Dort angekommen, erklärte die Mutter der fünfunddreißig Jahre alten Frau, was geschehen sei. Diese brachte nun eine Schüssel mit Wasser herbei und besprühte damit ihre Hauswand, indem sie Zaubersprüche murmelte und ihre Geister um Hilfe anrief. Simon vernahm undefinierbare Stimmen, die von der Hauswand hallten. Manchmal lachte diese Zauberin laut auf. Alsdann füllte sie erneut die Schüssel mit Wasser und tunkte den Kopf des Jungen hinein. Als sie diesen wieder herausgezogen hatte, entdeckte er in dem Wasser Würmer und Maden und konnte sogar die Umrisse des Hauses erkennen. Erneut wurde die Schüssel mit Wasser gefüllt und sein Kopf hineingetaucht. Und als dieser wiederum herausgezogen war, vermochte er das Gesicht seiner Mutter zu erkennen. Und nach einer wiederholten gleichen Prozedur war er in der Lage, wieder normal zu sehen. Und die Hexenmeisterin fragte seine Mutter, ob sie wissen wolle, wer ihren Sohn und die anderen Halbwüchsigen erblinden und sogar einige Kinder töten ließ. Und auf ihr Ja hin, füllte sie wieder die Schüssel mit Wasser und sprach erneut Zaubersprüche. Und auf einmal konnten Mutter und Sohn in dem Spiegelbild des Wassers das Gesicht einer bejahrten Tante ihres Dorfes erkennen. Sie war es also, welche die Kinder erblinden und dann durch ihre dienenden Geister töten ließ, und vor der das ganze Dorf ehrfürchtigen Respekt, aber zugleich auch Angst hatte. Und die Fulanifrau fragte die Mutter, ob sie erlaube, dass diese Hexe getötet würde, damit sie niemandem mehr Schaden anrichten und keine Kinder mehr umbringen könne, worauf seine Mutter stumm nickte. Dann nahm jene etwas Asche aus einer Büchse und streute sie in die neugefüllte Schüssel mit Wasser, indem sie wieder Zaubersprüche murmelte. Schließlich sagte sie, dass jene

Hexentante nun erblindet sei und in sieben Tagen sterben werde. Und als Mutter und Sohn, deren Rückweg nun innerhalb eines Tages zurückgelegt werden konnte, zu Hause ankamen, erfuhren sie, dass die Tante von einer plötzlichen Erblindung heimgesucht sei und nun krank darniederliege. Und, wie Simon mir versicherte, starb sie, wie vorausgesagt, genau am siebten Tag.

Ich ging gerne in dieser wunderschönen Landschaft spazieren. Ich stieg eines Tages auf einen Hügel, der mit hohem Gras, das bis zu den Oberschenkeln reichte, bewachsen war, um die herrliche Aussicht zu genießen. Doch als ich auf der anderen Seite hinunterschritt, dann ...? Irgendwann setzte ich mich in diesem hohen Grass hin und schaute in eine wunderschöne Landschaft, wie ich sie bis dahin nie zu sehen vermeint hatte. Wo war ich eigentlich? Wer bin ich? Damals hatte ich noch wenig Ahnung von der überwältigend schönen Beschaffenheit des Jenseits, sonst hätte ich mich dort wähnen müssen. Und schließlich war mir klar, dass ich Tom hieß, der sich jetzt irgendwo auf seinen Reisen in einem der von ihm bereits aufgesuchten Länder aufhalten müsse. War ich in Peru? Aber nein, dort sahen die Berge ganz anders aus. War ich in Nepal? Aber dann müsste ich in der Ferne die schneebedeckten Gipfel erkennen können.

Wo war ich eigentlich? Ich hatte meine Erinnerung verloren. War ich irgendwo in Europa? Nein, dort gab es dergleichen tropische Landschaften nicht. War ich in Afrika? Ja. Aber wo? Dann fasste ich mich an die nassklebrige Stirn. An den Fingern entdeckte ich jetzt Blut. Wie kam dieses wohl an meinen Kopf? Und mir tat, wie ich jetzt erst merkte, der rechte Daumen furchtbar weh. Es mochten wohl fünfzehn Minuten vergangen sein, bis ich mich wieder daran zu erinnern vermochte, dass ich mich in den westlichen Bergen Kameruns befand. Und als ich mich erhob, entdeckte ich hinter mir ein Loch von etwa einem halben Meter Tiefe. In dieses war ich hineingetreten, dadurch plötzlich zu Fall gekommen und mit der Stirn auf einen Stein geprallt, sodass ich das Bewusstsein verlor. Dieses Erlebnis machte auf mich einen großen Eindruck. Denn in jenen ersten Augenblicken, nachdem ich die Augen geöffnet hatte, überlief mich ein wonniges Glücksgefühl, wie ich es bisher noch nie erlebt hatte. Weder spürte ich in den ersten Minuten die sich erst danach einstellenden Schmerzen an Stirn und

Daumen, noch bekümmerten mich irgendwelche Sorgen oder Ängste. Es war ein paradiesischer Zustand. Und die Landschaft erschien mir ebenfalls paradiesisch schön. Ich drückte schließlich bei dem nun achtsamen Hintersteigen das Taschentuch gegen die noch immer leicht blutende Stirn und ließ mir in Bali von Dan eine Binde umlegen. Der Daumen war an der Unterseite blau angelaufen. Es sollten Wochen vergehen, bis ich dort keinerlei Schmerzen mehr verspürte.

Dan berichtete mir von einer Nervenklinik bei *Bamenda*, wo ein Arzt mit seinen eigenen Methoden die bösen Geister erfolgreich auszutreiben verstand. Diesen Hinweis ließ ich mir nicht zweimal geben. Die Klinik ist eine große schilfbedeckte Hütte von etwa zwanzig Meter Länge. *Dr. Agwoh*, den man mit „Professor" anredete, betreute dort 26 Männer, die von bösen Geistern besetzt waren. Als ich mich dem Gebäude näherte, musste ich gerade erleben, wie ein Irrer den Professor am Arm packte und dabei Sprünge vollführte. Kinder sahen diesem Vorgehen lachend zu. Auf einmal hob der Irre Steine auf und warf nach ihnen. Sogleich wurde er auf Zurufen des Arztes von seinem Helfer und seinen beiden Söhnen auf den Boden geworfen und gefesselt. In das Behandlungszimmer gebracht, streute man dem Gefesselten ein Pulver in die Augen und goss eine Flüssigkeit in den Mund, das ihn augenblicklich zum Erbrechen zwang. Wie mir späterhin Dr. Agwoh erklärte, fahre gewöhnlich der diesen Bauern besetzende Geist beim Erbrechen aus dem Körper heraus und gibt erst einmal Ruhe. Jedoch gehe er oftmals schon nach kurzem wieder in ihn hinein. Und wie ich wenig später miterleben konnte, erhob sich dieser Bauer wieder und stürmte unter Schreien erneut davon, bis er wiederum eingefangen und nach derselben Methode zur Ruhe gebracht wurde. Danach band man ihn an der Wand fest.

Der Arzt, der offensichtlich erfreut war, in mir einen weitgereisten Besucher zu sehen, der Interesse an seiner Arbeit bekundete, führte mich durch diese Irrenanstalt. Einige seiner Patienten waren ebenfalls angebunden. Viele lagen auf Matten oder gingen im Haus und um das Haus herum. Manche saßen innen oder außen an die Wand gelehnt und redeten vor sich hin. Der Doktor erklärte mir, dass sie alle von bösen Geistern besessen seien und er, als Christ, dem Gebot seines Heilands nachkommend, diese auszutreiben sich vorgenommen habe. Er habe nie eine medizinische oder psychiatrische Ausbildung erhalten, sondern verließe sich ganz auf seine Erfahrungen und das, was er von anderen Geisteraustreibern erlernen konnte.

Der Irrenarzt mit seinen Patienten vor der Anstalt

Ein Irrer, auf den er mich aufmerksam machte, redete mit einem Geist, der ihn zu töten beabsichtigte. Ein anderer fühlte sich ebenfalls von Geistern bedroht. Er sei mit seinem Freund nachts zu den Gräbern seiner Ahnen gegangen, um sich von ihnen Rat zu holen, wie er nun weiter gegen die Familie seiner Frau vorzugehen habe. Diese habe ihn verlassen, und ihre Eltern wollten ihm nicht den Kaufpreis zurückerstatten. Denn normalerweise, wenn eine Ehefrau den Mann verlässt, war es Brauch, dass der Mann das Brautgeld zurückbezahlt bekam, was besonders arme Eltern oft in große Not brachte, weshalb eine verheiratete Tochter lieber eine furchtbare Ehe über sich ergehen ließ, als den Eltern Unannehmlichkeiten zu bereiten. Außerdem wurde die Rückkehr einer verheirateten Tochter als Schande angesehen. Der Freund dieses Mannes rezitierte am nächtlichen Grab Zaubersprüche. Plötzlich tauchten verstorbene Familienmitglieder aus den Gräbern auf. Die beiden suchten panikartig in der Flucht ihr Heil. Doch seitdem wurde dieser Mann weiterhin von ihnen verfolgt, die sich ihm nicht nur in Träumen zeigten, sondern ihn auch am Tag mit ihren Stimmen belästigten. Sie forderten von ihm, wie Dr. Agwoh ermitteln konnte, dass er ihrer Ju-Ju-Vereinigung beitrete und 80.000 kamerunische Francs bezahle. Er berichtete mir, dass er häufiger derlei Patienten mit ähnlichem Verhalten zu behandeln gehabt habe. Diese bösen Geister einer unsichtbaren Ju-Ju-Vereinigung fordern von ihren Neumitgliedern entweder die Ermordung eines ihrer Verwandten oder Geld. Wenn einer nicht diesen Aufforderungen nachkomme, würde er getötet oder mit Schwachsinn bestraft. Dieser Irre, der sich in dieser Angelegenheit mit seinem Vater beriet, trat jedoch nicht dieser heimlichen Geisterrunde bei. Durch die weiteren Morddrohungen verängstigt, flüchtete er nun zu diesem Doktor, der, wie er mir erklärte, versuchen wolle, ihn zu heilen. Als ich ihn fragte, ob er, der sich jeden Tag mit diesen Geistern konfrontiert sehe, nicht Angst habe, selbst besessen zu werden, deutete auf den Talisman an seinem Gürtel und gab mir dadurch zu verstehen, dass er vollkommen geschützt sei. Mit seinen drei Frauen und den Kindern bewohnte er eine Hütte in unmittelbarer Nähe seiner „Nervenheilanstalt", um jeder Zeit bei dringenden Begebenheiten zur Stelle zu sein. Wie er mir erklärte, habe außer der Rezitation aus der Bibel besonders die direkte Austreibung Erfolg, die durch Stock- und Rutenschläge auf den nackten Oberkörper der Besessenen von seinen Assistenten verabreicht würden. Allerdings könne es passieren, dass nach einiger Zeit die ausgetriebenen Geister sich wieder ihres Opfers bemächtigten, weshalb schon einige der Insassen wiederholt in seine Klinik zurückgebracht worden seien. Hier also, wie ich erkannte, werden die Geister mit Schlägen aus den Körpern der von ihnen Besetzten getrieben, denn diese Unsichtbaren fühlen ebenso die Gewaltanwendungen durch Schläge wie die Geschlagenen selbst. Noch vor einigen Jahrzehnten hatte man in Europa durch die Elektroschocktherapie ähnliche Heilungen bei Schizophrenen, die meistens von erdgebundenen Seelen besetzt waren, erzielen können. Allerdings stellten sich dadurch manchmal schädliche Nebeneffekte ein, und deshalb hat man von dieser Methode inzwischen wieder Abstand genommen.

In *Kom* wollte ich einen Medizinmann aufsuchen, von welchem mir Großartiges berichtet worden war. Aber er verstand kein Englisch, und ein Übersetzer war nicht aufzutreiben, sodass ich ohne neue Erfahrungen den regennassen Pfad einschlug, um über einen Pass nach Oku zu wandern und auf diesem Weg auch zu dem Vulkan hochzusteigen, der diese Landschaft wie ein wachsamer Geist überblickt. Als ich den Pass durchschritt, wurde ich mit einer Nebelwand konfrontiert, die es mir manchmal nicht gestattete, 20 Meter weit zu sehen. Aus diesem Grund musste ich leider auf eine Besteigung des Vulkankegels verzichten. Auf dem Weg nach unten kam ich an abgelegenen Dörfern vorbei. Die jüngeren Kinder drückten sich ängstlich an ihre Mütter oder älteren Geschwister, doch einige Mutige kamen zu mir und berührten mich, um herauszufinden, ob ich ein Geist sei, denn sie hatten noch nie einen weißen Mann gesehen. Ich kam mir dort vor wie ein Marsbesucher, der skeptisch, aber auch neugierig betrachtet wurde. Doch alle Kinderängste verflogen schnell, nachdem ich einen Luftballon, die ich immer bei mir führte, hervorholte und aufblies. Und nun unter Freudenausbrüchen rannten sie hinter und unter dem Luftballon her. Jeder wollte ihn einfangen und wieder in die Luft hinaufwerfen. Und einige Erwachsene, die mich einluden, wollten wissen, was sich in *Kom* und anderen Orten in den letzten Tagen ereignet hatte, denn hier gab es noch keine Radios, und neueste Zeitungen fanden nicht den Weg in diese verlassenen Gegenden. Manches Mal fragte ich mich, vor allem, wenn schmale Pfade durch Waldstücke führten, ob es hier nicht Leoparden und anderes wilde Getier, von Schlangen ganz zu schweigen, gäbe, vor welchen ich auf der Hut sein müsste.

Ich wurde von Männern, die mich unterwegs ansprachen, zum „Fon" von Oku geleitet, der mir die Ehre erwies, mich in seinem Haus zu empfangen. Er, der vor mir auf seinem Thron saß, besaß mit seinen etwa fünfundfünfzig Jahren über achtzig Frauen. Er regierte – jedoch nicht als staatlicher Angestellter – über 35.000 Seelen, die sich seinen Anordnungen, so diese nicht mit denen von staatlicher Seite in Widerspruch standen, unterwarfen. Seine Frauen trugen als Zeichen ihrer

Würde eine kostbare Kaurimuschel an der Stirn, denn vor der Einführung des Geldes galten diese als Zahlungsmittel. Wenn dieser Stammeskönig heiratete, betrug das Alter der Auserwählten zwischen 12 und 13 Jahre. Diese wurden ihm von seinen Würdenträgern geschenkt. Und derart erlesene Geschenke konnte man nicht abweisen. Er hingegen gab seine Töchter wiederum als Geschenk an diese weiter. Somit war er mit allen seinen Untertanen irgendwie verwandt. Er litt, wie er mir nun anvertraute, unter gastrischen Beschwerden.

Der „Fou" von Ohu besitzt 60 Frauen.

Ein deutscher Freund hatte ihm vor Jahren ein ganzes Bündel von Tablettenschachteln zurückgelassen, von denen sogar noch einige nicht benutzt zu sein schienen. Er wusste natürlich nicht, gegen welche Beschwerden sie gut sein könnten, waren doch die Beschreibungen auf Deutsch. Ich übersetzte ihm einige davon. Und als ich ihn fragte, welche dieser Tabletten er jetzt gegen seine Magenbeschwerden einnehme, deutete er auf eine Packung, deren Inhalt, wie ich ersah, zur Behandlung von Lungenentzündung gedacht war. Ich kramte ihm nun meine Tabletten gegen Gastritis aus dem Rucksack hervor, die ich immer bei mir führte, und reichte sie ihm. Dieser im Mund löslichen Tabletten musste ich mich hin und wieder bedienen, besonders nachdem mir bei Einladungen scharfgewürzte Speisen gereicht worden waren. Dieses Medikament könnte ich mir sicherlich wieder in der Apotheke in Bali oder später in Yaounde besorgen. Ich wurde nun königlich bewirtet und wanderte noch selbigen Tages weiter nach Oku.

In *Oku* lernte ich den baptistischen *Pastor Samson* kennen, der mich trotz begrenzter Räumlichkeiten einlud, bei ihm zu wohnen. Er hatte nach sechs Mädchen vor 14 Monaten Zwillinge bekommen, wovon eines ein Junge war. Zwillinge unterstehen dem Schutz des Fons, der sie als seine Kinder betrachtet. Er schickt den Eltern von Zwillingen ein Schutzöl, das, sobald diese sich streiten sollten, ihnen sofort eingerieben werden muss. Nach der Geburt der Zwillinge kommen die Leute aus der Umgebung und bringen Geschenke. Eltern solcher Doppelgeburten dürfen sich nicht streiten, denn das könnte ihre beiden Kinder verwunden. Es wird hier ein richtiger Zwillingskult betrieben. Ihnen wird die besondere Gabe zugeschrieben, den Wert eines Menschen sofort zu erkennen. Lehnen diese jemanden ab, hat er sofort das Haus zu verlassen. Ich hatte Glück, dass die beiden Kinder mich nicht sogleich abgelehnt hatten, sondern mich, obwohl sie wohl noch nie einen Menschen mit weißer Hautfarbe gesehen haben mochten, gleich akzeptierten. Wenn solche Kinder jemanden nicht mögen, schreien sie lange, bis der Betreffende sich entfernt. Sie benutzt man auch, um auf diese Art Hexen zu identifizieren. Wenn ein Familienmitglied von einer Reise zurückkommt und die Zwillinge wollen sich nicht von ihm berühren lassen, heißt das, dass jenes in schlechter Gesellschaft gewesen war. Alles Leid muss von ihnen abgewendet werden. So dürfen auch Eltern in ihrer Gegenwart nicht weinen, selbst wenn jemand aus der Familie gestorben sein sollte. Diese als etwas Besonderes angesehenen Kinder dürfen nie einen Toten sehen, wie auch deren Mutter keinen Toten berühren darf. Und da sie im Mittelpunkt einer Familie stehen, werden die anderen Kinder nahezu übersehen. Wie würde wohl eine Familie geehrt werden, wenn die Mutter Drillinge oder gar Vierlinge bekäme?

Und da ich Samson mein Interesse für einheimische Heilweisen bekundet hatte, lud er zwei Naturdoktoren, Vater und Sohn, ein, damit ich sie befragen konnte. Sie unterschieden drei Arten von Doktoren ihrer Zunft. Zu den ersteren gehören diejenigen, die ihr Wissen von Vater, Großvater oder einem Onkel vererbt bekommen haben, also von ihnen ausgebildet wurden. Der Erste in der Kette der Familie, der vielleicht schon vor Hunderten von Jahren ein Medizinmann gewesen war, hatte sein Wissen von Geistern erhalten. Solch ein Doktor wäre auch der zweiten Gruppe zuzurechnen. Denn zu ihr gehören jene Naturdoktoren, die im Traum von Geistwesen unterrichtet und auf ihr Heileramt vorbereitet worden waren. Zur dritten Gruppe jedoch zählen jene, die als Kinder plötzlich für einige Tage verschollen und manchmal schon für tot erklärt worden waren. Doch tauchten sie plötzlich wieder auf und verfügten über ein großes Wissen bezüglich Heilpflanzen und Heilmethoden und hörten weiterhin Stimmen der Geister, die sie in dieses Wissen eingeführt hatten. Diese Kinder dürfen nicht darüber reden, wo sie gewesen waren, sonst würde das ihnen Beigebrachte ausgelöscht werden. Eigenartiger Weise dürfen bei ihnen nur Männer (anders als im übrigen Afrika) Heiler sein. Die Naturdoktoren der ersten Kategorie bedienen sich des Muschelorakels, um herauszufinden, ob eine Krankheit auf natürliche Ursachen zurückzuführen sei oder auf einem „spell" (Zauber, Verfluchung) beruhe. Die meisten Krankheiten führen sie auf solcherlei Verwünschungen und böse Geister zurück. Mit Hilfe des Muschelorakels finden sie auch heraus, ob sie eine Krankheit zu heilen vermögen oder den Patienten an einen anderen Naturdoktor oder gar an studierte Ärzte und Krankenhäuser weitervermitteln.

9. Mit dem Gorillahändler bei den Pygmäen Kameruns

Von *Bamenda* fuhr ich mit Lastwagen über *Bafia* zur Hauptstadt *Yaounde*, wo ich mir das Visum für Gabun und auch gleich für Congo-Brazzaville besorgen wollte. Hier in Yaounde wurde hauptsächlich französisch gesprochen, wie im größten Teil des Landes, von all den vielen regional bedingten Sprachen der Einheimischen einmal abgesehen. Hier begegnete ich einem 35-jährigen „Marabut" aus dem islamischen Norden des Landes. Dieser Name hat eine breitgefächerte Bedeutung. Die Marabuts können weise Männer und Friedensstifter sein, aber auch Wunderdoktoren und Magier jeglichen Kalibers. *Marabut Buba*, so nannte er sich, hatte sich mit 20 Jahren in Algerien von Marabuts ausbilden lassen. Um von ihm zu erfahren, wie er als muslimischer Haussa Menschen heile und was er über die Geister wisse, zeigte ich ihm einige meiner Tricks, von denen er jedoch nicht begeistert war. Auch demonstrierte ich ihm mein Pendel, woraufhin er selbst seinen an einer langer Schnur sich befindenden Pendel hervorholte und es durch für mir sichtbare Handzuckungen zum Schwingen brachte, jedoch meinte, dass seine Geister das Pendel bewegten. Was für ein Betrüger, dachte ich. Er hielt, wie er mir erklärte, das Kettenorakel für ergiebiger. Er würde mir jedoch, so ich ihm zuerst ein kleines Geschenk in Form von Geld bereiten würde, seine Heilmethode offenbaren, wie er zum Beispiel Magenschmerzen in kürzester Zeit zu heilen vermochte. Ich zahlte ihm umgerechnet nach heutiger Währung etwa 8 Euro, was für mich schon viel Geld war, gab ich doch für Übernachtung und Reisen so gut wie nichts aus. Er nahm eine kleinere Schüssel mit Wasser in beide Hände und sagte auf Arabisch einen Zauberspruch. Er rezitierte diesen siebenmal und spuckte danach jedes Mal in das Wasser. Alsdann habe, wie er ausführte, der Patient diesen Inhalt zu trinken und sich schlafen zu legen. Wenn er wieder aufwache, sei er seiner Magenschmerzen behoben. Wohl jeder Europäer würde solch einen dargereichten Trunk abgelehnt haben. Doch ein an derart Wunder Gläubiger hätte wohl kaum gezögert, diesem Heilversprechen nachzukommen, hatte dieser heilige Mann und Wunderheiler doch seine Spucke mit den geheiligten Zauberworten angereichert. Der Speichel würde nun sicherlich die gewünschte Heilung bewirken. Dann demonstrierte er mir sein Kettenorakel, das jenen soeben rezitierten Zauberspruch, bestehend aus sieben Schriftzeichen, bedingt. Diese hätten folgende Bedeutung: Glück, Krankheit, Tod, Reichtum, Liebe, Anerkennung, Nachwuchs. Über diesen auf eine Tafel aufgeschriebenen Satz wurde nun eine Kette mit neunundneunzig Perlen geworfen, nachdem ich mich als angeblich Ratsuchender für eine dieser Kugeln entschieden hatte. Auf welchen Teil des Zauberspruchs nun die ausgesuchte Perle fiel, war maßgebend für die Auslegung durch diesen Orakelkundigen. Diese Prozedur konnte beliebig wiederholt werden, um alle Fragen zu beantworten.

Aber es sollte noch bizarrer werden. Wenn jemand eine Frau liebe, ihn aber abweise, dann sei Folgendes ein sicheres Rezept, um sich ihrer Zuneigung zu vergewissern. Auf ein hölzernes Brett wird der Name der begehrten Person nebst jenem Zauberspruch mehrere Male mit Tinte aufgeschrieben. Danach wird diese abgewaschen, das Verflüssigte in ein Glas gefüllt, und der Verliebte trinkt diese Tinktur. Oft benutze er dieses Brett für sich selbst, indem er nebst dem Zauberspruch seine Wünsche aufschreibe und nach wiederholten Rezitationen des Aufgeschriebenen die ganze Tafel ablecke. Er vertraute mir weiterhin an, dass er über einen ganz mächtigen Zauberspruch verfüge, sodass er einen Patienten sogar nur Sand einnehmen ließe, wonach dieser geheilt sei.

Sodann fragte er mich, ob ich bereit sei, 1.000 CFA (kamerunische Franken) zu opfern. Ich willigte ein, wollte ich doch noch mehr über diesen zaubernden Heilmagier wissen. Er füllte daraufhin eine Schüssel mit Wasser und drückte mir diese 1.000 Francs in die Hand. Nun schaltete er das Licht aus, reichte mir einen Sack, in welchen ich das Geld zusammengeknüllt nebst seinem mir überreichten Zauberstab hineinzulegen hatte. Nach einigem Gemurmel seiner Zauberformeln sollte ich das Geld wieder herausnehmen. Bei wieder eingeschaltetem Licht hielt ich anstatt des Geldes ein Päckchen mit braunem Pulver in der Hand. Dieses schüttete er in das Wasser und forderte mich auf, meine Hände darin zu waschen, während er wiederum seine Zaubersprüche verlauten ließ. Und als ich diese wieder herausgenommen hatte, befanden sich kleine graue Kügelchen darin. Diese seien Krankheitspartikel, die durch das braune Pulver aus meinem Körper herausgekommen wären. Würde ich ihn jedoch noch weiterhin bezahlen, könne er mich von allen negativen Körperbewohnern befreien. Doch ich verzichtete auf weitere Zaubertricks. Wie gut, dass ich mehrere Tricks vor meiner Afrikareise erlernt hatte, denn somit fiel es mir leicht, echte Magie von Vorgetäuschtem zu unterscheiden. Denn dieser Geldtrick war für mich leicht zu durchschauen, befand sich doch entweder eine untere Öffnung am Sack oder handelte es sich um einen Sack mit doppeltem Boden. Und dann hatte dieser selbsternannte Marabut auch noch die Frechheit mir zu sagen, dass sein Kettenorakel unzweideutig ihm offenbart hätte, dass mir meine vielen Reisen keine Vorteile bringen würden, vor allem dann nicht, wenn ich nicht weiterhin bereit sei, mehr über afrikanische Heilmethoden zu erlernen, was allerdings mit viel Geld verbunden sei. Und als ich ihm entgegnete, dass ich nicht wohlhabend sei, glaubte er mir nicht und meinte, ich müsse über viele Geldscheine und Schecks verfügen. Auf diese Art also gibt er vor, heilen zu können, wobei ihm sicherlich höchstens durch Placeboeffekte einige Erfolge zuzuschreiben sein dürften. Doch seine Spuckereien hatten durch Infektionen bestimmt schon mehr Krankheiten verursacht als Heilungen.

In *Yaounde* entdeckte ich einen beidbeinig gelähmten Bettler, der sich auf einem Brett mit Rädern fortbewegte, wobei er sich mit den Händen vom Boden wegdrückte. Ich gab ihm ein für ihn erfreuliches Geldstück. Später saß ich auf einer Mauer, und er kam auf seinem Gefährt an mir vor. Ich rief ihn an. Er brachte sein rollendes Gefährt zum Stehen, und es entwickelte sich zwischen uns ein herzliches Gespräch. Mit fünf Jahren habe er Kinderlähmung bekommen. Seit dem achtzehnten Lebensjahr diene dieses Brett ihm als sein einziges Fortbewegungsmittel. Das von mir ihm zugesteckte Geldstück sei die einzige Einnahme seines heutigen Tages gewesen. Wir stellten uns bald mit Namen vor. Er hieß *Jonas*. Er sprach ein gutes Französisch und besuchte einen Schreibmaschinenkurs. Später, wenn er einen Beruf ausüben würde, wolle er heiraten. Er sah sehr gut aus und hatte ein herzhaftes Gemüt. Er gestand mir, dass er ein Zeuge Jehovas sei und dass diese Kirche in ganz Kamerun verboten wäre, da deren Mitglieder sich weigerten, zu wählen und Kriegsdienst zu leisten. Nur heimlich träfen sich seine Glaubensbrüder und -schwestern in Privatwohnungen. Ich wollte ihn zum Essen einladen, leider war er schon verabredet.

In der Stadt kam ich mit einem Zoohändler ins Gespräch. Wie er mir mitteilte, müsse er am morgigen Tag mit dem Landrover 300 Kilometer weit in den Urwald hineinfahren, da man ihm gemeldet hatte, dass man eine Gorillamutter samt ihrem Baby für ihn gefangen habe. Ich fragte ihn, ob er mich, der ich sowieso noch auf mein Visum für Gabun zu warten hatte, mitzunehmen bereit sei. Und da er noch am frühesten Morgen bei Dunkelheit losfahren wollte, lud er mich ein, bei ihm zu nächtigen. Er stellte sich mir mit dem Namen *Hancq* vor. Er besorge wertvolle Tiere für die Zoos in der ganzen Welt, sogar für das kommunistische China. Er könne gar nicht ihre Bestellungen alle erfüllen. Besonders groß sei die Nachfrage nach Gorillas, auf die er sich spezialisiert habe.

Die Fahrt ging, nachdem wir die Straßen hinter uns gelassen hatten, durch den Urwald über vom Regen aufgeweichten Boden, durch kleine Bäche und flache Flüsse hindurch. Hier befanden wir uns im dicksten afrikanischen Regenwald. Monsieur Hancq erklärte mir einiges über die *Pygmäen*. Für sie seien Tiere in erster Linie Fleisch. Auf einen Affen deutend sagen sie: „Im Baum sitzt Fleisch". Sie sind vor allem Jäger und Fallensteller. Gerät ein Gorilla in eine Falle, dann bleibt die ganze Affenfamilie bei diesem. Sie zieht sich erst zurück, wenn sie die Jäger kommen hört. Der in der Falle befindliche Gorilla wehrt sich nach allen Kräften. Sie dürfen ihn nicht verwunden, denn dann könne er solch ein Tier nicht mehr verkaufen. Sie werfen Netze über den um sein Leben Kämpfenden. Wenn ein Weißer zugegen sei, dann schieße dieser eine Betäubungsspritze in den Bauch oder Rücken. Doch die Pygmäen besäßen dergleichen nicht. Er bekomme für ein gutes Exemplar pro Kilo etwa (umgerechnet) zehn Euro. Die Jäger müssen das Tier mit Stricken fesseln, von denen es sich oftmals befreien kann, indem es die Stricke einfach durchbeißt. Deshalb verwenden sie jetzt Drähte. Doch diese wiederum haben den Nachteil, dass sie dem Tier in die Hand oder in den Finger schneiden, wodurch ein

Finger verloren gehen kann und somit das Tier für den Verkauf wertlos sei.

Frauen, beladen mit Früchten des Waldes, auf dem Weg zu ihren Hütten

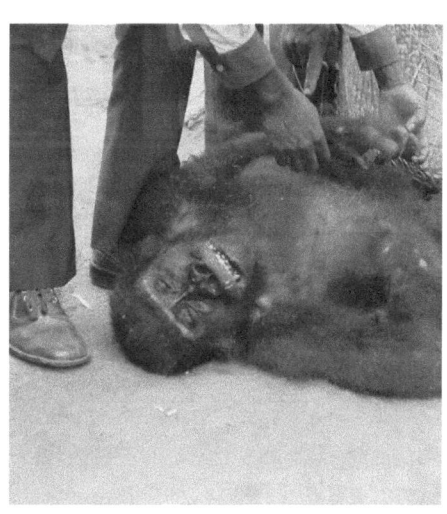

Der gefesselten Gorillamutter fehlten zwei Finger. Nun ist sie für den Verkauf an einen Zoo wertlos.

Schließlich waren wir bei den Urwaldbewohnern angekommen. Sie sind etwa einen Meter und 50 Zentimeter groß und zählen damit zu den größer gewachsenen Pygmäen. Kleinwüchsigere konnte ich später am Kongofluss besuchen. Die Frauen tragen keine Oberbekleidung. Was mich besonders bei ihnen erschreckte, waren die scharf zugespitzten Zähne, sodass ich vermeinte, dass durch dieses Abfeilen derselben sicher große

Schmerzen in Kauf genommen werden mussten. Doch dann gingen wir zu der Hütte, wo die Gorillamutter gefesselt lag. Ihr Baby verwahrte man in einer anderen Hütte. Und Monsieur Hancq untersuchte das Tier und schüttelte immer wieder den Kopf. Schließlich deutete er auf die zwei fehlenden Finger der einen Hand. Diese hatte sich dieses Weibchen, um sich von einer Drahtschlinge zu befreien, abgebissen. Schließlich sagte er zu den im Lendenschurz herumstehenden Männern, dass er dieses Tier nicht kaufen wolle, da es verletzt sei und für ihn keinen Wert darstelle. Die Jäger blickten betrübt. Doch er wolle das Baby, das er anschließend inspizierte, mitnehmen. Es wurde in ein nach obenhin zugeknotetes Tuch gewickelt und an dem hinteren Dachgestänge des Landrovers befestigt. Er war sehr verärgert über diese weite Fahrt über die holprigen und schlüpfrigen Wege, die ihm nun nichts einbrachte. Warum hatten sie ihm nicht genaueren Bescheid gegeben, dass dem Muttertier Finger fehlten?

„Merde, alors!" war sein Kommentar.

Auf der Rückfahrt meinte er, dass das Gorillaweibchen heute wohl noch verzehrt werde. Er werde versuchen, ihr Baby mit Milch

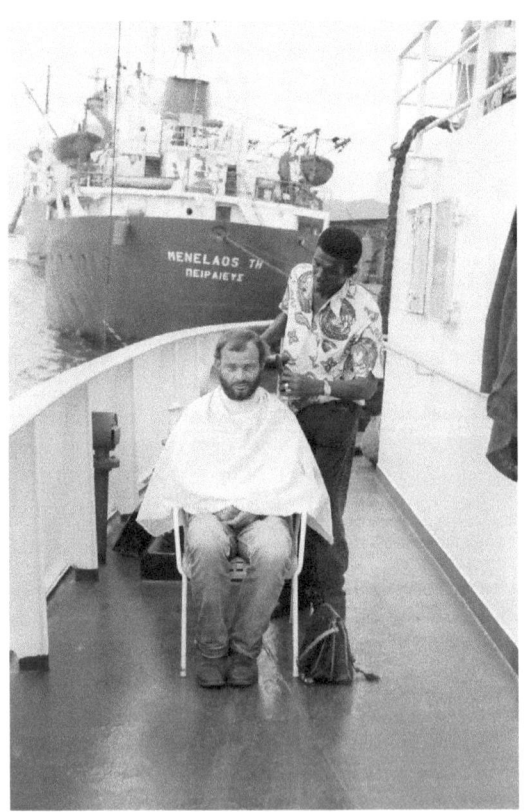

In der Hafenstadt Duala ließ ich mir auf einem deutschen Frachter die Haare schneiden.

aufzuziehen, um es dann in ein, zwei Jahren zu verkaufen. Als wir bei anbrechender Dunkelheit zu seinem Haus zurückgekehrt waren, war das Baby allerdings schon tot.

„Merde, alors!"

In *Yaounde* konnte ich meinen Pass mit dem Visum für Gabun abholen. Anschließend brachte ich diesen zur Botschaft von Congo-Brazzaville. Auch dort sollte ich erst in einer Woche diesen mit dem Visum abholen. Also hatte ich noch Zeit, über die Hafenstadt *Duala* nach *Buea* und *Victoria* an die westliche Küste des Landes zu trampen.

10. Von geldgierigen Magiern und Schwindlern

Buea, die vormalige Hauptstadt von Deutsch-Kamerun, liegt auf einer Höhe von fast 1.000 Meter südöstlich des über 4.000 Meter hohen Vulkans *Mount Cameroon*. Wie gut, dass ich noch hierher gekommen war, denn sonst hätte ich sicherlich eine der schönsten Gegenden dieser Welt nicht entdecken können.

In Lagos hatte ich einen mit weißen Hautflecken und weißem Haar versehenen jungen Mann namens *Henry* kennengelernt, der mir seine Heimatadresse in *Victoria* bei *Buea* genannt hatte, mit der Aufforderung, ihn dort zu besuchen. So begegnete ich ihm und seinem jüngeren 19-jährigen Bruder *Edwin*. Beide luden mich ein, bei ihnen unterzukommen. Und Edwin erzählte mir Folgendes: Ihr Onkel mütterlicherseits suchte einen „wizzard" (Zauberer/Hexer) auf, da er, der an einer Schule unterrichtete, gerne reich werden wollte. Dieser ließ sich für seine Auskünfte bezahlen und fragte ihn, ob er sehr reich werden wolle, und zwar reicher als alle anderen seiner Gegend. Der Onkel bejahte. Er solle ihm nun den Namen der ihm liebsten Person auf einen Zettel schreiben. Er schrieb den Namen seiner Tochter auf. Um sehr reich zu werden, müsse er jedoch jene Person, deren Namen er soeben aufgeschrieben habe, opfern, doch würde sie dann aus der jenseitigen Welt ihm bei der Vermehrung seines Vermögens helfen. Und der Onkel willigte ein. Wenige Tage später wurde seine Tochter schwerstkrank. Doch ihre Großmutter, die hellseherisch begabt war, ahnte, dass sich bei dieser plötzlichen Erkrankung böse Geister eingemischt haben mussten. Sie brachte ihre kranke Enkelin zu einem mächtigen Naturdoktor, der auf ihre Stirn gewisse Schutzmarkierungen einritzte. Somit konnte sie bald genesen. Der Onkel jedoch suchte seinen „wizzard" wiederum auf und beschuldigte ihn wegen seines Unvermögens, seinen versprochenen Plan nicht erfolgreich durchgeführt zu haben, hätte er ihm doch schon viel Geld umsonst gegeben. In seiner Ehre gekränkt, bedrohte der Hexer nun den Geprellten, wenn er ihm nicht sofort den Namen einer anderen von ihm geliebten Person aufschriebe, würde er ihn selbst töten. In seiner Not schrieb er den Namen seiner Nichte, Edwins Schwester, auf. Diese erkrankte kurze Zeit später, worauf sie ins Krankenhaus gebracht wurde und dort nach drei Tagen starb, ohne dass die Ärzte eine Ursache für ihre Erkrankung feststellten konnten. Edwins Vater, der vermutete, dass dieser Tod durch Hexenzauber verursacht sei, suchte nun einen berühmten Medizinmann auf. Dieser wollte in einer Kristallkugel das Gesicht des Mörders erscheinen lassen. Plötzlich erblickte Edwins Vater darin das Gesicht seines Schwagers. Er versammelte nun die Familienmitglieder und berichtete, was er herausgefunden hatte. Daraufhin begaben sie sich zu dem Haus des Onkels und bewarfen es mit Unrat. Wo auch immer er sich nun zeigte, warf man Steine nach ihm, sodass er seine Anstellung als Lehrer quittierte und in einen anderen Teil des Landes zog. Seine Frau hatte sich daraufhin von ihm scheiden lassen und die Kinder behalten. Wie man erfuhr, sei er dort wahnsinnig geworden und habe in seinem Wahnsinn den Mord nebst allen Einzelheiten gestanden. Jedoch im normalen Zustand leugnete er wieder seine Tat ab. Edwins Familie wollte ihn durch Geisterkraft töten lassen, doch verfügte dieser anscheinend über starke Schutzmedizin, die ihn vor derlei Attacken bewahrte.

Henry war ein Teilalbino, das heißt, außer seinen weißen Haaren befanden sich im Gesicht und anderen Körperteilen weiße Hautregionen. Kinder riefen ihm Neckwörter hinterher wie „Mongoloider" oder „weißer Mann". In Lagos konnte er sein weißes Haar für 50 Nira verkaufen, da dieses für magische Zwecke Verwendung fand. In Buea gab es eine Familie mit vier Albinokindern. Der Vater brachte nach der Geburt des ersten Albinokindes dieses zu einem Medizinmann, der besondere Markierungen am Körper des Neugeborenen anbrachte, um es vor weiterhin sich verbreitender Weißfärbung zu schützen, konnten doch nur böse Geister am Werke gewesen sein, die diese Haut verunstalteten. Doch dieses Kind verstarb im frühen Alter. Aber wie erstaunt war man, als man bei der Geburt des nächsten Albinokindes genau an den Stellen, wo jener Medizinmann die Hausmarkierungen vorgenommen hatte, diese wieder dort platziert fand. (Professor Ian Stevenson hätte diesen Fall einer offenbaren Reinkarnation sicherlich ebenfalls gerne untersucht.)

Edwin sollte als Kind und Jugendlicher vier Augen gehabt haben, zwei sichtbare und zwei unsichtbare auf der Stirn. Im Traum erschien ihm eine Mermaid, eine Wasserfee also. Sie sprach mit ihm und führte ihn auch gelegentlich mit in ihre Unterwasserwelt. Er war seiner Familie und anderen Menschen „unheimlich", wie er mir gestand. Er bekam eines Tages starke Kopfschmerzen, und man glaubte, dass dieses ein Anzeichen für einen beginnenden Wahnsinn sei. Man brachte ihn zu einem Medizinmann, der bat, diesen Jungen für einige Tage bei sich zu behalten. Er nahm Asche und schmierte sie auf dessen Stirn, um die beiden unsichtbaren Augen dort zu löschen. Dann eines Nachts überdeckte er Edwin mit einem weißen Lacken und führte ihn auf den Friedhof. Dort rief er die Ahnen an, um den damals Zwölfjährigen von seinen Kopfschmerzen zu befreien. Anderen Tages wurde er geheilt zu seiner Familie zurückgeschickt. Edwin bedauerte mir gegenüber, nicht mehr von seiner Mermaid besucht zu werden.

Späterhin erfuhr ich noch mehr über Albinos. Ihrer weißen Haut schreibt man Wunderkräfte und Glück zu. Fischer flechten ein Stück davon in ihre Netze, denn sie erhoffen dadurch einen größeren Fang. Medizinmänner vermischen Leichenteile von Albinos in ihre Medizin, die sie dann umso teurer verkaufen können. Mancher afrikanische weiße Mann ist schon auf Nimmerwiedersehen verschwunden. Denn man kann mit seiner Haut, seinen Knochen und seinem Haar bestes Geld verdienen.

Und als ich mich bei beiden danach erkundigte, ob es hier in der Nähe interessante Medizinmänner gäbe, die ich aufsuchen könne, brachte mich Edwin zu *Acha Sylvester*, dem „*Camaroon wonderman*", wie man ihn nannte, der unweit von *Buea* in *Great Soppo* wohnte. Dieser begrüßte mich herzlich und stellte mir seine zweite Ehefrau und die gemeinsamen Kinder vor. Und da ich ihm darlegte, dass ich mich für afrikanische Magie interessiere, forderte er mich auf, bei ihm zu bleiben. Ich bedankte mich bei Edwin und bestellte ihm nochmals Grüße an seinen Bruder. Mir wurde ein Bettgestell zugewiesen, neben dem ich meinen Rucksack abstellte. Acha mochte etwas älter als dreißig Jahre alt sein. Er war berühmt als Schlangenbeschwörer. So verfügte er auf seinem Grundstück über eine ganze Anzahl von diesen Tieren, die er mir in den engen Einzelgehegen zeigte. Vor kurzem seien erst zwei Deutsche bei ihm gewesen, die sich für seine Schlangen interessierten. Am Nachmittag nahm er mich mit nach dem etwa dreißig Kilometer entfernten Mujuk, wo er als der Wundermann Kameruns mit dem „*Lion of Cameroon*" (Löwen von Kamerun) in einem Lokal eine Veranstaltung abhalten sollte. Einige Schlangen hatte er in Körbe mitgenommen. Ein Taxi brachte uns dorthin.

Yeuer Kraftmensch mit seinen ungeheuren Muskeln und seinem Cowboyhut auf dem Kopf war im ganzen Land bekannt. Wie ich dann bei der Demonstration seiner erstaunlichen Kräfte sah, konnte er mit zwei ausgestreckten Armen gleichzeitig jeweils zwei volle Bierkästen in die Höhe stemmen und forderte zwei Männer aus dem Publikum auf, sich dann auch noch an seine beiden Arme zu hängen. Eine weitere Demonstration bestand darin, dass er sich eine schwere Autoachse um den Hals hängte und zwei Zuschauer bat, sich auf diese zu stellen. Anschließend wuchtete er einen ganzen Motorblock in die Höhe, wobei Jugendliche heftig mit ihren Fäusten auf seine Oberschenkel zu schlagen hatten, bis sie erschöpft aufgaben.

Doch der Höhepunkt seiner muskelprotzigen Kraftakte wurde dann mit größtem Erstaunen bewundert, als er sich hinlegte, einen Autoreifen zu sich auf den Bauch zog und sechs Männer auf seine Aufforderung hin bat, einen großen runden Stein, der sieben Zentner wog, auf seinen Bauch zu rollen, was nach mehreren erst vergeblichen Bemühungen auch gelang. Doch dessen nicht genug, bat er diese, nun auch noch den Motorblock, die Autoachse und noch dazu die vier Bierkästen auf den Stein und auf seine Brust obendrauf zu stellen. So mochten wohl zwölf Zentner auf seinem Körper gelegen haben. Bei jeder seiner Einlagen verzog er grimassenhaft unter Stöhnen sein Gesicht, was abstoßend aussah. Doch mir war klar, dass die Zuschauer diese Kraftdemonstrationen sich nur mit dessen Magie und mit Geisterhilfe erklären konnten. Und mein neuer Freund Acha wurde nicht weniger bewundert. Sie wechselten sich immer nach jeder Einlage ab. Er zeigte als geschickter Taschenspieler, wie er ein Stück Papier in einen Geldschein verwandelte, wie er sich einen längeren Nagel in die Nase schob, ihn wieder aus dem Mund herausholte, dann ihn wieder zurück in den Mund beförderte und durch die Nase schnaubend langsam wieder herauskommen ließ. Die Zuschauer waren fasziniert. Ich durfte diesen Trick späterhin ebenfalls von ihm erlernen. Doch den Höhepunkt des Abends bildeten seine Schlangendemonstrationen. Aus einem Korb holte er mit dem Mund eine schwarze Schlange hervor und vollführte mit ihr einen Tanz. Dann zitierte er einen Mann aus der Zuschauermenge auf die Bühne, machte mit seinen Fingern ein paar Striche über dessen Stirn, indem er sagte, dass diese ihn immun gegen giftige Schlangen machen würden, und hängte ihm dieses Gifttier um den Hals.

Am folgenden Tag, als der Muskelprotz uns besuchte, demonstrierte ich ihnen meine erlernten Tricks, über die sich beide sehr erstaunt zeigten, indem ich sie ein ihnen vorgehaltenes Seil durchscheiden ließ, das sie an den Enden mit einer sichtbaren Schleife wieder zu verknoteten hatten, wobei ich ihnen anschließend das „heile" Seil wieder vorzauberte. Nachdem ich ihnen einige dieser und für einen Kenner leicht zu durchschauenden Zauberstückchen vorgeführt hatte, tauschten wir weiterhin wechselseitig unsere Tricks aus. Den „giftigen" Schlangen waren natürlich die Zähne gezogen worden, obwohl Acha sie den Zuschauern als äußerst gefährlich vorstellte. Er hatte sich schon als Schüler für Schlangen interessiert. Vor Jahren hätte ihm eine Schlange die beiden oberen Enden seiner Mittelfinger der rechten Hand abgebissen. Er streckte mir diese entgegen. Doch wenn ein Medizinmann einen Teil seines Körpers opferte, so glaubte man, dass der Betreffende dann von seinen Geistern mit besonderen Kräften versehen sein müsse. So habe ein blinder Medizinmann immer größeren Zuspruch als ein sehender, da er ja für die Hilfe der

Geister sogar sein Augenlicht geopfert hatte. Und da sie von meinen Tricks begeistert waren, schlugen der Löwe von Kamerun wie auch der Schlangenwundermann mir im euphorischen Hochgefühl vor, dass wir zu dritt auf Tournee gehen sollten, wobei wir sehr viel Geld verdienen würden.

Außerdem würde ich als weißer Zauberer aus dem entfernten Deutschland besonders viele Zuschauer anlocken. Ich dachte, dass mir dieses Abenteuer die Möglichkeit gebe, weite Teile des mir noch unbekannten Landes und seiner Menschen kennenzulernen. Zuvor benötige man aber eine polizeiliche Erlaubnis für solche öffentlichen Darbietungen. Doch der Offizier, der einzig befugt war, diese Erlaubnis auszustellen, war verreist. Also mussten wir unser Vorhaben vorerst verschieben.

Ich wohnte für zwei Tage bei einer früheren Freundin von Acha, die er aber nicht geheiratet hatte, da sie ihm keine Kinder gebären konnte. Seine erste Frau, der ebenfalls der Kindersegen versagt blieb, hatte er verstoßen. Ich wanderte tagsüber in dieser herrlichen Landschaft herum. Als ich zu Acha zurückkehrte, teilte er mir mit, dass ihm seine Arbeitspapiere von der Polizei eingezogen worden seien, denn er habe mit zwei „boys" und einem Lehrer Karten gespielt und Letzterem nicht das ihm gehörige Geld zurückgezahlt, als dieser jene Jungen des Betrugs überführen konnte, spielten sie doch mit gezinkten Karten. Ich machte ihm Vorwürfe, wie er mit seinen wunderbaren Fähigkeiten sich zu solchen Betrügereien hinreißen ließe. Doch er stritt jedes betrügerische Spielen seinerseits ab. Die Jungens wären allein die Betrüger gewesen. Noch am folgenden Tag gab die Polizei ihm seine Papiere zurück, behielt aber all das ihm abgenommene Geld für sich.

Vor seinem Haus hatte er ein Schild in französischer Sprache, die er selber nicht sprach, angebracht, die ihn als „professeur de médicine indigène" (Professor für einheimische Medizin) anpries. Und auf meine Frage, woher er dieses medizinische Wissen besitze, erklärte er, dass er dieses von seinem noch lebenden Vater erlernt habe, der ebenso ein bekannter Medizinmann sei wie sein Großvater, der schon verstarb, als er selbst erst drei Jahre alt war. Dieser sei ihm öfter im

Traum erschienen und habe ihn sowohl in die Anwendung von Heilpflanzen ausgebildet als ihn auch in den Umgang mit Schlangen und Schlangenzauber eingeführt, mit welchem sein Vater jedoch nichts zu tun haben wolle. Ebenso besuche dieser Großvater ihn noch im Traum und helfe ihm bei besonders schweren Fällen. Die Leute glauben, dass dieser selbsternannte „Professor" die Schlangen beherrsche. Und tatsächlich sei erst vor einigen Monaten sein Prachtstück, eine drei Meter sechzig lange Python, verstorben. Sie habe sich mit ihm telepathisch irgendwie verständigen können. Er hatte sie aus dem Korb herausnehmen und mit ihr vor dem Publikum einen Tanz aufführen können. Schließlich wickelte sie sich um seinen Körper und drückte ihn, sodass er zum Entsetzen der Zuschauer aufschrie und sich gegen den Erstickungstod zu wehren schien. Doch alles war nur ein Spiel. Sie gab ihn immer wieder rechtzeitig frei. Durch Markierungen glaubt er sich gegen Schlangenbisse geschützt zu haben. Und als ich fragte, dass ihn doch eine Schlange die zwei Fingerenden abgebissen hätten, meinte er, dass das auf eine Verwünschung (spell) von anderer Seite zurückzuführen gewesen sei. Er habe seine Python auch im Hotelzimmer frei herumkriechen lassen. Doch dann, und das war das letzte Mal, habe sie ein Loch gefunden, sei nach draußen gelangt und auf das Dach gekrochen. Hunderte Menschen versammelten sich, um dieses Tier aus der Entfernung mit Schrecken zu beobachten. Leider sei er nicht zugegen gewesen. Jeder wusste, dass es sein Tier war, das er ja in seinen Vorführungen allen präsentiert hatte. Und der Hotelbesitzer kam und erschoss sie. Acha verfügte über ein charmantes Wesen, doch stieß mich seine Mischung von Betrügerei und echtem Können als Heiler ab.

Als Acha seine Räucherkammer öffnete, um Fleisch daraus zu holen, hingen dort vier bis fünf große Stücke geräucherter Rinderschenkel. Mit einem Messer schnitt er ein größeres Stück daraus, und ich glaubte, meinen Augen nicht zu trauen. Denn unter dieser braunen Haut wimmelte es geradezu von Tausenden von weißen Maden. Auf meinen Hinweis hin, dass man dann dieses Fleisch nicht essen könne, meinte er, dass diese Maden auch Fleisch seien und sogar noch besser schmeckten als Rindfleisch. Nun, ich hatte mich ja schon in Bezug auf Essen an einiges gewöhnt. Mein Rucksack samt Inhalt war auf einem meiner Ausflüge vollkommen durchnässt gewesen. Ich kam auf die Idee, meine esoterischen Taschenbücher, vor allem jene von Lobsang Rampa, in seiner Räucherkammer über eine Schnur zu hängen, wo sie sicherlich am schnellsten trocknen würden. Und als ich diese nach einigen Tagen wieder von der Schnur herunternahm, waren ihre Seiten ganz braun geworden. Wenige Zeit später krochen Ratten in meinen Rucksack und nagten an den Buchseiten, glaubten sie wohl, vom Geruch angelockt, dort geräuchertes Fleisch zu finden.

Irgendwie hatte ich das Gefühl, mich nun wieder von diesem Gaukler und Heilkünstler zu entfernen. Ich drängte Acha daher, mir, wie versprochen, echte Magie und keine Zauberkunststücke mehr zeigen zu wollen. Er nahm mich daraufhin mit in sein „Sanktuarium", einem Zimmer, in welchem Statuen, Bücher und Zauberutensilien unordentlich herumlagen. Er gab mir endlich einen Beweis echter Magie, der mich bestärkte, dass er neben seinen Betrügereien und Zauberkunststücken wirklich mit höheren Kräften in Verbindung stehe, die er, wie er mir später sagte, vor allem nur mit Hilfe seines Geistergroßvaters zu bewirken vermöge. Er nahm sechs aus Lehm geformte und mit Papageienfedern umwickelte Kegel von etwa zehn Zentimetern und legte sie mit der Spitze nach innen gerichtet kreisförmig aus. Nun stülpte er bei Kerzenschein einen Korb darüber und sang einige Zauberformeln, die, wie er mir später erklärte, zum Herbeizitieren des Großvaters notwendig seien. Als er den Korb schließlich hochhob, standen vier der Kegel aufrecht, während die beiden anderen, in verschiedene Richtungen deutend, noch im Kreis lagen. Diese Kegelanordnung diente ihm nun als Hinweis, dass sein Großvater ihm mitteilte, dass er erst in zwei Tagen bereit sei, mir noch einen größeren Beweis für Geistermagie zu geben. Ich befragte mein eigenes, nun mit bunten Steinen versehenes Pendel über diese Demonstration. Es bestätigte mir, dass wirkliche Geisterkraft diese Kegel aufgestellt hätte. Doch sei der Vorgang nicht vollständig gewesen. Ich wies Acha auf diesen Umstand hin, und er bekannte, dass mein Pendel recht habe, denn eigentlich gehörten sieben Kegel zu dieser Demonstration, jedoch sei ihm einer davon zerbrochen.

An einem regnerischen Tag Fischverkauf am Strand von Victoria

Also wollte ich noch zwei Tage warten. Wir fuhren beide nach *Victoria*, um seinen Freund *Charles* zu besuchen. Dieser schien der trickreichste Gaukler Kameruns zu sein, der, wie er mir gestand, über dreihundert Tricks auszuführen verstünde. Zu seinem Repertoire gehörten Feuerschlucken und Feuerspeien, Rasierklingenkauen und diese aus dem Munde multipliziert herauszuziehen, Papier in Geld zu verwandeln und dergleichen mehr. Und als ich ihm seinen Trickschatz mit einigen meiner Tricks bereichert hatte, zeigte er mir noch einiges andere aus seiner Trickkiste. Den Menschen, denen er diese Dinge demonstrierte, hielten seine Darbietungen für echte Magie. Selbst wenn er ihnen erklärte, dass es sich nur um Tricks handele, würde man ihm nicht glauben. Die Menschen scheinen das Übernatürliche direkt herbeiziehen zu wollen. Unbewusst oder auch bewusst wissen sie, dass es Übernatürliches geben muss. Nur beziehen sie alles, was ihnen nicht erklärlich ist, auf Einflüsse von unsichtbarer Seite.

Und er schlug mir und Acha vor, zu dritt hier in Victoria eine Vorführung mit magischen Tricks zu veranstalten. Mein Freund war sofort einverstanden, aber er zweifelte, dass die Polizei uns eine Genehmigung erteilen würde, müsste doch jede Veranstaltung zuerst von der Polizei gegen eine Gebühr abgesegnet sein. Ich war nicht von diesen Vorschlägen begeistert, wollte aber auch kein Spielverderber sein. Und als ich Charles mein Pendel demonstrierte, war er von diesem derart beeindruckt, dass er meinte, er könne mir reiche Kundschaft verschaffen, die solch ein Pendel für teures Geld gerne erwerben wollte. Wir beide könnten dann dieses Geld teilen und reich werden. Nun, diese Litanei kannte ich schon. Er verkaufe, wie er mir, als Acha nicht zugegen war, gestand, jetzt hauptsächlich „Medizin" für teures Geld. „Alles", so fuhr er fort, „was die Leute als Magie ansehen, ist purer Schwindel. Doch die Leute glauben daran, und wir bereichern uns an ihrem Aberglauben. Die Leute sind glücklich, wenn sie sich von einem Talisman beschützt wissen. Und je mehr er kostet, desto höher schätzen sie seine Kraft. Lass uns also Geschäfte machen." Ich war perplex. So offen hatte noch kein Medizinmann und Magier über seine „magischen" Fähigkeiten gesprochen. Ich wies ihn jedoch darauf hin, dass es dennoch Magie gebe, wenn ich ihm auch beipflichten müsse, dass das, was als Magie ausgegeben wird, zum größten Teil Betrug sei. Ich versuchte ihm nun darzulegen, warum mir nichts daran gelegen sei, Leute zu betrügen und mich an ihnen zu bereichern. Ich hielt ihm vor, dass er doch jetzt schon trotz seines jugendlichen Alters ein reicher Mann sei, der zwei Häuser, drei Autos, einen Laden, Frau und Kinder besitze. Warum, so fragte ich ihn, sei er eigentlich noch unzufrieden? Sein Ziel sei, so offenbarte er mir, glücklich und weise zu werden. Als wir uns verabschiedeten, sagte ich ihm, dass, wenn er weise werden wolle, er gut daran täte, bald weiser zu werden.

Zu Acha zurückgekehrt, beobachtete ich ihn mit seinen zwei „boys", wie sie mit einem jungen Mann zusammen Karten spielten. Schließlich hatte dieser sein ganzes Geld verloren und stand verblüfft, empört und erschüttert da. Ich führte ihn in eine Ecke und sagte ihm, dass er nicht traurig sein solle, denn dieser augenblicklich erfahrene Verlust sei ihm eine erteilte Lektion gewesen, die ihn, so er daraus gelernt habe, davon abhalten könne, bei größeren Dingen des Lebens höhere Güter zu verspielen. Insofern sei er mit seinem verlorenen Handgeld noch billig davongekommen. Ich weiß nicht, inwieweit meine Hinweise bei ihm gefruchtet haben mochten. Achas Ausbeutung von Menschen durch Kartenspiel mit diesen beiden Jungen widerten mich an. Ich sagte, dass ich weder mit ihm und Charles in einem Lokal auftreten, noch mit ihm und dem „Löwen von Kamerun" auf Tournee gehen wolle. Doch sei morgen der versprochene Tag, an welchem sein Großvater mir einen nachhaltigen Beweis für echte Magie zu geben bereit sei. Würde dieser morgen stattfinden oder nicht? so fragte ich ihn.

Ich war entschlossen, bei einem Nein sofort abzureisen. Und er versicherte mir, dass er ein Versprechen seines Großvaters immer einhalten würde, schon allein, um nicht seine Gunst zu verlieren.

Und am nächsten Tag vor meiner Abreise war es so weit. In seinem Hof zog Acha einen Kreis in den Sand. Er sagte mir, dass er nicht wisse, ob dieses Experiment mit seinem Großvater nun gelingen werde. Er reichte mir zwei Seiten einer Zeitung und gab mir einen Eisenring in die Hand von etwa sechs Zentimeter Durchmesser und einer Breite von 8 Millimeter und einer Höhe von vielleicht 3 Millimeter. Dann stellte er sich in einer Entfernung von drei Meter auf und sagte, dass ich diesen Ring nun in das Papier einwickeln und mitten in den Kreis legen solle. Ich tat wie geheißen. Alsdann auf seine Anweisung hin stülpte ich den neben mir stehenden großen Korb mit dem Boden nach oben über den eingewickelten Ring. Nun begann er mit seinen Geisterzitierungsritualen. Schließlich meinte er, dass sein Großvater zur Stelle sei. Und alsbald stieg Rauch durch den Korb nach oben. Auf sein Gebot hin hob ich den Korb nun in die Höhe und sah, dass das Papier von innen nach außen hin angesengt war, während die Außenseite noch keine schwarzen Spuren aufwies. Als ich die verkohlten Papierreste zur Seite schob, entdeckte ich den Eisenring. Er war glutrot. Ich war erstaunt. Denn so etwas kann mit keinem Trick zusammenhängen. Der Geist des Großvaters hatte vermocht, mit welcher Macht auch immer, die Elektronen des Eisens in ihrer Geschwindigkeit zu erhöhen, sodass dessen Substanz heiß und schließlich glühend wurde. Acha war selbst überwältigt von diesem wunderbaren Zeugnis echter Magie. Jetzt war ich doch froh, nicht schon vorher abgereist zu sein, denn ich wollte mit diesen Taschenspielbetrügern nichts mehr zu tun haben. Vielleicht hatte auch jener Großvater mich noch zurückbehalten wollen, um mir am letzten Tag des Hierseins dieses Geschenk einer vollkommenen magischen Geisterdarbietung zu gewähren. Herzlichen Dank!

Obwohl ich oft angewidert war von Achas Geldsucht und seinen betrügerischen Manipulationen, musste ich ihn jetzt doch herzlich umarmen und ihm Dank für alles Erlebte sagen. Vorerst hatte ich genug von vorgetäuschten und echten Geistern. Nun sollten wieder Abenteuer anderer Art auf dem Programm stehen.

3. Kapitel
Von Gabun zum Kongo und weiter nach Sudan

1. Als Kranker im Hospital von Dr. Albert Schweitzer

Auf meinem Weg in den Süden öffnete sich mir endlich ein strahlend blauer Himmel. Denn seitdem ich in Südnigeria eingetroffen war, musste ich nahezu jeden Tag mit heftigen Niederschlägen rechnen. Mein stets mitgeführter und manches Mal ersetzter Schirm hatte sicherlich seitdem so einige Millionen Regentropfen von mir abgehalten. Trotz der tropischen Temperaturen hatte ich mir dennoch in den letzten Tagen eine Erkältung zugezogen. War das etwa auf einen „spell" zurückzuführen? Wohl sicherlich nicht. Ich lag eine ganze Nacht auf der Ladefläche eines Lastwagens, eingewickelt in meinem Schlafsack, und zitterte vor Kälte. Ich hatte Fieber bekommen. Hoffentlich hatte ich mir keine schlimme Tropenkrankheit zugezogen. Ich wusste, dass ich ärztliche Hilfe benötigte. Doch das nächste Krankenhaus in meiner Richtung befand sich in Lambarene noch einige Hundert Kilometer weiter südlich in dem vor mir liegenden Gabun. Würde ich es bis dahin noch schaffen? Schließlich erreichte ich *Amban*, ein kleines Städtchen vor der gabunischen Grenze. Hier drückte man den Ausgangsstempel in meinen Pass. Doch die Hoffnung, dass sich die Grenze gleich hinter diesem Ort anschließen würde, erwies sich als Trugschluss. Denn ich erfuhr, dass es bis dahin noch 20 Kilometer seien, die ich wahrscheinlich zu Fuß zurückzulegen hätte, zumal der staubige Weg dorthin durch nahezu unbewohntes Land, ja sogar durch einen Tropenwald führe. Und auf dieser ungepflasterten Straße gab es so gut wie keinen Autoverkehr. Also ging ich los in der Hoffnung, dass ich den Fußmarsch trotz meines Fiebers schaffen würde. Gegen die große Sonneneinstrahlung hatte ich meinen Regenschirm aufgespannt. War ich denn sträflich leichtsinnig, dass ich jetzt so einfach losmarschierte? Was wäre, wenn ich jetzt, wo weit und breit niemand zu sehen war, vor Schwäche umfiele? Aber als ob eine innere Stimme mir beständig suggerierte: „Lambarene, Lambarene, Lambarene!", ging ich weiter. Ja, am Ogowe Fluss befand sich das berühmte Krankenhaus von Dr. Albert Schweitzer. Dort würde ich mich untersuchen und kurieren lassen. Ich musste unbedingt so schnell wie möglich dort hingelangen. Über mir brannte die Sonne. Die Tageshitze mochte wieder einmal auf 40 Grad hochgeklettert sein.

Plötzlich vernahm ich das Geräusch eines Autos. Ich streckte meinen Arm aus. Ein junger weißer Mann fragte mich auf Französisch, aus dem Fenster herausschauend, wo ich hin wolle. Ich nannte ihm das vor mir liegende Gabun. Aber bis zur Grenze seien es noch bestimmt 15 Kilometer. Er und seine Verlobte könnten mich nur ein kurzes Stückchen Weges in jene Richtung mitnehmen, würden sie doch vorher abbiegen, um in ihren Ort zu fahren. Wenn ich wolle, könne ich für diese kurze Strecke einsteigen. Also nahm ich auf dem Hintersitz Platz. Sie waren verblüfft, auf dieser einsamen Straße einen weißen Mann mit Rucksack und Regenschirm zu treffen. Und nun fragten sie nach meinem Woher und Wohin und boten mir alsbald an, mit ihnen nach Haus zu fahren, um dort mit ihnen zu Mittag zu essen, bevor sie mich an die gabunische Grenze bringen wollten. Ich willigte erfreut ein.

Es stellte sich heraus, dass er Arzt war, der hier an einem kleinen Krankenhaus seit zwei Jahren seinen Dienst versah. Was hatte ich wieder einmal für ein Glück. Während des Essens erwähnte ich auch, dass ich vorhabe, so schnell wie möglich nach Lambarene zu kommen, da ich Fieber hätte. Der junge Arzt, der gleich nach seiner Assistenzzeit in einem Krankenhaus in Frankreich sich für diese Stelle in Kamerun beworben hatte, befühlte meine Stirn und verabreichte mir sogleich Fiebertabletten. Und da ich die letzte Nacht auf dem ruckelnden Lastwagen kaum geschlafen hatte, bat ich, mich irgendwo hinlegen zu dürfen.

Die Tabletten schienen gewirkt zu haben, denn am Abendbrottisch fühlte ich mich schon etwas wohler, obwohl es in meinem Magen rumorte. Das junge Pärchen, das sich mir als *Jules und Monique* vorgestellt hatte, teilte mir nun ihre während meines Ausruhens getroffene Entscheidung mit, dass sie mich am morgigen Tag nach Lambarene bringen wollten, sei es doch schon sein langer Wunsch, dieses Hospital aufzusuchen. In 14 Tagen sei seine Tätigkeit als Arzt hier beendet, und vor der Rückkehr in die Heimat möchte er die Gelegenheit wahrnehmen, die Wirkungsstätte dieses berühmten elsässischen Arztes kennen zu lernen, habe er doch diesen großen Mann schon immer verehrt. Wir könnten gleich morgen früh losfahren. Das war ja eine große Überraschung! Sie wollten mich jetzt sogar in das weit entfernte, berühmteste Krankenhaus Afrikas bringen! Ich konnte mein Glück kaum fassen. Wer arrangierte eigentlich mein Glück? Wurde ich von unsichtbarer Seite betreut? Wenn ja, wer waren meine Betreuer?

Und in der Nacht konnte ich kaum Ruhe finden. Von Durchfall geplagt, musste ich eiligst öfter die Toilette aufsuchen, wo ich mit Schrecken feststellte, dass mein flüssiger Stuhl von Blut und weißem Schleim begleitet war. Wurde ich wieder von jener Amöbenruhr heimgesucht, die schon vor Jahren in Pakistan das erste Mal ausgebrochen war? Am Morgen berichtete ich Jules über meinen Durchfall. Er meinte, dass es sich wohl um eine der üblichen Durchfallerkrankungen handle, die man in Lambarene sicherlich bald zu kurieren wisse. Monique hatte schon alles Notwendige für die Reise eingepackt, sodass wir gleich nach dem Frühstück aufbrechen konnten. Doch dann kam sein afrikanischer Assistenzarzt aufgeregt in die Wohnung und sagte, dass gerade ein Notfall eingeliefert worden sei. Ein Mann müsse sofort operiert werden. Jules erhob sich, und ich folgte ihm, war ich doch neugierig zu erfahren, um was es sich handelte.

In Hüfthöhe auf der rechten Seite des alten Mannes war deutlich eine Wölbung zu erkennen. Er litt unter furchtbaren Schmerzen, ließ doch jeder Atemzug sein Gesicht sich schmerzvoll verziehen. Es handelte sich hier um einen klaren Fall von Leistenbruch. Jules ordnete sofort an, ihn auf den Operationstisch zu legen. Zu mir gewandt sagte er, dass wir erst später abreisen könnten. Ich fragte ihn, ob ich bei der Operation dabei sein dürfe. Er willigte ein. Ich hatte in einen weißen Kittel zu schlüpfen und einen Mundschutz überzustülpen. Wo in der

Welt hätte man mir gestatten wollen, als Nichtmediziner einer Operation beizuwohnen? Und obwohl ich selbst Bauchschmerzen hatte, verfolgte ich alle operativen Handgriffe, die Jules vornahm. Mit dem Skalpell öffnete er die Bauchdecke, schob dann den Darmteil zurück, der schon die innere Bauchdecke durchbrochen hatte, vernähte diese und streute dann zu meiner Verwunderung auf die innere Naht Salz. Schließlich schloss er mit Faden und einigen Nadelstichen auch die äußere Bauchdecke. Der ganze Vorgang mochte wohl nur zwanzig Minuten gedauert haben. Alles schien mir so einfach gewesen zu sein, sodass ich vermeinte, solch einen Operationseingriff nun auch selbst durchführen zu können. Später teilte mir Jules mit, dass diese Operation sofort vorgenommen werden musste, denn ein längeres Hinauszögern hätte den Tod dieses Mannes bedeuten können.

Endlich waren wir losgefahren. Jules und Monique wollten in wenigen Tagen wieder zurückgekehrt sein, traf doch dann Jules Nachfolger aus Frankreich ein, den er in alles einzuweisen hatte. Viele französische Ärzte stellten sich nach Beendigung ihrer Assistenzzeit freiwillig für einen Auslandseinsatz in eine ihrer früheren Kolonien zur Verfügung, da ihnen dort nahezu unerschöpfliche Möglichkeiten geboten werden, ihr Wissen in die Praxis umzusetzen und viele neue Erfahrung zu sammeln, die sie so schnell in ihrem eigenen Land nicht hätten machen können. Wie froh war ich, nicht irgendwo jetzt auf ei denn wohl jede Stunde musste einer der beiden, die sich beim Fahren abwechselten, den Wagen zum Stehen bringen, weil ich mich dringend hinter einen Baum zu setzen hatte, um meinen revoltierenden Darm, oft von Krämpfen begleitet, zu entleeren. Und immer noch waren Blut und weißer Schleim im Stuhl zu finden. Hoffentlich war ich von keiner schwereren Krankheit befallen, sondern nur von einem heftigen Durchfall, wie Jules mir versichert hatte. Hätte ich diese beiden liebevollen Menschen nicht „zufällig" getroffen, wie hätte ich wohl jetzt diese weite Strecke von etwa 600 Kilometern nach Lambarene zurückzulegen vermocht? Denn würde wohl ein Lastwagen oder Bus nach jeder Stunde für mich angehalten haben, damit ich mich in die Büsche schlug oder wohl auch auf einem Feld meinen Darm entleeren konnte? Vielleicht hätte man mich aussteigen lassen und wäre aus Ungeduld weitergefahren, sodass ich in einer verlassenen Gegend allein zurückgeblieben wäre. Nachdem wir eine Nacht in Mitzic verbracht hatten, ging es am nächsten Morgen weiter.

Gabun ist halb so groß wie Frankreich. Auch dessen Küste war einst ein begehrtes Ziel von Sklavenhändlern. Doch 1841 stellte man den Sklavenhandel ein, als Frankreich die Oberhoheit über Gabun beanspruchte und es ab 1910 als Kolonie der Föderation von Französisch Äquatorial Afrika hinzufügte. 1960 erhielt dieses Land seine Unabhängigkeit und erklärte sich ein Jahr später zur Republik. Seine Hauptstadt heißt *Libreville* und liegt am Atlantischen Ozean. Wir jedoch blieben auf der streckenweise noch ungeteerten Hauptstraße, die etwa 150 Kilometer von der Küste entfernt sich vom Norden nach dem Süden durchs Land zieht.

Blick auf die Krankenstationen in Lambarene

Endlich erreichten wir am 11. September das am breiten Ogowe-Fluss gelegene *Lambarene*. Dieser Ort ist mit dem Namen *Albert Schweitzers* (1875 bis 1965) verbunden, der dort 1913 sein Krankenhaus erbaute. Als Elsässer und von Geburt aus Deutscher – denn dieses Land gehörte von 1871 bis zum Ende des Ersten Weltkrieges wieder einmal zu Deutschland – wurde er während jenes Krieges in seiner Heimat interniert und kam sogar für kurze Zeit in Frankreich als Kriegsgefangener in Haft. Dieser für seine Humanität bedeutende

Mann studierte zuerst Theologie und wurde protestantischer Pfarrer. Doch ihn drängte es, den Bedürftigsten dieser Welt zu helfen, und zwar nicht nur mit den Worten Christi, sondern auch mit tatkräftigen Händen. Somit studierte er noch zusätzlich Medizin und fügte seinem philosophischen Doktortitel auch noch den medizinischen hinzu. Daraufhin begab er sich nach Gabun. Er war schon ab 1893 als sehr gefragter Orgelspieler in vielen Kirchen aufgetreten und galt als Bachspezialist, der nicht nur an der Herausgabe von dessen Orgelwerken maßgeblich beteiligt war, sondern auch die umfangreichste Biographie über den Großklangzauberer aus meiner Geburtsstadt Eisenach verfasste. Ich hatte natürlich schon Bücher von ihm gelesen. Seine darin ausgesprochenen Weltverbrüderungsideale mochten auch die meinigen mitgeprägt haben. Sein Hauptwerk ist seine *Kulturphilosophie*, die 1923 erschien und in der Folge in mehreren Sprachen Verbreitung fand, worin er die Würde vor dem Leben an sich apostrophierte, die er für eine Fortdauer der Menschheit als unerlässlich hervorhob. 1924 kehrte er nach Gabun zurück, wo sein Krankenhaus in Trümmern lag. Dieses baute er nun drei Kilometer außerhalb des Städtchens Lambarene wieder auf und fügte eine Leprastation hinzu. Hatte er das erste Hospital im Wesentlichen aus eigenen Mitteln bestritten, so unterstützten bald Hilfsorganisationen sein Werk der Nächstenliebe, sodass bis zu meinem Besuch sein Krankenhaus sich über ein größeres Areal ausgebreitet hatte. Mit der Verleihung des Friedensnobelpreises 1952 (seine Rede hatte den Titel *Das Problem des Friedens in der heutigen Welt*) international bekannt geworden, ja, er diente uns Jugendlichen als Vorbild zur Nächstenliebe, den wir als den größten lebenden Deutschen ansahen, dem unsere ungeteilte Verehrung gehörte.

Albert Schweitzer und Papa Lee

In deutschen Zeitschriften fanden sich immer wieder Artikel über ihn. Und jetzt kam ich, von Jules und Monique begleitet, bei dieser weltberühmten Kranken- und Leprastation an.

Jules erklärte dem noch jungen deutschen Chefarzt meine Krankheitssymptome. Er wies mir sogleich ein Einzelzimmer zu. Nach der sofort angeordneten Laboruntersuchung von Blut und Stuhl lautete anderen Tags der Befund, dass ich von keinen Amöben, sondern von einer afrikanischen Durchfallerkrankung befallen sei, der man nun mit Antibiotika beizukommen unternahm. Und tatsächlich, nach drei Tagen durfte ich schon wieder das Bett verlassen.

Ich bekam schon am Bett Besuch von *Papa Lee* und *Mama Lee*. Sie sind ein amerikanisches Paar und haben sich Anfang der sechziger Jahre nach Lambarene begeben, um sich in den Dienst des Urwaldoktors zu stellen. Während seine Frau im Krankenhaus hilfreich zu Diensten sein konnte, wurde er mit der Verwaltung der persönlichen Angelegenheiten Dr. Schweizers vertraut und blieb auch nach dessen Tod weiterhin sein Verwalter. Somit war er jenes Berühmten engster Vertrauter gewesen. Papa Lee, so wurde er hier von den Eingeborenen genannt, war von Geburt her Deutscher und lernte 1925 in Deutschland ein amerikanisches Ehepaar mit Tochter kennen, in die er sich verliebte und alsbald zu ihr nach Amerika zog und sie dort heiratete. Als ich wieder mein Bett verlassen konnte, zeigte er mir den ganzen Krankenhauskomplex samt der Leprastation und führte mich auch in das Heiligtum, jenes Privatzimmer also, in welchem Albert Schweitzer bis zu seinem Tod 1965 gelebt hatte. Hier sah man unter einem aufgehängten Moskitonetz sein Bett. Auch stand dort sein Schreibtisch, und an den Wänden befanden sich Regale voll mit den verschiedensten Büchern auf Deutsch, Französisch und Englisch. Und natürlich entdeckte ich dort auch seine eigenen Bücher, und zwar in den unterschiedlichsten Sprachen. Ich fragte in aller Bescheidenheit Papa Lee, ob es mir erlaubt sei, an diesem Schreibtisch sitzend in den Werken dieses großen Philanthropen zu lesen. „Ja", so sagte er, „es sei dir erlaubt, was bisher noch keinem anderen außer mir gestattet war." Und somit saß ich stundenlang an diesem Schreibtisch und las alles, was er an eben diesem Tisch geschrieben hatte. Vor allem hatte

Am Schreibtisch von Albert Schweitzer las ich in seinen Büchern,
die er an diesem Tisch geschrieben hatte.

es mir seine große Goetherede angetan, die er anlässlich dessen 200.
Geburtstag 1949 in dem Bergkurort Aspen in Colorado/USA vorge-
tragen hatte. Wie sehr fühlte ich mich mit ihm hinsichtlich seiner Goe-
theverehrung verbunden. In einer Biographie, die ich mir auf mein
Zimmer mitnehmen durfte, fand ich eine Stelle, die mich sehr beeindruckte. Auf seiner Reise nach Aspen musste er in Chicago umsteigen.
Von seiner Ankunft rechtzeitig informiert, hatten sich auf dem Bahn-
hof Dutzende von Journalisten und Fotografen eingefunden, die ihn
interviewen oder fotografieren wollten. Doch auf einmal erblickte er
ein Mütterchen, das einen schweren Koffer trug, denn rollende Koffer
waren noch für längere Zeit unbekannt. Er bahnte sich den Weg durch
die ihn Umlagernden und trug ihr Gepäckstück bis zur Taxihaltestelle.
Dann erst kehrte er zu den wohl verblüfften Zeitungsleuten zurück.
Und genau so hätte mein Vater gehandelt. Auch Molar war ein Mann

der Nächstenliebe, was wohl auf ein angeborenes Naturell zurückzuführen ist. Ich werde ihn also in einem der Kapitel meines Romans in solch eine koffertragende Szene einbinden.

Als ich eines Tages auf die Patiententoilette ging, aus der gerade ein Pakistaner trat, der als Hilfsarbeiter nach Gabun mit vielen anderen Landsleuten geschickt worden war und sich gleich hatte krankmelden müssen, entdeckte ich, dass der hintere Toilettendeckelrand dick mit Kot angehäuft war. Ich konnte mir sofort denken, dass dieser Mann es war, der wahrscheinlich zum ersten Mal in seinem Leben eine Sitztoilette benutzt hatte, kauerte man sich doch in den meisten Ländern der sogenannten Dritten Welt zur Darmentleerung hin und wischte sich wie in Indien und Pakistan mit der linken Hand, die zuvor in Wasser getaucht wurde, den Hintern ab. Er hatte sich sicherlich auf den Deckelrand gekauert und sich in der ihm einzig gewohnten Weise von Abfälligem befreit. Wie sollte ich jetzt reagieren? Sollte ich eine der europäischen Krankenschwestern oder einen Krankenpfleger herbeibitten, um ihnen diese Ferkelei zu zeigen? Sicherlich hätten sie diesem ahnungslosen Pakistani demütigende Vorhaltungen unterbreitet und ihm vielleicht die Ohren langgezogen und ihn mit „Du Schwein!" oder etwas höflicher mit „Du Ferkel!" adressiert. Ich ging in mich und fragte mich, wie wohl ein Mann der bedingungslosen Liebe, wie Albert Schweitzer es gewesen war, gehandelt haben würde. Schließlich säuberte ich den Toilettenrand und suchte den pakistanischen Gastarbeiter in seinem Zimmer auf und bat ihn freundlichst mit mir zu kommen. Ich führte ihn auf die Toilette und zeigte ihm, wie man diese benutzt.

Auf meinem Spaziergang am Ogowe-Fluss entlang wurde ich von einer Schülerin angesprochen, die vielleicht nur eine Gelegenheit haben wollte, ihr erlerntes Französisch auszuprobieren. Und ich machte ihr mein Kompliment. Mir fiel die französische Sprache immer leichter. Von den Zählungen (quatre-vingt quince für 95), den von mir nie benutzten Konjunktiven, den unregelmäßigen Verben und den manchmal umständlichen Fragesätzen abgesehen, war sie eine unkompliziertere Sprache als das Englische. Denn dort konnte ein geschriebenes u als ö (murder), als ju (use), als a (mud), als u (rude) verschieden ausgesprochen werden. Warum hatte ich mich also mit dem Erlernen der französischen Sprache in der Schule so schwer getan? Wir setzten uns schließlich am Fluss nieder und begannen eine längere interessante Unterhaltung. Sie war 14 Jahre alt und nannte sich *Janine*. Ihr Vater, der sich in Geldnöten zu befinden schien, hatte ihr befohlen, sich möglichst schnell einen dicken Bauch anzuschaffen, könne er sie erst dann an einen Meistbietenden verkaufen. Denn in dieser Gegend sei es Brauch, dass ein Mädchen ihres Alters erst dann von einem Mann gekauft würde, wenn diese durch sichtbare Schwangerschaft zu beweisen vermag, dass sie Kinder bekommen könne. Und ein Freier würde nicht Geld ausgeben wollen für eine Frau, die sich bezüglich ihrer Geburtsfähigkeit als „taube Nuss" herausstellen könnte. Der dicke Bauch galt als Garantieschein für eine Kinder gebärende Frau. Diese Art Garantieschein gab es in Nigeria nicht, denn eine junge Frau wurde als Jungfrau geheiratet. Und ihr Drama begann, wenn sie als Verheiratete unfruchtbar blieb. Immer war sie die Schuldige, die Verhexte, die dann weggeschickt werden konnte. Als angeblich Besessene blieb ihr oft nichts anderes übrig, als sich als sexuelles Opfer den Männern zu verkaufen. Doch für die Mädchen des hiesigen Stammes war es ein Gebot, möglichst schnell schwanger zu werden. Dabei spielte es keine Rolle, wer der Vater ihres ersten Kindes sei, gehörte doch dieses dann ihrem Ehemann. Und ich fragte sie weiter, was geschehen würde, wenn dieses erste Kind von einem Weißen gezeugt sei und mit hellerer Hautfarbe auf die Welt käme. Sie meinte, dass hellhäutigere Kinder als etwas besonders Geachtetes angesehen würden und, so es ein Mädchen sein sollte, die Eltern späterhin für dieses einen höheren Verkaufswert erzielen würden. Und als ich sie fragte, ob sie sich auch mit mir einlassen wolle, antwortete sie: „avec plaisir". Sie wolle an dieser Stelle um neun Uhr abends hier am Fluss auf mich warten. Viele Jahre später als Therapeut kam eine Klientin aus Belgisch Kongo zu mir, die von ihrer zehnjährigen Mutter entbunden worden war, nachdem ihr belgischer Vater sie geheiratet hatte. Anscheinend sind afrikanische Frauen, was die Hormonzusammensetzung angeht, früher reif als Europäerinnen.

Mädchen können erst von den Eltern verkauft werden, wenn sie sichtbar schwanger sind.

Papa Lee führte mich an jenem Tag zu dem Klavier des Heilmagiers – denn als solcher wurde Doktor Schweitzer von den Einheimischen angesehen –, welches sich in einem anderen Raum befand. Dr. Schweitzer hatte es mit mühevoller Fracht hier in den afrikanischen Urwald transportieren lassen. Mein neuer Freund, den ich auch in einem der nächsten Jahre in Kalifornien aufsuchen würde, schlug einige Akkorde an und meinte, dass es wieder einmal gestimmt werden müsse. Er selbst, wie ich bald herausfinden konnte, war ein ausgezeichneter Klavierspieler. Er erzählte mir, dass für Albert Schweitzer Richard Wagner und Johann Sebastian Bach die beiden großen Eckfeiler europäischer Musik gewesen seien, die er gleichermaßen bewundert habe. Von einer Reise zurückkehrend hatte der Urwalddoktor sich den Klavierauszug der *Meistersinger* mitgebracht. Und ein Afrikaner, der glaubte, dass dieses Notenwerk ein Zauberbuch sei, das dem Doktor wohl die magische Kraft des Heilens verleihen würde, entwendete es ihm, was dem Beraubten sehr wehgetan haben sollte. Er habe fast das ganze Werk des Bayreuther Giganten auswendig zu spielen gewusst. Und ich fragte Papa Lee, ob er mir auf diesem Instrument auch etwas von Wagner vorspielen könne, und er bejahte. Wir verabredeten uns für den Abend nach dem Abendbrot. Ich muss hier ausführen, dass ich schon in der Wüste eine Novelle über Richard Wagner zu schreiben geplant hatte und mir diesbezüglich Notizen in mein Oktavheft eintrug. Ich hatte mir vorgenommen, ihn anlässlich seiner Überschreitung des Griesgletschers in der Schweiz im Juli des Jahres 1852 über seine weiteren Pläne und sein Dasein als Künstler in seinen Gedanken begleiten zu wollen.

Am Abend brachte Papa Lee Klavierauszüge von Wagners *Ring der Nibelungen* mit. Und obwohl nicht alle Töne in hundertprozentiger Harmonie vereint waren, schmolz mein Herz dahin. Ich hätte mir nie vorgestellt, im afrikanischen Busch die Musik Richard Wagners zu vernehmen. Doch musste ich während des musikalischen Vortrags beständig an mein Rendezvous am Fluss denken. Dort wartete jetzt Janine auf mich, vielleicht sogar mit pochendem Herzen. Und mein Herz pochte nun für die verführerische Musik des von mir als Kunstgiganten verehrten deutschen Dichters und Komponisten. Sollte ich jetzt Papa Lee, der selbst in einen Musikrausch geraten war und dabei Freude empfand, in mir einen Wagnerbegeisterten gefunden zu haben, sagen, dass eine Eingeborene am Fluss auf mich warte? Ich hoffte, dass diese heiratswillige Schülerin auch ohne mein Zutun bald einen dicken Bauch bekäme, auch wenn das Neugeborene nun keine Herkunftsmerkmale eines weißen Mannes an sich tragen würde. Ich glaube mich noch zu erinnern, dass Papa Lee und ich uns bis Mitternacht im tiefsten Gespräch unterhalten hatten, nachdem er, um nächtliche Lärmbelästigungen zu vermeiden, nach zehn Uhr mit dem Spielen aufgehört hatte.

In meinen Notizen finde ich folgende Gedanken, die ich in Lambarene aufgeschrieben hatte:

„Durch Papa Lee, dem Nachlassverwalter, konnte ich mir einige Bücher des Urwalddoktors ausleihen. Ich war verblüfft, in dessen Ideen im Großen und Ganzen meine eigenen ethischen Grundansichten vorzufinden. Das 20. Jahrhundert ist ein Jahrhundert der totalitären Systeme,

die das Individuum in ihre Bahnen zu lenken trachteten. Aber das vereinnahmte Individuum bleibt nur ein solches, solange es nicht den Mut findet, selbst zu denken und aus seinem Ursprünglichen heraus zu handeln. Ich musste an ein Fußballspiel im fast ausverkauften Olympiastadion in Berlin denken, als eine Gedenkminute für den wenige Tage zuvor von Radikalen ermordeten Gerichtspräsidenten von Drenkmann abgehalten wurde, bei der sich nun alle der fast 85.000 Zuschauer erhoben und ich wohl als Einziger sitzen blieb. Nicht dass ich der Mordtat positiv gegenüberstand. Aber ich wehrte mich instinktiv dagegen, mich totalitärem Denken, wie es selbst von einem liberalen Staat wie die Bundesrepublik Deutschland gefordert wurde, zu unterwerfen. Meine Reisen sind in gewisser Weise auch ein Entzug von totalitären Anmaßungen, wie sie uns in Behörden, Massenmedien und Anordnungen entgegentreten. Das Ich als einen freien und freidenkenden Menschen möchte ich in mir bewahren. Das Reisen ist ein Distanzieren von technisierter Zivilisation und ein Zurückfinden in die Welt als Ganzes."

(Diese ersten 14 Kapitel wurden im Juni 2007 auf der tunesischen Insel Djerba verfasst.)

2.   Geistervertreibung und Beschneidungszeremonie in Gabun

Ich hatte nach meiner Wiedergenesung vor, Gabun so schnell wie möglich zu durchqueren, um nach Brazzaville im südlichen Nachbarstaat zu gelangen, da dort meine Post auf mich wartete. Aber mein Vorhaben wurde durch drei Ereignisse durchkreuzt. Denn sobald ich an der Straße stand und den wenigen Autos das Zeichen gab, mich mitnehmen zu wollen, waren es zumeist wiederum Europäer, die anhielten und mich zu sich einladen wollten, war ich doch für sie ein ungewöhnlicher Zeitgenosse, der, die westliche, in geordneten Bahnen lebende Zivilisation verlassend, auf wunderliche Weise das große Abenteuer suchte.

Das Kind bleibt oft sogar bei der Feldarbeit wie beim Kleiderwaschen auf dem Rücken der Mutter.

Ein in Marokko geborener französischer Arzt lud mich ein, für einige Tage sein Gast in *Mayumba* zu sein. Sein Haus war direkt am Strand gelegen, sodass ich mich dort mit Baden und Lesen bestens erholen konnte. Ich führte, wie ich es in einem Brief an meine Schwester vom 19. September ausdrückte, „ein Schlemmerleben". Mit diesem Arzt fuhr ich auch zu seinen Patienten. Einmal wollten wir mit seinem Landrover bei der Rückfahrt die Flussüberquerung auf einer kleinen Fähre wagen, um nicht einen großen Umweg über die weiter entfernte Brücke einschlagen zu müssen. Doch die beiden schmalen Bretter, die ausgelegt worden waren, um sein Fahrzeug auf das etwas schaukelnde Wassergefährt zu befördern, schienen meinem Doktor zu riskant zu sein. Er wollte schon sein Vorhaben aufgeben, als ich ihm sagte, dass ich es versuchen wolle. Und tatsächlich gelang es mir, den

Wagen unbeschadet auf das Deck zu steuern. Was oder gar wer gab mir eigentlich dieses ungeheure Selbstvertrauen? War es eine innere Stimme, die mir eine Sicherheit des Gelingens zuflüsterte? War ich deshalb so wagemutig?

Auf meiner Rückkehr zur Hauptstraße, die das Land vom Norden nach Süden durchzog, wurde ich von einem französischen Entwicklungshelfer, den ich *Patrice* nennen möchte, nach *N'Dende* mitgenommen, der am Wochenende seine Freundin in *Daka* besuchen wollte und mich einlud mitzukommen. Die Freundin war ebenfalls eine Entwicklungshelferin und freute sich, dass ihr Freund nun einen Überraschungsgast mitbrachte. Wir gefielen uns auf Anhieb. Ja, wenn ihr Freund jetzt nicht anwesend gewesen wäre, was hätte dann zwischen uns passieren können? Sie berichtete mir, dass im Nachbardorf an eben jenem Tag zur nächtlichen Stunde ein großes Geisterfest abgehalten würde. Und mein großes Interesse äußernd, an diesem Fest teilnehmen zu wollen, bat sie einen afrikanischen Freund, mich zu jenem Ereignis mitzunehmen. Doch dieser gab mir zu verstehen, dass keine Fremden zu diesem Fest zugelassen würden, doch wolle er mich zu dem Dorfältesten des Stammes der Mitsogos mitnehmen, der mir eventuell eine Erlaubnis erteilen würde.

Dieser ältere Herr, dem ich mich respektvoll vorstellte und ihm mein Interesse an Übersinnlichem darlegte, beriet sich daraufhin mit anderen Älteren. Zu meiner Freude wurde ich als besonderer Gast zum Fest zugelassen. Wie man mir erklärte, sei vor drei Wochen einer aus der Gruppe des Ältestenrats verstorben, dem zu Ehren nun diese nächtliche Feierlichkeit durchgeführt würde. Diese Totenfeier heißt *Bwiti*, nach dem Gott der Unterwelt benannt, bei welcher die Lebenden den Toten begegnen und von ihnen Weisungen empfangen. Vor Beginn des mitternächtlichen Festes nehmen die Männer kleingehackte Teile der Wurzel des Ibogabaumes (bois amèr) zu sich. Diese wurzeln dürfen erst kurz vor ihrer Einnahme bei Dunkelheit ausgegraben werden. Diese nur Männern erlaubte Droge habe die Eigenschaft, einen Trancezustand zu bewirken, die es ihnen ermögliche, die Toten zu hören oder gar sehen zu können. Und auf meine Bitte hin wurden mir, dem besonderen Gast, ebenfalls von der sehr bitter schmeckenden und zu zerkauenden Wurzel kleine Teile gereicht. Ich hatte schon in Mexiko die scheußlich schmeckende Peyoterinde zu mir genommen und in Nigeria die bittere Colanuss bei Besuchen tapfer heruntergewürgt. Doch die Möglichkeit mit Hilfe dieser Rinde Geister zu hören oder gar zu sehen, ließ mich diesen bitteren Geschmack überwinden.

Das Bwiti findet in und vor dem *Mulebe*, dem Versammlungshaus, statt. Eine Stunde vor Mitternacht versammeln sich die Männer und Jungen davor. In einer Entfernung von etwa 100 Metern wird eine in der Luft zu schweben scheinende, rot leuchtende Gestalt sichtbar. Sie bewegt sich durch die Dunkelheit wie ein zappelnder Kasper, was bei allen Gelächter auslöst, denn vor den Türen haben sich jetzt auch die Frauen und Kinder aufgestellt. Vor dem Mulebe bilden nun 20 bis 25 junge Männer, eine brennende Fackel in der rechten Hand haltend, eine Schlange, indem sie sich nach vorne beugen und die Linke auf die Schulter ihres Vordermannes stützen. Die „Schlange" bewegt sich nun durch das Dorf und schaut mit den leuchtenden Fackeln nach, ob sich irgendwo ein böser Geist versteckt hält. Nach dem Überprüfen aller Hütten kehrt sie zurück und berichtet, wo sich Geister verbergen. Daraufhin nehmen zwei ausgewählte Männer je eine Fackel in die Hand und eilen in die angegebenen Richtungen. Dort zeigen sich auf einmal mit Masken versehene Gespenster in Gewändern aus Bananenblättern, die vom Lichtschein der Fackeln aufgeschreckt aus dem Dunkel hervortreten und komische Verrenkungen vollführen. Unter dem Zurufen und Gelächter der ganzen Bevölkerung ziehen sie sich in die Dunkelheit zurück. Die Haustüren hatte man mit Brettern und Balken verriegelt, damit diese Unholde nicht in einer Hütte Zuflucht suchen und dort Unheil und Schrecken verbreiten. Dass die Männer wie ich selbst bei dieser ganzen nächtlichen Zeremonie wach blieben, verwunderte mich nicht, hatten sie doch wie ich ebenfalls von der wachhaltenden und Halluzinationen bewirkenden Wurzel des Ibogabaumes gegessen. Aber auch die Frauen und die Kinder schienen hellwach zu sein, denn dieses wohl selten stattfindende Spektakel wollte sich keiner entgehen lassen. Die als „Gespenster" drapierten Männer stellen das Böse dar, das durch das Licht und die Mithilfe der Ahnen vertrieben wird. Nun wurden die Türversperrungen wieder entfernt, und einige der Frauen und Kinder zogen sich in ihre nun von bösen

Geistern befreiten Räume zurück. Doch mich verwunderte, da man die Türen verriegelt hatte, dass dann die Geister, die sich eventuell noch in den Hütten aufhielten, eben durch diese Absperrungen nicht das Innere verlassen konnten. Oder hatte man vor Beginn des Festes diese durch Räucherwerk oder Bannsprüchen nach draußen vertrieben und wollte ihnen durch die Versperrungen den erneuten Zutritt verwehren? Erfahrene Geister können natürlich durch jede Wand hindurchgehen. Vielleicht sollte dieses Spektakel nur symbolischen Zweck haben, um den Menschen zu verdeutlichen, dass man besonders mit Hilfe der Ahnen das Böse von sich abzuhalten vermag, weshalb man diesen durch Feste und symbolische Geschenke alle Ehre erweist.

Nun versammelten sich in zwei Reihen einander gegenüber sitzend die älteren Männer im Mulebe, während die anderen vor diesem Versammlungshaus stehen blieben. In den Versammlungsraum trat nun ein jüngerer Mann, der sich am Kopfende gegen die Rückwand hin auf einen erhöhten Stuhl setzte. Dieser Mann diente, nachdem er in Trance gefallen war, als Medium, das den Kontakt zu den Verstorbenen herstellte. Ich konnte diese ganze Séance vom Eingang aus beobachten. Ein Ahne, vielleicht Bwiti selbst, sprach nun in höherer Stimmlage zu den Versammelten. Er schien die Anwesenden zu begrüßen, die ihrerseits im Chor antworteten. Er gab zu verstehen, wie ich mir von einem neben mir Stehenden im Flüsterton übersetzen ließ, dass er mit der Durchführung dieses Festes zufrieden sei, und verkündete, dass der Verstorbene, dem zu Ehren man dieses Fest gab, gut bei ihnen angekommen sei, was von den versammelten Männer im Chor freudig aufgenommen wurde. Nun befragten sie die Ahnen über die verschiedensten Angelegenheit, die ihren Stamm betrafen. Diese Totenbefragung mochte gegen drei Uhr nachts beendet sein, nachdem das Medium wieder unter Zuckungen aus der Trance in sein normales Bewusstsein zurückgekehrt war.

Nun wird ein Feuer vor dem Versammlungshaus entfacht. Männer entzünden darin Schilfbündel und eilen damit in den Innenraum, während sie diese vor den Versammelten und im ganzen Raum hin- und herschwenken, um eventuell böse Geister, die sich während der

Geisterkundgebungen erneut eingeschlichen haben mochten, zu vertreiben. In diesem Raum, wie ich erfuhr, waren die Gebeine des einstigen Dorfältesten begraben. Somit wurde dieser Versammlungssaal zugleich zu einer Stätte des Gedenkens an die Toten, die durch derartige Zeremonien mit der Bevölkerung unsichtbar weiterhin verbunden blieben. Vielleicht hatten ja einige der Männer, die genügend von der Ibogawurzel zu sich genommen hatten, diese Verstorbenen sehen können. Mir wollte es jedoch nicht gelingen. Die Lebenden wie die Toten geben sich gegenseitig Schutz vor dem Bösen. Das Gute hat immer wieder gegen das Böse zu kämpfen.

Und so man die Ahnen weiterhin durch Zeremonien an sich bindet, werden diese helfen, sich gegen das Böse zu behaupten. Bei Morgendämmerung traten wieder einige der maskierten, die bösen Geister darstellenden Männer hervor und wurden nun mit Rutenschlägen zum Ergötzen der größtenteils wach gebliebenen Bevölkerung vertrieben. Das Gute hatte in diesem gemeinsamen Schauspiel über das Böse gesiegt. Beendet wurde diese nächtliche Zeremonie mit Sprüngen durchs Feuer, mit Radschlagen, Purzelbäumen und sogar mit Saltos.

Von einem Mann erfuhr ich, dass einige Eingeweihte des Bwiti-Kults bei anderen Gelegenheiten eine Banane in den Boden steckten und die ganze Nacht um diese herumtanzen, während sich aus dieser Frucht ein Keim und schließlich ein ganzer Baum entwickelt, dessen Früchte man am Morgen verzehre. Und dieser Mann fügte hinzu, dass der Großteil der Magie den Stämmen verloren gegangen sei, da sich Ethnologen amerikanischer und europäischer Universitäten von einigen Mitgliedern Geheimnisse hatten anvertrauen lassen und dieses Wissen mit in ihr Heimatland genommen hätten.

Ich kehrte zur frühen Morgenstunde zu meinem französischen Liebespärchen zurück, das sich die Nacht anderweitig vertrieben hatte. Und da Patrice am Nachmittag wieder nach *N'Dende* zurückkehren musste, verabschiedete ich mich ebenfalls von seiner Freundin. Sie schenkte mir zum Abschied einen Regenanorak mit Kapuze, da sie meinte, dass mein schon lädierter Schirm mich wohl nicht mehr länger vom Tropenregen beschützen würde. In *N'Dende* verabschiedete ich mich am folgenden Tag auch von meinem Entwicklungshelfer, dem ich wohl nicht genug danken konnte, dass er mich zu seiner Freundin mitgenommen hatte und sie mir somit die Erfahrung des Totenfestes ermöglichte. Oder war vielleicht eine höhere Hand bei allem im Spiel, die mir die Begegnung mit Patrice und dann mit seiner Freundin in die Wege geleitet hatte, damit ich der nächtlichen Feierlichkeit beiwohnen sollte? Wird eigentlich das Schreiben dieses Buches auch von Geistereinflüssen begleitet? Wenn ja, zu welchem Zweck? Unternahm ich vielleicht diese Reisen nicht nur für mich, sondern auch für meinen Leser, dem dieses Buch wie auch meine anderen Bücher in die Hände fallen sollten? Und vielleicht würde der Leser ebenfalls zu diesen Büchern geleitet werden? Der Einfluss unserer unsichtbaren Begleiter auf unser Leben und auf unser Denken ist sicherlich sehr groß. so sagte schon Goethe: „Wir glauben zu schieben und wir werden geschoben." Ja, ich sollte in meinem Molar-Roman die hellblaue Farbe dazu benutzen, um das Einwirken und Zuraunen von unsichtbarer Seite aufzuzeigen, damit uns bewusst werden kann, wie sehr und unter welchen Umständen wir beeinflusst werden beziehungsweise unter welchen Bedingungen wir beeinflusst werden dürfen.

Solche aus Bambus und Lianen gefertigten Brücken schwanken beim Überqueren heftig.

Wieder an der Straße stehend wurde ich zwei Tage später von einem wohlhabenden Afrikaner aus Libreville in seinem stattlichen Auto mitgenommen. Er fragte mich, ob ich an einer Beschneidungszeremonie bei seinem Stamm der *Akélé* in *Sekas-seka* teilnehmen möchte, sollte doch sein siebenjähriger Sohn, neben dem ich zu sitzen kam, beschnitten werden. Was hatte ich doch wieder einmal für ein Glück! Danke, ihr unsichtbaren Glücksgestalter!

Im Dorf angekommen, erfuhr ich, dass mein Fahrer und ein anderer Vater eines zu beschneidenden Jungen den Preis für drei Schweine, ein Lamm und einen Gorilla zu bezahlen hatten, deren Fleisch dann verteilt wurde. Nach Einbruch der Dunkelheit wurden bei Fackelschein beide Knaben auf einen Platz geführt, wo sie von zwei Männern Huckepack genommen und zu zwei weiteren getragen wurden, durch deren Beine sie hindurchzukriechen hatten. Daraufhin mussten sich die beiden Siebenjährigen vor diese aufstellen. Durch die Beine hindurch reichte man jeweils einen Hahn, dem dann der Kopf abgeschnitten und mitsamt seinem Körper in einen Kreis geworfen wurde. Dieses kopflose Tier flatterte noch und wurde mit Füßen immer wieder in den Kreis zurückgetreten, bis es dort regungslos liegen blieb. Dieses ganze Vorgehen wurde von Gesängen begleitet. Damit war der erste Teil als Vorbereitung für die Beschneidungszeremonie abgeschlossen. Um Mitternacht ertönten die Gesänge wieder. Die beiden durch diese Beschneidung zu Initiierenden wurden in das Versammlungshaus geführt, wo sie auf Schemeln Platz zu nehme hatten. Hinter ihnen hatte sich eine Gruppe von Frauen niedergelassen, die den Chor zu einer Solostimme bildeten. Den beiden Knaben wurde auf ihre mit weißen Knöpfen verzierte Mütze ein vierarmiges rotes Gestell gestülpt, auf welchem ein Doppelgesicht zu erkennen war. Vor jeden der beiden stellte man eine Fackel auf, in die hineinzuschauen sie angehalten wurden. Man band nun an den kleinen Finger eine Schnur, die man immer wieder anzog, um die beiden von ihrer Angst vor dem Bevorstehenden und vor Müdigkeit abzuhalten. Mit Tierfellen klopfte man die Körper der zwei geduldig Ausharrenden ab, um ihnen Mut und Kraft eines starken Vierbeiners einzuverleiben. Während dies alles geschah, hatte man damit schon begonnen, ihnen weiche Klumpen aus Fleisch, Brei und Trance induzierenden Kräutern in den Mund zu schieben. Wie ich erst später erfuhr, befanden sich auch kleingeschnittene Fußnägel darunter. Darum wurde mir späterhin auch klar, warum der eine der beiden vergeblich den Mund geschlossen zu halten versuchte oder den Kopf bei dieser Fütterung öfter zur Seite bog, woraufhin sein Vater in Wut geriet und ihm wohl auch Drohungen zuraunte.

Ein Junge nach seiner soeben erfolgten Beschneidung

Bei Morgendämmerung malte man die Gesichter der zu Initiierenden mit weißer Farbe an und färbte ihre Lippen mit dem Extrakt roter Beeren. Der erste Knabe wurde nun vor drei auf dem Platz befindlichen Pfählen geführt. Er durfte in den abgeschnittenen Schwanz eines Leoparden beißen, um tapfer zu sein und nicht schreien zu müssen. Unter lauten Rufen wurde dem in voller Trance sich befindenden Jungen das Lendentuch abgenommen. Der für diesen Brauch bestimmte Mann intonierte nun einen Gesang, nahm ein Messer hervor, drückte mit der linken Hand die Eichel nach innen und schnitt mit der Rechten etwa zwei Zentimeter, wie ich aus nächster Nähe deutlich erkennen konnte, von der Vorhaut ab. Diese hielt er daraufhin in die Höhe, woraufhin die Umherstehenden, unter denen sich keine Frau aufhalten durfte, vor Freude zu hüpfen und zu schreien begannen. Dem Beschnittenen wurde an die Wunde ein kleiner Becher gebunden, der die Blutung auffangen sollte. Danach hob man ihn auf die Schultern und trug ihn unter Freudenrufen durchs Dorf. Nun musste sich der andere Junge der gleichen Prozedur unterziehen.

Drei Tage zuvor hatte man die Beschneidung an einem Elf-, einem Zwölf- und zwei Vierzehnjährigen durchgeführt. Nach dem vollzogenen Ritual setzte man ihnen eine Mütze auf, auf welcher Kaurimuscheln angebracht waren. Sie durften nun stolzen Hauptes durchs Dorf gehen und wurden überall mit Freude begrüßt und mit Leckereien bedacht. Ich befragte späterhin einen der Jungen, ob er bei dem Ritual Schmerzen verspürt habe. Er verneinte. Das Schlimmste an dem ganzen Geschehen war, wie ich schon berichtete, der Ekel vor diesen herunterzuschluckenden weichen Klumpen, in denen sich jene Fußnagelstücke befanden. Doch diesen Beschneidungsritualen unterziehen sich immer weniger Jugendliche, da ihre Eltern an ihnen schon bald nach der Geburt eine Phimosenoperation vornehmen lassen. In einigen Jahrzehnten dürften diese wohl schon seit Hunderten, wenn nicht seit Tausenden von Jahren vollzogenen Beschneidungen ein Ende gefunden haben.

Immer wurde ich gefragt, ob ich verheiratet sei und Kinder habe. Für die Afrikaner scheint es der Sinn des Lebens zu sein, Nachkommen zu zeugen. Als Glied einer Menschenkette hat man dafür zu sorgen, dass diese nie ein Ende findet. Verschuldet man durch Versagen oder Unglück diesen Kettenanschluss, hat man den Sinn des Lebens verloren. Eine Frau, die keine Kinder gebären kann, läuft den ganzen Tag wie eine Aussätzige mit einem traurigen Gesicht herum. Kinder sind der Fixpunkt der Familie. Man kümmert sich viel mehr um sie als in unseren Ländern. Bis sie selbst laufen können, bleiben sie am Körper der Mutter, die sie Huckepack in einem Tuch eingewickelt überall mit hinnimmt oder sie auch auf den Hüften trägt. Sollte sie jedoch schon nach neun Monaten wieder gebären, wird sich eine andere Frau oder ein Mädchen um das erste Kind kümmern und es überall mit herumtragen. Selten hört man ein Kind weinen, es sei denn, es hat sich wehgetan.

3. Meine lange Fahrt mit Ratten auf dem Kongo hinauf

Die vom Äquator durchtrennte *Republik Congo*, nördlich des Kongoflusses gelegen, war bis zu ihrer endgültigen Unabhängigkeit 1960 ehemalige Kolonie Frankreichs, während der südlich des Kongo sich ausbreitende weit größere Teil gleichen Namens, die ehemalige belgische Kolonie, sich Demokratische Republik Congo nannte, bis sie sich den Namen *Zaire* zulegte. Lange bezeichnete man, um Namensverwechselungen zu vermeiden, den nördlichen Staat Congo-Brazzaville, den südlichen Congo-Kinshasa nach ihren jeweiligen Hauptstädten. Die Republik Congo ist etwas kleiner als Deutschland und besitzt eine Küstenlinie entlang des Atlantischen Ozeans von etwa 160 Kilometern.

Auf der offenen Ladefläche eines Lastwagens passierte ich am 3. Oktober die Grenze zur Republik Kongo. Auf der Weiterfahrt nach Brazzaville begann es furchtbar zu regnen. Der Gegenwind würde meinen Schirm, wenn ich ihn aufgespannt hätte, sicherlich zerstört haben. Wie froh war ich nun, den Regenanorak der Französin anzuziehen und die Kapuze überzustreifen. In *Dolisie* nahm ich die berühmte Eisenbahn, die von *Pointe-Noire* zur Hauptstadt fuhr. Berühmt, beziehungsweise berüchtigt, ist sie deshalb, weil bei ihrem Bau die Franzosen sich nicht scheuten, sie durch erzwungenen Arbeitsdienst erbauen zu lassen, wobei, wie man schätzt, 15.000 bis 20.000 Afrikaner starben. Sie ist die wichtigste bis 1931 fertiggestellte Verkehrsverbindung zum Meer hin, biegt doch die Staatsgrenze 300 Kilometer oberhalb der Kongomündung ab, sodass man flussabwärts nicht bis zum Atlantischen Ozean gelangen kann, ohne das Territorium von Zaire durchqueren zu müssen. Somit wäre man von diesem Land abhängig für Schiffsdurchfahrten.

Und schließlich erreichte ich die Hauptstadt *Brazzaville*, benannt nach dem Franzosen *Pierre S. de Brazza*, der 1880 dieses Land durch einen Vertrag mit einem Stammeskönig zum französischen Interessensgebiet erklärte, woraufhin es ab 1891 französische Kolonie wurde. Ein Drittel der damaligen Gesamtbevölkerung von etwa zwei Millionen Einwohnern um 1975 lebte in dieser Hauptstadt, versehen mit ihren französischen Verwaltungsgebäuden und den zumeist katholischen Kirchen. Nachdem ich meine Post auf der deutschen Botschaft in Empfang genommen hatte, wollte ich mir auf der Botschaft von Zaire das Visum für dieses Land besorgen, hätte ich doch gern die Hauptstadt Kinshasa kennen gelernt. Doch da ich es als Tourist besuchen wollte und keinem offiziellen Auftrag dort nachkommen wollte, wies man mein Ersuchen zurück. So besorgte ich mir das Visum für die Republik Zentralafrika, das nun als nächstes Ziel auf meiner flexiblen Reiserute stand. Und da schon am übernächsten Tag ein Dampfer den Kongofluss hinauf nach Bangui fahren sollte, hielt ich mich nur zwei Tage in Brazzaville auf.

Dieser Flussdampfer auf dem Kongo schiebt drei Kähne vor sich her.

Schon eine Stunde vor der festgesetzten Abfahrt des „Dampfers", der bis Bangui zwölf Tage benötigen sollte, kam ich am Flussufer an. Doch wie erstaunt war ich, dass es sich weniger um ein Dampfschiff mit Kabinen handelte, als um einen von einer Schiffsschraube angetriebenen Kahn, der drei längere Frachtkähne vor sich herschob, deren Ladung durch Bretter abgedeckt war, auf denen sich Hunderte von Afrikanern mit ihrem Reisegepäck und all den in der Hauptstadt eingekauften Sachen niedergelassen hatten. Der Schiebekahn verfügte allein über eine Teilüberdachung, worunter sich auch drei parzellierte Einheiten mit je drei übereinander sich hochtürmenden Liegevorrichtungen befanden. Wo sollte ich mich eigentlich niederlassen? Es könnte regnen. Natürlich waren diese etwa sechsunddreißig Liegen schon alle besetzt. Sollte ich mich auf die Holzplanken der Lastkähne legen? Sicherlich würde ich dort noch einen Platz für meinen Schlafsack finden. Und während ich mich weiterhin umsah, sprach mich ein Student an, der nach meinem Woher und Wohin fragte. Und auf meine Bemerkung hin, dass ich nicht wüsste, wohin ich mich nachts niederlegen sollte, sagte er, dass ich sein Eisenbett haben könne, während er das seines Bruders mit ihm teilen wolle. Und tatsächlich konnte ich mich nun auf dem obersten der dreistöckigen Bettvorrichtung ausbreiten, auch wenn dort kein Raum war, um mich ungebückt aufsetzen zu können. Doch ich hatte wenigstens ein Dach über dem Kopf.

Der *Kongo* ist mit 4.700 Kilometer nach dem Nil der längste Fluss Afrikas und entspringt im nordöstlichen Zambia. Er wird auf seinem langen Weg von verschiedenen Nebenflüssen vergrößert. Was für eine abenteuerliche Reise! Wie froh war ich, als nun der Regen auf das Dach prasselte, dass ich jetzt nicht draußen auf dem Deck sitzen musste, wo man sich sicherlich unter mitgebrachten Planen verkrochen hatte. Doch wie ich schon mannigfach erlebte, kamen die Afrikaner mit den Unbilden der Natur und anderen Unbequemlichkeiten weit besser zurecht als wir, sodass sie ziemlich alles mit einer bewundernswerten Gelassenheit hinnahmen und nicht über jede Unannehmlichkeit klagten oder sich gar beschwerten.

Doch schließlich auf meinem Schlafsack liegend wollte ich trotz der drückenden Hitze die Augen schließen, als etwas auf meinem

Bauch krabbelte. Ich führte meine Hand dorthin und berührte eine Ratte, die dann eilig über mein Bein davonhuschte. Schließlich kam eines dieser Tiere sogar bis an meinen Bart, um wohl nachzusehen, wer sich dort niedergelassen hatte. Ich tastete nach meinem Regenschirm und versuchte, die Ratte, die jetzt auf meinen Beinen hin- und herlief, zu verjagen. Und wenig später fühlte ich wieder eines dieser Nager, der über meinen Körper huschte. Was sollte ich tun? Hinaus in den Regen gehen? Ich musste mich einfach mit der Situation abfinden, denn kaum eines dieser Tiere würde mich beißen oder gar angreifen, wenn ich es selbst nicht bedrohte. Somit ergab ich mich der Situation, denn, wie ich bald feststellen musste, lag ich genau auf einer Laufroute der Ratten, und wohl alle paar Minuten wurde mein auf der Seite liegender Körper von diesen Nagern überquert. Trotzdem musste ich wohl tief eingeschlafen sein. Denn als ich aufwachte, schien schon die Sonne. Überall auf dem Deck der Lastkähne lagen die aus Brazzaville mitgebrachten armlangen Baguettes ausgebreitet, die durch den Regen nass und nun zum Trocknen ausgelegt geworden waren. Und – ich traute meinen Augen nicht! Hunderte von Ratten nagten an den nassen Brotstangen und konnten kaum durch die sie vertreibenden Mitreisenden von ihrem Genage abgehalten werden.

Nur selten legte unser Schiffsgespann an. Meistens näherten sich kleine Boote und holten die hier Auszusteigenden ab, die vielleicht im Auftrag des Dorfes nach der weit entfernten Hauptstadt gefahren waren, um Benötigtes einzukaufen. Doch bei einem Dorf legten wir an, da hier einige Frachtgüter aus dem Inneren einer der Lastkähne ausgeladen werden mussten. Ich ging durch die Ortschaft und traf einen Weißen, der hier als französischer Entwicklungshelfer stationiert war. Er erzählte mir auf meine vielen Fragen hin vieles über Politik und die hiesigen Zustände, was mich alles sehr interessierte. Zum Beispiel lägen in einem Lager Hunderte von Säcken mit Maiskörnern, die von den Vereinigten Staaten als Spende für die arme Bevölkerung kostspieligst hierher transportiert worden waren. Doch die Einheimischen wussten lange nichts mit diesem Mais anzufangen. Sie kannten diese Nahrung nur am Kolben, deren Körner man im Feuer zubereitete. Doch gab es keine Körnermühlen, um aus dem gewonnenen Maismehl Brotfladen zu backen. Außer den unzähligen Ratten labte sich also niemand an dieser Spende. Doch schließlich kam einer aus dem Dorf auf die Idee, die Säcke über den Fluss nach Zaire zu befördern, gab es doch dort eine Schnapsfabrik. Nun wurde nach und nach das Lager von den Säcken geleert, und der zairische Fabrikbesitzer teilte sich den Ertrag in Form von Schnaps oder sogar Geld, sodass beides einigen Wenigen zu Gute kam, jedoch weder das Eine noch das Andere den Ärmsten zufließen konnte. Dies war wieder einmal ein Fall von fehlgeplanter Entwicklungshilfe, wie ich es in anderen Variationen noch öfter antreffen konnte.

Nachdem wir etwa die Hälfte unserer über 2.200 Kilometer weiten Strecke zurückgelegt hatten, bogen wir linker Hand in den ebenfalls mächtigen *Ubanguifluss* ein. Und als unser Flussgespann wieder anhielt, um größere Frachten zu entladen, spazierte ich durch das Dorf und befand mich auf einmal im Urwald. Wie verwundert war ich, plötzlich *Pygmäen* vor ihren kleinen halbkugelförmig aus Zweigen und Laub errichteten Hütten vor mir zu sehen. Männer und Frauen hatten nur ihre Lenden mit einem Schurz aus Laub bedeckt. Diese Menschen waren noch kleiner als jene, denen ich in Kamerun begegnete. Sie schauten mich neugierig an. Sie hatten sich sicherlich in der Nähe dieses Ortes niedergelassen, um Felle zu verkaufen, vielleicht auch Goldkörner oder Edelsteine, die man ihnen gegen Waren eintauschte. Da niemand von ihnen Französisch sprach, konnte leider keine Unterhaltung stattfinden. Doch entdeckte ich unter ihnen einen um eine Kopflänge größeren Bantuneger mit weißer Haut. Wie ich schon erfahren hatte, betrachten einige Stämme ihre Albinos als etwas Verehrungswürdiges, während es sich bei anderen Stämmen gerade umgekehrt verhält, bei welchen die aufgrund von angeblicher Zauberei weiß geborenen Babys den wilden Tieren ausgesetzt werden. Und möglicherweise handelte es sich bei dem vor mir Stehenden um einen Ausgesetzten, den die Pygmäen, die vielleicht Albinos verehren, als Kind im Wald fanden und aufzogen. Doch wiederum bei anderen Stämmen, wie bereits beschrieben, macht man sogar Jagd auf Albinos, tötet sie und verkauft Haare, Haut, Fuß- und Fingernägel wie auch andere Körperteile an schwarzmagische Medizinmänner, die diese Teile als Zaubermittel verkaufen. Und eventuell hatte dieser Albino die Flucht ergriffen, als er sich bedroht fand. Wie unterschiedlich doch die Sitten und Gebräuche der Menschen dieser Welt sind.

Bei den Pygmäen. Links steht ein Bantu-Albino.

Ein älterer Mitreisender erzählte mir, dass die Hexer und Medizinmänner noch vor zwei Generationen viel mächtiger als die heutigen gewesen seien. Einige von ihnen – was er selbst gesehen haben wollte – hatten Matten auf das Wasser gelegt und gingen einfach darüber. Andere vermochten jemandem den Kopf abzuschneiden und ihn wieder aufzusetzen, ohne ihn dabei getötet zu haben. Der Grund, warum diese magischen Fähigkeiten nicht mehr demonstriert werden könnten, läge darin, dass der weiße Mann durch sein Eindringen in ihre Kultur jene magischen Kräfte verunsichert und geschwächt habe, indem er auch magische Utensilien mit nach Europa nahm und sie in Museen bannte. „Der weiße Mann", so sagte er wörtlich, „hat uns in der Kolonialzeit ausgebeutet und uns unserer magischen Kräfte beraubt." Auch meinte er, dass die Zaubersprüche und Flüche der Medizinmänner gegen die Weißen nichts mehr bewirken könnten. Ich hatte jedoch bereits von anderen Beispielen vernommen.

4. Von Zentralafrika nach dem südlichen Sudan

Die ausgedehnte Fläche der *Zentralafrikanischen Republik* ist noch um ein Siebtel größer als Frankreich und wurde zu meiner Zeit von etwa zweieinhalb bis drei Millionen Einwohnern besiedelt, von denen etwa ein Zehntel in der am Kongo gelegenen Haupt- und Universitätsstadt *Bangui* wohnten. Hier am Ubangui befindet sich zugleich der größte Hafen des Landes. Fast alle Exportgüter wie Kaffee, Holz, Baumwolle und Bodenschätze müssen auf dem Fluss hinab nach Brazzaville und von dort mit dem Zug nach der Hafenstadt Pointe-Noire befördert werden. Die sehr ärmlich lebende Bevölkerung ernährt sich vor allem neben Viehprodukten von Maniok, Mais, Erdnüssen und Sorghum, dem einheimischen Getreide. Doch dieses Land ist reich an Diamanten, Kupfer, Eisen, Magnesium und sogar Uran. Die Franzosen entließen ihre Kolonie 1960 in die Unabhängigkeit, behielten aber vorerst weiterhin die Oberhoheit über Handel, Verteidigung und Außenpolitik. In einem Staatsstreich setzte der Armeegeneral *Jean-Bédel Bokassa* 1965 den amtierenden Präsidenten ab und errichtete eine Diktatur, die es wert ist, näher betrachtet zu werden. Denn als ich durch die Straßen von Bangui lief, wurde ich immer darauf hingewiesen, mich nicht dem abgeschirmten Präsidentenpalast zu nähern, da man sonst verhaftet werden könnte, sei doch der Präsident Bokassa ein unberechenbarer Mann, dessen Polizisten und Militär das Land streng kontrollierten. Die Bevölkerung hatte Angst vor diesem Diktator, der zugleich Muster für andere Militärdiktatoren Afrikas wurde.

Bokassa, der Sohn eines Stammeshäuptlings, lernte Französisch in der Missionsschule, ließ sich 1939 als Soldat der Franzosen im Krieg gegen die Deutschen anwerben, focht für Frankreich in Vietnam und kehrte 1961 als hoher Offizier auf Bitten seines Präsidenten in die Heimat zurück, um dort als kommandierender General die Leitung des Heeres zu übernehmen. Nach seinem erfolgreichen Staatsstreich ernannte er sich selbst zum Präsidenten auf Lebenszeit, der nun seine Macht weiterhin ausbreitete und keine Opposition zuließ. Frankreich unterstützte ihn, da er es an dem gewinnbringenden Export von Uran und Diamanten beteiligte. Im Dezember 1976 ernannte er sich zum Kaiser eines zentralafrikanischen Kaiserreiches und nahm den Namen *Kaiser Bokassa I.* an, der seinen Reichtum vor allem bei seiner Krönung verschwenderisch zur Schau stellte. Doch sein Kaisertum sollte nur drei Jahre währen, wurde er dann durch französische Intervention 1979 entmachtet, woraufhin der von ihm abgesetzte erste Präsident des Staates wieder in sein Amt gehoben werden konnte. Bokassa, der außer seinen vielen schrecklichen Untaten auch ein Massaker an 100 Kindern durchführen ließ, floh an die Elfenbeinküste zu Präsident Houphouet-Boigny – Diktatoren helfen sich gegenseitig –, und ließ sich später in Frankreich nieder, das ihm wegen der vielen Begünstigungen nun seine Dankbarkeit erweisen wollte. Obwohl er in seinem Lande in Abwesenheit zum Tode verurteilt worden war, kehrte er 1986 dorthin zurück und wurde sogleich inhaftiert. Doch seine Hinrichtung verzögerte sich von Jahr zu Jahr, bis er 1993 als freier Mann das Gefängnis verlassen konnte. Wie ich vermute, hatten seine vielen heimlichen Geldressourcen auf ausländischen Banken manchen für sein Freikommen einflussreichen Mann reich werden lassen. Die hohe Bestechlichkeit war auf dem afrikanischen Kontinent sprichwörtlich und bezog sich nicht nur auf hohe Beamte, sondern reichte bis in die untersten Beamtenpositionen hinein, wovon ich so manches von Europäern zu hören bekam, die vor allem mit Polizisten oder Zollbeamten in Konflikt geraten waren.

In der sudanesischen Botschaft besorgte ich mir ein Einreisevisum. Doch wie sollte ich nun weiter nach dem Sudan reisen, gab es doch, wie ich erfuhr, keine Transportmöglichkeiten zur sudanesischen Grenze? Ich werde mich einfach an die Straße stellen und mich wie immer auf mein Glück verlassen, von irgendeinem Transportmittel mitgenommen zu werden. Auf einem Platz entdeckte ich zwei zum Wohnmobil umgebaute Kleinbusse und ein deutsches Geländefahrzeug mit jeweils deutschen Autonummern. Es waren Deutsche, die mit ihren Fahrzeugen nach Kenia zu gelangen versuchten, was schon einigen auf gleiche Weise gelungen war, wusste man doch nie, ob die Straßen, Pisten und Wege es gestatteten, heil ans das erwünschte Ziel zu gelangen, zumal unvorhergesehene Bürgerkriege es oft nicht für ratsam hielten, eine Durchfahrt zu wagen. Ein Berliner Pärchen war einverstanden, mich gegen eine geringe Gebühr mitzunehmen unter der Bedingung, dass ich mich unterwegs selbst zu versorgen hätte, hatte man an Vorräten nur für sich selbst vorgesorgt. Was für ein Glück hatte ich wieder einmal, so unvermutet eine derart weite Strecke von über 1.300 Kilometer bis Juba mitgenommen werden zu können.

Afrikanerinnen lieben farbenfrohe Kleidung.

In den kleineren Städten und Dörfern, in welchem wir Rast machten, besorgte ich mir auf dem Markt Esswaren, vor allem Bananen, die ich dann jeweils verzehrte, wenn unser Konvoi irgendwo am Straßenrand zum Übernachten anhielt und auf Gaskochern das Abendessen zubereitete. Man hatte die Konserven für sich rationiert. Anfangs wurde ich von einem der Reisegruppe zum Mitessen eingeladen, doch als der Konservenvorrat schmaler wurde, musste ich mich selbst versorgen. *Inge und Karl*, so hießen meine Fahrer, wollten nachts in ihrem Gefährt ungestört schlafen, weshalb ich mir draußen irgendwo ein Plätzchen zum Nächtigen suchte. Ich war ihnen unendlich dankbar, von ihnen mitgenommen werden zu können. Je näher wir an die Grenze kamen, desto ärmer wirkte die Bevölkerung und desto weniger konnte ich auch Brot, Bananen oder Bohnen kaufen, hatten die Leute doch nichts anzubieten, weil sie zumeist selbst hungerten.

Unweit der Grenze gelangten wir nach zehn Tagen an einen vor einer Brücke heruntergezogenen Schlagbaum. Den hier wachhabenden Polizisten bittend, uns die Überquerung des Flusses zu gestatten, erklärte er, dass diese Brücke durch die reißenden Fluten an ihren Sockeln brüchig geworden sei, weshalb keinem Auto die Überfahrt bis auf Weiteres gestattet werden dürfe. Selbst als wir ihm Geld anboten, wehrte er ab. Wir überzeugten uns nun selbst von dem Zustand der etwa 20 Meter langen Brücke und fanden seine Angaben bestätigt. Denn sollte diese reißende Strömung anhalten, würde jene unweigerlich bei einer zusätzlichen Belastung einstürzen können. Und auf unsere sicherlich sich erübrigende Frage, wann diese repariert werden würde, zuckte er die Achseln und meinte, dass eine Wiederinstandsetzung vielleicht schon im nächsten Jahr oder auch erst im übernächsten Jahr vorgenommen werden würde. Was sollten wir nun tun? Und da es außer dieser Straße keine weitere nach dem Sudan gab außer jener weiter nördlich gelegenen nach Dafur, was, um nach Juba zu gelangen, einen Umweg von ein bis 2.000 Kilometern bedeutet hätte, geriet die Stimmung in unserer Gruppe auf einen Tiefpunkt. War nun für sie der Traum, durch Nord- und Zentralafrika nach Ostafrika zu gelangen, aus? Sollte man umkehren? Ich hätte natürlich zu Fuß die Brücke passieren können. Schließlich beschloss man, in der Nacht, wenn der Polizist schlafen würde, mit dem vorn durch ein Eisengestänge ausgestatteten Geländewagen die mit einem Schloss versehene Balkensperre zu durchbrechen, woraufhin die beiden Kleinbusse sofort folgen sollten. Wenn wir auf der anderen Seite angelangt wären, könnte uns der Polizist, der in dieser Gegend über kein Auto verfügte, nicht einholen. Und am nächsten Tag hätten wir dann sowieso die Grenze nach dem Sudan erreicht und könnten nicht mehr für die unerlaubte Durchbrechung der Schranke zur Rechenschaft gezogen werden. Und tatsächlich hielt die Brücke. Und wir fuhren jubelnd auf dem sandigen Weg in die Nacht hinein und passierten am 7. November die Grenze zum Sudan.

Auf dem Weg nach Yei blieb einer der drei Wagen stehen. Karl war Automechaniker. Er stellte einen schweren Motorschaden fest. Und da sich alle drei Fahrzeugbesitzer und ihre Begleiter fest vorgenommen hatten, immer zusammenzubleiben, schoben wir den streikenden Wagen unter einen Baum, an dem sich ein kräftiger Ast befand. Mit einer, über diesen Ast geschlungenen Kette wurde der Motor in die Höhe gezogen. Zwei Tage dauerte die Reparatur, die den Umständen gemäß nur notdürftigst durchgeführt werden konnte. In dieser Zeit kamen Bewohner der Umgebung zu uns und bettelten uns um Nahrungsmittel an. Hier im Süden des von Moslems regierten Landes bestand der Großteil der Bevölkerung aus Christen, die sich nicht zum Islam bekehren lassen wollten und deshalb von der Zentralregierung wie unliebsame Aussätzige behandelt wurden, denen man in ihrer Armut keinerlei Unterstützung gewährte. Zudem herrschte hier eine Hungersnot, die sich deutlich an den abgemagerten Körpern zeigte. Was sollten wir ihnen geben? Ich hatte nichts an Nahrungsmitteln bei mir als eine Hand voll Bohnen und noch zwei Tomaten. Über einheimisches Geld verfügten wir noch nicht. Meine Fahrgemeinschaft besaß noch unterwegs eingekauftes Maismehl, sodass wir einige Brotfladen backen konnten, denn den Inhalt der Büchsen wollte man nicht preisgeben. Viele hatten Ekzeme oder offene Wunden. Inge holte ihren großen Verbandskasten hervor und begann mit der Behandlung der Wunden. Sie hatte, wie sie mir gestand, in ihrer Zeit als Krankenschwester in jenem Berliner Krankenhaus, in welchem ich als Student meiner Mononukleose wegen lag, über Monate viele Binden, Pflaster, Salben, Tabletten und sogar Seren zum Einspritzen herausgeschmuggelt, um sie nun auf die lange vorher geplante Reise für alle Notfälle mitzuführen. Es hatte sich bald herumgesprochen, dass sich hier eine „Ärztin" befinde, die Krankheiten und Wunden heilen könne. Somit wurden wir von immer mehr Kranken und Verwundeten aufgesucht, sodass sehr schnell alle Verbandssachen und Medikamente aufgebraucht waren. Es war für uns alle schlimm, dieses Elend mit ansehen zu müssen, ohne weitere Hilfe leisten und Nahrungsmittel verteilen zu können. Somit waren wir froh, als der Motorschaden behoben war und wir zwei Tage später am 14. 11. Juba, den größten Ort im Süden Sudans, erreichen konnten.

5. Auf dem Schiff den Weißen Nil hinunter

Mit einer nordsüdlichen Länge von zirka 2.000 Kilometer und seiner weitesten Breite von etwa 1.500 Kilometer ist *Sudan* der flächengrößte Staat Afrikas und erfasst somit acht Prozent des gesamten Kontinents und zwei Prozent der Landoberfläche der Erde. In der Antike breitete sich hier das *Nubische Reich* aus, oft in Fehde mit dem nördlichen Reich der Pharaonen. Um 300 n. Chr. hatten die Äthiopier größte Teile des Landes unter Kontrolle. Den beiden christlichen Missionaren *Julian* und *Longinus* gelang es schon im 6. Jahrhundert, das Christentum zu verbreiten, sodass besonders in den Gegenden der beiden Nilzuflüsse Kirchen der Kopten entstanden. Schon vier Jahrhunderte später gab es die ersten Auseinandersetzungen mit den eindringenden arabischen Heeren, die den Islam verbreiten wollten, doch konnten sich die Nubier durch Verträge vorerst vor weiterer Unterjochung bewahren. Jedoch das sagenumwobene Gold, was man in Nubien zu finden hoffte, wie auch späterhin der Sklavenhandel, ließen immer wieder islamische Heere in das Land einfallen. Damit breitete sich die zumeist auch erzwungene Islamisierung immer mehr aus und brachte viele traditionelle Religionen ins Wanken. Auch die im Süden vorherrschende durch europäische Missionare erweiterte Christianisierung sah sich den religiösen Anfeindungen aus dem Norden ausgesetzt.

In der zweiten Hälfte des 19. Jahrhunderts tauchte im Sudan *Mohammed Ahmad* (1844-1885) auf, der als *al Mahdi* wie ein moslemischer Martin Luther den Islam seines Landes revolutionierte und mit seinen Glaubensanhängern schließlich den nördlichen Teil des Riesenreiches kontrollierte, der seit Beginn des 19. Jahrhunderts von Ägypten aus regiert wurde. Ein britisches Heer unter *Lord Kitchener* besiegte 1898 in zwei Schlachten das zahlenmäßig größere Heer der Mahdis. Doch kam es plötzlich zu einer Konfrontation mit den Franzosen, die ihr Kolonialreich südlich der Sahara vom atlantischen Ozean bis zum roten Meer erweitern und somit auch den Sudan für sich gewinnen wollten. Sie stießen auf die Gegenwehr britischer Machtinteressen, sodass es beinahe zu einer Kriegserklärung gekommen wäre, hätte man sich nicht 1899 nach der *Faschodakrise* geeinigt. Frankreich erklärte sich bereit, seinen Einflussbereich nicht über den Nil hin auszudehnen. Bis zu seiner Unabhängigkeit als Republik (1956) blieb der Sudan weiterhin unter englischer Verwaltung.

1963 brachen im Süden des Landes Rebellionen gegen die muslimische Regierung in Khartum aus, nachdem alle christlichen Missionare verbannt worden waren. Christliche Guerillas kämpften gegen die sudanesische islamische Armee. Erst 1972 kam es unter dem Präsidenten *Nimeiri* (auch Numeri genannt) zu einer friedlichen Einigung in dem so genannten Vertrag von Addis Abeba, das dem Süden eine gewisse Autonomie zusprach. Doch wegen der anhaltenden Benachteiligungen und Hungersnöte kam es gelegentlich zu weiteren Aufständen gegen den immer wieder stärker werdenden Einfluss der islamischen Zentralregierung. So war es kein Wunder, dass wir bei unserer Ankunft in *Juba* viel Militär zu sehen bekamen. In diesem Städtchen von etwa 100.000 Einwohnern hatte man vor kurzem sogar eine Universität gegründet. Von meiner Reisegruppe verabschiedete ich mich, denn sie wollte alsbald über das vom Bürgerkrieg heimgesuchte Uganda nach Kenia gelangen. Hoffentlich würde ihr die Reise dorthin unbeschadet gelingen. Ich musste leider zehn Tage in dieser Stadt zubringen, da dann erst wieder ein Nildampfer den Fluss hinabfahren würde, hatte ich mir doch in Khartum ein Visum für Äthiopien zu besorgen, das ich am liebsten ohne diesen weiten Umweg sofort besucht haben würde. Ich badete im Weißen Nil und trank sogar das Wasser. Wie unvorsichtig war ich doch. Denn hier geschah es wohl, dass ich mir die Bilharziose einverleibte. Diese Krankheit wird von kleinen Würmern verursacht, die mit der Zeit die Magenwände angreifen und den Tod bewirken können. Einige Jahre später ließ ich mich in einem Pariser Tropenkrankenhaus gegen diese maladie tropicale erfolgreich behandeln.

Hier im Weißen Nil hatte ich gebadet und auch das Wasser getrunken.
Die Bilharziose sollte mir noch lange zu schaffen machen.

Endlich konnte ich das Beischiff besteigen, das von einem mit zwei Schaufelrädern versehenen Nildampfer geschoben wurde. Wir waren etwa sechs bis acht Europäer, darunter auch Rucksackreisende, die auf dem Dach sich einen fünf mal fünf Meter großen leeren Raum teilten, der an den Seiten mit Moskitonetzen umgeben war. Der drückenden Schwüle wegen wäre ein Kabinenraum unter Deck unerträglich geworden. Die Moskitonetze waren ein Segen, denn ohne sie wären wir einer Stechplage ausgesetzt gewesen, glitt doch unser Schiff durch größere Sumpfgebiete, welche die besten Brutstätten für die wegen Verbreitung der Malariakrankheit gefährlichsten und zudem wegen ihrer brennenden Stiche „gemeinsten" Tiere Afrikas boten. Von diesem erhöhten Raum aus, in dem ich meinen Schlafsack ausbreitete, hatten wir die beste Aussicht auf den Fluss, das Ufer und die umliegende Landschaft. In den Sümpfen erblickten wir viele der Flussbeziehungsweise Nilpferde. Gott sei Dank hatte ich in Juba einige englische Bücher erstehen können, denn wie jene Schiffsreise auf dem

Kongo bot auch die jetzige Dampferfahrt beste Gelegenheit, viel zu lesen und vor allem weiterhin gedanklich meinen Molar-Roman zu planen. Hin und wieder hielt unser Schiff an, um Ladungen oder Leute an Bord zu nehmen, sodass ich die kleinen Orte besichtigen konnte. Hier, wie besonders auch in *Malakal*, wo wir den ganzen Tag über anlegten, begegnete ich besonders großgewachsenen Afrikanern der *Schilluk*, der *Dinka* und der *Nuer* die sich zumeist durch Viehzucht ernähren. Über das Volk der Nuer hat *Leni Riefenstahl* ein Buch mit beeindruckenden Farbfotographien veröffentlicht. Diese am Nil und in den angrenzenden Steppen wohnenden Völker, die noch meistens Stammesreligionen huldigten, hatten ebenfalls viel Fehden mit den Muslims auszufechten, die sie zum Islam bekehren wollten.

Auf einem ebensolchen Nildampfer verbrachte ich 8 Tage.

Nach einer Woche legte unser Schiff an der Endhaltestelle in *Kosti* an, da es von dort eine Eisenbahnlinie nach *Khartum* gab. In dieser Hauptstadt, bestehend aus *Omdurman*, Nord Khartum und Khartum, münden der Weiße und der Blaue Nil in den nach Ägypten hinunter fließenden großen Nil. In dem links des Nils sich ausbreitenden Omdurman hatte der berühmte *al Mahdi*, der als Heiliger verehrt wird, einst das Zentrum seines Reiches errichtet. Hier ist auch seine Grabmoschee zu bewundern. *Großkhartum* dürfte bei meinem damaligen Besuch schon ein bis zwei Millionen Einwohner gezählt haben. Trotz der oft rigorosen Islamisierung kann man dort immer noch Kirchen verschiedener christlicher Ausrichtungen entdecken, die dem Vernichtungswillen vornehmlich der moslemischen Bruderschaft standgehalten hatten. Um ein Bild von der Radikalität der moslemischen Religionseiferer zu geben, las ich kürzlich in der Zeitung (Dezember 2007), dass eine englische dort tätige Grundschullehrerin ihre Schüler fragte, welchen Namen man einem neuen Teddybär geben solle. Und da viele Jungen den sehr beliebten Namen ihres Propheten trugen, stimmten sie dafür, ihn gleichfalls Mohammed zu nennen. Dies wurde von den fanatischen Moslems als Beleidigung seitens einer Christin angesehen, die den Namen des Heiligen mit einem Stofftier beschmutze. Die Frau wurde festgenommen. Man forderte in Moscheen und in organisierten Sprechchören auf der Straße die Todesstrafe. Durch ausländische Interventionen konnte die Engländerin nach mehreren Wochen freigelassen werden und in die Heimat zurückkehren. Radikale orthodoxe Religionseiferer, gleichgültig welchen Glaubens, sind in meinen Augen die Pest der Menschheit. Doch das Böse, was sie Andersgläubigen oder auch Ungläubigen antun, wird auf sie in einem anderen Leben unweigerlich zurückfallen. Was wir säen, werden wir ernten. Dieses Gesetz hatte ich damals schon als gültig erkannt. Was mir besonders in Khartum auffiel, war die sprichwörtliche Gastfreundschaft. Wo immer Männer am Straßenrand zusammenhockten und mit ihren Fingern ein Bohnen- oder Fleischgericht mit Brot verzehrten, winkten sie mir, der ich sie grüßte, jeweils zu, das Mahl mit ihnen zu teilen. Zimperlichkeit in puncto Essen hatte ich mir auf meiner Weltreise schon längst abgewöhnt, zumal das Essen mit den Fingern für mich schon in Indien zu einer Selbstverständlichkeit geworden war. Nachdem ich mein Visum für Äthiopien auf der Botschaft erhalten hatte, trat ich nun per Anhalter den Weg über *Wad Medani* und *Gedaref* in Richtung äthiopische Grenze an.

Als ich den mühevollen Weg bis *Gallabad* zurückgelegt hatte und am nächsten Morgen die Grenze bei *Matemma* überschreiten wollte, winkte der Grenzpolizist mir abwehrend zu, zurückzukehren, da Fremde nicht die Grenze überqueren dürften. Ich sagte ihm, dass man mir bei der äthiopischen Botschaft in Khartum versichert hätte, dass ich als Deutscher kein Visum benötige. Doch er meinte, dass Ausländer nur mit dem Flugzeug nach Äthiopien einreisen dürften. Auch als ich Anstalten machte, ihm einen Bakschisch zu geben, um dann trotzdem das vor mir liegende Land zu betreten, wies er mein Ansinnen ab. Warum hatte man mich nicht auf der äthiopischen Botschaft in Khartum darauf hingewiesen, dass die Landesgrenzen zum Sudan hin wegen des Krieges mit Eritrea für Ausländer geschlossen seien? Sollte ich heimlich bei Dunkelheit über die Grenze schleichen? Aber ich könnte dann eventuell von Grenzpolizisten erschossen werden? Ich musste also nach Khartum zurücktrampen und dann das Flugzeug nach Addis Abeba nehmen. Ich hatte Glück, von einem Lastwagen auf seiner offenen Ladefläche mit anderen Afrikanern mitgenommen zu werden. Bei Dunkelheit hielt unser Fahrer an, und wir legten uns neben den Laster auf die Erde nieder.

Neben mir lag ein Blinder, der von einem seiner Begleiter beim Gehen an der Hand geführt worden war. Zwischen uns beiden entspann sich ein langes Gespräch bis nach Mitternacht. Er war ein Student aus Eritrea und sprach ein sehr gutes Englisch. Ich fragte ihn, ob er wisse, dass jetzt Vollmond sei. Er wusste es nicht. Er konnte überhaupt kein Licht erkennen. Im Alter von elf Jahren knackte er mit zwei Freunden Bomben, die als Blindgänger in ihrer Gegend herumlagen. Als eine von ihnen durch unvorsichtiges Öffnen detonierte, sei sein Augenlicht verschwunden. Er habe vor einigen Wochen versucht, weiter im Norden mit zwei Freunden heimlich über die Grenze in den Sudan zu gelangen. Doch waren sie entdeckt und eingesperrt worden. Schließlich konnten sie sich herausreden, dass sie in jener Gegend für ihre Universität Forschungen durchzuführen hätten. Dann seien sie nach Matemma gekommen, um hier einen erneuten Versuch, die Grenze zu überqueren, zu unternehmen. Dort hätten ihnen die Grenzpolizisten erlaubt, die Grenze nur unter der Bedingung zu passieren, wenn sie bereit wären, alles Gepäck zurückzulassen. Jetzt besaß *Johannes*, wie er sich mit seinem christlichen Namen nannte, nur noch drei Pfund an Geld. Wir unterhielten uns über sein Studium, und vor allem wollte ich wissen, wie er mit seiner Blindheit umginge. Denn ohne seine zwei Begleiter hätte er solch eine Reise sicherlich nicht unternehmen können. Er studierte politische Wissenschaften. Und auf meine Frage, wie er denn zu seinem Wissen gelangen könne, erklärte er mir, dass eine ausländische Blindenorganisation ihn mit Büchern in Blindenschrift versorgt habe, wie auch seine Freunde ihm aus Büchern vorlesen würden. Er habe schon als Aushilfelehrer Oberschüler in europäischer Geschichte unterrichtet. Er hoffe nun, irgendwie nach Italien zu seinem Bruder zu gelangen, um dort sein Studium fortsetzen zu können. Natürlich musste ich ihm über meine Reisen und meine politischen Erkenntnisse in vielen Ländern berichten, sodass wir bei Vollmondschein viele Fragen einander zu stellen hatten. Auch berichtete ich ihm über die Reinkarnation und das Karmagesetz, wobei er mit großem Interesse zuhörte. Leider war ich damals noch nicht der Rückführungstherapeut, um ihn in ein früheres Leben zurückzuführen, in welchem sicherlich die Ursache für sein jetziges Blindenschicksal aufgefunden werden könnte, gibt es doch keine Zufälle, warum uns das ein oder andere Schicksal „trifft". Ja, in meinem Molar-Roman werde ich ebenfalls einen Blinden einbinden, der seinem Schüler Wahrfried das Karmagesetz erklären wird.

Nach Khartum zurückgekehrt, schrieb ich folgenden Brief an meinen Freund Jochen in Berlin:

„Khartum, den 17.12. 1975

Lieber Jochen!

Dass Du noch lebst, davon hat mir Dein letzter Brief ausführlich Beweise gegeben. Ich wünsche Dir von Herzen, dass Du Dein großes Vorhaben bis 1981 schaffst. Für uns zwei bedeutet das „Schaffen" alles. Wir haben in diesem Leben zu dienen und fleißig zu sein. Wir dürfen uns nicht aufhalten lassen durch unnützen Müßiggang. Selbst meine Reisen bedeuten nicht eine Flucht vor der Pflicht, sondern sind Erkundungsfahrten in die Pflicht, das heißt, sie dienen dem Sich-bewusst-Machen und Innewerden von dem, was einem schon vor der irdischen Wegbeschreitung als Aufgabe gestellt worden ist. So sollten wir alles, was uns an unserer Aufgabe hindern sollte, entweder aus dem Wege räumen oder umgehen. Ich glaube jetzt sogar, dass ein Leben als Wandermönch mir im Augenblick als am angemessensten erscheinen will. Nicht dass ich predigenderweise herumziehe, nein, ganz und gar nicht. Denn wie Du weißt, ist mir alle Zur-Schau-Stellung oder Mittelpunktwerdung ein Gräuel.

Aber ein Wandermönch pflegt gewisse Gesetze einzuhalten, die er seinem inneren und äußeren Handeln als Richtlinien und Markierungsposten gesetzt hat. Dazu gehören zum Beispiel die Askese, die Hilfsbereitschaft und die Demut. ....

Ich bin gestern Abend von der äthiopischen Grenze wieder nach Khartum zurückgekehrt, notgedrungenerweise natürlich, da man mir an der Grenze versicherte, mich ohne ein bei der äthiopischen Botschaft ausgestelltes Visum nicht einlassen zu wollen, obwohl ich Tage vorher dort selbst vorgesprochen und um ein Visum nachgesucht hatte, wobei man mir jedoch versicherte, dass ich als deutscher Bundesbürger kein Visum zur Überschreitung der Grenze nach Äthiopien benötige. Ich muss also gleich nochmals zur besagten Botschaft, um jenen Irrtum aufzuklären. Danach werde ich erst wissen, ob ich Weihnachten noch im warmen Sudan oder im kalten abessinischen Hochland verbringen werde. In diesem Jahr habe ich gemessen an den Umständen sehr viel gelesen (etwa 50 Bücher). Oft schleppe ich über zehn Bücher mit mir im Rucksack herum. Letzte Woche entlieh ich mir aus dem hiesigen Goethe-Institut von Arnims „Ahnung und Gegenwart" und wurde mir dabei inne, dass ich im gewissen Sinn doch auch noch viel Romantisches in mir trage. Übrigens ist Laurence´ Lady Chatterley´s Lover ein Meisterwerk dichterischer Psychologie. Von William Faulkner, von dessen Werken ich zum ersten Mal einige Dichtungen zu lesen bekam, konnte ich einige für mich als Schriftsteller interessante Beobachtungen machen, sowohl im positiven als auch im negativen Sinn. Für den Schriftsteller, wie Thomas Mann in „Schwere Stunde" bemerkt, gibt es keine Lehrer, die ihn unterweisen könnten. Er muss sich selbst zu einem solchen erziehen und kann höchstens von seinen Kollegen erlernen, wie man etwas macht oder nicht macht

Herzlichen Weihnachtsgruss Trutz"

Bei der äthiopischen Botschaft bat ich um Erklärung, warum man mir nicht gesagt hätte, dass Ausländer die Grenze zu ihrem Land nicht überqueren dürften. Man antwortete mir, dass man davon ausginge, dass ein jeder, der um ein Visum nachkomme, das selbstverständlich wüsste. Und auf meine weitere Frage, ob man überhaupt über Land in ihr Land einreisen könne, wurde mir erklärt, dass nur die Landesgrenzen nach Djibouti und Kenia hin offen seien. Ich stand nun vor der Entscheidung, mir den teuren Flug nach Addis Abeba zu genehmigen oder einen großen Umweg über Saudi Arabien und dem Jemen einzuschlagen, um über Djibouti auf dem Landweg nach Äthiopien einzureisen. Und weil für mich als Tramper Flüge nur im Notfall in Frage kamen, da Reisen durch die Luft wenig Abenteuerliches zu bieten hatten und landverbundene Strecken somit unentdeckt bleiben müssen, entschied ich mich für den weiten Umweg über die arabische Halbinsel.

6. Mein unvergessliches Weihnachten auf einer Pyramide von Meroe

Zwei Tage vor Weihnachten stand ich außerhalb Nord Khartums wiederum an der Straße und kam am folgenden Abend in einem Dorf in der Nähe von *Shendi* an, wo mich ein Bauer einlud, bei ihm und seiner Familie zu übernachten. Hier verbrachte ich also den Heiligen Abend. Und sicherlich dachte ich an meine Geschwister und auch an Maria, wie sie wohl bei Tannenbaumgeglitzer Weihnachtslieder sangen und dann ihre Geschenke auspackten. Als ich am nächsten Tag gleich in der Frühe aufbrechen wollte, bat er mich, doch bis nach Mittag zu bleiben, wolle er doch anlässlich des Geburtstages des Propheten Jesus ein Lamm schlachten, zu dessen Mahl er mich einladen möchte. Dem Glauben der Moslems zufolge habe sich Allah durch seine Propheten Moses, Jesus und Mohammed verkündet, weshalb alle drei verehrt würden. Doch die Juden hätten die Verkündigungen, die Gott Moses zukommen ließ, nachträglich verfälscht, weshalb er Jesus geschickt habe, um auf die Liebe hinzuweisen. Aber die Christen haben ihn zu seinem Sohn erkoren und ihn somit gotteslästernd selbst zu einem Gott erhoben, weshalb Allah es für nötig befand, der Menschheit durch Mohammed die endgültige Wahrheit in dem ihm vom Erzengel Gabriel diktierten Koran zu verkünden.

Im Hintergrund erheben sich die Pyramiden von Meroe.

Am späteren Nachmittag hielt der Lastwagen, in welchem ich mitgenommen worden war, an einem Teehaus zu Beginn einer sandigen Wüstenstrecke. Denn auf den nächsten 30 bis 40 Kilometern hatten die schwer beladenen Laster durch die sandigen Pisten bis zum nächsten Ort ihre Wege selbst zu finden. Eine durchführende Straße gab es hier nicht, da doch der Wind sie zu schnell wieder mit Sand zugedeckt haben würde. Hier erkundigten sich die Fahrer bei ihren Kollegen, die ihnen aus Port Sudan entgegenkommen waren, welche Sandpiste am besten befahrbar sei. Und da wohl ein jeder die ein oder andere als die augenblicklich ihm als Günstigste anpries, gab es viele Wüstenspuren, die von den Reifen markiert waren, deren Fährte man folgte. Vom Teehaus aus entdeckte ich nordöstlich in einer Entfernung von vier bis fünf Kilometern pyramidenartige Bauten. Auf meine Frage hin, was das sei, erklärte man mir, dass es sich dort um die *Pyramiden von Meroe* handele. Ich wusste bis dahin fast gar nichts über diese Kultur, und vor allem war mir unbekannt, dass es in dem antiken Nubien Pyramiden gegeben haben sollte. Die Gelegenheit, diese nun aufzusuchen, durfte ich mir nicht entgehen lassen. Ich suchte aus meinem Gepäck einen der zwei noch mitgeführten LSD-Trips hervor, ließ meinen Rucksack in der Obhut des Teehausinhabers und machte mich nun auf den Weg zu jenen Pyramiden. Unterwegs schluckte ich das Löschblattschnitzelchen mit der eingetränkten Wunderdroge. Denn der heutige Weihnachtstag erschien mir der Besonderheit wegen der richtige zu sein, mir solch einen Trip zu genehmigen.

Wie ich späterhin erfuhr, war *Meroe* ab 590 v. Chr. die Hauptstadt des erweiterten Ägypter-Reiches, das mit dem Namen *Kush* um 750 v. Chr. mit der vormaligen Hauptstadt *Napata* gegründet worden war. Doch in den Jahrhunderten vorher wurde Nordsudan schon öfter von Ägypten erobert und sogar länger verwaltet. Meroe hatte sogar einen römischen Feldzug heil überstanden, zerfiel aber um 320 n. Chr. und wurde 20 Jahre später von der Armee des äthiopischen Königs von Aksum völlig zerstört. Schließlich stand ich vor diesen nach einer Seite hin senkrecht abfallenden Pyramiden. Durch das LSD in einem erweiterten Wahrnehmungszustand kam mir alles wie in einem verzauberten Märchenland vor. An den Seiten zu einem geöffneten Eingang waren menschengroße Reliefs gemeißelt, die wohl Dienerinnen des dort begrabenen Königs darstellten. Und als ich eine dieser in Stein gemeißelten Frauen mit meiner Handfläche berührte, versetzte es mir einen Schlag, denn ich glaubte auf einmal, eine wirklich lebendige Frau vor mir zu haben, hatte sie doch durch die Sonnenerwärmung eine ganz normale Körpertemperatur angenommen. Ich fühlte mich auf einmal in jene Zeit hineinversetzt, als ob die dort eingemeißelten Menschen aus ihrer Versteinerung heraustraten und mich als einen der Ihren empfingen. Niemand von den jetzt Lebenden war in diesem Pyramidenkomplex zu finden. Der Tourismus hatte diese steinernen Kostbarkeiten noch nicht entdeckt. Schließlich kletterte ich vorsichtig, da einige Steine wackelten, auf eine dieser Baulichkeiten.

Vor mir breitete sich diese wunderbar zu überblickende Wüste aus, hinter der sich in etwa 20 Kilometer weiter Entfernung die Bäume abzeichneten, die am Nilufer standen.

Auf einmal wurde ich von unten von einer Männerstimme angerufen. Ich bekam einen großen Schreck. Als ich mich umdrehte, entdeckte ich einen beduinenhaft gekleideten Mann, der auf einmal zu mir hochgeklettert kam. Ich dachte, dass er mich nun gehörig ausschimpfen würde, war es doch bestimmt verboten, diese Pyramiden zu besteigen. Doch er setzte sich, mir die Hand reichend, neben mich und nannte seinen Namen. Wie er mir nun bedeutete, war er derjenige, der hin und wieder aus seinem Dorf, das hinter den Dünen in der von ihm angezeigten nordwestlichen Richtung lag, hierherkommen sollte, um nach dem Rechten zu sehen. Er war also der Hüter beziehungsweise der Aufseher dieses Pyramidenkomplexes. Und da ich nicht seine Sprache verstand und er auch nicht des Englischen mächtig war, verständigten wir uns mit Gesten und Gebärden. Er gab mir nun zu verstehen, dass ich mit in sein Dorf kommen solle, da er mich dort zum Essen einladen wolle. Abenteuerfreudig und überraschenden neuen Situationen immer aufgeschlossen, begleitete ich ihn nun auf Wüstenpfaden zu seinem bescheidenen Haus, das mitten in einem kleinen Dorf gelegen war. Hier bereitete seine Frau uns ein Mahl. Was für ein wunderliches Weihnachtsfest mir doch an diesem Tag beschert war! Zweimal wurde ich also von Einheimischen zu einem leckeren Essen eingeladen. Doch plötzlich entdeckte ich, dass es draußen bereits schon dunkel geworden war. Hoffentlich würde ich den Weg durch die Wüste zurück zu meinem Teehaus finden. Als ich schließlich zur fortgeschrittenen Stunde aufbrach, wies mein Gastgeber mit ausgestrecktem Arm in die Richtung, in der ich mein Ziel erreichen sollte.

Noch war kein Mondschein zu sehen, sodass ich einfach über die Sanddünen in die angegebene Richtung lief. Über mir leuchtete der Sternenhimmel. Wie weit war ich eigentlich noch von jenem Teehaus, dessen Namen ich mir nur ungefähr gemerkt hatte, entfernt? Waren es acht oder gar zehn Kilometer? So stolperte ich vor mich hin, während die eingenommene Droge noch immer heftig wirkte. Und plötzlich, einem Pfad folgend, sah ich mich in einem antiken Ruinenfeld.

Einige der Gebäudereste ragten noch in beachtliche Höhe hinauf. Und auf einmal überkam mich eine Angst, könnte doch ein mir auflauernder Bösewicht mich leicht überfallen oder gar ermorden, um an mein in der Hosentasche mitgeführtes Geld, an meine Kamera und an meine Schecks in der Brusttasche zu gelangen, obwohl er mit diesen nur wenig anzufangen gewusst haben würde. Der Mond ließ sich nur mit einem Drittel seiner Rundung sehen. Und auf der Zinne eines Daches sah ich plötzlich ein fuchsähnlich großes Tier. Und über meinen Weg huschte nun ein gleiches Tier. Es kam mir hier alles sehr gespenstisch, um nicht zu sagen, höchst unheimlich vor. Somit war ich froh, nach einigen hundert Metern diese Totenstadt, denn um solch eine schien es sich zu handeln, hinter mir liegen lassen zu können. Doch plötzlich wusste ich kaum noch, ob ich in die von mir angestrebte Richtung ging. Dann entdeckte ich in einiger Entfernung ein Feuer. Dort würde ich mich nach der Richtung zum Teehaus erkundigen. Ich befand mich noch keine 100 Meter vor diesem Feuerschein, als ein paar Hunde mich erhorcht haben mussten und laut bellend und fast bedrohlich auf mich zukamen. Ich rief die um die Feuerstelle Sitzenden an in der Hoffnung, dass sie die Bellenden zurückrufen würden. Als ich mich ihnen weiterhin näherte, mussten sie mich wie ein Gespenst angesehen haben, der aus der Dunkelheit auf sie zukam. Ich nannte nun den Namen meines Zielortes, und sie wiesen nun mit dem Arm in eine Richtung, von der ich, wie ich mit Schrecken feststellte, um beträchtliche Grade abgewichen war. Also lief ich weiter durch die nun etwas heller gewordene Nacht. Doch nach etwa zwei Kilometern war ich mir nicht mehr sicher, ob ich die vorgegebene Richtung einhielt. In der Entfernung sah ich immer wieder den Lichtschein verschiedenster Lastwagen, die sich über die Sandpisten nach Norden oder Süden hin zubewegten. Hoffentlich würde auch einer von ihnen in meine Nähe kommen, sodass ich ihn anhalten und um eine Mitfahrt bitten könnte. Schließlich blieb ich erschöpft auf einer Düne sitzen. Welchen Weg sollte ich nun einschlagen? Oder sollte ich mich einfach hier schlafen legen und das Tageslicht abwarten? Doch es war schon lange sehr kühl geworden. Und ich trug nur ein kurzärmliges Hemd. Ich hätte hier erfrieren können, denn die Nächte in der Wüste waren bekannt für unliebsame Abkühlungen, so man nicht warm genug gekleidet war. Und dann entdeckte ich in einer Entfernung von nur zwei bis drei Kilometern, wie der Lichtschein eines Lasters auf einmal erlosch. Und kurze Zeit später schaltete wieder ein Fahrer an der gleichen Stelle sein Licht aus. Natürlich, so durchfuhr es mich, jene halten an dem Teehaus. Warum hatte ich nicht vorher daran gedacht, mir die abgeschaltet werdenden Scheinwerfer als mein angestrebtes Ziel zu erkennen? Nun war mir die Richtung klar. Und nach gut einer halben Stunde war ich glücklich angekommen.

Ich bestellte mir in diesem Tag und Nacht geöffneten kleinen Restaurant einen Tee und, obwohl ich reichlich zum Abend bei dem Pyramidenaufseher gegessen hatte, dazu auch noch ein Fladenbrot. Zu mir gesellte sich ein Lastwagenfahrer, der sich nach meinem Woher und Wohin erkundigte, und mir alsbald anbot, mit ihm nach Port Sudan zu fahren. Somit packte ich meinen Rucksack, folgte ihm zu seinem Gefährt und nahm neben ihm Platz. Jetzt im Scheinwerferlicht erkannte ich die Spuren, die andere Fahrzeuge im Sand hinterlassen hatten, an denen mein Fahrer sich orientierte. Und plötzlich entdeckte ich, wie ein weißer Fuchs unseren Weg kreuzte. Es war einer jener Art, die ich vor einigen Stunden in der Ruinenstadt als huschende und mir schreckeinflößende Gestalten gesehen hatte. Im ersten Ort nach dieser Wüstenstrecke hielt mein Fahrer an, drehte sich alsdann eine mit Haschisch angereicherte Zigarette, und bot mir an, diese mit ihm zu rauchen. Wie oft hatte ich besonders in Nepal und Goa dieses Kraut rauchend konsumiert. Doch dauerte es jeweils nach solchen Inhalationen nur wenige Stunden, bis meine Hämorrhoiden sich schmerzlichst bemerkbar machten. Jetzt jedoch rauchte ich kräftig mit. Das noch wirksame LSD bewirkte, dass ich jetzt, wie es in der allgemeinen Kifersprache heiß, vollkommen „stoned" war. Und als der Fahrer mir andeutete, sich auf die Vordersitze der Länge nach hinlegen zu wollen, breitete ich neben dem Laster meinen Schlafsack aus, obwohl ich nicht müde war. Vielmehr schaute ich in den noch nachtklaren Himmel, deren Gestirne mir auf einmal so nahe vorkamen wie nie zuvor. Und dann erblickte ich einen in seinen Umrissen sich abzeichnenden großen sitzenden Wolf. Hatten etwa vorzeitliche Sternenbetrachter ebenfalls am Himmelszelt die Konturen eines Löwen, eines Steinbocks, einer Frau, eines Fisches, eines Krebses oder eines Skorpions in solchen Gebilden erkannt und ihnen deshalb deren Namen gegeben? Sicherlich hatten einige Sterne in den vergangenen Jahrtausenden ihre Bahnen geändert, sodass wir heute wohl noch ihre überlieferten Namen gebrauchen, aber nicht mehr die den Konturen entsprechenden Umrisse erkennen können.

Am Mittag erreichten wir *Suakin*. Sie war im Mittelalter die größte Handelsstadt am Roten Meer. Heute hat Port Sudan, 60 Kilometer weiter nördlich, ihr diesen Rang schon längst abgelaufen. Doch waren immer noch die reichen Handelshäuser mit ihren hölzernen Balkonen zu erkennen. Aber es gab hier in dieser nun spärlich bewohnten Stadt auch viele Ruinen. Und mein Fahrer teilte mir bruchstückhaft mit, dass während des zweiten Weltkrieges sich hier italienische Stellungen befunden hätten, die von den Briten bombardiert worden seien. In *Port Sudan* suchte ich mir eine preisgünstige Unterkunft. In meinem Notizbuch trug ich an diesem zweiten Weihnachtstag dort einige in den letzten Wochen entstandene Ideen zu der von mir geplanten Novelle über Richard Wagner ein, das ich bis ein Jahr vor seinem 100. Todestag abgeschlossen zu haben g dachte, mit dem Titel: „*Gletscherwanderung – Zum 100. Todestag Richard Wagners*" Daraus nun einige Stichworte: *Kunst und Menschen – Missverständnis; Auswandern; Bewusstes und Unbewusstes; Wagner weiß um seine Mission auf Erden; Er kennt seine Größe; Kunst ist erst vollendet, wenn es den Menschen präsentiert worden ist; Oft wird ihm selbst erst späterhin klar, was er geschaffen hat; Weiß, dass er gelenkt wird; Das Symbolische in seinem Werk; Die neue Kunstsprache; Jesus; Vegetarier; Das Übergroße gewagt; Der Mut dazu; Wagner ist gleich Jung Siegfried; Keine Kompromisse in der Kunst; Für W. klar, dass er erst in einigen Jahrhunderten voll verstanden werden kann – wenn überhaupt; Distanz gewinnen – hinweg in die Natur; W. trinkt Quellwasser – zur Symbolik des Wassers; W. gewinnt Festigkeit, neuen Mut, neue Ideen; Natur gibt ihm Offenbarung. Vögel – Siegfried.* Wichtig ist, dass der Schriftsteller das von unsichtbaren Quellen ihm Zufließende sogleich – und sei es nur durch Stichwörter – notiert. Das hatte ich mir zur Maxime gemacht. Und so füllten sich meine Notizbücher auf dieser Afrikareise immer mehr mit den Notizen zu jener Novelle über Richard Wagner und vor allem zu meinem Molar-Roman. Wenn man etwas Großes schaffen will, muss man bei der Planung in die Distanz gehen, um vor dem zu Schaffenden nicht verzagt zu werden. Hat man aus dieser Entfernung die Größe des zu Leistenden erkannt, sammelt man den Mut, kehrt zurück und wagt sich schließlich an das ihn herausfordernde Werk.

In dieser emsigen Hafenstadt suchte ich nach einem Schiff, das mich nach Jiddah auf die arabische Halbinsel mitnehmen könnte. Man sagte mir, dass ich als europäischer Nichtmoslem ein Visum benötige, das ich mir jedoch nur in Khartum besorgen könne. Und dort hatte man auf mein Nachfragen hin mir mitgeteilt, dass ich ein Durchreisevisum für Arabien in Port Sudan erhalten würde. Was sollte ich nun unternehmen? Wieder den mühevollen Weg zurück nach Khartum wählen? In einem Reisebüro schlug man mir als einzige Möglichkeit vor, um ohne Visum über Saudi Arabien nach dem Jemen zu kommen, ein Flugticket nach Sana'a über Jiddah zu lösen. Nun, meinetwegen. Doch mein Tramperherz schrie sicherlich auf, denn allzu gern wäre ich auf dem Landweg durch Saudi Arabien mit den sich mir anbietenden Verkehrsmitteln gereist. Somit verbrachte ich auch noch die Silvesternacht in Port Sudan und war sicherlich in Gedanken bei meinen Geschwistern und auch bei meiner immer in meinen Gedanken und in meinem Herzen herumgeisternden Maria, die alle um Mitternacht ihre Sektgläser erhoben, um sich Gesundheit und Freude für das neue Jahr zuzuprosten.

4. Kapitel
Im Jemen, dem orientalischen Märchenland

1. Meine unangenehmen Erlebnisse in Jiddah

Die Hafenstadt *Jiddah* ist Eingangstor für Millionen von Moslems, denen der Koran auferlegt hatte, wenigstens nach Möglichkeit einmal in ihrem Leben nach Mekka zu pilgern, wie auch fünfmal am Tag, ganz gleich, in welchem Erteil sich befindend, mit der Ausrichtung des Gesichtes nach dieser heiligen Stätte sich kniend zum Gebet einzufinden. Die weiteren drei der fünf „Säulen" des Islam sind die Gebote, den Fastenmonat Ramadan einzuhalten, den Armen Almosen zu geben und das Wichtigste, nur Allah anzubeten, dessen einzig wahrer Prophet Mohammed ist. Der Sage nach soll in Jiddah auch die biblische Eva gestorben sein, deren Grabmal jedoch von der saudischen Regierung 1928 zerstört worden war, um solchem Aberglauben ein Ende zu bereiten, suchten doch auch bibelfromme Juden und Christen Jiddah auf, um der irdischen Urmutter an ihrem Grab ihre Reverenz zu erweisen. Die aus allen Weltgegenden anreisenden Pilger sollten schon hier vornehmlich nur mit moslemischen Glaubensgenossen zusammentreffen, um sich für ihre Weiterfahrt in die naheliegenden beiden Pilgerorte *Mekka* und *Medina* innerlich vorzubereiten und nicht durch die Begegnung Andersgläubiger von ihrem gottesfürchtigen Unternehmen abgelenkt zu werden. Dennoch ist diese Stadt, in welchem sich das Außenministerium befindet, dementsprechend auch Sitz vieler ausländischer Botschaften und Konsulate, ungeachtet der Tatsache, dass El Riad offiziell als Regierungshauptstadt gilt, da hier der König residiert. Um die Unzahl von Pilgern auch mit dem in diesem wasserarmen Land mit Trinkwasser zu versorgen, hatte man hier Anfang der 1970er Jahre die größte Trinkwasseranlage der Welt erbaut, die aus dem Salzwasser durch aufwendiges Destillationsverfahren nun Süßwasser herstellt. Die Universitätsstadt Jiddah ist nicht nur Saudi Arabiens größter Seehafen und wichtigster Industrieort, sondern besitzt auch den größten Flughafen, reisen doch die meisten Pilger mit dem Flugzeug an. Von dort werden sie mit Bussen in die jeweilige heilige Stadt befördert, wobei der Besuch von Mekka den Vorrang erhält.

Der *Prophet Mohammed* war 622 n. Chr. von seinem Geburtsort Mekka nach Medina geflohen. Dieses besondere Ereignis gilt als Beginn des moslemischen Kalenders. Die Regeln für einen Moslem sind streng. Er darf weder Schweinefleisch essen, noch Alkohol trinken. Die Frauen haben ab ihrer ersten Menstruation verschleiert zu sein, sobald sie sich in der Öffentlichkeit zeigen. Auch müssen ihre Gewänder lang genug sein, gehen doch Polizisten und auch freiwillige Gesetzeshüter mit Stöcken herum und schlagen auf unbedeckte Fußknöchel. Die Ehefrau gehört dem Ehemann als sein Eigentum. Sie darf zum Beispiel ohne seine Einwilligung nicht verreisen oder ein Konto eröffnen. Und wer es sich leisten kann, darf auch bis zu vier Frauen ehelichen. Jedoch der König *Ibn Saud* genehmigte sich unter Umgehung der Gesetze des Korans sehr viele Frauen, die ihm Hunderte von Kindern bescherten. Denn durch die unermesslichen Ölfunde im Norden des Landes ist Saudi Arabien sehr reich geworden, jedoch fließt der Großteil des Geldes in die Taschen der schon Reichen, die sich Paläste von ungeheurer Pracht errichten lassen. Und besonders die Mitglieder der weitgefächerten Königsfamilie teilen sich die meisten Einnahmen des Landes.

Mein Flug am Neujahrstag 1976 von Port Sudan nach Jiddah hatte sich verspätet, sodass ich dort den Anschlussflug nach Sana'a verpasste. Und da ich als Transitpassagier über kein Einreisevisum für Saudi Arabien verfügte, hatte ich mich bis auf den folgenden Tag auf dem Flughafen zu gedulden, um mit der nächsten Maschine nach Jemen zu fliegen. Obwohl es noch Tag war, wählte ich mir ein unbeobachtetes Plätzchen aus, auf welchem ich mich, wie ich hoffte, ungestört erst einmal niederlegen konnte. Doch dann entdeckte mich ein bärtiger Mann in meiner Ecke, wo ich schon ein Mittagsschläfchen einlegen wollte, der nach seiner Uniform zu urteilen, ein höherer Immigrationsbeamter zu sein schien. Er wollte wissen, warum ich mich hier verstecken würde. Ich erklärte ihm, dass ich bis zum nächsten Tag auf meinen Weiterflug zu warten hätte. „Sie können über Nacht bei mir wohnen." Ich entgegnete, dass ich über kein Visum verfüge. Doch er erwiderte, dass ich als sein Begleiter kein Visum benötigen würde. Und durch einen Seitenausgang führte er mich zu seinem Wagen und fuhr mich in die Stadt, wo er mir in seinem Haus ein Zimmer mit einer Couch anbot, in welchem ich meinen Rucksack deponierte und mich mit ihm alsdann in sein Wohnzimmer verfügte, wo uns seine Frau das Essen servierte. Er erwies sich mir gegenüber als sehr nett, aber ich hatte das Gefühl, dass irgendetwas in seinem Verhalten nicht stimmig zu sein schien, betrachtete er mich doch so, wie man als Mann eine begehrte Frau versteckt mit seinen Augen abtastet.

Und da ich mir am Nachmittag die Stadt ansehen wollte, nahm ich meine Kamera und ging zum Hafen. Hier an der alten Wasserfront des Roten Meeres bestaunte ich die prächtigen Häuser, die wie in Suakin mit ihren hervortretenden und reich verzierten Balkonen auf ein wohlhabendes ehemaliges Bürgertum hinwiesen. Auf meinen Reisen betätigte ich nur bei ganz besonders interessanten Szenen oder Objekten meine Kamera, um bei der Rückkehr den für meine Welterkundungen Interessierten diese Aufnahmen zu zeigen. Doch wie es sich späterhin erweisen sollte, hatte sich – für mich unverständlich – nie jemand für die in Alben eingeklebten Bilder interessiert. Ich hatte gerade das erste Bild aufgenommen, als mich ein Soldat am Arm packte und mich, ohne den Griff zu lockern, zu einem größeren Militärzelt brachte, wo er seinem Offizier, auf meine Kamera deutend, erklärte, dass ich unerlaubterweise fotografiert hätte. Ich musste dem Vorgesetzten, der ein wenig Englisch sprach, meinen Fotoapparat überreichen. Er machte mir klar, dass ich in einem militärischen Gebiet unerlaubt fotografiert hätte. Vielleicht glaubte er gar, dass ich ein israelischer Spion sei, der für eventuell später einmal geplante Vergeltungsakte die hiesigen Örtlichkeiten erkunden sollte. Er wies auch darauf hin, dass ich jetzt eigentlich ins Gefängnis gebracht werden müsse. Ich erklärte ihm, dass ich nicht wissen konnte, dass man hier nicht fotografieren dürfe und ich ein deutscher Globetrotter sei, und zeigte ihm in meinem Pass die Eintragungen der verschiedenen Visa, sowie die Ein- und Ausgangsstempel der von mir in Afrika besuchten Länder. Dies schien ihn zu überzeugen, dass ich kein Spion sein könne. Doch öffnete er die Kamera, zog zu meinem Schrecken die Filmrolle heraus und reichte mir jene wieder zurück mit dem Hinweis, dass ich hier im Hafengebiet nicht fotografieren dürfe. Oh weh! All meine Fotos ab Meroe waren nun der Vernichtung preisgegeben.

Am Abend fand ich mich wieder bei meinem Gastgeber ein, der von seinem Dienst am Flughafen zurückgekehrt war. Nach dem Nachtmahl zog ich mich in mein Zimmer zurück, das sich gleich neben dem seinen befand. Und als ich nun in der ersten Nacht des neuen Jahres die Augen geschlossen hatte, hörte ich, wie dieser sich räuspernd meinem Bett näherte und, seine Hand unter die Decke führend, meine Beine zu streicheln unternahm. Ich legte seine Hand zur Seite und gab ihm zu verstehen, dass ich für zwischenmännliche Erotik nicht offen sei. Er erhob sich wieder und ging verstimmt in sein Zimmer zurück, hatte ich ihn doch bei der Umsetzung seines gedanklich sicherlich ausgemalten Vorhabens abgewiesen. Hoffentlich würde er mich weiterhin nicht mehr belästigen. Schon beim ersten Morgengrauen packte ich meine Sachen zusammen und schlich mich aus dem Haus, ohne mich von irgendwem verabschiedet zu haben.

Und da ich kein arabisches Geld eingewechselt hatte und somit mir auch nicht irgendwo ein Frühstück genehmigen konnte, fragte ich mich nach der Ausgangsstraße durch, die zum entfernteren Flughafen führte. Dort stellte ich mich wieder an die Straße und streckte den entgegenkommenden Wagen die Hand mit dem erhobenen Daumen aus. Ein englischer Ingenieur, der hier an einem Bauprojekt beteiligt war, nahm mich mit. Ich berichtete ihm über mein letztes Erlebnis, und er meinte, dass in diesem Land alle Männer zur Homosexualität neigen, war es doch für viele unmöglich, vorehelichen Sex mit einer Frau zu haben aus Mangel an Prostituierten und überhaupt aus Mangel an Frauen, da ja meistens nur jene mehrere Frauen hätten, die diese sich zu kaufen leisten konnten. Doch ließe man sich junge Frauen aus Thailand und den Philippinnen kommen, die sich für ein Jahr verpflichten mussten, als Hausgehilfinnen gegen ein geringes Gehalt eingestellt zu werden, die man dann zum Beischlaf animiere. Übrigens hole man sich vornehmlich aus Pakistan und Indien Arbeitskräfte moslemischen Glaubens, die sich für einen geringen Lohn als Bauarbeiter nützlich erweisen oder die niederen Arbeiten verrichten, für welche die Einheimischen nicht mehr zur Verfügung stehen wollten. In diesem Land bezahle man keine Steuern, wie auch alle medizinische Versorgung kostenfrei zugänglich sei. Das strenge Gesetz der Scharia werde hier rigoros befolgt, obwohl man davon abgesehen hat, Dieben, wie vorgeschrieben, die Hand abzuhacken. Auch als Ausländer habe man sich an festgesetzte Regeln zu halten, deren Überschreitung mit Strafen oder Landesverweis geahndet werde. Für ihn als Junggeselle sei es unmöglich, eine einheimische Frau als Freundin zu haben, denn schon allein eine verschleierte Frau anzusprechen, sei strafbar. Männliche Ausländer würden auch nur selten in einheimische Familien eingeladen. Wenn ja, müssten die Frauen auch dort verschleiert bleiben, denn außer dem Ehemann dürften nur die Familienmitglieder das Gesicht der Frauen sehen. Deshalb sei es der Traum wohl der meisten Frauen, nach Amerika oder Europa zu gelangen, da man dort unverschleiert seine Schönheit öffentlich zeigen dürfe. Dies waren nur einige der vielen Informationen, die dieser Ingenieur, der mich auch im Flughafenrestaurant zum Frühstück einlud, vermittelte. Wann würden sich auch in diesem Land die mittelalterlichen Gesetze an die moderne Zeit anpassen? Damals gab es noch kein Internet. Heutzutage kann man auch dort mittels Internet sich heimlich erotische Filme herunterladen. Damit verstößt man gegen die moralischen Gesetze und würde sicherlich bei Entdeckung bestraft werden. Schließlich saß ich im Flugzeug und betrachtete das unter mir liegende gewaltig große, meist aus Wüsten, Bergen und ausgetrockneten Gegenden bestehende Land, das fast so groß war wie das westliche Europa insgesamt. Obwohl ich hier nicht wohnen wollte, wäre es doch für mich sehr interessant gewesen, es zu durchfahren, um meine eigenen Eindrücke zu sammeln und nicht nur auf Berichte anderer angewiesen zu sein, die oft auch von Vorurteilen geprägt sein mochten.

2. Sana´a, die Stadt aus ‚Tausend und einer Nacht'

Der *Jemen* ist so groß wie Deutschland und Holland zusammen, wobei der östliche Teil aus Wüste besteht. Das Großosmanische Reich hatte sich seit dem fünfzehnten Jahrhundert auch des Jemen bemächtigt. Doch 1839 besetzten die Briten den südlichen Hafen *Aden*, der ihnen für die Kontrolle des westlichen Indischen Ozeans als sehr wichtig erschien und seit dem Bau des Suezkanals als Zwischenstation, Handelshafen und für die dampferbetriebenen Schiffe als notwendiges Kohledepot diente. Mit den Jahren weiteten sie aus Schutzgründen ihre Interessen auf das Hinterland aus, bis 1904 die genauen Grenzlinien in einem Vertrag zwischen dem Britischen Krone und dem Ottomanischen Reich festgelegt wurden, der Jemen nun in Süd- und Nordjemen aufteilte. Nach dem Ersten Weltkrieg erhielt Nordjemen seine Unabhängigkeit, während der Süden noch unter englischer Verwaltung blieb. Doch schon vor und besonders nach dem Rückzug der Briten 1967 geriet der gesamte Jemen in einen Bürgerkrieg, wobei die Sowjetunion mit Waffenhilfe und Geldern wie auch Ägypten und Saudi Arabien sich einmischten. Der südliche Teil des Landes, der sich schließlich einem sowjetisch beeinflussten kommunistischen System ergeben hatte, nannte sich *Volksrepublik Jemen*, während sich der nördliche Teil den Namen *Arabische Republik Jemen* zulegte. Doch jedes dieser Teile war bestrebt, den anderen zu infiltrieren, um das gesamte Land unter seiner jeweiligen ideologischen Staatsführung wieder zu vereinigen. Somit wurden trotz zwischenzeitlicher Waffenstillstände immer wieder Kriege geführt. Der letzte war erst vor wenigen Jahren beendet worden. Kein Wunder also, dass ich im ganzen Land immer wieder Männer mit Gewehren in der Hand antraf. Als ich Anfang 1976 den Nordjemen besuchte, stand das Land unter militärischer Aufsicht, nachdem verschiedene Imame, die Regierenden des Landes, ermordet worden waren. Erst 1990 konnten beide Länder nach mehreren erneut aufgeflammten Kriegen wieder vereint werden, wobei Aden die Handels- und Industriemetropole, Sana´a aber Regierungssitz sein würde und bis heute zu einer Millionenstadt avancierte, während sie zu meiner Zeit damals nur etwa 150.000 Einwohner zählte.

Sana'a, die Stadt aus ‚Tausend und eine Nacht'

Schon im Altertum wie auch im Mittelalter verstanden es die Jemeniten, den lukrativen Handel zwischen dem Fernen Osten, vor allem
mit Indien, herzustellen und auf Handelswegen die Waren wie Ge-
würze, Gold, Edelsteine, kostbare Stoffe, Myrrhe, Weihrauch und anderes auf Kamelen durch die Wüsten zu den Mittelmeerhäfen zu befördern. Und außerdem war dieser südliche Teil der großen arabischen Halbinsel durch seine hochgelegenen fruchtbaren Täler schon
bei den Römern als *Arabia Felix* (das glückliche Arabien) im Unterschied zu dem unfruchtbaren Arabia Deserta (das Arabien der Wüste)
bekannt. Späterhin wurde Jemen von den christlichen Eroberern aus
Äthiopien eingenommen. Kirchenbauten verdeutlichten die wohl ge-
lungene Christianisierung. Leider fand schon damals ein Massaker an
Juden statt. Denn diese lebten im „Glücklichen Arabien" schon vor
Christi Geburt und waren an dem Handel und der Kultur dieses Landes maßgeblich beteiligt. Bis 1950, als die große Auswanderungs-
welle nach Israel begann, zählte ein Fünftel der städtischen Bevölkerung zu Anhängern des jüdischen Glaubens. Der Prophet Mohammed

sandte seine zwei Schwiegersöhne als Gouverneure in den Jemen, um dort unter Tolerierung der Juden die Islamisierung durchzuführen. Heute ist der Islam die für alle Bewohner verbindliche Staatsreligion.

Abgesehen von vielen fruchtbaren Tälern bietet das bergige Nordjemen wenig Möglichkeit, die immer weiter anwachsende Bevölkerung zu ernähren. Deshalb wurden Hunderttausende Jemeniten in Saudi Arabien und den Golfstaaten als Gastarbeiter tätig. Denn fast alle wichtigen Lebensmittel wie Weizen, Mehl, Reis und Zucker sowie andere Versorgungsstoffe wie Medizin, Benzin und Öl – von Maschinen, Werkzeug und Autos ganz abgesehen – mussten importiert werden. Das durch ihre Männer im benachbarten Land verdiente Geld wurde an die Familien zu Hause überwiesen. Damit verfügte dieses Land über Devisen, um die eingeführten Güter zu bezahlen. Noch hatte man den Tourismus nicht gefördert, könnte dieser doch den Wohlstand beträchtlich heben. Vor 1950 konnte das Land durch Ausfuhr der kunstvollen Schmiedearbeiten, die vornehmlich von Juden gefertigt waren, gute Einnahmen verbuchen. Wo immer man Juden verfolgte oder des Landes verwies, kam es zu wirtschaftlichen Zusammenbrüchen. Ja, mein Molar-Roman sollte diese Zusammenhänge näher erklären.

Als ich am zweiten Neujahrstag in Sana´a ankam, traute ich meinen Augen nicht. Denn ich glaubte, in eine irreale Märchenwelt versetzt zu sein. Die Pracht dieser drei- bis sechsstufigen Häuser überstieg alles, was ich bisher in den anderen Ländern dieser Welt zu sehen bekommen hatte. Die nach obenhin abgerundeten Fenster mit ihrer weißen Umrahmung heben sich von dem mit braunem Lehm verputzten Hintergrund malerisch ab, wie auch die einzelnen Stockwerke voneinander durch weiße Muster aus Ziegelsteinen getrennt werden. Die Fenster sind mit nach oben zu ziehenden oder zur Seite zu öffnenden Läden versehen. In der mittelalterlich anmutenden Innenstadt reiht sich ein prächtiges Haus ohne Unterbrechung an das nächste. In den Gässchen, die diese Gebäudekomplexe durchziehen, findet man kaum Autos, jedoch Motorräder, Fahrräder und vor allem das traditionelle Beförderungsmittel, den Esel. Jeder Mann trägt einen Bart. Sein Haar wird gern von einem niedrigen Turban umhüllt, sein Unterkörper ist meist von einem sarongartigen bis über die Knie reichenden Tuch umwickelt, während er vor dem Bauch allen sichtbar seinen kurzen bis 30 Zentimeter langen Krummsäbel im Gürtel trägt. Die verschleierten Frauen in ihren langen Gewändern bewegen sich wie lebendig gewordene Mumien durch die Gassen. Ich fühlte mich in ein Märchenland aus ‚Tausend und eine Nacht' versetzt. Wie oft sollte ich in den nächsten Wochen, da ich stets nach Sana'a zurückkehrte, durch diese Gassen gehen, wobei meine Verzauberung bei dem Anblick der Moscheen, der Häuserpracht wie auch des Markttreibens auf dem Suk sich jedes Mal erneuerte. Wie gut, dass in Jiddah meine Kamera nicht konfisziert worden war. Denn jetzt konnte ich mir wieder einen Film kaufen und fotografieren. Schon um 1800 hatte der Orientreisende *Ulrich Jasper Seetzen* Sana'a als die schönste Stadt des Orients beschrieben. Und sicherlich gebührt ihr auch heute noch diese Bezeichnung. Übrigens wurde sie 1988 von der UNESCO zum Weltkulturerbe deklariert. Doch eines Tages schien ich wiederum mal meinen Augen nicht mehr trauen zu können. Denn durch die Gassen kamen mir drei oben unbekleidete Männer mit freudigen Ausrufen entgegen, wobei der eine von ihnen den noch blutenden Kopf eines soeben Enthaupteten triumphierend in die Höhe hielt. Hier schienen noch mittelalterliche Gebräuche zu herrschen, weit entfernt von der modernen Welt.

Mich nach der billigsten Unterkunft durchfragend, wies man mich zu einer Herberge für reisende Männer. Diese *Funduks* meist aus ein oder mehreren Räumen bestehend, waren mit Bettgestellen oder Liegen ausgestattet. Doch die Bedeckungen hatte man sich selbst mitzubringen. Und da es nachts in diesem hochgelegenen Bergland zur Winterzeit sehr kühl wird, musste ich mir auch erst wieder eine warme Decke und einen Pullover besorgen. Denn ich hatte es auf meinen Reisen meist so eingehalten, dass ich mich, wenn es auf der einen Erdhälfte kalt war, mich auf der anderen eingefunden hatte, um somit keine warmen Sachen mit mir herumschleppen zu müssen. Doch kam ich wie hier in Jemen in ein Bergland, konnte es auch in einem überwiegend warmen Land unangenehm kalt werden. Was mir besonders im diesem dreckigen Funduk, in welchem ich für ganz wenig Geld übernachten konnte, auffiel, war, dass die Männer oft spuckten, und zwar nicht nur draußen auf den Straßen, sondern auch in den Räumen. Denn man kaute gerne das Ghat, das aus Äthiopien eingeführt wurde und ein leicht berauschendes Wohlgefühl bewirkte. Auch als ich verschiedentlich in Häusern eingeladen worden war, wurde außer den Wasserpfeifen gerne auch Ghat gekaut. Der verheiratete Mann ist der alles Entscheidende. Stirbt er und hinterlässt als Familienältester noch einen mindestens zwölfjährigen Sohn, so ist dieser schon im jungen Alter der Entscheidungsträger, dem auch seine Mutter, Großmutter und seine Geschwister zu gehorchen haben. Er darf dann auch schon Auto fahren und ist meist schon vor dem achtzehnten Lebensjahr verheiratet.

Nicht nur in Indien findet man blinde verstümmelte Bettler.

In Sana'a war auch noch das *Gahr al Jahud*, das Judenviertel, mit seinen Silberschmiedestätten zu besuchen, das jetzt aber von Jemeniten bewohnt wurde. Einst sollten in dieser Stadt zweiundzwanzig Synagogen gestanden haben, die 1762 alle zerstört worden waren. Zwanzig Jahre später konnten die meisten wieder aufgebaut und neue hinzugefügt werden, sodass bei ihrem Weggang 1950 noch 30 Synagogen bestanden hatten. Ich musste mir auf der deutschen Botschaft meinen bald zu Ende laufenden Pass für weitere fünf Jahre verlängern lassen. Auch ohne solch einen Grund hätte ich diese aufgesucht, lagen doch in den deutschen Botschaften und Konsulaten meist deutsche Zeitschriften aus, aus denen ich erfuhr, wie es in der Heimat und auch in der übrigen Welt zuging. Denn Zugang zu englischsprachigen Zeitungen oder gar zum Fernsehen, das in vielen Ländern Afrikas noch unbekannt war, stand mir nicht zur Verfügung. Und kam ich in eine Stadt, in welcher es ein Goethe-Institut gab, ließ ich mich in der Bibliothek nieder oder entlieh mir Bücher. Nur selten hatte ich auf meinen vielen Reisen Gelegenheit, deutsch zu sprechen, erlernte aber in einigen Ländern einige Brocken ihrer Sprache, nicht nur der Höflichkeit wegen, sondern aus praktischen Gründen. „Wo geht es nach ...", „Wo schlafen?", „Wo essen?" „Wo Bus nach ...?" „Wie spät ist es?" „Wieviel kostet ...?" „Ich heiße Tom. Komme aus Deutschland." „Ich nicht verheiratet." usw. Solch wenige Sätze wie auch die Zahlen von eins bis zwanzig ließ ich mir von einem des Englischen, des Französischen oder des Deutschen Kundigen übersetzen und schrieb sie mir auf. Jedoch hatte ich nie die arabische Schrift erlernt.

3. Im Reich der Königin von Saba

Wenn diese Prachtstadt derart schön war, wie würde wohl das Land, das eigentlich gar nicht von mir zu besuchen geplant war, aussehen? Sind doch die unverhofften freudigen Überraschungen die schönsten! Ich nahm mir nun vor, den Jemen nach allen vier Himmelsrichtungen hin zu bereisen. Ich hatte Glück, von einem Lastwagen auf der offenen Ladefläche mit anderen einheimischen Mitreisenden in Richtung Osten mitgenommen zu werden, denn wie ich bald feststellen konnte, barg die noch ungeteerte von 2.000 Meter Höhe auf 1.000 Meter hinabführende Straße tiefe Löcher, ja, als es dann sogar ziemlich bergab ging, waren stufengroße Steine nur ganz langsam zu überqueren, weshalb mir nun klar war, dass dieser Weg nach Marib von keinem Personenwagen und wohl auch kaum von einem normalen Geländefahrzeug befahren werden konnte. Ich hatte mir diesen Ort als erstes

Ziel gesetzt, da ich erfuhr, dass hier das Zentrum eines großen vorchristlichen Reiches bestanden hatte, in welchem auch die sagenumwobene *Königin von Saba* residiert haben sollte. Diese war, wie im ersten Buch der Könige des Alten Testaments zu lesen ist, mit einem großen Gefolge und mit dem kostbaren Weihrauch, mit Edelsteinen und vielem Gold um 950 v. Chr. zu *König Salomon* nach Jerusalem gekommen, um seine weitgerühmte Weisheit durch Rätselaufgaben zu prüfen. Amüsant ist folgende Überlieferung: Der König hatte vernommen, dass sie an den Beinen behaart sein sollte. Er ließ auf dem Boden im Palast eine blauschimmernde Glasvorrichtung anbringen. Und als die Königin darüber schreiten wollte, dachte sie, es sei Wasser, und hob ihren Rock hoch, um diesen nicht nass werden zu lassen. Durch die Glasüberdachung von unten hindurch konnte sich Salomon davon überzeugen, dass sie wirklich behaart gewesen war. Auf seinen Rat hin ließ sie sich enthaaren.

Nachdem Salomon alle ihre 22 Rätselfragen gelöst hatte, sagte sie zu ihm: „Es ist wirklich wahr, was ich in meinem Lande über dich vernommen hatte. Ich traute der Kunde nicht, bis ich es mit eigenen Augen sah." Salomon soll sie ebenfalls reich beschenkt haben. Obwohl es außer diesem Bericht keinen Hinweis auf die Existenz dieser Königin gibt, die auch über große Teile von Äthiopien geherrscht haben soll, hatte man auch bei Ausgrabungen und Entzifferung alter Schriften keinerlei Belege für ihre Existenz finden können. Doch die Legenden haben diese Frau mit märchenhaften Ausschmückungen umrankt. Sie und Salomon wurden zu einem antiken Liebespaar hochstilisiert, wie es sich vergleichsweise später nur noch mit Antonius und Kleopatra verhalten hatte. Denn die Königin von Saba gehört neben Nofretete (Nefertiti) und Kleopatra zu den drei „historisch" weltberühmtesten Frauen, obwohl ihre wahrhaftige Existenz umstritten bleibt. Und dennoch wird sie – im Arabischen auch Bilkis genannt sowohl im Alten Testament wie auch im Koran als wahrhaftig historische Person beschrieben. In letzterem unterwirft sie sich dem Glauben Salomons und verehrte wie er ebenfalls Allah als den einzig wahren Gott. Auch jüdische Überlieferungen verklärten dieses Liebespaar, das sich schließlich vermählt und einen Sohn gezeugt haben soll. Und natürlich trat die Königin mit ihrem Gefolge zum Judentum über. Aber auch die äthiopischen Überlieferungen standen bei solchen Vereinnahmungen nicht zurück. Demnach solle die Königin von Saba, die von ihnen Makeda genannt wird, eine Äthiopierin gewesen sein, deren mit Salomon gezeugter Sohn Menelik zum Urvater der langen Reihe von Kaisern wurde, die 1974 mit der Abdankung Haile Selassies, des letzten Kaisers, ihr Ende fand.

Ich wusste, dass im Osten am Ende der Berglandschaft die Wüste beginnt. Wie überrascht war ich, mich auf einmal zwischen grünen Feldern zu sehen. Von den Bergen kam zumindest während der Regenzeit viel Wasser herunter, das man in Staubecken leitete, sodass hier sogar Reis und Gemüse angepflanzt werden konnte. Wie ich späterhin erfuhr, hatte man in der Zeit des sabäischen Königtums, das hier sein Zentrum besaß, einen gigantischen Staudamm von 550 Meter Länge errichtet, dessen Wassermengen die große Hauptstadt und die sie umgebene Landschaft das ganze Jahr über versorgen konnten. Mehrere Male im Laufe der vielen Jahrhunderte war dieser Damm eingebrochen und musste immer wieder repariert oder erneuert werden. Jetzt waren nur noch Bruchstücke von diesem „achten Weltwunder", wie einige Archäologen es gerne ausdrücken, zu sehen. Von der einst wohl größten Stadt der arabischen Halbinsel konnte ich nur noch einige aus dem Wüstensand herausragende Reste des großen *Awam-Tempels*, der dem Mondgott gewidmet war, erspähen. Ausgrabungsfunde zu Beginn der 1960er Jahre ließen die Umrisse eines 80 mal 125 Meter großen Ovals erkennen, das den Versammlungsraum mit einer zehn Meter hohen und vier Meter dicken Mauer umschloss. Im Bürgerkrieg der 1960er Jahre wurden diese Mauern von ägyptischen Panzern beschossen, um sich der dahinter sich verbergenden jemenitischen Feinde zu entledigen. In der Gegend waren noch halbversandete Panzer zu entdecken. Archäologen würden erst in den nächsten Jahren hier zu bedeutenderen Funden gelangen, ließen die größeren Ausgrabungen wegen der vielen innerpolitischen Zwistigkeiten mit ihren Kriegen noch auf sich warten. Von der einstigen großen Stadt *Marib* nur ein kleiner Ort übrig geblieben, in welchem man noch die vielen Bombenschäden sah, welche die ägyptischen Flugzeuge während der Bürgerkriege der vergangenen Jahre hinterlassen

hatten. Einige Jahre später würde man in der Nähe Neu-Marib gründen, in welchem moderne Hotels dem sich vermehrenden Andrang
von ausländischen Besuchern besten Komfort bieten, die mit Bussen
unter Begleitung von Touristenführern auf der neuen Teerstraßen
von Sana´a hierher chauffiert würden.

Überreste des antiken Saba, der Hauptstadt des sabäischen Reiches

Späterhin in *Sana´a* hatte ich das Glück, einen *belgischen Professor*
kennenzulernen, der als Epigraphist die Geschichte und Sprache des
sabäischen Reiches studierte. Von ihm erfuhr ich, dass diese Kultur ab
950-115 v. Chr. ihre Blüte erlebte und dann allmählich zerfiel. Bis
etwa 500 v. Chr. wurde dieses Land von Priesterkönigen regiert. Danach trennte man die weltliche von der geistlichen Macht. Der griechische Historiograph Strabon schrieb: *„Das Volk treibt teils Ackerbau,
teils Handel mit Gewürzen, einheimischen und äthiopischen, welche sie
in ledernen Booten über die Meerenge bringen. Infolge dieses Handels
sind die Sabäer die reichsten unter allen und besitzen einen riesigen*

Schatz von goldenen und silbernen Gerätschaften wie Ruhebetten, Dreifüße, Mischkrüge und Tischbecher. Ihre prächtigen Häuser sind an Türen, Wänden und Decken mit Elfenbein, Gold, Silber und Edelsteinen ausgelegt." Kein Wunder also, dass die Römer von dem Jemen als von dem Arabia Felix sprachen.

Der römische Geschichtsschreiber *Plinius* berichtete, dass das antike *Marib* einen Umfang von etwa zehn Kilometer hatte und dass die sieben Meter dicke Stadtmauer mit acht Toren versehen war. Doch wie mir der Professor erklärte, hatte wohl Plinius ein wenig übertrieben. Trotzdem war ich von den Ausmaßen dieser Stadt sehr beeindruckt und musste unwillkürlich an Ankor Wat denken. Wie schade, dass solche Kulturen im Nichts versinken. Wie gut, dass es emsige Forscher wie diesen Professor gibt, die diese Hochkulturen vor dem Vergessen bewahren, indem sie uns durch Ausgrabungen und Schriftentzifferungen die einstige Bedeutung dieser Reiche aufzeigen. Dieser Professor, dessen Name mir entfallen ist, reiste oft in den Jemen, um noch in Stein gemeißelte Inschriften des sabäischen Reiches zu finden, deren eigentümliche Schriftzeichen man bereits zu entziffern gewusst hatte. Dem österreichischen Altertumsforscher *Eduard Glaser* gelang es, gegen Ende des 19. Jahrhunderts mit Erlaubnis der osmanischen Verwaltung nahezu 2.000 Inschriften zu entdecken. Mein Professor bestieg, wie er ausführte, Berge und Schluchten, um noch irgendwo Schriftzeichen aufzuspüren. Bei einem dieser Klettertouren war er gestürzt. Ich bot ihm an, ihn auf seinen nächsten Suchunternehmungen gerne begleiten zu wollen, könne ich doch eventuell mit meinem Pendel beim Auffinden solcher in Stein gehauenen Piktogramme oder Schriften behilflich sein. Doch zu solch einem gemeinsamen Unternehmen war es dann doch nicht gekommen. Auch erfuhr ich, dass Sana'a in der Zeit vor der Islamisierung ein heiliger Ort gewesen sein soll, der unter Gottes besonderem Schutz gestanden habe, in welchem nicht gekämpft oder gemordet werden durfte.

Ich begegnete so manchem ägyptischen Lehrer. Denn durch die Kriegswirren stagnierte das Universitätsstudium wie auch die Lehrerausbildung, zumal viele Schulen geschlossen blieben oder deren Gebäude zerstört worden waren. Vielleicht als Zeichen einer Wiedergutmachung hatte sich *Anwar-el-Sâdât*, der Nachfolger des Präsidenten Gamal abdel Nasser, dazu entschlossen, viele Lehrer in den Jemen zu entsenden. Diese sprachen auch meistens ein passables Englisch, sodass ich auch aus ihrer Perspektive viel über dieses Land erfahren konnte. In einigen Jahren würde man hier Öl finden, um dem wiedervereinigten Jemen aus seiner Armut heraushelfen zu können.

4.   Meine blutige Operation in Taiz

Nachdem ich den Jemen in östlicher Richtung besucht hatte, brach ich aus Sana'a auf, nun den Westen zu erkunden. Der Professor hatte mir gesagt, dass ich unbedingt Wadi Dhar und vor allem Kaukaban besuchen müsse. Also machte ich mich auf zu dem 15 Kilometer in nordöstlicher Richtung entfernten Felsenpalast in *Wadi Dar*. Worte mögen kaum die anmutige Schönheit dieses Bauwerkes, der Sommerresidenz eines ehemaligen Imams, wiedergeben, denn man muss es selbst in Augenschein genommen haben. Umgeben von einer grünen Landschaft erhebt sich ein Felsblock, den man um- und aufbauend zu einem Märchenschloss verwandelt hatte, sodass insgesamt zwölf Stockwerke zu bewundern sind, deren äußere Fassade wie jene vor Pracht strotzenden Häuser in Sana'a geschmückt wurde. Welche Lebensfreude und wel-

Wadi Dhar, die ehemalige Sommerresidenz des Imans

chen Kunstsinn müssen doch die Erbauer solcher Augenherrlichkeiten gehabt haben. Natürlich musste meine Kamera solche Großartigkeit auf ein Bild bannen. Dieses Märchenschloss aus ‚Tausend und eine Nacht' dürfte wohl das meistfotografierte Objekt des Landes sein. Auch der imponierende Anblick von einem erhöhten Plateau aus ist einzigartig. Wie dankbar bin ich, solcher irdischer Herrlichkeiten ansichtig werden zu dürfen!

Die nächste von mir aufgesuchte Stadt heißt *Thulla*, die ihres mittelalterlichen Gepräges wegen zu den schönsten des Landes zählen dürfte. Von einem Felsen überblickt man diese prächtige Stadt. In ihr befindet sich eine große Wehranlage, in welcher sich die Bewohner bei Angriffen zurückziehen konnten. Hier sind noch Türme, Zisternen und Wehrmauern zu besichtigen. Von Thulla aus gelangte ich in die Stadt *Djibam*, die auf der Ostseite von einer Mauer umgeben war. Und da ich gerade an einem Freitag ankam, an welchem allwöchentlich hinter dem Stadttor der große Markt abgehalten wird, fühlte ich mich wieder wie in eine orientalische Zauberwelt versetzt. Hoch über dieser Stadt breitet sich auf einem Felsenrücken die Befestigungsstadt *Kaukaban* aus. Man konnte den beschwerlichen steilen Weg auf dem Rücken eines Esels zurücklegen. Und da ich noch nie auf einem solchen Lasttier außer als Kleinkind anlässlich eines Besuches der Eisenacher Wartburg gesessen hatte und deswegen mit einem Eseltreiber um den Preis feilschte – erwartete jener doch von einem Ausländer eine höhere Bezahlung –, bemerkte ich zu meinem Entsetzen, als er einem Esel den kleinen Sattel gegen einen für mich größeren eintauschen wollte, dass der Rücken dieses geschundenen Tieres ganz offen war, sodass rotes Fleisch, vermischt mit Eiterherden zu erkennen waren. Natürlich sah ich von meinem Vorhaben ab, einen solchen Esel zu besteigen. Ich wies den Eseltreiber auf diese Wunde hin, aber er zuckte nur gleichgültig mit den Achseln. Was sollte ich tun? Wie hätte ich diesem armen gequälten Tier helfen können? Hatten solche rohen Menschen kein Mitgefühl mit der beseelten, Schmerz empfindenden, jedoch sprachlosen Kreatur? Welches Karma würde sich wohl jener Mann aufladen? Mir war jedes Verlangen, auf einem anderen Esel den Berg hinaufzugelangen, vergangen, würden doch womöglich alle an-

Oberhalb Djidams befindet sich die befestigte Bergstadt Kaukaban.

geschundenen Leidensgenossen durch das von Menschen beschwerte Sattelzeug ebenfalls offene Scheuerwunden haben.

Oft musste ich mich auf die Seite stellen, um beladene Lasttiere an mir vorbeiziehen zu lassen.

Nun ging ich also den steilen Weg zur Bergstadt hinauf. Diese durch Mauern befestigte Stadt hatte einst über 1.000 Häuser. Doch die Luftangriffe in dem vorausgegangenen Bürgerkrieg hatten viele von ihnen zerstört, sodass sie fast einer Geisterstadt gleichkam. Hier gab es auch vormals ein Judenviertel, berühmt für sein Silberhandwerk. Diese als uneinnehmbar geltende Festungsstadt hatte tiefe in den Stein gemeißelte Brunnen, um langen Belagerungen standhalten zu können. Wiederum war der Blick von dieser Höhe auf das unten sich ausbreitende Djibam und das Hinterland großartig.

Ich war vom Reiz dieser Landschaft dermaßen angetan, dass ich beschloss, meinen Weg zu Fuß quer durch und über die Höhen und Täler, auf gebahnten und ungebahnten Pfaden, in Richtung Kochlan einzuschlagen. Immer wieder begegnete ich Einheimischen, die sich

Die Bergstadt Kochlan

darüber verwunderten, aus welchem Grund wohl ein Fremder mit
Rucksack und Regenschirm auf abwegigen Pfaden einherschritt, sodass ich manchem auf seine Fragen hin kurze Antworten zu geben
versuchte. Hinter Kochlan ging es zu Fuß steile Pfade hinab. Mir kamen oft schwer mit Säcken beladene Esel und deren Begleiter entgegen. Ab *Hadscha* konnte ich wieder per Anhalter meinen Weg fortsetzen, sodass ich mich bald in der Hafenstadt *Hodeida* befand. Durch die
während des Sechstagekrieges im Juni 1967 zwischen Israel und den
moslemischen Nachbarstaaten von Nasser im Suezkanal versenkten
Schiffe war die Durchfahrt für größere Wasserfahrzeuge bis 1975 ge-
sperrt, sodass nur wenig Güter aus Europa nach dem Jemen gebracht
werden konnten, ohne den kostenaufwendigeren Weg um das Kap
der Guten Hoffnung im Süden Afrikas in Kauf nehmen zu müssen. Somit wäre auch praktisch die Betriebsamkeit des Hafens von Hodeida
zum Erliegen gekommen, wenn nicht chinesische Frachter diese Ge-

legenheit genutzt hätten, mit ihren Waren den Engpass für Versorgungsgüter und Kriegsmaterial zu schließen. Nach zwölf Tagen traf ich wieder in *Sana´a* ein.

Neben dem Krummdolch vor dem Bauch ist fast jeder Bauer mit einem Gewehr ausgerüstet.

Fünf Tage später verließ ich diese prächtige Hauptstadt wieder, um mir den Norden des Landes anzusehen. Meine Tramptour führte mich nach *Saada*, der nördlichsten Stadt des Jemen. Ich bestieg ein benachbartes Plateau, von welchem ich einen großartigen Überblick über das sich vor mir ausbreitende Tal mit seinen vor Üppigkeit strotzenden grünen Feldern genoss. Auf einmal sah ich mich von sechs Männern umringt, die sich mit ihren schussbereiten Gewehren im Anschlag vor mir postierten. Ich war schon vorher gewarnt worden, dass sich in den Bergen des Nordens immer noch Freischärler aufhielten und man nicht ohne bewaffnete Begleitung von den Hauptwegen abweichen sollte. Doch der Liebreiz dieser Landschaften ließ mich alle Warnungen in den Wind schlagen. Was wollten sie von mir, der ich erschrocken nun ihnen gegenüber stand? Hielten sie mich vielleicht für einen von der Regierung ausgesandten Spion, der ihre Positionen auszukundschaften und dem Militär zu melden hatte? Ich gab ihnen mit den wenigen erlernten Worten zu verstehen, dass ich aus Deutschland käme und ihr wunderschönes Land bereise. Schließlich, nachdem sie mich nach Waffen abgetastet hatten, verflog auch ihr anfänglicher Argwohn, und wir setzten uns gemeinsam nieder. Sie holten Brot und Käse hervor und teilten mit mir ihr Mahl. Wie gut, dass ich meine Kamera in meinem Rucksack im Funduk gelassen hatte, denn diese hätten sie mir eventuell abgenommen. Doch bei anderer Gelegenheit konnte ich Männer dieser Gegend mit ihren Gewehren aufnehmen.

Über Huth mit einem Abstecher zu dem prächtig gelegenen *Schahaara* erreichte ich nach zehn Tagen wieder *Sana'a*, von der ich nach vier Tagen endgültig Abschied nahm, um nun auch in den Süden zu reisen. Über *Adra El Beida* und *Ibb* kam ich nach *Djibla*. Unterwegs begegnete ich immer wieder chinesischen von ihrer Volksrepublik entsandten Straßenarbeitern, die in diesem Entwicklungsland die durch Panzer und Wetterunbilden beschädigten Straßen ausbesserten und erweiterten. Oft kaufte ich mir in den kleinen Läden oder auf Märkten chinesische Obstkonserven, die ich mit meinem Schweizer Taschenmesser öffnen konnte. An meinem Hinterteil hatte sich seit Wochen ein immer größer werdendes Lipom gebildet. In *Djibla* begab ich mich in ein Krankenhaus, das von amerikanischen Baptisten geleitet wurde. Der Chirurg untersuchte das schon nach außen hin etwas ausgebeulte Lipom. Er meinte, ich solle mich nach Beendigung meiner Ferienreise baldmöglichst einer Operation unterziehen. Ich gab ihm zu verstehen, dass ich nicht wisse, wann ich wieder in Deutschland sein würde, da es noch Jahre dauern könnte, wolle ich doch nach der Durchquerung Afrikas über Indien noch nach Japan. Ich bat ihn, an mir diesen kleinen chirurgischen Eingriff durchzuführen. Und so geschah es. Nach einer örtlichen Betäubungsspritze schnitt er diese talgige Geschwulst heraus und vernähte die Wunde. Diese wurde mit einem Verband überdeckt, und ich bezahlte meine Gebühr.

Und da der Tag mich zu einem Spaziergang verlockte, stellte ich meinen Rucksack in einer Bar ab und lief in die einladende Landschaft hinein. Ich kletterte Abhänge hinauf und begegnete auf einer Anhöhe einem Bauern, der ein Gewehr bei sich trug. Er war verwundert, in dieser einsamen Umgebung von Feldern und Felsbrocken einem Fremden zu begegnen. Auf seine Fragen meine wenigen Sprachbrocken zur Verständigung gebrauchend, schüttelte er mir schließlich die Hand und nannte seinen Namen. Heute wolle er nur Schießübungen durchführen. Er stellte in etwa 25 Meter Entfernung einen doppelfaustgroßen Stein auf und, wieder zu mir zurückkehrend und sich neben mich stellend, zielte auf diesen, ohne selbst bei wiederholten Schussversuchen getroffen zu haben. Er übergab mir schließlich das Gewehr, das ich in die Hand zu nehmen ablehnte, war ich doch überzeugter Pazifist, der solch eine Mordwaffe nicht berühren wollte. Zwar hatte ich in früheren Jahren auf Jahrmärkten wohl einige Male auf Gipshülsen geschossen und mir erklären lassen, wie man sein Auge mit der Kimme und dem zu treffenden Gegenstand in zielgerade Übereinstimmung brachte. Und da er mir geradezu einen Schussversuch aufdrängte, nahm ich das Gewehr in die Hand und drückte ab. Und ich traf diesen Stein, sodass er nach hinten fiel. Nun klopfte er mir voller Bewunderung auf die Schultern. Ich war in seiner Hochachtung gestiegen.

Verwundert beobachteten diese Kinder einen Wanderer, der mit Rucksack und Regenschirm an ihnen vorbeimarschierte.

Nachdem ich auf meinem Rückweg Felsabhänge herabgeklettert war und durch ein ausgetrocknetes Flussbett meinen Weg wieder in den Ort zurückgefunden hatte, setzte ich mich in jener Bar auf einen Hocker und bestellte eine Cola. Dann merkte ich, wie mein Hosenboden klebte. Saß ich auf einem Kaugummi? Ich fühlte nach und entdeckte, dass sich nun Blut an meiner Hand befand. Ich besah mir nun den Barhocker. Er war ganz mit Blut verschmiert. Warum hatte ich mich auf solch einem Hocker niedergelassen? Hatte ich meine Augen nicht aufgehabt? Wer hatte wohl diesen Hocker derart verunreinigt? Nun befühlte ich mich am Hosenboden. Auf einmal war mir alles klar. Ich hatte mich auf meine Operationswunde gesetzt, wodurch Blut herausgequetscht wurde. Wie dumm war ich auch, gleich nach der Operation einen zwei- bis dreistündigen Erkundungsmarsch mit Kletterreien auszuführen, während es doch sicherlich gescheiter gewesen wäre, mich in einem Funduk auf eine Pritsche seitlich niedergelegt zu haben.

Blick auf Taiz

Von der Stadt Taiz aus unternahm ich einen Ausflug in Richtung *At Turrba*, da man mir sagte, dass dort in der Nähe der Grenze zum

Südjemen der interessanteste Markt des Landes vorzufinden sei. Auf dem Weg dorthin stand ich an einer Kreuzung, und – welch Wunder! – ich entdeckte auf einmal den dicksten Baumstamm seit dem Besuch der gigantischen Sequoiariesen in Kalifornien. Denn dieser nicht sehr hohe Baum mochte nur fünf Meter hoch sein, während sein Stamm jedoch einen Durchmesser von vier Metern aufwies. Der Markt befand sich außerhalb einer Ortschaft. Selbst Beduinen waren mit ihren Kamelen von weither gekommen. Als das Markttreiben sich seinem Ende nahte, hatten schon einige ihre Waren eingepackt und waren davongeritten oder davongefahren. Somit blieben nun einige der vielen schulterhohen, aus Schilf geflochtenen kleinen Hütten leer. Und da es zu regnen begann, setzte ich mich in eine von diesen hinein. Doch zu meinem Schrecken musste ich entdecken, dass hier Dutzende Flöhe herumsprangen, wie ich es auf meinen ausgedehnten Reisen noch nie beobachtet hatte. Trotz Regens schien es mir geboten, diese Hütte schnellstens zu verlassen, um nicht unliebsame Beißer als blinde Passagiere mitzuführen.

Am 25. Februar erreichte ich die alte Hafenstadt *Mocca*. Hodeida hatte ihr schon längst den Rang als größtem Hafen abgelaufen. Wahrscheinlich fand im fünfzehnten Jahrhundert die Kaffeebohne von dem im Südwesten Äthiopiens gelegenen Kaffa aus den Weg nach Arabien, der in Mocca eingeführt worden war und deshalb sich als Mocca-Kaffee allmählich über die ganze Welt verbreitete, besonders nachdem die Engländer und andere europäische seefahrende Länder die Kaffeebohnen späterhin in ihren Kolonien anpflanzen ließen und dadurch größte Gewinne erzielten. Hier erkundigte ich mich nach einer Möglichkeit, wie ich nach Djibouti auf die andere Seite des Roten Meeres gelangen könnte. Doch überall zuckte man nur mit den Achseln. Jemand nahm mich zur Seite und gab mir den Hinweis, in ein benachbartes Fischerdorf in der Nähe der Grenze zum Südjemen in einem bestimmten Lokal nachzufragen. Dort angelangt, äußerte ich meinen Wunsch, über das Meer nach Djibouti zu gelangen. Ich wurde zu einem bärtigen Mann geleitet, der sich mir als Kapitän eines Schiffes vorstellte, das heute nach Einbruch der Dunkelheit nach Djibouti aufbrechen würde. Ich übergab ihm mein ganzes restliches jemenitisches Geld und ließ mich von einem Jungen zu einem etwas außerhalb des Ortes ankernden Schiff bringen. Dieses mochte etwa 30 Meter lang sein und war mit einem Seil an einem Pflock am Strand vertäut. Es gab keine Leiter, sondern, wie ich erblickte, kletterten die Seeleute an diesem Seil in einer Schräge von gut 20 Grad hoch, indem sie nach obenhin die Beine um dieses schlangen und sich mit den Händen nach vorwärts zogen, während der ganze Körper bei jener faultierartigen Fortbewegungsweise nach untern hing. Schließlich wurde ich aufgefordert, in gleicher Weise auf das Schiff zu gelangen. Und mit meinem Rucksack auf dem Rücken zog ich mich in dieser Hängelage die wohl 20 Meter entlang nach oben. Was wäre, wenn ich jetzt versagte und samt meinem Rucksack ins Wasser fallen würde? Mit größtem Kraftaufwand schaffte ich es bis an die Reling. Dort streckten sich mir helfende Hände entgegen, die mich nun ganz aufs Deck zogen. Und als es dunkel geworden war, wurde der Anker gehoben. Wie ich bald feststellte, war dies ein Schmugglerschiff, das, wie man mir erklärte, Waren aus *Djibouti* unverzollt nach Nord- wie auch nach Südjemen brachte. Konnte ich diesen Burschen trauen? Was wäre, wenn sie mich nun getötet und meinen Körper über Bord geworfen hätten? Außer ihnen würde niemand wissen, wo ich verblieben war. Wie ich später erfuhr, wird etwa dreißig Prozent des jemenitischen Imports über Schmugglerschiffe besorgt. Eventuelle Zollkontrolleure oder Hafenpolizisten werden bestochen, sodass man eigentlich unbesorgt seinem heimlichen Handel nachkommen könnte, wenn nicht die Schnellboote der Kriegsmarine des kommunistischen Südjemens sie in ihren zu durchkreuzenden Gewässern entdeckten und das Schiff konfiszierten. Und ein Gleiches konnte auch auf der anderen Seite der Meerenge von Aden geschehen, denn es war ebenfalls gefährlich, an der Küste Eritreas entlang zu fahren, befand sich doch dieses Land im Kriegszustand mit Äthiopien. Deshalb war es geboten, kein Licht an Bord leuchten zu lassen, wie auch keine Zigarette anzuzünden. Bei Morgengrauen hatten wir unser Ziel erreicht. Ich betrat in Djibouti nach acht Wochen wieder afrikanischen Boden.

In einem mir vorliegenden aus Addis Abeba an meine Schwester Uta gerichteten Brief lese ich:

„Ich verweilte nahezu zwei Monate im Jemen und hatte wiederum eine hervorragende Zeit. Jemen gehört wohl zu den schönsten Ländern

dieser Welt. Die Königin von Saba, die weiland zu König Salomon reiste, hatte ihr Reich in jenen Bergen und Wüstenrändern. Jemen galt im Altertum als sehr reiches Land. Es gab – und gibt noch Weintrauben (aber keinen Wein, denn der ist den Moslems verboten), Früchte und Korn in großen Mengen. An den Berghängen reihen sich gestaffelt die unzähligen und Jahrtausende alten Terrassenfelder. Für jeden Fotografierfreudigen ist dies Land ein Paradies, in welchem es trotz allem auch noch einige Bettler gibt. Es gibt im Nordjemen, von dem ich hier spreche, noch Gegenden, wo selbst die Teenagerjugend mit Gewehr und Krummdolch bewaffnet herumläuft. Denn vor nur wenigen Jahren herrschte noch Bürgerkrieg, und Nassers Flugzeuge und Panzer verhalfen den Republikanern die Königstreuen zu besiegen. Aus Versehen sollen die ägyptischen Flieger auch Bomben auf zahlreiche republikanische Städte und Dörfer fallen gelassen haben. Da es im Jemen bisher keine Schulen gab (außer Koranschulen), hat man nun selbstverständlich für die vielen nun eröffneten Staatsschulen auch keine eigenen Lehrer und muss sie daher aus Ägypten und anderen Ländern importieren. Die Klassen haben eine Schülerquote von durchschnittlich 50 Prozent, jedoch fehlen meist die anderen 50 Prozent, und wenn es regnet, kommt kaum einer in die Schule. Rosige Zeiten – man befindet sich noch in einem Dornröschenschlaf, aus dem der Bürgerkrieg seine Staatsbürger doch nicht ganz wachrütteln konnte. ....“

Ich könnte einem Welterkundenden wohl kaum ein anderes Land so sehr zum Bestaunen empfehlen wie eben den Jemen. Wie dankbar war ich, wenn auch auf Umwegen in dieses Land gelenkt worden zu sein, denn sonst wäre mir eine Perle von Kostbarkeiten unserer Erde entgangen.

5. Kapitel
Im ehemaligen Kaiserreich Äthiopien

1. Bei den Leprakranken im Osten Äthiopiens

Schon am nächsten Tag, dem 26. Februar, legte unser Schiff in einem Seitenhafen von *Djibouti* an. 1888 hatten die Franzosen dieses eigentlich zu Somali gehörende Land als Protektorat besetzt, weshalb sie es auch Französisches Somaliland nannten. Ihnen war es wichtig, ein Pendant zu dem gegenüberliegenden englischen Aden zu besitzen, um den Engländern nicht die alleinige Oberhoheit über das Rote Meer und den Golf von Aden zu überlassen. Obwohl Djibouti mit seinem Hinterland kleiner als Belgien ist, gewann es doch große Bedeutung, als 1917 die Eisenbahnstrecke nach Addis Abeba in Betrieb genommen wurde, womit dieses überseeische französische Departement zum wichtigsten Hafen für die Ausfuhrprodukte Äthiopiens werden konnte. In dieser Stadt mit ihren französischen Verwaltungsgebäuden und Straßencafés besorgten immer noch die Franzosen alle wichtigen Angelegenheiten, denn erst ein Jahr später entließen sie diese Kolonie in die Unabhängigkeit. Ich befreundete mich mit einem jungen Pärchen, das mit seinem Segelboot die Welt zu umrunden sich vorgenommen hatte. Doch diese beiden wollten nun nach der langen Überquerung des Indischen Ozeans endlich mal in einem richtigen Bett schlafen. Deshalb hatten sie sich in einer Pension einquartiert. Sie boten mir an, der ich sie um eine billige Unterkunftsmöglichkeit fragte, auf ihrem Boot zu übernachten. Somit verbrachte ich acht Tage lang meine Nächte auf diesem außerhalb eines Anlegeplatzes verankerten Segelboot, das ich jeweils mit einem Schlauchboot erreichen konnte. Auf diesem von dem leichten und manches Mal schweren Wellenschlag hin und her geschaukelt, kamen mir weiterhin neue Gedanken zu meinem Molar-Roman und zu meinem geplanten Buch über

Richard Wagner. Zu letzterem Vorhaben notierte ich mir, dass Wagner wie Goethe und Shakespeare das Leben als Bühne betrachteten und dass seine Oper *Tristan* seiner Überzeugung Ausdruck gibt, dass die Welt Schein ist.

Am 6. März überquerte ich mit dem Zug die Grenze nach *Äthiopien*. Dieses Land, dessen zentraler Teil mit Bergen überzogen ist, hat eine doppelt so große Ausdehnung wie Frankreich und wurde damals von etwa 40 Millionen Menschen bewohnt, die Amharisch als obligate Staatssprache sprechen oder zu lernen haben. Es verfügt über keinen direkten Zugang zum Meer, da sich die nordöstliche Seite des Landes mit dem Namen *Eritrea* vom Mutterland nach heftigen Bürgerkriegen trennte, die auch noch weiterhin im Norden und Nordwesten vorherrschten, ja, sich sogar in den nächsten Jahren noch zu extremeren Gewalttaten steigern würde, nachdem die UDSSR, das vormalige und spätere Russland, die Partei des kommunistischen Äthiopiens ergriff und es mit schweren Waffen unterstützte. Denn 1974 wurde in einem Staatsstreich der seit 1939 amtierende *Kaiser Haile Selassie* gefangengenommen, woraufhin die kommunistische Partei die Regierung übernahm und ihr kampferprobter General *Mengistu* immer mehr diktatorischen Einfluss gewann, bis er sich auch das Präsidentenamt aneignete. Nahezu die Hälfte der Bevölkerung besteht aus Anhängern des seit dem 4. Jahrhundert eingeführten orthodoxen Christentums, über ein Drittel bekennt sich zum Islam, während mindestens noch ein Zehntel den verschiedenen Stammesreligionen huldigt. Doch nimmt wie auch in vielen Teilen Afrikas, wie ich beobachten konnte, die Evangelisierung durch amerikanische Sekten zu.

Italien fühlte sich im ausgehenden 19. Jahrhundert in seinem Kolonialbestreben als zu kurz gekommen und versuchte dieses Manko dadurch zu lösen, indem es das bis dahin unabhängige Äthiopien 1896 zu besetzen unternahm, doch musste es sich nach einer verlorenen Schlacht auf die Küstenregionen zurückziehen, das ihnen der äthiopische Kaiser als Kolonie überließ, wodurch die erste für die Zukunft fatale Grenzziehung zwischen dem Mutterland und Eritrea entstanden war. Der Diktator *Benito Mussolini* ließ 1935-1936 Äthiopien durch seine Truppen einnehmen und das ganze Land somit wiedervereinigen. Doch die Italiener wurden während des Zweiten Weltkrieges schon 1941 mit Hilfe englischer Unterstützung vertrieben und mussten sich nach und nach auch aus Eritrea zurückziehen. Nach dem Krieg war das befreite Äthiopien der Fürsprecher für die Befreiung aller afrikanischen Länder von ihren Kolonialherren, und ihre Hauptstadt Addis Abeba wurde zum Sitz für die Organisation zur Einheit Afrikas. Nach der Abdankung des Kaisers setzte das neue Regime seine marxistischen Ideen um, indem es nach dem Vorbild kommunistischer Länder alle Produktionsmittel, wie auch allen Grund und Boden, inklusive aller Häuser, aller Landwirtschaften und Industrien verstaatlichte. Hinzu kamen die immer wieder dieses Land heimsuchenden großen Hungersnöte, verursacht durch lang anhaltende Trockenheit, und der sich immer mehr ausweitende Konflikt mit den Unabhängigkeitsbestrebungen Eritreas, den man mit überlegener Waffengewalt zu lösen hoffte. Das Land, als ich es betrat, lag wirtschaftlich nahezu am Boden, vor allem da der ehemals sehr lukrative Kaffeeexport nicht mehr die Staatskassen füllen konnte und sich die Militärausgaben steigerten. Das Volk war sehr verarmt, und seine Bevölkerung gehörte nun zu den ärmsten der Welt. Vielen Menschen, denen ich dort begegnete, sprachen von der Regierungszeit von Haile Selassie trotz der vielen wirtschaftlichen Mängel und sozialen Unruhen von einer relativ goldenen Ära, und sie wünschten, dass die alten Zeiten sich wieder erneuern würden. Doch ihr Kaiser war ein Jahr nach seiner erzwungenen Abdankung verstorben. Man fürchtete sich jetzt vor den drückenden und unberechenbaren Maßnahmen des kommunistischen Regimes, dessen Militär und Polizeiwesen das Land kontrollierte.

In *Dirre Dawa*, der ersten äthiopischen Stadt auf dem Schienenweg nach Addis Abeba, stieg ich aus, da ich, um das Land besser kennen lernen zu können, von hier ab per Anhalter weiterzufahren gedachte. In dieser Stadt berichtete mir jemand, dass sich in der Nähe der 55 Kilometer weiter südöstlich gelegenen Kleinstadt Harar eine von deutschen Ärzten geleitete Leprastation befinde, sodass ich mich entschloss, vor meiner Weiterreise nach Addis Abeba diese aufzusuchen. In *Harar* wohnte ich in einer Herberge, in welcher man mich darauf hinwies, dass es hier einen Mann gebe, der in der Nacht wildlebende

Marktplatz in Harar

Hyänen füttert. Ich wurde bei Dunkelheit zu ihm geführt, damit ich diese Fütterung gegen ein geringes Entgelt erleben konnte. Er nahm ein mit frischem Blut überstrichenes Lammfell, und wir begaben uns durch seinen Stall zu einem vergitterten Zaun, hinter welchem sich Felder öffneten. Nun streckte er das Fell durch dieses hindurch und erzeugte durch Schüttelbewegung der Haut Knittergeräusche, die von seinen hochlagigen Stimmlauten begleitet wurden. Und es dauerte nicht lange, dann konnte ich in dem matten Licht zwei Hyänen entdecken, die zuerst zögerlich, doch dann mutig sich dem Fell näherten und schließlich wie besessen in dieses hineinbissen und es wegzuzerren versuchten, während mein Fütterer es mit aller Kraft zurückzuhalten sich Mühe gab. Ein Finger, wie er ihn mir anfangs gezeigte hatte, war ihm schon von einem der wilden Tiere abgebissen worden, als er bei solchen Besucherdemonstrationen zu unvorsichtig vorgegangen war.

Harar ist ein Zentrum des Islam und war wie ein zweites Mekka lange Zeit für Ausländer und Nichtgläubige zu betreten verboten. Doch gelang es 1855 dem englischen Entdecker *Richard Burton*, als erster Europäer dieser Stadt in Verkleidung einen Besuch abzustatten. 1880 ließ sich hier als erster Europäer der berühmte französische Dichter *Arthur Rimbaud* als Handelsvertreter seiner in Aden stationierten Firma nieder, wo er den Handel mit Kaffee, Häuten, Wachs, Gummi, Waffen und Elfenbein betrieb. Er war wie ich ein nach Abenteuern Suchender mit den Ziel, zu entdecken, was uns unsichtbar im Leben begleitete, ein chasseur spiatal und gleichzeitig ein Revolutionär in der Dichtung, der ganz neue Strukturen für sie prägen sollte. In Harar wuchs an seinem rechten Knie eine schmerzhafte Geschwulst, sodass er nach Frankreich zurückreiste, um es dort behandeln zu lassen. Dort diagnostizierte man diese Geschwulst als Krebs und amputierte das ganze Bein. Einige Monate später starb er im Alter von 38 Jahren. Es gab also immer wieder Dichter, die die Welt auf der Suche nach Abenteuern bereisten, diente doch Rimbaud vor seiner Desertierung aus Java in der dort stationierten niederländischen Armee.

Am folgenden Tag erreichte ich die aus mehreren Gebäuden bestehende *Leprastation*. Ich fragte mich zum leitenden deutschen Arzt durch, um von ihm die Erlaubnis erteilte zu bekommen, mir alles ansehen zu dürfen. Als ich ihm vorgestellt wurde und er meinen Nachnamen vernahm, fragte er mich, ob ich mit dem Generaloberstabsarzt der Bundeswehr *Dr. Herbert Hockemeyer* verwandt sei. Ich bestätigte dies und erklärte ihm, dass er der Vetter meines Vaters sei. Nun war er sehr erfreut, in mir einen Verwandten seines langjährigen Vorgesetzen, mit dem er freundschaftlich verkehrte, vor sich zu haben. Ich wurde von ihm und seiner Frau zu Tisch geladen. Einen Mitarbeiter beauftragte er, mir die gesamte Krankenstation zu zeigen. So war ich wohl in dessen Augen wie ein Delegierter der deutschen Regierung oder des Ärztebundes, um hier nach dem Rechten zu sehen und zu überprüfen, ob hier auch die aus Deutschland zufließenden Gelder zweckmäßig verwendet wurden. Viele der von dieser schrecklichen Krankheit befallenen Männer und Frauen forderte er auf, mir die verkürzten Finger und Zehen zu zeigen, oder er wies mich auf andere

Körperstellen dieser liegenden oder herumgehenden Patienten hin, wo sich die Wunden befanden, die von dieser meist an den Extremitäten beginnenden zellenzerfressenden Lepra stammten. Der Chefarzt wies mir ein Zimmer zu und fragte mich, ob ich Lust hätte, morgen mit einem Sanitäter in das Hinterland zu fahren, besuche dieser doch wöchentlich Leprakranke, die er mit Medikamenten versorge. Das war natürlich für mich eine freudige Überraschung, lernte ich dadurch doch mehr von Land und Leuten kennen.

Schon am nächsten Morgen zur frühen Stunde saß ich in einem Geländefahrzeug neben dem etwa 35 Jahre alten Sanitäter. Wir fuhren über schlammige Wege, durchquerten niedrige Flussbetten und gelangten dann zu dem ersten Dorf. Dort vor einer Hütte warteten schon verschiedene Lepröse, die aus diesem und anderen umliegenden Dörfern gekommen waren, um sich wie gewöhnlich an diesem bestimmten Wochentag zur nämlichen Stunde behandeln oder neue Medikamente geben zu lassen. Ich musste mit Entsetzen feststellen, dass dieser Deutsche sich wie ein menschenverachtender Kerl benahm. Er redete jene, die natürlich kein Deutsch verstanden, mit Worten an wie „Komm her, du Schwein, zeig mir deine dreckigen Zehen!" oder „Beeil dich, du Stinker, zeig mir deine Schulter." War es Selbstschutz, dass er sich so distanziert zeigen musste, da er diese oft verschmutzten und daher eitrigen Wunden zu reinigen und zu verbinden hatte? Doch ich war nun angewidert von diesem Sanitäter. Dann rief er mich zu sich und wies auf den Rücken eines auf der Pritsche vor ihm liegenden Mannes. Dort entdeckte ich eine offene Wunde, um die sich Dutzende von Läusen gelagert hatten, die sich nun an der durch den Zellenabbau erzeugten Flüssigkeit labten. Was für Qualen musste doch dieser Mann, dem schon die Finger halb abgefressen waren, erdulden, tat ihm der Rücken durch das ständige Gekrabbel und Genage an dem sich zersetzenden Fleisch und seinen Nervenenden unsagbar weh, wobei es ihm nicht gelingen konnte, mit der Hand samt der fehlenden Finger dort zu kratzen? Sollte ich diesem Sanitäter Vorhaltungen machen wegen seines nahezu menschenverachtenden Umgangs? Musste nicht sein Verhalten auf die Einheimischen den aller schlechtesten Eindruck für Deutschland hinterlassen, sahen sie doch an seiner Mimik und Gestik, was er von ihnen wohl dachte? Vielleicht war er auch nur wütend, diese Fahrten in die Dörfer zu übernehmen und nicht auf einer anderen von Deutschen geführten Krankenstation unterzukommen, fürchtete er doch sicherlich, bei diesen ländlichen Visitationen leichter von jener entsetzlichen Krankheit angesteckt werden zu können? Oder wollte er mir gar durch sein negatives Verhalten den Kranken gegenüber nur einen Vorwand geben, dieses dem mir nun vertrauten Chefarzt zu melden, damit dieser ihn für andere Aufgaben einsetzen würde? Sollte ich ihn verpetzen? Vielleicht war auch kein anderer Sanitäter zu Stelle, der diese wegen Ansteckungsgefahr gefährlichen Fahrten in die entlegenen Dörfer riskieren wollte? Nach dem Besuch von weiteren Dörfern zur Leprastation zurückgekehrt, verschwieg ich dem Arzt das Verhalten seines Sanitäters, war es doch für die Leprakranken der entfernten Dörfer besser, von einer sie lieblos behandelnden als von gar keiner medizinischen Fürsorge bedacht zu werden.

2. In der Hauptstadt Addis Abeba

Am 14. März erreichte ich die Hauptstadt *Addis Abeba*, die auf einem reich bewässerten Plateau, umgeben von Bergen, etwa genau in der Mitte dieses Landes in etwa 2.000 Meter Höhe ausgebreitet liegt. Sie war auch von 1935 bis 1941 die Hauptstadt Italienisch-Ostafrikas, weshalb man in der Stadt noch viele europäisch anmutende Gebäude, die in jener Zeit erbaut worden waren, finden kann. Sie ist mit einer Universität, verschiedenen Hochschulen, Bibliotheken, dem Nationaltheater, Museen und Regierungsgebäuden ausgestattet samt dem Palast des gestürzten Kaisers. Addis Abeba mit seinen damals über eine Millionen Einwohnern ist Dreh- und Angelpunkt des ganzen Landes. Schon 1905, als man noch mit Holz heizte, mangelte es an Waldbeständen. So kam man auf die glänzende Idee, den schnellwachsenden Eukalyptusbaum aus Australien in der Nähe der Stadt anzupflanzen. Und jetzt fand ich beinahe in allen Gegenden des Landes diesen vormals importierten Baum vor. Überall in den Straßen sah man bett-

elende Kinder und Erwachsene, auch solche Männer, die in den vergangenen und noch anhaltenden Kriegswirren Arme oder Beine verloren hatten und diese Verstümmelungen den Passanten entgegen-
strecken. Viele Jungen wollten mir die Schuhe putzen.

Auf meine Nachfrage, wo ich eine preiswerte Unterkunft finden
könne, verwies man mich zu einem einheimischen Hotel. Und dort bezog ich ein kleines Zimmer mit Außentoilette. Doch wie verwundert
war ich, dass in diesem Hotel auch junge Frauen anzutreffen waren,
die den Gästen für geringes Entgelt zur Verfügung standen. Seit Kamerun hatte ich keinen nackten Frauenkörper mehr an mich drücken
können. Und wie ich erfuhr, verfügten viele dieser kleinen Hotels über
Beischläferinnen für ihre Gäste. Und da diese sich mir direkt auf-
drängten, wollte ich mich ihren Liebreizen auch nicht entziehen. Was
für ein Unterschied zu dem moslemischen Staat Jemen, in welchem
die Prostitution verboten war. In ähnlicher Weise war es mir ergan-
gen, als ich aus dem moralisch strikten Indien nach Thailand kam, wo
gleich nach meiner Ankunft in Bangkok eine dem Hotel zugehörige
junge Frau mit mir duschte.

Am folgenden Tag suchte ich als Erstes die Deutsche Botschaft auf,
um hier die auf mich wartende Post in Empfang zu nehmen und in
deutschen Zeitungen zu lesen. Anschließend begab ich mich zum
Goethe-Institut. Ich war wieder hungrig auf gute Literatur, die ich mir
aus der Bibliothek ausleihen wollte. Dort konnte ich wieder in deutschen Büchern lesen. In einem Nebenraum gab es Schallplatten, die
dort anzuhören waren. Unter diesen entdeckte ich auch das mir bestens bekannte Klavierquintett opus 34 in f-moll von Brahms, jedoch
in der Orchesterfassung von Ravel. Wenn ich klassische Musik hörte
oder wertvolle Literatur zu lesen bekam, fühlte ich mich in meinem
eigentlichen Zuhause, ganz gleich in welchem Erdteil ich mich gerade
aufhielt. Es war die Heimat des Schöpfertums, der ich mich zugehörig
wusste mit der Verpflichtung, die mir anvertrauten kreativen Kräfte
in der Menschheit wirken zu lassen, um ihr zu vermitteln, dass höhere
Ordnungen der Liebe über sie walten. Ein Institutsangehöriger fragte
mich, ob ich bereit sei, einem Philosophieprofessor aus Kanada bei
dem Übersetzen einiger Passagen aus wissenschaftlichen deutschen
Quellen behilflich zu sein.

So lernte ich nun diesen älteren Herren kennen, der über die Philosophien Afrikas ein Buch schrieb. Ich übersetzte ihm Textauszüge aus deutschen Fachzeitschriften und Büchern, die ihm ein Kollege aus Deutschland zugesandt hatte. Verschiedene Passagen sollten in seinem Buch kommentiert und als Zitate angeführt werden. Auch unterhielten wir uns über viele andere Themen. So kamen wir auch auf Hypnose zu sprechen. Und nach einigen Tagen gestand er mir ein Geheimnis, von dem bisher nur Gott wisse, das ihn aber schon seit vielen, vielen Jahren als Geistlichem beunruhige, da es ihn vor Gott als Sünder erscheinen ließe. Er fragte mich, ob ich ihn durch Hypnose von seiner nur in Gedanken ihn beschleichenden Pädophilie befreien könne. Ich sagte, dass wir einen Versuch durchführen könnten. Zum Dank lud er mich für meine unentgeltliche Hilfeleistungen zu sich nach Hause zum Essen ein. Ich begleitete ihn also zu jenem Haus, in welchem Geistliche des Jesuitenordens, dem er ebenfalls angehörte, untergebracht waren. Beim gemeinsamen wohlschmeckenden Mahl fanden sich am Tisch, außer uns beiden, noch acht ältere Herren ein, die gelehrige Männer dieses katholischen Ordens waren und irgendwelchen Lehrtätigkeiten nachkamen. Auf seinem Zimmer legte er sich auf sein Bett, und ich induzierte die Trance, worauf ich ihm Suggestionen eingab, die seinem Problem möglicherweise Abhilfe verschaffen könnten. Ob diese mehrmals an verschiedenen Tagen durchgeführten Programmierungen letztendlich gefruchtet hatten, weiß ich nicht. Doch bin ich mir sicher, dass auch ohne erfolgreiche Resultate Gott ihn von allen Sünden freisprechen würde. Noch war ich nicht der Rückführungstherapeut, der den Ursachen von Homosexualität und Pädophilie auf den Grund zu gehen verstand.

In einer Buchhandlung fand ich ein Taschenbuch mit dem Titel *„Unfinished Symphonies"* (der deutsche Titel lautet „Musik aus dem Jenseits") von *Rosemary Brown*. Als ich es las, war ich fasziniert wie wohl kaum von einem anderen Buch. Diese etwa 60-jährige verwitwete Engländerin war schon in ihrer Kindheit derart medial veranlagt, dass sie die für andere Unsichtbaren sehen und sich mit ihnen zu unterhalten vermochte. Während die meisten Kinder, die mit solch einer Gabe ausgestattet sind, diese Fähigkeiten mit fünf oder sechs Jahren wieder verlieren, blieb ihr jedoch diese Hellsichtigkeit erhalten.

Als junges Mädchen, das wie viele ihres Alters gerne Balletttänzerin werden wollte, brachte sie sich selbst ein wenig Klavierspiel ohne Noten bei, sodass sie späterhin in der spiritistischen Kirche, wenn der Küster erkrankt war, auch die Choräle auf der kleinen Orgel begleiten konnte. Eines Tages saß sie zu Hause am Klavier, als sie wie so oft die für Andere Unsichtbaren um sich herum versammelt sah, aber auch einen Mann mit weißen Haaren und einem Pickel auf der Nase, den sie noch nie zu sehen vermeint hatte, weshalb sie ihn ansprach und nach seinem Namen fragte. Dieser stellte sich ihr als der deutsche Komponist *Franz Liszt* vor. Die durch derartig hohen Besuch Überraschte fragte, was ihr die Ehre verschaffe, von ihm besucht zu werden. Und er entgegnete, dass er gekommen sei, sie an ein Versprechen zu erinnern, welches sie vor ihrer Geburt den im Jenseits weilenden Komponisten gegeben hatte, mit dem zu erfüllenden Auftrag, deren in der höheren Welt komponierte Werke durch ihre Federführung niederschreiben zu wollen, wusste man doch, dass sie ein Medium von besonderer medialer Fähigkeit sein werde. Und Rosemary, über solch ein großes Anerbieten erstaunt, erwiderte, dass sie wohl bereit sei, gern diesem Wunsch nachzukommen, doch fehle es ihr an musikalischer Ausbildung, um Musik in Noten niederschreiben zu können. Sie fragte auch, warum Liszt sich nicht an einen medialen Musiker wende, da es doch den jenseitigen Komponisten dann leichter fallen müsste, einem solchen ihre jenseitigen Kompositionen zu diktieren. Dies sei richtig, bestätigte der Weißhaarige, fügte aber erklärend hinzu, dass man diesem jedoch aufgrund seiner musikalischen Fähigkeiten nicht glauben würde, wenn er behauptete, die Musik sei ihm von den verstorbenen Komponisten durchgegeben worden. Wenn aber jemand diese Musik als musikalischer Laie aufgeschrieben habe, wäre es für viele leichter, einer solchen Behauptung zu glauben. Rosemary, ihr Verständnis für diesen Sachverhalt bekundend, gab auf die Frage, ob sie bereit sei, mit dem Diktat seiner jenseitigen Klavierkompositionen zu beginnen, ihr Einverständnis. Auf sein Geheiß hin besorgte sie sich Notenpapier, und schon am nächsten Tag war Liszt zu Stelle und führte ihre Hand, sodass sich für sie unverständliche Noten niederschrieben.

Liszt besuchte sie öfter und schrieb in seiner Handschrift durch ihre Hand kurze Klavierstücke nieder. Eines dieser Stücke überschrieb er mit dem Wort „Grübelei". In einem deutsch-englischen Wörterbuch hatte sie nachgeschlagen, konnte jedoch dieses Wort nicht finden und glaubte, dass sich Liszt verschrieben haben müsse. Da aber seine mediale Helferin gerne auch die notierte Musik hören wollte, wies er sie auf einen Pianisten in der Nachbarschaft hin, den sie dann auch aufsuchte und diese Notenblätter überreichte. Dieser war nach der Wiedergabe von der hohen Qualität dieser Musik sehr überrascht. Und da er diese auch gleich als Musik von Liszt erkannte und sie fragte, wie sie zu diesen Notenblättern gekommen sei, erklärte sie ihm das Zustandekommen dieser Notierungen.

Nach einigen Tagen fragte ihr deutscher jenseitiger Besucher, der sich mit ihr telepathisch verständigte, ob sie auch anderen jenseitigen Komponisten ihre Hand leihen wolle. Sie bejahte. Als nächstes Musikgenie schrieb Franz Schubert Klavierstücke nieder. Alsdann bediente sich Frederic Chopin ihrer Medialität. Und mit der Zeit führte auch Beethoven, Brahms, Bach, Debussy, Schumann, Grieg und sogar der vor einigen Jahren erst verstorbene Igor Stravinsky ihre Hand. Von den großen Komponisten schien allein nur Mozart zu fehlen. Ich war von diesem Buch derart angetan, dass es mich geradezu innerlich aufwühlte. Wer immer noch nicht an ein Weiterleben nach dem Tode glaubte, der müsse doch beim Anhören dieser Musik sich eines Besseren belehren lassen, so dachte ich mir. Dieses Buch und auch die aus dem Jenseits stammende Musik müssten einen Paradigmenwechsel kolossaler Art bewirken, sodass alle Glaubensvorstellungen, die ein Weiterleben nach dem Tod beziehungsweise die Kommunikationsmöglichkeiten mit der jenseitigen Welt noch ausschlossen, als ungültig und überholt zu gelten haben. Aber wie könnte ich mich selbst von der Qualität dieser Musik überzeugen? Ich beschloss, Rosemary Brown einen Brief zu schreiben, den ich an ihren Verlag richtete mit der Bitte, diesen ihr zukommen zu lassen. Diesen auf Englisch vorskizzierten Brief habe ich noch vor mir liegen, sodass ich ihn hier wiederzugeben vermag.

„Liebe Rosemary!

Durch gut Glück – oder sollte ich besser sagen durch Fügung – fand ich Ihr erstes Buch in einer Buchhandlung in Addis Abeba. Ich las es, und nun fühle ich mich gedrängt, Ihnen zu schreiben. Ich bin an Dingen, welche die jenseitige Welt betreffen, seit einem Jahr interessiert. Ich las Bücher über außersinnliche Wahrnehmungen, danach solche über Spiritismus (wie jene von Arthur Ford und Raudive usw.), und schließlich hatte ich kurz direkten Kontakt mit Geistwesen. Da ich nicht annehme, dass Sie altmodisch sind, um mich als Vagabunden zu bezeichnen, wenn ich Ihnen mitteile, dass ich ein Tramper bin, der sich jetzt in seinem 92. Land befindet und acht Jahre schon herumreist, möchte ich es unternehmen, Ihnen ein bisschen mehr über mich zu erzählen in der Hoffnung, dass ich nicht Ihre kostbare Zeit stehle. Während meiner letzten Jahre als Teenager und zu Beginn meiner Zwanziger Jahre schrieb ich Gedichte – die ich allerdings nicht selbst verfasste! Meistens befand ich mich schon im Bett, war noch halb wach oder wurde mitten in der Nacht aus meinem Schlaf geweckt mit dem Zwang, etwas aufschreiben zu müssen. Ich schaltete die Nachttischlampe an, nahm den Stift und das Heft, die beide für solche Überraschungen auf dem Nachttisch bereit lagen, und begann zu schreiben. Meistens war mir gar nicht bewusst, was ich niederschrieb. Aber Verse unter Versen reihten sich an, bis ein Gedicht in kürzester Zeit entstanden war, und zwar mit der gleichen schnellen Geschwindigkeit, wie ich sonst wohl ein Gedicht abgeschrieben haben würde. Nach solch einem Diktat überkam mich ein wunderbares Gefühl, dass etwas Großes und Wahrheitsvolles entstanden war. Ich fühlte mich überaus glücklich. Manches Mal dauerte es Tage, bis ich verstand, was ich eigentlich niedergeschrieben hatte, während ich mir durchaus bewusst war, dass es sich dabei um himmlische Gedichte handelte. Nach einigen solchen Diktaten wurde mir bewusst, dass ich ein Dichter war, auch wenn ich mich niemals als Autor dieser Gedichte ausgeben würde. Somit nahm ich mir vor, nie meinen Namen mit diesen Gedichten in Verbindung zu bringen.

Die erste Frage, die ich daher an Sie (oder die ich Sie bitte, falls sie es für wert erachten, diese an ihre jenseitigen Freunde in der anderen Welt weiterzuleiten), richte, ist: Benötigen alle Künstler für ihr Schaffen Inspiration, und wird ihnen diese Inspiration entweder von anderen aus

der geistigen Welt eingegeben oder von ihrem eigenen jenseitigen Hö-
heren Selbst oder gar von der kreativen Lebenskraft, die Gott selber ist?

Ich fühle, dass es meine Mission auf Erden ist, als Dichter zu wirken,
auch wenn keine Gedichte sich mir mehr mitteilen. Doch werde ich wei-
terhin schreiben. Augenblicklich bin ich damit beschäftigt, die Gedan-
ken für zukünftige Romane aufzuschreiben. Mein letzter Roman, der
noch nicht veröffentlicht ist, bleibt ohne Autorenname, da mir, wie oben
erwähnt, die Gedanken und Worte eingegeben worden waren. Darin be-
finden sich schöne Gedanken, und ich beginne erst jetzt vieles darin zu
begreifen, obwohl ich diesen Roman schon vor zwei Jahren abgeschlos-
sen hatte. So viel wird darin über Dinge aus der jenseitigen Welt ange-
deutet, über welche ich zu der Zeit der Niederschrift noch gar nichts wis-
sen konnte. Ich bin davon überzeugt, dass alle großen Dichtungen – wie
auch alle Kunst – Geheimnisse in sich bergen, über die sich selbst sein
Autor wenigsten über längere Zeit gar nicht bewusst ist.

Meine zweite Frage ist nun: Wissen irgendwie alle Künstler (ich
meine die wirklichen unter ihnen), dass sie in dieses Leben gesendet
wurden, um ihre „Mission" durch schöpferisches Schaffen zu erfüllen?
Waren sich Liszt, Chopin oder Beethoven zum Beispiel während ihres
Erdendaseins einer Verbindung zu einer anderen Welt bewusst?

Ich sehe in Franz Liszt den großen Repräsentanten zwischen
Menschlichkeit und Kunst. Ich muss gestehen, dass ich – obwohl ich ein
tiefer Bewunderer klassischer Musik bin – außer seinen sehr bekannten
Kompositionen von ihm nicht viel mehr kenne. Aber sicherlich werde ich
mir bei meiner Rückkehr (1980?) alle die von ihm als beste angesehene
Musik auf Schallplatten besorgen.

Zurückgekehrt in Deutschland, werde ich versuchen, mir ebenfalls
alle „Ihre" Bücher und Schallplattenaufnahmen zu kaufen in der Hoff-
nung, dass diese dann herausgegeben sein werden.

Falls es Ihnen nicht möglich, mir zu antworten – und ich verstehe
vollkommen, wenn Sie aus wichtigeren Gründen keine Zeit haben könn-
ten, dem nachzukommen –, so möchte ich Sie doch bitten, per Luftpost
mir ihr zweites oder womöglich schon ein drittes neues Buch zuzusen-
den. Ich lege 20 US\$ mit in diesen Umschlag. Bitte behalten sie das
Wechselgeld, denn Sie haben genug Ausgaben für viele andere Dinge.

Wenn ich reich wäre, würde ich, das versichere ich Ihnen, dafür sorgen, dass Sie sich vollkommen Ihrer „Aufgabe" widmen könnten."

Und mit liebevollen Grüßen unterschrieben unter Hinzufügung meiner Adresse bei der Deutschen Botschaft in Nairobi brachte ich hoffnungsvoll diesen Brief auf die Post. Würde sie mir antworten? Aber das würde ich erst in Nairobi erfahren.

Nachdem ich mich in der Bibliothek über die Sehenswürdigkeiten des Landes erkundigt hatte, wollte ich mich nun per Anhalter auf die große Rundreise in den Norden begeben. Somit verließ ich am 25. März die Hauptstadt, zu der ich dann erst vier Wochen später zurückkehren sollte.

3. An einem Seil hoch zum ältesten Kloster Äthiopiens

Nach einigen Tagen stand ich inmitten einer Berglandschaft an der Straße. Während ich auf eine Mitfahrgelegenheit wartete, beobachtete ich, wie ein Mann eine Affenfamilie mit dem Fernglas begleitete und sich hin und wieder Notizen aufschrieb. Als diese Tiere die geteerte Straße überquerten und er ihnen folgte, sprach ich ihn an. Er war Japaner, der für seine Doktorarbeit das Verhalten dieser Affen erforschte. Jedem von ihnen hatte er einen Namen gegeben. Jede Besonderheit – versehen mit Tag und Uhrzeit – notierte er. Schon drei Wochen lang ging er ihnen tagsüber hinterher. Sie hatten keinerlei Scheu mehr vor ihm. Natürlich war ich neugierig. Und er beantwortete mir viele Fragen.

Über *Bahir Dar* führte mich mein Weg am berühmten *Tana See* vorbei zur über 2.000 Meter hoch gelegenen alten Hauptstadt *Gondar*, denn von 1632 bis 1855 war sie Machtzentrum der christlichen Kaiser, wovon auch ihre im so genannten *Gemp-Bezirk* zu besichtigenden Paläste Zeugnis ablegen. Sie war auch bei meinem Besuch noch das Zentrum

In einem jüdischen Dorf werden aus Ton gebrannte Figuren dargeboten.

der orthodoxen Christenheit, und obwohl diese Stadt nur etwa 100.000 Einwohner zählte, standen ihnen für den Gottesdienst über vierzig Kirchen zur Verfügung. Doch eine andere Gegend interessierte mich noch mehr. Denn ich besuchte auf Hinweis einen Ort, dessen halbdunkelhäutige Bewohner alle dem jüdischen Glauben anhingen. Wie diese mir erklärten, seien sie Nachfahren von *Menelik I*, dem Sohn von König Salomon und der Königin von Saba, die bei ihnen *Makeda* genannt wird. Diese „äthiopische" Königin sei zum jüdischen Glauben übergetreten, und ihr Sohn habe diesen hier eingeführt. Obwohl Christen öfter versucht hätten, die Juden zu konvertieren oder sie gar zu verjagen, waren sie standhaft in ihrem Glauben geblieben und feierten wie zum Beispiel den Sabbat auch alle anderen vorgeschriebenen Festtage, wie Moses sie im Alten Testament festgesetzt hatte. Selbstverständlich habe jedes ihrer Dörfer auch eine Synagoge, wie auch die vorgeschriebene Beschneidung der frisch geborenen Jungen praktiziert werde. Man bot mir zum Kauf verschiedene Töpferwaren an, doch entschied ich mich allein für eine handgroße aus Ton gebrannte Darstellung, die König Salomon mit Makeda im Bett vereint zeigte. Wie ich später erfuhr, wanderten viele dieser Falascha-Juden in den 1980er Jahren nach Israel aus. Auch sind sie nicht, wie sie selbst behaupten, Nachkommen von Menelik, sondern ihre Vorfahren konvertierten wahrscheinlich schon vor Christi Geburt zum Judentum.

Auf meinem Weg nach Axum marschierte ich, der ich gerne zu Fuß Abstecher in die schönsten Gegenden hinein unternahm, an einem Gehöft vorbei. Und plötzlich flogen Steine auf mich, von denen einer mich sogar traf. Ich entdeckte zwei Jungen, die mich wohl wie ein daher spazierendes unbekanntes Tier betrachteten, dessen Reaktion man testen wollte. Ich ließ meinen Rucksack fallen, und setzte wütend diesen beiden Lausejungen hinterher. Denen wollte ich ein paar Ohrfeigen versetzen. Was fiel ihnen eigentlich ein, einen fremden Wanderer mit Steinen zu bewerfen? Die beiden äthiopischen Max und Moritz, als sie mich laut schimpfend auf sie zu gerannt sahen, ergriffen schnellstens die Flucht. Und da sie schneller einen Abhang hinunterrannten und sich wohl hinter Bäumen versteckten, verlor ich sie bald aus den Augen. Wie kam es denn eigentlich dazu, dass ich plötzlich meinem Vorsatz, die Gewaltlosigkeit zu leben, wie ich diese Ahimsha-Tugend von den Jain-Mönchen Indiens übernommen hatte, untreu geworden war? Wurde ich wiederum von „oben" einem Test unterzogen, um mich in meinem Verhalten zu prüfen? Ich hätte vielmehr auf die beiden winkend zugehen sollen und ihnen je eines von meinen Bonbons, die ich außer Luftballons für Kinder immer mit mir führte, reichen sollen. Ja, der Weg zu einem wahrhaft Liebenden ist oft sehr schwer und bedarf der Überprüfungen.

Schließlich kam ich in dem kleinen Städtchen Axum an, das etwa 1.000 Kilometer nördlich von Addis Abeba liegt. Man wird sich hier wohl kaum vorstellen können, dass dieser Ort einmal die Hauptstadt des in seiner Ausdehnung größten äthiopischen Reiches war, das nahezu ein Jahrtausend lang bestand und sich über einige Jahrhunderte hinweg bis in den Sudan und auf die saudi-arabische Halbinsel erstreckte. Seine Hafenstadt *Adulis* war schon vor Christi Geburt der größte Umschlagsort am Roten Meer gewesen, hatte man doch unter

Paul und ich in einem Restaurant

Ausnutzung der Monsunwinde die Handelsbeziehungen mit Indien herstellen können, sodass deren Waren über Land und dann den Nil hinunter bis Alexandria transportiert wurden und von dort dem ganzen Römischen Reich zu Gute kommen konnten. Ab Mitte des 3. Jahrhunderts unserer Zeitrechnung hatte man im axumitischen Reich Münzen zu prägen begonnen. Doch schon mit Beginn des 8. Jahrhunderts löste sich dieses Reich auf. Der Legende nach soll die jüdische

Königin Gwudit mit ihren Falascha-Juden Axum erobert und zerstört haben, was in späteren Jahrhunderten wieder den Vorwand lieferte, die einheimischen Juden zu verfolgen.

Von Axum aus wurde das Land im 4. Jahrhundert durch *König Ezena* christianisiert. Auf alten Münzen bezeichnet er sich noch vor der Christianisierung als Sohn des „Mahrem" (Mars), nach seiner Bekehrung aber als „Diener des Himmels". Axum ist für die heutigen ein

In einem Bach nehme ich ein Bad.
Im Hintergrund das Plateau, auf dem das
Kloster Debre Damo liegt.

heimischen Christen immer noch ein heiliger Pilgerort geblieben. Einer Legende nach soll *Menelik I*, der Sohn Salomons und Makedas, die den Juden heilige Bundeslade samt der Tafel der von Gott Moses gegebenen Zehn Gebote hierher gebracht haben. Einer anderen Legende zufolge sei es einer Gruppe von Juden bei der Einnahme Jerusalems und der Zerstörung ihres ersten von Salomon erbauten Tempels 587 v. Chr. gelungen, ihr Heiligtum noch rechtzeitig heimlich aus der Stadt zu tragen und über Ägypten nach Äthiopien zu bringen. Von dort aus verbreiteten sie den mosaischen Glauben, während ihre von Nebukadnezar gefangenen Glaubensbrüder in die so genannte „Babylonische Gefangenschaft" geführt worden waren. Wahrscheinlich entspricht keine der zwei Legenden der Wahrheit, was aber nicht daran hindert, dieser wohl nachstilisierten Bundeslade einen geheiligten Platz in der durch *Haile Selassie* neu errichteten Kathedrale mit dem Namen *Maria von Zion* einzuräumen. Zeugnisse der einst mächtigen Metropole geben stehende oder umgefallene, aus Granit gemeißelte und mit Zeichnungen und Inschriften versehene Stelen, deren größte eine Länge von 34 Meter misst.

Im Hotel hatte ich mich mit *Paul* angefreundet, der zu meiner Verwunderung drei Pässe besaß, einen schweizerischen, einen schwedischen und einen israelischen. Er wollte gerne für ein paar Tage sich meiner abenteuerlichen Art des Reisens anschließen. Wir wurden gewarnt, das Kloster Debre Damo nicht zu besuchen, da dieses sich in unmittelbarer Grenznähe von *Eritrea* befinde. Denn dort wurden mit den äthiopischen Truppen heftige Gefechte geliefert, und es kam immer wieder vor, dass bewaffnete Eritreer Raubzüge auf äthiopisches Gebiet unternahmen. Jenes Land stand nach dem Abzug der Italiener ab 1942 elf Jahre lang unter englischer Verwaltung, wurde dann als autonome Provinz Äthiopien zugeteilt, doch das Mutterland hob deren Autonomie wieder auf und integrierte es 1962 als von Addis Abeba zentral geleitete Provinz. Und nun bildeten sich muslimische und christliche Kampfeseinheiten, um die Eritrea garantierten alten Rechte wieder zu beanspruchen, ja sich ganz als selbständiger Staat etablieren zu wollen. Bis 1993 sollen in diesem Krieg zwischen Äthiopien und Eritrea inklusive der inneren Bürgerkriege Hunderttausende von Menschen ihr Leben verloren haben.

Entgegen aller Warnungen unternahmen Paul und ich es trotzdem, dieses berühmteste und eines der ältesten Klöster des Landes aufzusuchen. Auf der Straße, die von *Aduwa* nach *Adrigrat* führt, ließen wir uns an der Gabelung der Piste absetzen, die nach jenem *Kloster Debre Damo* führte, zu dem wir jedoch die letzten etwa 20 Kilometer zu Fuß zu marschieren hatten. Dieses liegt auf einem, sich steil aus der Landschaft erhebenden, Plateau, zu dem keinerlei Wege oder Stufen hinaufführen. Die einzige Art und Weise, dort hinaufzugelangen, war ein herabgelassenes Seil, an dem man sich hochzuziehen hatte. Endlich gelangten wir an der Stelle dieses Felsens an, wo dieses Seil aus einem kleinen holzgefertigten Überbau nach unten hing. Durch die Geröllanhäufungen um diesen Tafelberg herum mochten es nur 15 bis 18 Meter sein, um sich dort hinauf zu wuchten. Noch unten stehend kam ein etwa 14-Jähriger auf uns zu, dem wir durch Gesten unseren Wunsch ausdrückten, zum Plateau hinaufzugelangen. Er gab uns zu verstehen, dass wir erst die Erlaubnis des Abtes benötigten. Gegen einen Bakschisch war er bereit, uns diese einzuholen. Er packte das Seil mit beiden Händen und zog sich daran hoch, indem er gleichzeitig mit seinen Füssen die Steilwand nach oben kletterte. Alles schien so leicht zu sein. Nach einer Weile ließ er sich mit einem Mönch oben sehen, der uns seine Bereitschaft, nach oben zu kommen, zuwinkte. Der Junge ließ sich behände am Seil wieder herab und band nun ein zusätzliches zur Sicherheit für Besucher bestimmtes Seil, das der Mönch herunterwarf, um meinen Bauch und verknotete es dort. Würde ich es nun schaffen, mit Hilfe dieser beiden Seile nach oben zu gelangen? Ich packte das dickere der beiden nun mit beiden Händen an und zog mich daran hoch, während meine Füße an der Wand mitzuschreiten unternahmen. Aber es wollte mir nicht recht gelingen. Ich mochte auch schon fünf Meter in gleicher Weise, wie der Junge es demonstriert hatte, zurückgelegt haben, als meine Arme zu erlahmen drohten. Was wäre, wenn ich jetzt das Seil loslassen müsste und der oben an dem mir umwundenen zusätzlichen Seil mich gleichzeitig nach oben ziehende Mönch das Seilende nicht festhalten konnte? Als ob er meine Gedanken erraten hätte, ließ er das von ihm gehaltene Seil etwas herab, und ich fiel ein, zwei Meter, mich noch an dem dickeren Seil haltend, nach unten, sodass die Füße über mir in der Luft schaukelten. Oh weh! Ich sah nun alles auf dem Kopf. Paul rief mir zu, mein

Vorhaben aufzugeben. Doch mein Trutz-Kopf sagte: „Nein. Ich werde nicht aufgeben!" Doch noch waren über zehn Meter zu bezwingen. Jetzt zog der Mönch wieder mit Macht das Halteseil nach oben, sodass ich die Füße wieder unter mir zu sehen bekam. Und weiterhin mich nach oben hangelnd, zog er nun an seinem Seilende, während ich mich zusätzlich an dem Kletterseil hochzog, ohne aber die Füße noch in Klettermanier an der Wand unterstützend zu Hilfe zu nehmen. Und die letzten Meter gar zog er mich nun vollends nach oben. Ich hatte es geschafft! Ich stand nun vor einem älteren bärtigen Mönch, der wie ich ebenfalls in Schweiß gebadet war, hatte er doch eventuell noch nie solch eine komplizierte Fracht nach oben befördert. Schließlich band er mich von dem Halteseil los und warf das eine Ende für Paul hinunter. Doch als ich ihm zurief, nun nachzukommen, gab er mir durch Rufe zu verstehen, dass ihm dieser Herausforderung zu gefährlich sei. Er wolle die Nacht hier in der Gegend in seinem Schlafsack verbringen, sodass wir uns am nächsten Morgen hier wieder treffen wollten. Nun wurde mein Rucksack hochgezogen. Und mit dem Mönch schritt ich nun auf die Hauptgebäude zu.

An dieser Steilwand kletterte ich am Seil zum Kloster hinauf.

Das Plateau ist etwa 500 Meter lang und einen 250 Meter breit. Es war öfter schon in feindlicher Absicht belagert worden, doch nur einmal gelang es einem türkischen Heerführer, mit seinen Soldaten das Kloster zu erklimmen und dessen Schätze zu rauben. Im 15. Jahrhundert nahm sogar die ganze königliche Familie vor den sie verfolgenden moslemischen Eroberern hier Zuflucht. Tatsächlich weideten auf dieser nach allen Seiten steil abfallenden Fläche Kühe und Schafe. Ich hatte Glück, dort einem Mönch vorgestellt zu werden, der ein wenige Englisch sprach und mich nun durch die beiden Kirchen führte, deren Holzbalken mit eigenartigen Tiersymbolen ausgeschnitzt waren. Die älteste dieser beiden soll aus dem 8. Jahrhundert stammen, während das Kloster selbst im 6. Jahrhundert gegründet wurde. Er zeigte mir auch die Zisternen und meinte, dass sie sich hier oben bei eventuellen längeren Belagerungen selbst versorgen könnten. In dem Refektorium durfte ich mit den Mönchen am Abend gemeinsam essen.

Am nächsten Morgen ließ ich mich unter Zuhilfenahme des das Halteseil haltenden Mönches an meinem Kletterseil relativ mühelos herab. Unten wartete schon Paul. Er hatte die Nacht in einer Besucherkammer des benachbarten Frauenklosters übernachten dürfen. Und wieder die steile Wand nun von unten betrachtend, mochte ich gedacht haben, wie leichtsinnig ich doch gewesen war, als ungeübter Kletterer diese Steilwand erklommen zu haben. Wie leicht hätte mein Leben hier ein Ende finden können, oder ich wäre zumindest für den Rest des Lebens mit Querschnittslähmung im Rollstuhl gelandet.

4. Die in Stein gehauenen Wunder von Lalibela

Als wir zur Hauptstraße wieder zurückmarschiert waren, standen Paul und ich wieder an der Straße und ließen uns von angehaltenen Fahrzeugen mitnehmen. Auf der Strecke nach *Makale* war es wohl, dass ein Fahrer auf einer Bergstation etwas zu besorgen hatte, bevor er am nächsten Tag weiter in den Süden fahren wollte. Auf seine Frage, ob wir mitkommen wollten, gebe es doch dort oben auch eine günstige Übernachtungsmöglichkeit, stimmten wir zu. Dort quartierten wir uns ein. Und da das warme Wetter uns geradezu einlud, stiegen wir auf Schafspfaden den steilen Berghang hinauf und hofften, von dort oben einen großartigen Überblick über die Landschaften zu genießen. Oben verschwitzt angekommen, befanden wir uns sicherlich auf einer Höhe von 3.000 bis 4.000 Meter. Von hier oben erfreuten wir uns bei strahlendem Sonnenschein am Anblick der unter uns sich ausbreitenden Landschaft. Zur westlichen Seite hin ging es einige Hundert Meter direkt steil abwärts. Wie gebannt schauten wir den zerfetzten Wolkenmassen zu, die nun von dort unten mit großer Geschwindigkeit zu uns hochgewindet kamen. Und als wir uns umdrehten, entdeckten wir, dass diese Wolken sich über uns formierten und schließlich uns einhüllten, sodass wir uns plötzlich in einem Nebelfeld sahen, welches nur noch eine Sicht von fünf bis zehn Metern zuließ. Wir hatten uns auf dieser Höhe zu lange aufgehalten, denn es war uns klar, dass wir uns vor Dunkelheit in unserem Bergdomizil wieder einzufinden hatten, wurde es doch nach Sonnenuntergang immer kälter, sodass nachts sogar Kältegrade erreicht werden konnten. Wir trugen jeder nur ein T-Shirt, das uns nicht, wenn wir hier oben die Nacht zubringen müssten, vor dieser Kälte zu schützen vermochte. Leider hatten wir uns, die wir auf dieser Höhe hin- und hergegangen waren, nicht gemerkt, wo sich unser Pfand nach unten befand. Wir irrten nun im Nebel herum. Als dieser sich ein wenig zur einen Seite auflichtete, entdeckten wir einen jungen Schäfer mit seiner Herde. Wir liefen auf ihn zu. Und dieser, der wohl meinte, zwei fremde Geister kämen aus den Wolken auf ihn zu, lief, so schnell er konnte, einen Pfad hinab. Wir riefen ihm nacheilend zu, stehen zu bleiben, doch er war dann endgültig unseren Augen entschwunden. Und als die Wolken nun wieder dichter uns eingenebelt hatten, beschlich uns die Angst. Wie sollten wir nun den langen Weg zurückfinden? Denn bald musste die Sonne untergehen, die sich unseren Blicken hinter dem Nebel schon längst entzogen hatte. Und auf einmal erinnerte ich mich wieder an mein in der Hosentasche mitgeführtes Pendel. Wer gab mir nun die Idee ein, mein Pendel zu bedienen? Und nach der mit meinem unsichtbaren Helfer eingeübten Weise befragte ich es, indem ich jeweils meine Hand in eine bestimmte Richtung ausstreckte: „Sollen wir nun in diese Richtung gehen?"

*Wir genossen diesen weiten Ausblick, bis der dichte Nebel
zu uns heraufstieg.*

Das Pendel gab ein Nein zu Antwort. Und so fragte ich, die Hand jeweils in eine andere Richtung ausstreckend, weiter, bis ich ein Ja erhielt. An einer nächsten Pfadkreuzung wiederholte ich die Fragen. Und tatsächlich fanden wir auf diese Weise die Pfade durch den dicken Nebel den Berg wieder hinunter, sodass wir uns bei Dämmerung im Berghotel einfinden konnten. Am nächsten Tag liehen wir uns Pferde und ritten über die Bergwiesen dieser prächtigen Landschaft.

In *Makale* trennten wir uns, da Paul wieder zurück nach Addis Abeba reisen musste, um rechtzeitig sein Flugzeug nach Europa zu erreichen. Mein Ziel war nun *Lalibela*. Über diesen heiligen Ort hatte ich schon einiges in Addis Abeba durch Reisebeschreibungen und Berichte in Erfahrung bringen können. Der *Kaiser Lalibela* der 300 Jahre

lang bestehenden *Zague Dynastie* begründete hier um 1200 seine Hauptstadt mit dem Namen *Roha* und ließ mehrere Kirchen in das Gestein meist von oben nach unten hin einmeißeln. Die wirklichen Gründe, die ihn dazu bewegt haben konnten, blieben ein Geheimnis. Eine der Legenden besagt, dass Gott ihm erschienen sei und ihm den Auftrag zu diesen Bauten gegeben habe. Ich fand in einem kleinen Hotel ein aus Brettern gefertigtes Zimmerchen zu günstigstem Preis. Und dann machte ich mich auf den Weg, mir diese in Stein gehauenen Weltwunder anzusehen.

Vor dem Eingang der größten in den Felsen hineingehauenen Kirche

Die meisten der elf dort zu bewundernden Kirchen entstanden derart, dass man erst einen bis elf Meter tiefen rechteckigen Schacht von gut zwei bis sechs Meter Bereite von der Oberfläche her hinabmeißelte und dann den in der Mitte nun dastehenden großen Block aus Tuffgestein von den vier Seiten her nach innen ausschlug, sodass sich dort große Innenräume ergaben. Die Innen- und Außenwände wurden mit dekorativen Ornamenten behauen. Diese aus dem Stein von oben nach unten herausgehauenen Kirchen übertrafen auch jene mir bereits bekannten, ebenfalls aus dem Fels herausgemeißelten Tempel im indischen *Ellora* und auch jene aus dem Stein herausgeschlagenen Gebäude und Tempel in dem von mir besuchten jordanischen *Petra*. Diese Tempelkirchen sind in zwei Gruppierungen angeordnet, und es existiert auch ein unterirdischer Gang, der die beiden Plätze verbindet. Ein kleiner Bach heißt *Yordan*, ein Platz ist nach dem Berg *Golgatha*, der andere nach dem Berg *Sinai* benannt. Ein großer Steinsockel soll das *Grab Adams* darstellen. Wie eine weitere Legende besagt, wollte der Kaiser an diesem Ort ein zweites christliches Jerusalem begründen, da dasjenige in Israel nun in die Hände der moslemischen Eroberer gefallen war. Übrigens gibt es über 150 aus dem Stein herausgeschlagene Kirchen, die sich über das ganze äthiopische Hochland verteilen.

Mönche beim Beten und Singen

Koptische Geistliche stellen sich gerne als Fremdenführer zur Verfügung. Am meisten beeindruckte mich die größte dieser Felsenkirchen mit dem Namen *Bete Medhane Alem*, zu der man durch einen acht Meter langen Gang gelangt. Sie ist 13 Meter lang, und ihre Breite wie auch die Höhe misst je neun Meter. Sie ist vor allen anderen Kirchen mit den beeindruckenden Reliefs und Malereien ausgeschmückt. Ornamente an Säulen und an der Decke vermehren diese Pracht.

Im Andenken an den Kaiser Lalibela taufte man diesen Ort um, sodass er nun dessen Namen trägt. Während der heiligen Festtage wird er von Tausenden aufgesucht. Über diesen heiligen Ort schrieb im 16. Jahrhundert der Portugiese *Francisco Alvarez: „Es ist mir genug, weiter über diese Denkmäler zu schreiben, denn wahrlich wird mir niemand glauben, wenn ich noch weiter schreibe, und weil man mich schon wegen dessen, was ich bereits geschrieben habe, für einen Lügner halten wird. Deshalb schwöre ich bei Gott, in dessen Gewalt ich bin, dass alles, was ich geschrieben habe, die Wahrheit ist, und dass ich sogar einiges ausgelassen habe, aus Furcht, man würde mich der Fälschung verdächtigen – so groß ist mein Bedürfnis, dieses Wunder der Welt bekannt zu machen ..."*. Jeder, der Lalibela besucht hat, wird diesem Bericht seine Zustimmung nicht verweigern.

Beim Bau einer Hütte

247

Beeindruckt von diesen Felsenkirchen, kehrte ich in dem kleinen Ort zu meinem Hotel zurück. Mir war schon anfangs eine junge Frau aufgefallen, die dort tagsüber mit vielen Tätigkeiten beschäftigt war und mich nun auch beim Abendbrot bediente. Nachts war sie sicherlich – wie üblich in solchen Hotels – frei, sich bei Bedarf zu einem Mann ins Bett zu legen. Ich nannte ihr meinen Namen, und sie sagte, dass sie *America* heiße. Diesen Namen hatte ich noch nie bei einem Mädchen vernommen. Vielleicht war es auch nur ein Deckname? Ich verdeutlichte ihr durch Gesten, dass ich sie gerne heute Nacht in mein Bett einladen möchte. Sie gab sich sehr keusch, doch hatte ich den Eindruck, dass sie zögernd einwilligte. Natürlich kannte sie mein Zimmer. Auch hatte ich schon festgestellt, in welchem Zimmer sie schlief. Bald war es schon sehr spät geworden, und im Hotel waren schon alle Lichter ausgeschaltet. Ich wartete vergeblich, dass sie durch die angelehnte Tür, wie verabredet, hereingeschlüpft käme. Schließlich klopfte ich an ihrer unverschlossenen Tür und öffnete sie. Und dann lag ich in ihren Armen. Ich fragte sie, die sich immer noch schüchtern gab, warum sie nicht zu mir gekommen sei, und dann glaubte ich den Grund dafür zu wissen. Sie hatte noch nie mit einem weißen Mann geschlafen und war deshalb verängstigt, dass dieser durch rohes Vorgehen ihr wehtun könnte.

Am nächsten Morgen verabschiedete ich mich von meiner jetzt nicht mehr schüchternen Bettgenossin, der ich ein wenig Geld zusteckte. Und mit meinem aufgeschnallten Rucksack und Regenschirm wanderte ich querfeldein in südöstliche Richtung, schlief nachts bei einem Bauern, und auf der Hauptstraße angelangt, ließ ich mich von Autos zurück in die Hauptstadt mitnehmen, in welcher ich nach vierwöchiger Rundreise wieder eintraf. Am folgenden Tag ging ich zur Botschaft Kenias, um mir das benötigte Visum zu besorgen, fuhr anschließend zum Goethe-Institut und setzte mich wieder in den Lesesaal. Mit der Gründung solcher von der deutschen Regierung unterstützten Institute zur Verbreitung deutscher Kultur und Sprache wurde, wo solche Einrichtungen sich auch immer niedergelassen haben mochten, der Name unseres größten und mir als Vorbild dienenden Dichters in vielen Ländern zu einem Begriff. Viele vor allem junge

Leute besuchten diese Institute, um hier die deutsche Sprache vermittelt zu bekommen und mit den sich angeeigneten Sprachkenntnissen dann zu versuchen, ein Stipendium zum Studium oder für eine fachliche Ausbildung in Deutschland bewilligt zu erhalten. Noch war mir nicht klar, dass dieser Dichter mit anderen jenseitigen Schriftstellern mir beim Schreiben des Molar-Romans behilflich sein würde.

Man hatte gerade eine Lieferung von Taschenbüchern aus Deutschland von einem Verlag erhalten, die an Interessierte zu verschenken waren. Ich durfte mich also nach Herzenslust mit Lesestoff eindecken. Ich entdeckte darunter einen mir noch unbekannten Roman von *Knut Hamsun* und ein Buch des isländischen Nobelpreisträgers *Haldor Laxness*. Auch steckte ich mir den zweiten Band von *Oswald Spenglers Der Untergang des Abendlandes* ein, bedauernd, dass der erste Band nicht mitgeliefert worden war. Unter diesen Büchern befand sich auch sechsmal der vierte Band einer Gesamtausgabe der Bachschen Kantaten. Wie konnte man solche Bücher den weiten Weg nach Afrika transportieren lassen, denn wer würde sich hier für solch ein Taschenbuch interessieren können, zumal er befähigt sein müsste, Noten zu lesen, was mir leider in diesem Leben versagt bleiben sollte? Ich habe hin und wieder unsinnige, als Entwicklungshilfe deklarierte Waren in Afrika entdecken müssen, die man wohl aus steuerlichen Abschreibungsgründen verschickte.

Nach zehn Tagen stand ich wieder an der nach Süden hin führenden Ausgangsstraße. Über *Soddu* und das an einem wunderschönen See gelegenen Arba Minch kam ich nach Awasa in der Provinz *Sidamo*. Hier besuchte ich ein von Finnen betreutes *Waisenhaus* mit zugehöriger Schule. Obwohl es von Finnland aus mit Geldern unterstützt wurde, fehlte es doch an Vielem, besonders, als auch arme Mütter mit ihren Kindern die finnischen und einheimischen Mitarbeiter anflehten, ihnen ebenfalls Nahrungsmittel und Kleidungsstücke zu geben. In den nächsten Tagen schrieb ich einen Brief an meinen Freund Jochen in Berlin mit der Bitte zu veranlassen, dass die Schüler seiner Klasse, die noch vor einem Jahr die meinen waren, ihre Eltern ersuchen sollten, nicht gebrauchte Kleiderstücke zu sammeln und sie an die von mir angegebene Adresse des Waisenhauses zu schicken. Wie ich später erfuhr, ist solch ein Paket auch abgeschickt worden. In einer der ärmsten Gegenden des Landes sollte in einigen Jahren der deutsche Filmschauspieler *Karl-Heinz Böhm* für Waisen und Arme ein Zentrum gründen, der sich nicht scheute, in Deutschland durch öffentliche Auftritte und Fernsehaufrufe Gelder für seine Organisation zu sammeln. Ich habe vor solch einem Menschen wahrer Liebe den größten Respekt. Und ich nahm mir vor, wenn ich wieder einmal zu den Verdienern gehören sollte, mich auch für die Ärmsten unserer Welt einzusetzen. Selbst wenn diese Bedürftigen aus karmischen oder anderen Gründen Hunger und Kälte erleben sollten, verschulden wir uns doch trotzdem, wenn wir als Wissende uns dieser Not gleichgültig gegenüber verhalten. Die Erde ist eine Schule des Lernens mit dem Hauptfach Liebe. Jede egoistische Einstellung anderen Menschen gegenüber, die sich in Not befinden, ist ein Ausdruck von Lieblosigkeit. Aus Lerngründen müssen wir dann eventuell einmal selbst zu den Bedürftigen gehören, um zu wissen, wie es ist, hungern und frieren zu müssen.

Die damals noch ungeteerte Hauptstraße von Addis Abeba nach Nairobi.
Rechts ein Ameisenhügel

Die einheimische Leiterin dieses Waisenhauses schickte mir einige Monate später einen Brief mit den Namen von Schulkindern mit der Bitte, für diese deutsche Eltern oder auch Einzelpersonen zu finden, welche die Armen durch einen geringen monatlichen Beitrag unterstützen könnten, damit die Heranwachsenden nicht mehr hungern müssten und vor allem eine gute Ausbildung bekommen könnten. Heutzutage ist es leicht, durch Suche im Internet solch ein Waisenhaus (auf Englisch „orphanage") in den Ländern der Dritten Welt ausfindig zu machen und dementsprechend ein Kind finanziell zu betreuen. Wir leben im Vergleich zu jenen armen Ländern zumeist in einem Überfluss, wie es ihn nie zuvor in unserer Geschichte gab. Schon der monatlich zu überweisende Gegenwert von einer halben Benzinfüllung würde einem armen Kind nicht nur dazu verhelfen, täglich satt zu werden und warm angezogen zu sein, sondern auch noch eine vollständige Schulausbildung zu erhalten.

Auf meiner Weiterfahrt zur Grenze des südlich sich anschließenden Kenias wurde ich von einem deutschen Bauingenieur aus Goslar in seinem Auto mitgenommen, der im Auftrag einer großen deutschen Firma dort den Straßenbau zu überwachen hatte. Er bewohnte mit seiner Frau einen größeren Wohnwagen, da er wie auch die anderen Straßenarbeiter mobil zu sein hatte, um mit der jeweiligen Streckenverlängerung auch sein mitzuführendes provisorisches Zuhause an Ort und Stelle zu haben. Dieses Ehepaar freute sich, einen solch unverhofften Besucher bei sich zu sehen, der ihnen in dieser gottverlassenen Gegend eine willkommene Abwechslung bedeutete und so viel über seine Reisen zu berichten hatte. Sie tischten mir ein deutsches Essen mit Sauerkraut auf. Wie ich erfuhr, war schon über 100 Kilometer geteerte Straße verlegt worden, und vor kurzem hatte ein diese Straße parallel verlaufender Fluss eine Jahrhundertüberschwemmung verursacht, sodass große Teile der teilweise schon ganz fertigen Straße hinweggespült worden waren. Niemand von der deutschen Firma habe mit solch einer Katastrophe gerechnet. Als ich später in Nairobi einen Ingenieur dieser Firm traf und ihm über jene Baustelle erzählte, berichtete er mir, dass jener Mann aus Goslar vor wenigen Tagen von Banditen erschossen worden war.

6. Kapitel Ostafrika

1.   Ein für mich sensationeller Buchfund in Nairobi

Am 13. Mai überquerte ich in *Moyale* die Grenze nach *Kenya.* Schon nach einigen Kilometern hielt der Fahrer an und fragte mich. ob ich ein Foto machen möchte, denn am Straßenrand hatten sich einige fast nackte Steppenbewohner postiert. Die Frauen mit ihren freien Brüsten trugen Arm-, Bein- und Halsschmuck. Und als ich ausstieg, um sie zu fotografieren, streckten sie die Hand aus und verlangten einen Dollar. Wie ich weiterhin auf meinen Reisen durch Ostafrika immer wieder erleben musste, gelang es kaum, ein Foto von fotogenen Steppenbewohnern aufzunehmen, ohne selbst von Kindern um einen Dollar angehalten zu werden.

Auf der Weiterfahrt zur Hauptstadt Nairobi reiste ich, dabei den Äquator überquerend, über *Meru* und *Embu* auf der östlichen Seite des mächtigen und schon seit Jahrtausenden verloschenen Vulkans des *Mount Kenya* entlang. Dieser ist mit seinen beiden Kraterrandspitzen von 5.199 und 5.188 Meter Höhe nach dem 320 Kilometer weiter südlich gelegenen Kilimandjaro-Vulkan der höchste Berg Afrikas. Beide sind mit ewigem Eis und Schnee bedeckt. Um dieses Bergmassiv herum führt eine Ringstraße. Die Ebenen rundherum sind das Stammesgebiet der *Kikujus*, deren Angehörigenzahl ein Viertel der Gesamtbevölkerung Kenias von 25 Millionen beträgt. Die Staatssprache ist Suaheli, doch werden die Stammessprachen weiterhin gepflegt. Da Englisch schon früh in den Schulen gelehrt wird, hört man auch diese Sprache mehr oder weniger gut in ihrer eigentümlichen Aussprache. Die Landesfläche ist etwas größer als die von Frankreich. Kenia erhielt 1963 von der englischen Kolonialmacht seine Unabhängigkeit. Sein erster Präsident war *Jomo Kenyatta*, ein Mann aus dem Volk der Kikujus. Er war in leitender Position der Mau-Mau-Kämpfer gewesen, die seit 1950 Aufstände gegen die englische Oberhoheit organisierten und die gefürchteten Überfälle auf weiße Farmen durchführten. Kenyatta wurde 1953 zu einer siebenjährigen Haftstrafe verurteilt, von der er sechs Jahre verbüßte. Er war zu meiner Zeit der mächtigste Mann im Lande, der, was viel Ärger bei anderen Stämmen auslöste, seiner Familie und seinen Stammesangehörigen die höchsten und lukrativsten Posten im Staats- und Wirtschaftswesen zukommen ließ.

Das pompöse Kenyatta International Kongress-Zentrum in Nairobi

1886 hatten sich das englische Königreich und das deutsche Kaiserreich über die Aufteilung Ostafrikas einigen können, sodass eine Demarkationslinie von der Mitte des Victoriasees nördlich am Kilimandscharo vorbei zum Indischen Ozean hin festgesetzt worden war. Die Engländer begannen schon 1895 mit dem Bau der ersten Eisenbahnstrecke, die ab 1901 sogar bis zum Victoriasee führte. Um die Vorfinanzierung der teuren Schienenverlegung, zu der sie aus Indien Tausende von Arbeitern importierten, zu begleichen, mussten die Schätze des Landes ausgebeutet werden. Doch am lukrativsten erwiesen sich außer Bodenschätzen die Anpflanzung von Kaffee und Tee. Viele dieser indischen Kulis blieben nach Fertigstellung der Schienenwege in Kenia, ließen aus Indien ihre Frauen nachkommen, sodass ich in Nairobi und in anderen Städten viele indische Geschäfte vorfand, hatten sich doch die „asians" (Asiaten), wie man sie hier nannte, auf den Handel spezialisiert und dadurch dieses Land zu einem gewissen Wohlstand verholfen, den sie sich mit den privilegierten Kenianern und den Weißen teilten. Übrigens bezeichneten die Einheimischen gerne die Europäer als „wa benzi" (Mercedes-Menschen), da diese sich oft einen Mercedes Benz leisten konnten.

Der erste Zug mit Dampflokomotive erreichte *Nairobi* 1899. Seitdem wuchs dieser Handelsort beständig an, sodass sich zu meiner Zeit schon über eine Millionen Bewohner hier niedergelassen haben dürften. Die Weißen hatten im Südosten der Stadt ihre eigenen Villen, wie auch die Inder ihre Häuser getrennt von den schwarzen Einheimischen errichteten. Seit 1905 wurde Nairobi Hauptstadt des damals noch Britischen Protektorats und ab 1963 die der Republik Kenia. Sie liegt auf einer Höhe von 1.600 Metern, und ihre Entfernung zum Meer nach Mombasa beträgt fast 500 Kilometer. Ich fragte mich in dieser mit Regierungspalästen, internationalen Banken, Firmenkomplexen, Kirchen, Moscheen, Hindu-Tempeln, Universitäts- und Botschaftsgebäuden versehenen stickig heißen Stadt nach einer günstigen Übernachtungsmöglichkeit in der Innenstadt durch, und man verwies mich auf ein kleineres Hotel, das mit Restaurant und Bar ausgestattet war. Hier traf ich auch verschiedene Rucksackreisende, die wie ich Ostafrika mit den billigsten Transportmitteln bereisen wollten, jedoch von Reisen per Anhalter, wie ich es bevorzugt unternahm, aus

Sicherheitsgründen Abstand nahmen. Am nächsten Tag begab ich mich zur deutschen Botschaft in der Erwartung, dass neben anderer Post eventuell sogar eine Antwort von *Rosemary Brown* auf meinen Brief aus Addis Abeba vorliegen könnte. Tatsächlich erhielt ich einen Brief ihres Londoner Verlegers, der in ihrem Auftrag mir antworten sollte. Hier nun einige Auszüge: *„Frau Brown glaubt, dass alle Inspiration von dem Einen Großen Wesen (The One Great Being) uns eingegeben wird, wobei diese uns gelegentlich direkt zufließt, jedoch meist ausgefiltert wird durch viele Seelen wie zum Beispiel durch höhere Wesenheiten (higher spirits) aus der jenseitigen Welt oder aus anderen Sphären. Sie ist davon überzeugt, dass vielen Künstlern nicht bewusst ist, was die Quelle ihrer Inspiration ist und ob sie eine spezielle Mission auf Erden zu erfüllen haben. Liszt, Chopin und Beethoven glaubten auf jeden Fall an Gott und an ein Leben nach dem Tod."* Und er fügte hinzu, dass Rosemary Brown ihrem Verleger den Auftrag erteilt habe, mir ihr neues Buch zukommen zu lassen, das jedoch aus Versehen leider nicht per Luftpost aufgegeben worden war. Dies bedeutete für mich, dass ich in einigen Wochen nach Nairobi zurückzukehren hatte, um es dann hoffentlich in Händen zu halten.

Ich entdeckte bald, dass in dem Restaurant und an der Bar meines Hotels sich allabendlich einige „Mädchen" aufhielten, die darauf warten, von wem auch immer der hier Logierenden mit auf das Zimmer genommen zu werden. Besonders attraktiv ihrer schlanken Figur und ihres feingeschnittenen Gesichtsausdrucks wegen taten sich unter all den Liebesdienerinnen diejenigen aus Somali hervor, deren Hautfarbe etwas heller war. Diese „Somali girls" waren die unliebsame Konkurrenz für die einheimischen „girls". Immer, wenn ich von solch einer käuflichen Frau angezogen wurde, haderte ich in mir. Auf der einen Seite zog mich mein sexueller Trieb zu ihnen hin, auf der anderen Seite spukte immer meine fleischgewordene Fatamorgana, eben jene Maria aus Berlin, in meinem Kopf herum. Für sie wollte ich mich eigentlich reinhalten. Aber dann machte ich mir wieder klar, dass ich ja nicht ihr Typ war und sie mich nie als Geliebten haben wolle. In dieser Art in meinen Gefühlen hin- und hergeschaukelt, versagte ich mich oft einer mich Umwerbenden, und wiederum sagte ich mir, ich könne diesen utopischen Traum an Maria nur dadurch durchbrechen, indem ich mich voll meinen sexuellen Trieben hingab und mich in die Arme von den mir am verführerischsten erscheinenden Frauen warf. Und da diese schnell verstanden, dass ich kein reicher „wa benzi" sein konnte, boten sie mir ihre Liebesdienste für einen geringen Sonderpreis an. Überhaupt scheinen die Ostafrikaner spielerischer mit der Sexualität umzugehen, obwohl das Christentum durch ausgiebige Missionarstätigkeit sie an jene in Europa ausgeprägten Moralvorstellungen zu gewöhnen unternahm. Vor Gonhorrhö und anderen Geschlechtskrankheiten musste man sich wie überall in Afrika durch Präservative schützen. Doch AIDS war noch nicht bekannt und sollte dieses Land ab Mitte der 1980er Jahre mit allmählich sich vermehrender Wucht in den 1990er Jahren heimsuchen, sodass bis zum Ende des ersten Jahrzehnts des 21. Jahrhunderts nach Schätzungen die gesamte Todesziffer sich auf zwei Millionen belaufen dürfte. Hunderttausende von Kindern, so sie nicht ebenfalls an dieser Krankheit werben, würden als Waisen keine Eltern oder manchmal auch keine Onkel und Tanten mehr haben und müssten bei Großeltern oder in Waisenhäusern untergebracht werden. AIDS ist für Afrika der größte Fluch am Ende des 20. und zu Beginn des 21. Jahrhunderts.

In der deutschen Botschaft ließ ich mir einen Zahnarzt empfehlen, da ein kranker Zahn dringend behandelt werden musste. In seiner Praxis angekommen, begrüßte dieser mich mit Handschlag und fragte mich nach meinem Woher und Wohin. Er selbst war gebürtiger Ungar und sprach ein gutes Deutsch. Während er mein Gebiss untersuchte, vernahm ich aus dem Hintergrund ein Streichquartett von Beethoven, das mir sehr vertraut war. Ihn darauf ansprechend, sagte er, dass er beim Arbeiten immer eine Platte mit klassischer Musik auflege, da es ihn während seiner Tätigkeit beflügele und auch dem Patienten gute Schwingungen verpasse, die seine Ängste minimierten oder ihn zumindest ablenken könnten. Und schließlich, da wir beide Kenner der klassischen Musik waren, legte er ein kammermusikalisches Stück auf, dessen Komponisten zu erraten er mir aufgab. Und während er mit dem Bohren meines Zahns begann, überlegte ich, welches Musikgenie dieses Werk geschrieben haben könnte, konnte es sich doch nicht um ein Stück der mir vertrauten Tonkünstler handeln. Nachdem die Füllung eingefügt war, fragte er mich, ob ich jenen erraten hätte, doch musste ich verneinen. Es war, wie er mir stolz mitteilte, ein Streichquartett von Louis Spohr.

Natürlich stöberte ich wieder in Buchhandlungen nach anregendem Lesestoff für meine Reisen. Oft wanderte ich in eine mir reizvoll erscheinende Gegend hinein und beobachtete die Menschen in ihrem Leben und Treiben. Doch dann an einem geruhsamen Platz befriedigte ich meinen geistigen Hunger wieder durch Buchlektüre. So suchte ich in einer großen Buchhandlung nach mir geeignet erscheinendem Lesestoff. In einem unteren Regal nahm ich fast jedes Buch zur Hand, ließ aber eines in greller roter Farbe unberührt. Nach langem Suchen, da das von mir unbewusst wichtige Buch nicht zu finden war, nahm ich mir einen Band der Erzählungen von *Leo Tolstoi* mit und bezahlte ihn an der Kasse. Als ich nun mit diesem Buch durch die Tür nach draußen schreiten wollte, packten mich zwei unsichtbare Hände, drehten mich um und führten mich geradewegs zu jenem Buch, das ich mir der blutroten Farbe wegen nicht angesehen hatte. Ich ergriff es und wusste in demselben Augenblick, dass ich dieses Buch zu erwerben hierher geführt worden war. Wer hatte mich wohl zu diesem Buch geführt? War es mein Geistführer? Oder wer? Sie, liebe Leserinnen und Leser, werden jetzt gespannt sein, um welches Buch es sich handelt. Es war eine Biographie über *Uri Geller* verfasst von dem amerikanischen Ohrenarzt und Miterfinder der Hörgeräte Professor *Andrija Puharich*, der über zwei Jahre lang diesen israelischen Wundermann auf seinen Reisen und bei seinen öffentlichen Auftritten begleitet hatte. In meinem Hotelzimmer angekommen, vermochte ich dieses vor Begeisterung wirklich kaum aus der Hand legen. Was wusste ich bisher über Uri Geller? 1974 trat er in einer deutschen Fernsehshow auf, verbog dort Gabeln und Löffel, forderte dann die drei bis vier Millionen Fernsehzuschauer auf, zu Hause Besteck aus ihren Schubladen vor den Fernseher zu legen oder gar in der Hand zu halten, und außerdem, so sie stillstehende Uhren hätten, diese ebenfalls vor ihren Fernseher zu stellen und sich dann auf den vor ihnen liegenden oder in der Hand gehaltenen Gegenstand zu konzentrieren. Und in Tausenden von Haushalten verbog sich das Besteck und tickten die Uhren wieder. Die verblüfften Menschen, die solch ein

Wunder zu Hause demonstriert bekamen, riefen sofort bei der Fernsehanstalt oder am folgenden Tag bei lokalen und bundesweiten Nachrichtenmagazinen an, um über das Erlebte zu berichten. Solche und ähnliche Fernseh- oder Bühnenauftritte hatte dieser „unheimliche Zauberer" in vielen Ländern öffentlich demonstriert. Meine in der Schweiz wohnende Schwester *Iris* teilte mir bei einem meiner Besuche mit, dass sie ebenfalls diese Fernsehshow mitverfolgt und auch einiges Besteck vor den Fernseher gelegt hatte, jedoch hatte sich dieses zu ihrem Kummer nicht verbogen. Als sie diese Stücke nun in den Besteckkasten zurücklegen wollte, entdeckte sie zu ihrem Schrecken, dass die meisten anderen dort befindlichen Besteckteile verbogen waren. Wer konnte wohl dort hineingelangt haben? Und obwohl Uri Geller seine Wunderdemonstrationen in vielen Ländern vorführte und sich von wissenschaftlichen Instituten wie zum Beispiel den Laboratorien der Stanford Universität in Kalifornien unter strengster Observation mit schriftlich bestätigtem Erfolg testen ließ, wurden seine Darbietungen von den das Newtonsche Weltbild verteidigenden Wissenschaftlern als Trickserei hingestellt. Keiner von ihnen kam auf die von Uris Einwirken in den vielen Haushalten verdrehten Bestecke zu sprechen, wäre das doch der sichere Beweis dafür gewesen, dass übersinnliche Kräfte im Spiel gewesen sein müssten, die eben die Wissenschaft grundsätzlich ablehnt. Das ganze bisherige wissenschaftliche Weltbild wäre durch eine Anerkennung dieser Phänomene ins Wanken geraten. Das durfte nicht sein! Es war nun ein Leichtes, durch im Fernsehen nachahmende Zauberkünstler ebenfalls durch Tricks derartige Zauberstückchen vorzutäuschen, damit man erklären konnte, dass Uris Demonstrationen ebenfalls durch gleiche oder ähnliche Zauberkunststücke bewirkt sein müssen. Aber keiner dieser Zauberkünstler hat je über die Ferne in anderen Haushalten das Besteck zu verbiegen vermocht. In Amerika und England hat man aufgrund dieser vielen wissenschaftlichen Überprüfungen die von Uri bewirkten Phänomene anerkannt, ohne sie erklären zu können. Man nennt sie das *Uri-Geller-Phänomen*. Kaum ein amerikanischer Wissenschaftler bestreitet die Echtheit dieses unerklärlichen Phänomens. Nur in deutschen Berichterstattungen durch Fernsehen und Zeitschriften spricht man noch mit Bezug auf diese Demonstrationen als Taschenspielerkünste.

Nun erlaube ich mir an dieser Stelle einige Jahre zu überspringen. Denn wie es sich späterhin ereignen sollte, war ich nicht nur der Herausgeber seiner Autobiographie in Deutschland, sondern ich war auch bei zwei öffentlichen Veranstaltungen sein Simultanübersetzer. So ergab es sich, dass wir beide uns anfreundeten und ich ihn zweimal in seinem Schlösschen am Ufer der Thames in England besuchte, wo wir auch gegenseitig telepathische Versuche unternahmen. Er schlug mir sogar vor, dass ich ihn bei seinen Demonstrationen überall in der Welt begleiten sollte. Doch wegen eines in Deutschland unverständlicherweise gegen mich geführten Prozesses wegen Volksverhetzung wurde dieses Unternehmen verschoben, bis ich dieses Vorwurfes entbunden sein würde. (Der „Karmaprozess" ist unter www.bhakti-yoga.ch/Hardo zu verfolgen). Doch Uri vermag nicht nur Besteck und Schlüssel zu verbiegen und stillstehende Uhren wieder in Gang zu setzen, sondern er lässt sich sogar bei öffentlichen Auftritten Radieschensamen auf seine Handfläche schütten – ich stand bei diesen Demonstrationen neben ihm –, und er hielt seine andere Hand im Abstand von 10 bis fünfzehn 15 darüber. Und plötzlich schlug sich ein kleiner Keimling durch die Verschalung hindurch und wuchs vor aller Augen einige Zentimeter in die Höhe. Dann fragte er, wer ebenfalls dieses Phänomen auf seiner eigenen Hand erleben wolle. Einige meldeten sich, die dann über den auf ihrer Handfläche verteilten Samen auf sein Zeichen hin die andere Hand darüber hielten. Und tatsächlich bei drei der Versuchspersonen sprossen diese Keimlinge ebenfalls aus dem Kern hervor. Ein anderes von ihm oft demonstriertes Phänomen besteht darin, dass jemand Beliebiges eine Skizze zeichnet, und Uri, der sich in einem Nebenraum aufhält, eine Kopie davon anfertigt. Dieses Phänomen demonstrierte er auch vor Wissenschaftlern in einer Isolationszelle, dem so genannten Faraday-Käfig. Heute ist Uri ein reicher Mann, denn er entdeckte mit Hilfe seiner Hände, als er über Gebiete geflogen wurde, in der Erde versteckte Öl- und Kohlefelder, wie man auch nach seinen Angaben in bisher unbekannten Gebieten dieser Erde erfolgreich nach Gold und Diamanten schürfen konnte.

Dieses Buch des amerikanischen Professors wies auch auf Uris Kontakte mit Außerirdischen hin. Er versetzte den 25-jährigen Wundermann in Trance, als durch diesen sich eine metallisch klingende

Stimme kundgab, die erklärte, dass sie (die Außerirdischen) es gewesen seien, die ihn im Alter von drei Jahren bei seinem Lichterlebnis im Garten „programmierten", einer ihrer Mithelfer zu werden, die den Menschen helfen. Und hier zitiere ich wörtlich: „Wir offenbaren uns jetzt, denn wir glauben, dass sich die Menschheit auf der Schwelle zu einem Weltkrieg befindet. Pläne für einen Krieg stehen bereits bei den Ägyptern fest. Und wenn Israel diesen Krieg verliert, wird die ganze Welt in einen Krieg geraten." (12.12.1971) Ich selbst hatte dem Phänomen der *Ufos* bisher noch kaum Beachtung geschenkt, obwohl ich einst als Pubertierender einen unvergesslichen Traum hatte, in welchem mich ein kleines Ufo zu einer mehrstöckigen Raumstation von ungeheurer Größe brachte, in welcher sogar Gärten mit Bäumen angelegt waren.

Doch *Andrija Puharich* drängte in Uri, ihm endlich ein Ufo zu zeigen, hatte dieser doch ihm im Vertrauen viel über seine Ufo-Erlebnisse erzählt. So ließen sich beide von einem Militärjeep in die Negev-Wüste im Süden Israels fahren, wo sich ihnen nach Durchgabe Uri ein Ufo zeigen würde. Und tatsächlich konnten Uri und dieser berühmte Wissenschaftler deutlich ein rotes Licht, das von einem Ufo ausgestrahlt wurde, erkennen, während die beiden im Jeep verbliebenen Soldaten dieses nicht zu erblicken vermochten. Wenn eine außerirdische Zivilisation über die Fähigkeit verfügt, unvorstellbar weite Strecken in relativ kurzer Zeit mit ihren Raumfahrzeugen zurückzulegen, warum sollten sie dann nicht auch in der Lage sein, auszusuchen, wer sie zu sehen bekommen darf und wer nicht? Ich würde nun damals all das, was in diesem Buch steht, sicherlich angezweifelt haben, gäbe es nicht die vielen von glaubwürdigen Zeugen und sogar von Wissenschaftlern bestätigten Dokumente. Auf jeden Fall wurde durch dieses Buch für mich eine neue Dimensionstür an Vorstellungsmöglichkeiten geöffnet, nicht ahnend, was ich noch alles auf meiner weiteren Afrikareise darüber erfahren sollte.

Mit dem Visum für Tansania ausgestattet, verließ ich nach einer Woche Nairobi mit dem Vorsatz, hierhin später auf jeden Fall zurückzukehren, um dann auch das Buch von Rosemary Brown in Empfang zu nehmen, hatte ich doch außerdem vor, von hier aus über Uganda per Anhalter weiter nach Zentralafrika zu reisen.

2.   Im ehemaligen Deutsch-Ostafrika

Hundertfünfzig Kilometer südlich von Nairobi überquerte ich die Grenze zu der *Republik Tansania*, das in seiner territorialen Ausdehnung der Größe von Frankreich, Deutschland und Dänemark zusammen entspricht. Die Küstenregionen zum Indischen Ozean waren schon seit dem frühen Mittelalter von arabischen Kaufleuten besucht, die hier wie auch auf der benachbarten Insel *Sansibar* Handelsstationen errichteten, um gegen Waren Sklaven und das begehrte Elfenbein einzuhandeln. Später im 16. Jahrhundert legten auch die Portugiesen an diesen Häfen an, wie auch andere europäische seefahrende Mächte vor ihrer Überfahrt über den Indischen Ozean hier vor Anker gingen. 1884 betrat der Sozialwissenschaftler *Dr. Carl Peters*, von der vorgelagerten Insel Sansibar kommend, den Boden des heutigen Tansania. Er hatte einen Verein mit dem Namen *„Gesellschaft für deutsche Kolonisation"* gegründet und wollte nun auf eigene Faust für das deutsche Kaiserreich Kolonien erwerben, ohne von der Reichsregierung dazu bevollmächtigt zu sein. Stammeshäuptlingen versprach er den Schutz der deutschen Truppen gegen Sklavenhändler, ohne dass er über ausgerüstete Soldaten verfügte, die dieses Versprechen hätten einhalten können. Als Zeichen dieses Schutzes ließ er bei jenen Stämmen die deutsche Flagge wehen. Bei seiner Rückkehr nach Deutschland fand er endlich auch bei Bismarck Gehör, der ihm einen kaiserlichen Schutzbrief ausstellen ließ für eine nun umbenannte „Deutsch-Ostafrikanische Gesellschaft". Der Sultan von Sansibar war erbost darüber, dass sein Festland von Peters für Deutschland reklamiert werden sollte. Er bat die Engländer um Hilfe. Doch auf Peters Rat hin entsandte die deutsche Regierung Kriegsschiffe nach Sansibar. Von dieser Bedrohung eingeschüchtert, gab er dem deutschen Vorhaben nach unter der Bedingung, dass ihm der gesamte Küstenstreifen bis Lamu hinauf mit einer Breite von 10 englische Meilen (16 Kilometer) als Eigentum weiterhin gehören solle. So gelang es den Deutschen, 1886 eine Übereinkunft mit diesem Sultan und England abzuschließen und sich dieses gewaltige Gebiet als Protektorat und dann als Kolonie anzueignen. Ohne die eigenwillige Initiative von Carl Peters wäre diese größte deutsche Kolonie nie entstanden. Die Deutschen verlegten wie die Engländer in Kenia ebenfalls Eisenbahnstrecken in das Innere des Landes, gründeten Großfarmen, pflanzten Sisal, Baumwolle, Kaffee und Gummibäume an und gruben nach Bodenschätzen, sodass sich diese Kolonie als ertragreich erwies. Sie führten dort eine moderne Verwaltung samt Post- und Telegrafenwesen ein, verlegten Straßen und Bahnschienen und errichteten Spitäler und Schulen.

Als nun 1914 der *Erste Weltkrieg* ausbrach, konnten sich die den englischen und ihren verbündeten Soldaten unterlegenen deutschen Truppen samt ihrer afrikanischen Askaris trotz heftiger Gegenwehr nicht behaupten, sodass die Engländer 1916 das Gebiet von *Deutsch Ostafrika* besetzten, das ihnen dann 1919 im Vertrag von Versailles als Mandat zugesprochen wurde. 1963 erlangte Tansania seine Unabhängigkeit von England, blieb aber weiterhin ein Mitglied des Britischen Commonwealth und schloss ein Jahr später einen gemeinsamen Staatverband mit Sansibar. Der erste Präsident dieses Staates war *Julius Nyerere*, der von der Hauptstadt *Daressalam* das Land mit seinen damals etwa 25 Millionen Einwohnern regierte. Als er während der Mitgliedschaft im Commonwealth Schwierigkeiten mit den Engländern bekam, wandte er sich der die afrikanischen Länder umwerbenden Sowjetrepublik und den übrigen kommunistischen Ländern zu, die neben Entwicklungshilfe auch kommunistisches Gedankengut einfließen ließen, sodass bei meinem Besuch dieses Landes der die freie Wirtschaft behindernde Einfluss des Sozialismus deutlich zu spüren war. Nyerere enteignete alle Banken, Versicherungsgesellschaften und Handelsgesellschaften, wodurch das vorher rege Geschäftsleben ein Ende fand. Auch das kommunistische China engagierte sich in Tansania und finanzierte die Verlegung einer Eisenbahnstrecke in das innerafrikanische Sambia, von der ich noch später Gebrauch machen konnte. Auch mit Kenia stritt sich der eigenwillige Präsident und Freund des ugandischen Diktators *Idi Amin*, sodass 1977 die Grenze zwischen beiden Staaten geschlossen wurde. Somit war ich noch rechtzeitig hier angekommen.

Die Straße führte hinter der Grenze direkt nach *Arusha*, dem Ausgangsort für die Safaris in die Serengeti und in die Savannen der Massai. Zu diesem Ort, den wir durchfuhren, wollte ich unbedingt zurückkehren, um die Serengeti noch näher kennenzulernen. Doch nahm ich vorerst die sich mir anbietende Mitfahrgelegenheit bis *Moshi* wahr, führte sie doch an dem nördlich gelegenen *Kilimandscharo* entlang, jenem legendenreichen Vulkangiganten, der seit etwa 350.000 Jahren keine Lava mehr emporschleuderte. Er reckt sich in eine Höhe von 5.892 Metern und ist mit ewigem Eis und Schnee bedeckt. Seinen Bewunderern bietet er sich majestätisch in seiner beeindruckenden Pracht dar. Die Einheimischen sprechen von ihm als den „Berg der bösen Geister". Niemand darf zu ihnen nach oben kommen, denn er würde dadurch bestraft, dass sie ihm die Hände und Füße erfrieren ließen und, so er lebendig zurückgelangte, ihn ein Leben lang geistig verwirrten. Als *Johannes Rebmann* die Mitte des 19. Jahrhunderts dieses Berges ansichtig wurde und ihn bis auf 4.000 Meter bestieg, berichtete er, nach Hause zurückgekehrt, von diesem mit Schnee und Eis bedeckten Bergriesen. Niemand wollte ihm glauben, dass es im heißen Afrika in der Nähe des Äquators Schnee und Eis geben sollte. Selbst die Geologen verspotteten ihn und meinten, dass er, durch die heiße Sonne bedingt, unter Halluzinationen gelitten haben musste. Ebenso mag es sich verhalten, wenn Wissenschaftler die angeblich von Zeugen gesehenen Ufos als Hirngespinste abtun und vorliegende Aufnahmen als Fälschungen abtun. Doch 1889 bestieg als erster Europäer *Hans Meyer* den Kilimandscharo, dessen Haupt er *Kaiser-Wilhelm-Spitze* nannte. Von Moshi aus schloss ich mich einer Safarigruppe an. In dem westlich zu Füßen des „Kili" und dem Mount Meru gelegenen Nationalpark konnten wir Giraffen, Elefanten und vor allem Nashörner beobachten.

In Moshi wies mich jemand darauf hin, das hier in der Nähe ein Deutscher eine Farm besäße, der sich sicherlich freuen würde, einen Landsmann in seiner Abgeschiedenheit begrüßen zu können. So lernte ich *Bert von Mutius* in *Sanyaju* kennen, der hier im Lande geboren war, aber in Deutschland studiert hatte. Er war einer der wenigen, der nicht nach der Enteignung durch die sozialistische Bodenreform sein Grundstück verlassen musste. Nachdem er mir viel über sein Land, die Politik und die Lebensweise der hier Wohnenden berichtet hatte, kamen wir auf meine Frage hin auf das mich interessierende Thema der afrikanischen Magie zu sprechen. Er berichtete mir über seinen Schreiner, der eines Tages dringend von Familienmitgliedern in sein Dorf zurückgerufen worden war. Als er nach einigen Tagen zurückkam, war er ganz in sich gekehrt. Bert fragte ihn, was geschehen sei. Er berichtete, dass man ihm mitgeteilt habe, dass seine ihm Versprochene von einem anderen geheiratet worden sei. Daraufhin entführte er dem neuen Ehemann nun dessen Angetraute und hielt sie in seiner Hütte zurück. Dieser ging aber zu einem Witchdoktor und bezahlte ihm einen Spell (Zauberspruch), dass der Entführer innerhalb von vierzig Tagen sterben sollte. Die Familie von Bert machte ihm klar, dass solche Spells keinerlei Wirkung besäßen, Weshalb er nichts zu befürchten habe. Ja, sie nahmen ihn in den Tagen vor dem 40. Tag sogar in ihr Haus, damit niemand, wie er vermutete, ihn vergiften könne. Doch genau am 40. Tag lag er tot im Bett.

Der verstorbene Vorbesitzer seiner Farm, so erzählte Bert weiter, war ein Schotte. Bei Dunkelheit kamen oft Einheimische aus der Gegend und leiteten sein Wasser ab. Deshalb ging er häufig mit Flinte und Lampe nachts herum, um eventuelle Wasserdiebe zu verjagen. Einige seiner schwarzen Arbeiter berichteten Bert, dass der Schotte immer noch nachts durch das Grundstück gehe, sähe man doch seine Lampe gespensterhaft in Mannshöhe herumschweben. Sein Bruder kam eines Tages mit seiner Frau aus Deutschland zu Besuch. Sie wussten nichts von jener Gespensterlampe. Als sie abends einen Spaziergang unternahmen, kamen sie aufgeregt zurück und behaupteten, eine vor ihnen schwebende Lampe beobachtet zu haben. Und als sie sich dann ihr bis auf drei Meter genähert hatten, entdeckten sie, dass diese von niemandem gehalten wurde. Und auf einmal sei sie verschwunden.

Wie Bert, den ich nach weiteren Berichten über derlei Spukerlebnisse befragte, ausführte, sei eines Tages ein Medizinmann zu ihm gekommen und habe ihn gefragt, ob er sein Haus durch eine wirkungsvolle „Medizin" beschützt lassen wolle. Bert lehnte ab, da er glaubte, jener wolle nur Geld aus ihm herausholen. Doch der Medizinmann entgegnete, dass er kein Geld von ihm haben wolle, wirke doch dann die Medizin nicht mehr. Er ließ sich schließlich von Bert einige Gegenstände geben, die er mit einem Zauberspruch versah und dann vor dem Haus im Garten vergrub. Daraufhin sagte er, dass das Haus nun vor Dieben beschützt sei. Falls jedoch etwas gestohlen werden würde, käme es mit aller Sicherheit zu ihm zurück. Bert maß diesen Worten und Taten keinerlei Bedeutung zu. Eines Tages kam eine deutsche Studienfreundin zu Besuch und wollte als Geschenk ihm eine Badehose überreichen. Doch bevor sie dazukam, war diese, die sie auf dem Tisch gelegt hatte, verschwunden. Einen Tag später kam der Koch aus der Nachbarschaft zurück und übergab Bert eine zur Unkenntlichkeit verschmutzte Badehose und berichtete ihm, dass ihm diese eine Frau auf dem Markt überreicht hätte mit der flehentlichen Bitte, diese seinem „master" zu übergeben. Dieser sagte gerade dem Koch, dass diese nicht die seine sei und dass er sie wegwerfen möge, als seine Freundin den Raum betrat, plötzlich auf die Badehose wies und rief, dass es genau diejenige sei, die sie ihm als Geschenk hatte mitbringen wollen und so plötzlich verschwunden war.

Und Bert erzählte weiter: Eines Tages kam ein einheimischer Nachbar mit Fieber zu ihm, um für eine Salbe gegen den hässlichen Ausschlag seines Gesichts zu bitten. Bert wusste, dass dieser heimlich des Nachts Wasser aus seiner Zisterne gestohlen hatte. Er sagte zu ihm, wenn er die Anzahl der Eimer Wasser, die er entwendet hatte, in die Zisterne zurückkippen würde, wäre sein Ausschlag morgen verschwunden. Und genauso geschah es. Am nächsten Tag waren Fieber und Gesichtsausschlag verschwunden. Bert bekam immer alles wieder, was ihm gestohlen worden war.

Ein afrikanischer Zeuge Jehovas kam zu ihm und wollte seine Mundharmonika abkaufen, hatte aber nicht das geforderte Geld. Bert gab sie ihm mit dem Hinweis, dass er diese späterhin bezahlen könne. In den folgenden Wochen wurde jenem die Mundharmonika viermal gestohlen, aber sie kam immer wieder in Berts Besitz zurück. Nun wollte jener Jehovazeuge gerne die geforderten 20 Schillinge schuldig bleiben, wisse er jetzt, dass bei Diebstahl die Mundharmonika immer wieder zu Bert zurückkäme und er sie bei ihm wieder abholen könnte. Denn wenn er sie kaufte, wäre dann der Zauber, dass sie immer wieder zu seinem ersten Besitzer zurückgelangen würde, aufgehoben.

Bert hatte in München einen Onkel mit Nachnamen *Matuschka*, der sich in Afrika auch als Wünschelrutengänger betätigte und Bücher über Rutengehen und elektromagnetische Strahlungseinflüsse veröffentlicht hatte. Dieser vermochte nach dem Krieg erfolgreich mittels seiner Wünschelrute Vermisste zu finden, indem er sein hölzernes Instrument über Landkarten hielt und somit sagen konnte, wo jene verstorben waren oder sich noch in Gefangenenlagern aufhielten. Und viele Leute sind seinen Angaben nachgegangen und haben das Grab des Vermissten gefunden. Sein Onkel habe auch herausgefunden, dass Schlaflosigkeit daher kommen könne, dass das Bett nicht parallel zur Badewanne ausgerichtet sei. Er konnte die Wirkung seiner Wünschelrute dadurch beweisen, dass er sie zum Beispiel über einen Ameisenhaufen hielt, woraufhin alle Ameisen, beladen mit ihren Larven, diesen verließen. Doch sobald er seine Rute wieder wegnahm, kehrten sie wieder zu ihrem Bau zurück. War es nicht eigenartig, dass ich auf meinem Weg durch Afrika mit so vielen wunderlichen Informationen bedacht wurde, die sich meist spontan ergaben? Warum hatte ich solche und ähnlich Informationen auf meiner gesamten vorhergehenden Weltumrundung nicht in Erfahrung bringen können? Sicherlich, ich hatte auch nicht danach gefragt. Nach meinem nächtlichen Klopferlebnis durch Geisterhand in Berlin war ich zu einem Suchenden dessen geworden, was hinter dem Schleier des Offenbaren sich noch alles verbergen konnte.

Der Hafen von Dar-Es-Salam

Mir wurde nun bewusst, dass meine Weltreise von 1967 bis 1972 eine Reise in der Horizontalen war, die sich als Oberflächenerkundungsreise darstellte. Doch jetzt wusste ich, dass meine Reise von Europa in den südlich gelegenen Kontinent eine Reise in die Tiefe war, da ich immer mehr zu einem Finder verborgener Geheimnisse wurde. Wer leitete mich eigentlich? Unterlagen meine Reisen einem bestimmten höheren Plan?

Als ich über Moshi in Richtung Daressalam (auch Dar Es Salam geschrieben) trampte, stieg ich an einer Straßenkreuzung mitten in der Steppe aus, da der Lastwagen in die andere Richtung einlenkte. Weit und breit war weiter nichts als verdorrte Graslandschaft zu sehen. Doch zu meiner Verwunderung hatte ein Einheimischer dort einen kleinen Stand mit Überdeckung aufgestellt. Auf seiner bescheidenen Ladenfläche bot er außer Schachteln von Keksen und in Flaschen abgefüllte Getränke und einige Souvenierartikel an. Doch lagen auch drei Taschenbücher dort ausgebreitet. Und eines davon – ich konnte es kaum glauben – war ein Buch über *Ufos*. Natürlich kaufte ich es. Es war von einem Engländer geschrieben, der aufgrund von medialen Mitteilungen behauptete, dass Außerirdische unter den Pyramiden von Gizeh eine Raumstation besäßen. Diese Raumschiffe könnten durch Gestein wie überhaupt durch irdische Materie mühelos hindurchgleiten, wären sie doch in der Lage, ihre Frequenzen zu verändern, wie ja auch irdische von Radios ausgestrahlte Wellen durch Materie hindurch zu dringen vermögen, ohne dadurch in ihrer Wirkung beeinträchtigt zu sein. Dies schien mir doch alles an den Haaren herbeigezogen. Doch dann mochte ich mich wieder jener Bewohner im nordöstlichen australischen *Tully* erinnert haben, die schworen, Ufos oft sichten zu können und sie auch zu beobachten, wie sie in den Erdboden hinein- und wieder hinausfahren. Viele Jahre später sollte ich in der Schweiz *Billy Meyer* aufsuchen, der behauptete, selbst schon mit diesen Außerirdischen in ihren Ufos öfter mitgeflogen und auch in jenen unterirdischen Raum unterhalb der Pyramiden mitgenommen worden zu sein. Auch „beamen" sie sich, wie er sich ausdrückte, durch die Mauern in sein Zimmer oder holen ihn auf nämliche Weise zu sich in ihre Flugscheiben. Von diesen Flugobjekten hatte er auch Fotos und Filmmaterial vorzuweisen. Später veröffentlichte er auch ein Buch. Doch ich bin hartnäckiger Skeptiker. Nicht umsonst habe ich mir aus einem zusätzlichen Grund den Namen Tom als internationalen Namen ausgewählt. Denn Thomas war auch jener biblische Ungläubige, der die Materialisation der Gestalt von Jesus nicht als leibhaft vor ihm stehend akzeptieren wollte. Ich muss die so genannten unglaublichen Dinge erst selbst erlebt haben, um mich von ihrem tatsächlichen Vorhandensein überzeugen zu können. Denn glauben kann man vieles, was unsichtbar auf uns einwirkt. Aber das wirkliche Wissen darüber muss man erst in Erfahrung bringen. Ich habe mir vorgenommen, nicht ein Gläubiger zu sein, sondern ein Wissender. Doch das sich Aneignen wollen von Wissen bedeutet, dem strebsam nachzugehen und wirklich zu versuchen, unvoreingenommen Blicke hinter die Dinge zu wagen.

Am 25. Mai erreichte ich die Hauptstadt *Dar Es Salam*. Doch die Landesregierung hatte sich zum Teil schon vor einem Jahr in die im Inneren des Landes gelegene Stadt Dodoma begeben, wohl fürchtend, dass der bisherige Regierungssitz zu leicht von einem Staatsstreich oder revoltierenden Massen in Bedrängnis gebracht werden könnte. In dieser großen Hafenstadt ist alles vorzufinden, was eine Hauptstadt mit ihren damals wohl 800.000 Einwohnern zu bieten hat. Neben Regierungsgebäuden, Universität, Museen, Botschaften, Banken und den erleseneren Vierteln der Ausländer gibt es ebenso wie in Nairobi die aus Blech zusammengesetzten Hütten in den dafür vorgesehenen Slums. Die Armut unter den meisten Einheimischen ist hier fast noch größer als in Kenia. Viele Tausend Arbeitssuchende kommen monatlich hierher und finden kaum Arbeit. Aus diesem Grund ist die Kriminalitätsrate sehr hoch, wovon ich zwei Beispiele geben möchte, die mir die betreffenden Opfer erzählt hatten.

Ein deutsches Ehepaar, das es geschafft hatte, mit ihrem als Wohnwagen umgebauten VW-Kleinbus den gleichen Weg, den ich durch die Wüste und dann durch Zentralafrika genommen hatte, zurückzulegen, hatte sein Fahrzeug auf einem Parkplatz mitten in der Stadt abgestellt und war einkaufen gegangen. Als sie zurückkehrten, fanden sie die Seitentür aufgebrochen, und alles an Wertsachen wie Radio, Matratzen, Wäsche, Lebensmittelvorräte, die Kamera sowie auch der

Herd und die Gasflasche war ihnen entwendet worden. Wie sie erfuhren, hatte sich ein VW-Bus ganz dicht neben den ihren gestellt. Doch keiner ahnte, was jene Insassen dort unternahmen, konnte man doch nicht wegen der eng aneinander gestellten Wagen von hinten oder vorn in die Enge hineinblicken, um die Diebe auf frischer Tat zu ertappen.

In einem Restaurant lernte ich andere Reisende aus Deutschland kennen, die als Gruppe von sechs Singles mit dem Flugzeug hierher gekommen waren und sich hier zusammen einen Kleinbus gemietet hatten, mit welchem sie bereits in die Serengeti gefahren waren und in dem mitgeführten größeren Zelt übernachteten. Das Fahrzeug hatten sie gestern zurückgegeben und wohnten nun auf dem Zeltplatz. Während fünf von ihnen abends ausgingen, musste immer einer von ihnen der Reihe nach beim Zelt verbleiben, um es vor Dieben zu schützen. Die Reihe war nun an die vor mir sitzende Studentin gefallen. Nachdem die anderen bei hereinbrechender Dunkelheit in die Stadt gegangen waren, näherte sich ein ihnen auf dem Campingplatz immer freundlich erschienener Afrikaner, der sich vor dem Zelt zu ihr niederließ und sie in ein Gespräch verwickelte. Als dieser schon längst gegangen war, kamen die anderen zurück. Beim Betreten des Zeltes entdeckten sie, dass sich hinten ein großer Riss in der Leinwand befand. Und nun war das Geschrei groß. Denn es fehlten Kameras, Reiseschecks, Pässe und sonstiges Hab und Gut. Und sie klagten die Wachhabende an, warum sie nicht aufgepasst habe. Die Diebe haben dort sehr durchtriebene Methoden ausgeklügelt, wie sie am besten an „wa benzis" herankommen, um sie zu bestehlen. Und an dieser Stelle will ich gleich erwähnen, dass ich auf meiner ganzen Reise durch Afrika das Glück hatte, nie bestohlen worden zu sein, wie es mir mehrere Male in anderen Ländern geschehen war. Lag es etwa an dem auf meinem Brustkorb hängenden Schutzamulett, das mir mein nigerianischer Medizinmann in Kano gefertigt hatte?

Schon nach fünf Tagen verließ ich diese Hauptstadt wieder und übernachtete am selben Abend in *Tanga*, jener Hafenstadt, von der aus die Deutschen vor der Jahrhundertwende die erste Eisenbahnstrecke nach Moshi gelegt hatten. Schon am folgenden Tag verließ ich das Territorium von Tansania und erreichte am Abend *Mombasa*. Sie ist mit seinen damals etwa 400.000 Einwohnern die größte Hafenstadt Kenias. Ich wurde von verschiedenen Strichmädchen angesprochen. Doch wollte ich nur wissen, wo es eine preisgünstige Unterkunft gäbe. Eines dieser „street girls" sagte, ich könne bei ihr schlafen. Und da sie mir gefiel und der ausgehandelte Preis niedriger war, als die Kosten für eine Nacht in einem billigen Hotel, ließ ich mich von ihr zu ihrem Domizil geleiten. Wie es sich herausstellte, bezog sie mit zwei weiteren Kolleginnen ein einziges Zimmer mit drei Betten, wobei vor jedem ein Vorhang von der Decke heruntergelassen war, sodass man nicht erblicken konnte, was in den anderen Betten vor sich ging. Und da wir spät ihr Zimmer betraten, hatten schon ihre beiden anderen Zimmergenossinnen jeweils einen Freier in ihrem Bett, deren Geflüster und dann auch deren schnaufende Geräusche ich vernehmen konnte. Ein eigenes Zimmer für sich hätten diese Freudenmädchen sich nicht leisten können, war doch die Konkurrenz der sehr vielen hier auf eigene Faust das schnelle Geld verdienen Wollenden zu groß, als dass sie jeden Abend mit einem Verdienst hätten rechnen können. In Mombasa konnte man in der Tat, was das Angebot an erotischen Erlebnissen anlangte, von einem zweiten Bangkok sprechen.

Die Ostküste Afrikas wurde schon vor Jahrhunderten von Sumerern, Phöniziern, Ägyptern, Persern, Arabern und sogar angeblich von den Chinesen aufgesucht, um Handel zu treiben. 1498 ging hier in Mombasa *Vasco da Gama* vor seiner historischen Entdeckungsfahrt nach Indien vor Anker. Auch die Portugiesen hatten diesen Hafen schon im 16. Jahrhundert als Handelsniederlassung auserkoren. Zu deren Schutz errichteten sie das *Fort Jesus*. Der Name dieses Schutzpatrons schien sie aber nicht davon abgehalten zu haben, außer dem begehrten Elfenbein und vielen Gewürzen vor allem Sklaven einzukaufen und sie gewinnbringendst nach Brasilien zu verschiffen. Offiziell wurde hier erst 1873 der Sklavenhandel durch die Engländer verboten, aber noch nicht die Haltung von Sklaven.

Am übernächsten Tag machte ich mich auf, an der Küste entlang Richtung Norden zu trampen, wollte ich doch unbedingt Lamu besuchen, das mir von verschiedener Seite angepriesen worden war.

Dieser Medizinmann besitzt zirka 250 Ehefrauen.

3. Bei dem Medizinmann der mehr als 200 Frauen heiratete

Hinter *Malindi*, das sich erst späterhin mit seinen Stränden zum Touristenmagneten entwickelte, stand ich in *Msabaha* wieder an der Straße und wartete auf eine Mitfahrgelegenheit. Manches Mal auf meinen Trampreisen hielten Busse an, da sie dachten, dass ich mitfahren wolle. Es war oft schwer, den Fahrern begreiflich zu machen, dass ich auf eine freie Mitfahrgelegenheit wartete. Natürlich verfügte ich über das Geld, mit dem Bus fahren zu können. Aber das Abenteuer des „Hitchhikens" bestand ja darin, dem Unvorhersehbaren eine Chance einzuräumen, sich wie auch immer darzubieten. Wer würde mich mitnehmen? Würde ich irgendwo am Abend in einer gottverlassenen Gegend abgesetzt und müsste bei Regen unter einer Brücke schlafen, oder würde ich in ein prachtvolles Haus eingeladen werden, wo man mir ein Himmelbett zuwies? Diese Art des Reisens bot immer Überraschungen. Deshalb stieg ich nur in Busse oder Züge ein, wenn offenbar keine andere Möglichkeit der Weiterbeförderung bestand oder andere Umstände es erforderten, auf öffentliche Verkehrsmittel zurückzugreifen.

Als ich nun am Ausgang eines kleinen Ortes an der Straße stand, beobachtete mich ein etwa 35-jähriger Mann von der anderen Straßenseite, dessen linker Arm sich in einer um den Hals gebundenen Schlinge befand. Er näherte sich, neugierig geworden, wer wohl dieser Mann mit dem Rucksack sei. Dann stand er bei mir und erkundigte sich nach meinem Woher und Wohin. Ich fragte ihn, was denn geschehen sei, dass er seinen Arm in der Schlinge trage. Und er berichtete, dass sein Freund ein neues Auto von seiner Frau geschenkt bekommen habe. Dieser habe ihn voller Stolz zu einer Fahrt eingeladen, doch sei der Wagen von der Straße abgekommen und schließlich gegen einen Baum geprallt, wobei er sich den Arm gebrochen habe, während seinem Freund nichts passiert sei.

Schließlich deutete er, der sich mir als *Mambo* vorstellte, auf ein Haus gegenüber und lud mich ein, mit ihm eine Tasse Kaffee zu trinken, könne er mich doch dann auch seinem Vater vorstellen, welcher der berühmteste Medizinmann dieser Gegend sei. Und er fügte hinzu, dass sein Vater 250 Ehefrauen und er selbst über 1.000 Geschwister habe. Es hätte auch schon die Bemerkung gereicht, dass sein Vater ein Medizinmann sei, um ihn meinerseits sofort aufsuchen zu wollen. Aber dass er auch 250 Frauen haben sollte, ließ mich natürlich skeptisch werden, ob dieser Mann neben mir nicht ein Lügenmärchen auftischte. Zwar hatte mir ein Sohn des saudischen Königs Ibn Saud auf meiner Trampreise als Student durch Jordanien gesagt, dass sein Vater mehrere Hundert Frauen habe. Selbst hatte ich in Nigeria und anderswo Afrikaner kennen gelernt, die mehrere Ehefrauen besaßen. Aber dass ein einziger Mann, der kein König war, nun derart viele Frauen geheiratet haben sollte, lag jenseits meiner Vorstellungskraft. Wie sollte er diese Frauen und Kinder alle unterhalten? Verdiente dieser *muganga* (Medizinmann) denn so viel, dass er diese Frauen alle zu kaufen in der Lage war? Auf jeden Fall musste ich seinen Vater kennen lernen. Aber wie sollte dieser in jenem mittelgroßen Haus, auf das wir zugingen, seine Ehefrauen samt Kindern unterbringen können?

Und da sein Vater gerade einen Kunden beriet, setzten wir uns in einen Raum und ließen uns von einer Frau den Kaffee servieren. Und auf meine Fragen, wo denn seine angeblich 250 Frauen seien, erfuhr ich Folgendes. Sein Vater war als Medizinmann sehr berühmt, denn er war derjenige, den *Präsident Kenyatta* sogar konsultierte, ihn entweder mit großem Polizeigefolge aufsuchte oder ihn auch zu sich nach Nairobi bat. Denn der Herrscher über Kenia hatte sich von diesem Medizinmann zum Beispiel eine wirkungsvolle Medizin, also ein Amulett oder Schutzband, anfertigen lassen, sodass keine Kugel ihn treffen könne. Eine andere ebenfalls gleichfalls wirkungsvolle Medizin beschützte ihn vor Geschlechtskrankheiten, wieder eine andere sorgte dafür, dass er seine Wiederwahlen gewann und so weiter. Da es sich schnell herumsprach, dass der Höchste und Mächtigste im Staat zu diesem Mann, in dessen Haus ich nun saß, kam, dachte man, dass sicherlich der Präsident nur zum fähigsten Medizinmann des Landes kommen würde. Seitdem fuhren viele einflussreiche Leute aus Politik und Wirtschaft zu ihm, um sich ein Schutzamulett anfertigen oder auch um sich in einer wichtigen Angelegenheit Rat geben zu lassen. Darum sei sein Vater viel beschäftigt. Ich war richtig verblüfft, all das zu vernehmen. Sein Vater sei durch seinen Ruf als größter Medizinmann sehr berühmt und ebenfalls sehr reich geworden. Doch sei er misstrauisch, sein Geld auf Banken anzulegen, könne doch ein anderer zukünftiger Präsident sein Konto konfiszieren und für sich beanspruchen. Deshalb kaufte er Land, das jedoch bewirtschaftet werden musste. Also benötigte er Frauen, welche die Feldarbeit bewerkstelligten. Eine Frau koste, wie Mambo mir darlegte, 2.000 bis 5.000 Schillinge. Die Höhe des Preises hinge von der jeweiligen Ausbildung ab. Und ich erkundigte mich weiter, ob denn junge Mädchen oder Frauen willig einen alten Mann heiraten mögen. Er bejahte und begründete es damit, dass viele junge Frauen einen Mann mit vielen Frauen vorzögen, da er sich kaum um sie im Einzelnen kümmern könne, was ihr wieder den Freiraum gebe, anderen Vergnügungen nachzugehen. *Kabwere*, so heißt Mambos fast 70-jähriger Vater, hatte sich nun Folgendes ausgedacht. Er teilte das gekaufte Land so ein, dass jeweils die Familienmitglieder seiner Frau es bebauen konnte. Die Hälfte des Ertrages gehörte ihm, die andere durften sie behalten. So suchte er selbst unter den armen Leuten seiner Umgebung nach jungen Mädchen, die er ehelichte. Nach der feierlichen Eheschließung teilte er ihnen und ihren Eltern nebst deren Kindern das jeweils ausgesuchte Land zu. Nun brauchten diese Familien nicht mehr arm zu sein oder gar betteln zu müssen. Der Preis für diese Landverteilungsmaßnahme war eben die junge Tochter. Und viele arme Familienväter baten ihn, ihre junge Tochter, die jedoch schon die Pubertät erreicht haben musste, ebenfalls zu ehelichen, bekamen sie doch obendrein auch eine großzügige Bezahlung für die Braut. Und auf meine Frage, ob er denn mit ihnen auch weiterhin Kinder zeuge, antwortete er, dass er mit jeder von ihnen meist nur in den Tagen nach der Hochzeit schlafe, um sie auch als eine ihm Angetraute anzuerkennen. Danach sehe er seine Frauen nur bei gelegentlichen Festen wieder. Diese brächten dann auch ihre in der Zwischenzeit geborenen Kinder mit, die sie ihm stolz präsentierten und von ihm mit Geschenken bedacht würden. Auf meine Frage hin, ob denn nun auch alle Kinder von ihm gezeugt seien, entgegnete er, dass keiner danach frage, wer die eigentlichen Väter dieser Kinder seien. Doch alle diese Kinder seien seine Kinder. Und es gäbe wohl keinen anderen Mann in ganz Kenia, der über einen größeren Kinderreichtum verfüge. Auf meine weiteren Fragen meinte er, dass er sicherlich schon über 1.000 Halbgeschwister habe. Auch wisse sein Vater nicht genau, wie viele Frauen er geheiratet habe, denn es kämen auch Frauen mit Kindern zu ihm, die behaupteten, seine Frau zu sein, an die er sich aber nicht erinnern könne. Sie alle wollten dann für ihr ihm vorgezeigtes Kind Geschenke bekommen. Doch schätze er die Zahl seiner dem Vater angetrauten Frauen auf etwa 250.

Und schließlich, obwohl schon der nächste Klient mit seinem dicken Wagen vorgefahren war, führte er mich zu seinem Vater, der mir die Hand reichte und von seinem Sohn auf Suaheli erklärt bekam, wen er nun vor sich habe. Ich fragte den ehrwürdigen alten Herren, ob ihm bei seiner Arbeit hilfswillige Geister zur Verfügung stünden. Er meinte, dass diese ihn nur in dringenden Fällen aufsuchten, um ihn auf Gefahren oder andere wichtige Dinge hinzuweisen. Auch fragte ich ihn, ob er heute Nacht von seinen Geistern eine Botschaft für mich bekommen könne. Dies verneinte er. Er erzählte mir nun, dass sein Vater, der wie sein Großvater ebenfalls Medizinmann gewesen war, ihm das letzte Mal vor sieben Jahren als Geist erschienen sei. Ich sprach ihn nun auf Djinns an. Doch er lächelte und meinte, dass nur die Moslems sich mit solchen befassen würden. Er selber habe nur wenig mit Geistern zu tun, doch gäbe es viele Zauberer (wizzards) und Hexen (witches), die jene herbeizitieren könnten. Auf die Reinkarnation angesprochen, sagte er, dass er an die Wiedergeburt glaube.

Und da es draußen schon zu dämmern begann, bot mir Mambo an, über Nacht in seinem Haus, das hinter dem seines Vaters stand, zu übernachten, was ich gerne annahm. Wie interessant konnte doch das Leben eines Hitchhikers werden, wenn sich ihm so wie jetzt unverhoffte Begegnungen oder Ereignisse auftaten. Mein neuer Freund, der auch stolz darauf war, einen so weitgereisten Gast bei sich und seiner Frau wie auch den Kindern aufnehmen zu können, wollte mich auch seinem Freund vorstellen, eben jenem, der den Unfall verschuldet hatte. Dieser, wie er mir erklärte, habe zwei Ehefrauen, eine Kenianerin und eine Weiße. Das war ja sehr interessant. Die würde ich gerne kennenlernen. Wie würde sie sich wohl hier eingelebt haben?

Mit einer Taschenlampe in der Hand führte er mich auf einem Pfad durch Gestrüpp hindurch und unter niedrigen Bäumen entlang, bis wir an einen wohl zwei Meter hohen Bambuszaun gelangten, der drei mit Schilf bedeckte Bambushütten umschloss. Mambo rief den Namen seines Freundes, der uns nun das Tor öffnete. Ich wurde ihm vorstellt. Dieser etwa 30-Jährige geleitete uns beide zu der größten der Hütten und stellte mich der etwa 50-jährigen Schweizerin vor, die ich *Erika* nennen möchte. Diese war nun höchst erfreut, einen so unverhofften Besucher aus Deutschland hier in dieser Hütte begrüßen zu können und behandelte mich, als ob ich allein zu ihr gekommen wäre, denn wir unterhielten uns nun in unserer Sprache. Sie buk mir einen Mangopfannkuchen, während sich die beiden Männer, ungestört durch unser Gespräch, beim Bier unterhielten. Ich fasse ihre Geschichte jetzt in direkte Rede zusammen, obwohl ich sie mit vielen Zwischenfragen unterbrach. In ihrem Schweizer Dialekt vernahm ich nun Folgendes:

„Ich bin mit meinem damals schon etwas kranken Mann nach Agadir in die Ferien gefahren, da zur Winterzeit das Wetter dort noch warm war. Dort lernte ich in einem Hotel einen jungen Marokkaner mit französischen Sprachkenntnissen kennen, mit dem ich mich heimlich traf und in den ich mich verliebte. Er bat mich, ich solle versuchen, ihm in der Schweiz eine Anstellung als Kellner zu beschaffen. Das wäre alles sehr schwer gewesen, da er ja auch kein Deutsch sprach. Doch da mein Mann und ich in Basel, also in der Nähe der französischen Grenze wohnten, gelang es mir, ihm einen Arbeitsplatz im Hotelwesen im französischen Mühlhausen zu besorgen. So konnten wir beide uns häufig treffen. Ob mein Mann wusste, dass ich eine heimliche Liebesbeziehung hatte, weiß ich nicht. Vielleicht ahnte er es. Doch nach etwa zwei Jahren sagte mein Geliebter, dass er eine französische Freundin habe und er mich nicht mehr treffen könne. Ich war tief enttäuscht, hatte ich ihm doch von meinem als Kellnerin ersparten Geld ein Auto gekauft und seine Wohnung eingerichtet. Als mein Mann gestorben war, schloss ich mich einer Safarigruppe an, die den *Amboseli Nationalpark* hier in Kenia aufsuchen wollte. In meinem Hotel in Mombasa gefiel mir der Zimmerkellner sehr gut, und ich entdeckte nun meine Vorliebe für dunkelhäutige Männer, hatte ich doch mit hellhäutigen Weißen nur Enttäuschungen erlebt. Es entwickelte sich eine heiße Liebesbeziehung, sodass ich von da an zweimal im Jahr nach Mombasa reiste, um dort im Hotel einige Wochen in seiner

Nähe zu sein. Ich brachte ihm jeweils Geschenke mit. Ich bin nämlich Saisonkellnerin. Im Sommer arbeite ich in einem Ausflugslokal im Jura, und im Winter bin ich in Skiorten angestellt. Somit arbeite ich im Ganzen etwa sieben Monate im Jahr und kann in der Zwischenzeit meinen Geliebten besuchen. Doch nach drei Jahren kam er in mein Zimmer und sagte, dass sein Vater ihm eine Frau gekauft habe, die er nun in den nächsten Tagen heiraten müsse, weshalb er unsere Beziehung beenden möchte. Er würde auch noch gleichen Tages Mombasa verlassen und in sein Heimatdorf zurückkehren. Für mich brach eine Welt zusammen. Als ob ich geahnt hätte, dass so etwas mir wieder passieren könnte, indem ich wiederum einen viel jüngeren Mann wegen einer anderen jüngeren Frau verlieren würde. Ich war in Tränen aufgelöst, lag im Bett. Ich wäre am liebsten sofort wieder heimgeflogen, wenn noch ein Platz in der nächsten Maschine frei gewesen wäre. Und als ich so traurig in meinem Hotelzimmer saß, trat er (sie deutete auf ihren Mann) als neuer Zimmerkellner herein. Er fragte, warum ich weine. Er streichelte mir über den Kopf und wischte mit der Serviette meine Tränen ab. Ich erzählte ihm meine Geschichte. Und dann sagte er prompt, dass er von nun ab mein Freund sein wolle. Ich nahm ihn in meine Arme, wir küssten uns. Und seitdem sind wir in einander verliebt. Ebenfalls besuchte ich ihn jedes halbe Jahr und brachte ihm Geschenke mit. Und eines Tages fragte er mich, ob ich seine Zweitfrau sein möchte. Ich fiel aus allen Wolken, denn ich wusste bis dahin nicht, dass er verheiratet war. Ich sagte ihm, dass er sich von ihr scheiden lassen solle, damit er mich heiraten könne, denn ich möchte keine Zweitfrau sein. Er versuchte mir klar zu machen, dass das nicht ginge, denn wenn er seine Frau verstoßen würde, wäre das eine Schande für deren gesamte Familie, und seiner geschiedenen Frau bliebe nur noch übrig, sich durch Prostitution am Leben zu erhalten. Doch ich wollte ihn nicht verlieren. Und nach langer Überlegung sagte ich ihm eines Tages, dass ich ihn nur heiraten würde, wenn er während meines jeweiligen Aufenthaltes bei ihm nicht seine andere Frau berühre und ich wie seine einzige Frau von ihm behandelt würde. Nach Rücksprache mit seiner Frau versicherte er mir, dass sie mit dieser Entscheidung einverstanden sei. Jetzt komme ich zweimal im Jahr für zwei, drei Monate hierher, nachdem ich ihm das Geld für diese Hütten gegeben hatte und wir aus Mombasa zu seinem Freund Mambo gezogen sind. Bald werden wir ein Haus bauen, obwohl mir diese Hütte besser gefällt. Übrigens hatte ich ihm vor einigen Wochen ein Auto gekauft. Doch er konnte nicht abwarten, erst seinen Führerschein zu haben, sondern fuhr gleich drauflos. Und Sie haben ja sicherlich von Mambo erzählt bekommen, was passiert ist."

Während wir uns unterhielten, trat auch die andere Frau mit einem Baby auf dem Arm herein. Sie war eine richtige Schönheit und mochte wohl noch keine Zwanzig sein. Und ich fühlte ein Mitleid mit dieser jungen Frau, musste sie doch nachts alleine schlafen, solange die weiße Frau zu Besuch kam. Sicherlich brachte diese Fremde jedes Mal Geschenke mit. Aber würde das sie trösten können? Und ich dachte an die vielen Frauen, deren Männer trotz ihres Alters neue junge Frauen heirateten, und jene älter gewordenen nicht mehr begehrten. Mussten diese nicht auch eifersüchtig auf die junge Ehekonkurrenz sein? Und mir taten auch wiederum die jungen Frauen leid, die von ihrem Vater an einen ungeliebten älteren Mann verkauft wurden. In gewisser Weise war die Frau noch immer Sklavin des Mannes geblieben. Denn er konnte sie verstoßen oder sie züchtigen, falls sie nicht parierte, oder er konnte auch ihre gemeinsamen Kinder wegnehmen und sie Verwandten zur Aufziehung überlassen, womit er ihr besonders weh zu tun vermochte, falls sie nicht all seinen Wünschen nachkam. Obwohl natürlich vor dem Gesetz die Frau gleiche Rechte wie der Mann hat, sind die alteingefahrenen Rechte noch längst nicht beseitigt. Was würde mit Erika passieren, wenn sich ihr Mann eines Tages, nachdem sie ihm ein Haus gekauft und ihm ein Geschäft aufgebaut hätte, von ihr trennte oder sich noch eine dritte oder gar vierte Frau kaufte und mit ihr selbst gar nicht mehr schliefe? Oder würde sie einmal als alte Frau auf ihr Leben zurückdenkend sich sagen: „Ich habe den Mut gehabt, auch unkonventionell zu leben und Risiken einzugehen, um die Liebe zu leben, ganz egal, was andere Leute in der Heimat von mir gedacht haben mögen."

Als wir in Mambos Haus zurückkehrten, hörten wir die Trommeln, Rasseln und Gesänge vor Kabweres Haus. War das die Ouvertüre zu einer neuen Hochzeit? Was musste mir alles wohl durch den Kopf gegangen sein, bevor ich endlich einschlief?

Am nächsten Morgen nahm sich David die Zeit, mir viel über afrikanische Heilmethoden zu erzählen, sei er doch selbst schon ein bekannter Medizinmann und würde eines Tages die Stelle seines Vaters einnehmen. Er kenne eine Pflanze. Wenn man deren Saft auf beide Wangen und die Stirn verriebe, könne man von anderen nicht gesehen werden. Ich wollte es gleich einmal ausprobiert haben, aber er hatte diese Wunderpflanze nicht vorrätig. Doch er zeigte mir nun weitere Pflanzen, Pulver und Tinkturen, welche die Potenz fördern, Liebeszauber oder Heilungen bewirken, wie auch vor körperlichen Angriffen und magischen Verwünschungen (spells) schützen. David selbst, wie er mir gestand, habe noch keine Hilfe von Geistern erhalten, über die allerdings sein Vater verfüge, sei dieser doch mit seinem Großvater und Vater in Verbindung. Ich erklärte ihm nun meinen um den Hals tragenden Eisenmann, eben jenes Pendel, das mir so manches Mal schon Rat von Geisterhand erteilt hatte. Er wollte nun von dem das Pendel hin und her bewegenden Geist wissen, ob der Unfall, bei dem er sich den Arm gebrochen hatte, auf einen Spell beruhe, der über ihn ausgesprochen worden war. Das Pendel jedoch beruhigte ihn dahingehend, dass es sich nur um einen Unfall ohne Einwirkungen magischer Art gehandelt habe. Er atmete sichtlich auf.

Als ich durch den Ort ging, kam ich mit einigen jungen Männern ins Gespräch. Ich fragte sie, was sie von ihrem berühmten Medizinmann hielten. Sie meinten – und man ersieht, welche Blüten Gerüchte treiben –, dass er etwa zehn Zentimeter große Djinns in Flaschen zaubern könne, die dem Käufer dann dienend zur Verfügung stünden. Diese Djinns seien auch in der Lage, Geld von der Bank für ihren Herren zu stehlen. Solche Flaschengeister arbeiteten nur in der Nacht und beschützten ihren Besitzer. Und auf Kenyatta, ihren Präsidenten, in Bezug auf Magie angesprochen, erhielt ich folgende Kuriosa. Dieser sei ein mächtiger Zauberer, der sich in ein Tier verwandeln könne oder in einen Gegenstand wie zum Beispiel in einen Baum. Auch könne er ungesehen Leute besuchen und ihnen danach Briefe schreiben, die von ihm das bei ihnen Erlebte schildern. Und während der Mau-Mau-Zeit habe er auch einigen Weißen ungesehen die Hälse durchschnitten. Kein Wunder also, dass die abergläubischen Kenianer diesen Präsidenten gerne wiederwählten. Denn wer sonst könnte mit Hilfe der Geister ihr Land beschützen können?

Meine Hütte auf dem Dach des Hauses

Am folgenden Morgen verabschiedete ich mich von Mambo und seiner Frau. Er gab mir noch die Adresse eines Magiers mit, der mich in Lamu sicherlich gerne kennenlernen würde, könne dieser mir doch vieles über Djinns erzählen. Ihm solle ich auch seine verbindlichsten Grüße ausrichten.

4. Die Hexe von Lamu

An der Küste entlang nach Norden trampend, erreichte ich nach sechs Tagen die Insel *Lamu*, nach der mittels einer kleinen Fähre für Menschen und Lasten von *Mokowe* aus überzusetzen war, gab es doch auf der Insel keine motorisierten Fahrzeuge. Diese Insel war schon seit dem Mittelalter mit den arabischen Dhaus als Handelshafen angefahren worden, weshalb die Bevölkerung dort dem Islam anhängt und selbstverständlich eine Moschee mit Minarett besitzt, während ihre Bewohner durch Blutsverwandtschaft mit den Arabern auch hellhäutiger sind als die Bantuneger im übrigen Kenia. Im 19. Jahrhundert war Lamu noch ein großer Handelsplatz für Sklaven und Elfenbein. Doch nachdem die Engländer den Sklavenhandel verboten hatten, verlor diese Stadt an Bedeutung. Als ich diese besuchte, gab es nur ein Hotel und ein Restaurant. Heute dürfte sich dieser Ort samt den Strandgebieten zu einem Touristenmagnet mit mehreren Hotels erweitert haben. Und da mir der Preis für eine Übernachtung in diesem Hotel zu hoch erschien, fragte ich Passanten nach einer privaten Unterkunftsmöglichkeit. So wurde ich an ein Haus mitten im Ort verwiesen, dessen Besitzerin mir auf dem Dach eine kleine mit Schilf bedeckte Hütte für einen sehr geringen Preis anbot. Darin befanden sich ein Bett und sogar ein Stuhl und ein Tisch. Ich war sehr erfreut, hier mein Quartier beziehen zu dürfen. Von hier oben konnte ich nicht nur das Städtchen, sondern die ganze Insel und die weiter in der Entfernung sich befindenden anderen kleineren Inseln überblicken. Außer dem Hotel, der Moschee samt dem Minarett überragte meine Hütte doch alle anderen Häuser. Wie dankbar war ich doch der Fügung, diesen Platz gefunden zu haben.

Die Dame des Hauses hatte eine etwa vierjährige Enkelin bei sich wohnen, die zu mir heraufkam, sodass wir bald enge Vertraute wurden. Wir spielten mit einem aufgeblasenen Luftballon oder gingen auch Hand in Hand durch die engen Gassen spazieren. Nie wäre mir ein pädophiler Gedanken gekommen. Doch erlebte ich es öfter in meinem Leben, dass kleine Mädchen sich sehr schnell zu mir hingezogen fühlten und meine Nähe suchten. Und da ich mich als angeblich einziger Weißer in dieser Kleinstadt aufhielt, fiel ich natürlich auf, weshalb ich oft meist von jungen Männern angesprochen wurde, die sich nach meinem Woher erkundigten. Einen von diesen fragte ich, ob es auch hier käufliche Mädchen gäbe. Und er sagte, dass er mir seine Schwester schicken wolle. Diese schlich sich bei Dunkelheit in meine Hütte hinauf, sodass wir beide uns für einige Stunden der körperlichen Lust hingaben. Am Tage, wenn ich nicht spazieren ging, las ich in *Oswald Spenglers* zweitem Band von „*Der Untergang des Abendlandes*", den ich mir im Goethe-Institut in Addis Abeba nebst anderen Taschenbüchern hatte aneignen dürfen.

Ich wollte nun jenen mir von David empfohlenen Mann namens *Sagaff* aufsuchen, von welchem er mir erzählte, dass dieser sich der Hilfe von Djinns und anderen Geistern bediene. Doch beschied man mich an dessen Tür, dass dieser alte Herr gerade eine Operation überstanden habe und darum nicht in der Lage sei, einen fremden Besucher zu empfangen. Man verwies mich jedoch an seinen Sohn, der denselben Namen wie sein Vater trug und zur Unterscheidung *Sagaff Junior* genannt wurde. In ihm fand ich einen Mann, der auf alle meine vielen Fragen bereitwillig Antwort gab. Er habe, wie er mir gestand, nie so recht an Geister geglaubt, doch hätten Präkognitionen ihn letztlich doch von deren Vorhandensein überzeugt. Um Herrschaft über Djinns zu gewinnen hat man sich zuerst sieben Tage lang ungestört in einen Raum zurückzuziehen und außer Wasser und Milch nichts zu sich zu nehmen. Aus gewissen Zauberbüchern sind nebst dem Zitieren aus dem Koran verschiedene Mantras vielfach zu wiederholen, die einen vierzigmal, die anderen vielleicht 70-mal und wiederum andere vielleicht bis zu 100-mal am Tag. Ist alles vorschriftsmäßig verlaufen, erscheint der Geist, der sich dadurch ankündigt, dass die Wand sich öffnet oder das Fenster zerbricht. Das Wissen darüber, wie man sich der Djinns bedienen kann, wird ererbt oder von Eingeweihten verkauft. Sagaff Junior möchte jedoch keine Macht über die Djinns besitzen, denn solche Hilfsgeister seien zweischneidiger Natur. Denn verfehle man deren Bedingungen oder Gebote, könne man selbst ins Unglück stürzen, obwohl Djinns im Allgemeinen guter Natur seien und selbstverständlich gute Moslems. Deshalb sei man auch verpflichtet, so man sich der Djinns bediene, streng die Gesetze des Korans zu befolgen. Wie Sagaff schätzte, bekämen etwa 30 Prozent der erwachsenen Einwohner gelegentlich Hilfe von solchen Unsichtbaren. Manches Mal werden auch Menschen von diesen befallen und reden irre. Ein Djinnmeister wie sein Vater kann sie jedoch von ihrem Irrsinn befreien, indem er diesen „bösen" Djinn von ihm nimmt und diesen dann für sich arbeiten lässt unter der Bedingung, dass er von nun ab nur noch dem Guten diene. Die Djinns, wie ich weiterhin erfuhr, bleiben meist im Verborgenen, können sich aber auch in jegliche Person oder in einen beliebigen Gegenstand verwandeln, ja, sie vermögen sogar als Riesen oder als Zwerge erscheinen. Sie flüstern ihrem Meister etwas zu oder geben ihm Visionen ein. Sie können ihn zum Beispiel an einen Ort geleiten, wo ein Dieb einen gestohlenen Gegenstand verborgen oder vergraben hat.

Blick von meiner Terrasse aus nach Norden

Sein Vater bediene sich beim Herausfinden eines Diebes auch einer anderen Methode. Er benutze die Astrologie und Numerologie und ließe die verdächtigen Personen, die für einen Diebstahl in Frage kommen könnten, auf ein Blatt Papier aufschreiben. Aus den Buchstaben und anderen Merkmalen erkennt er, wer an welchem Tag nur der Dieb gewesen sein könne. Meister über Djinns wie sein Vater könnten oft mit der Hilfe ihrer unsichtbaren Zuflüsterer einem neu Ankommenden sagen, wie dieser heiße, woher er und weshalb er komme.

Und nun berichtete mir Sagaff über etwas Interessantes, worüber ich bisher noch nie etwas vernommen hatte und was ich mir zu glauben nicht vorstellen konnte. Ein junger Mann sah eines Tages in Mombasa eine ihm schön erscheinende junge Frau. Er sprach sie an und bat sie, in sein Haus zu kommen.

Dünenlandschaft auf der Insel Lamu

Sie schlug diese Bitte ab, da sie eine gute Moslemin sei. Sie würde nur mitkommen, wenn er sie heiraten würde. Er gab ihr dieses Versprechen. Nun offenbarte sie ihm, dass sie eine Djinnfrau sei. Sie willige in eine Ehe nur unter der Bedingung ein, dass er hinfort keine andere Frau begehre, ihn dafür aber zum einen wohlhabend Mann machen würde, zum anderen ihm des Nachts in verwandelter Gestalt erscheinen werde, und zwar immer attraktiv und gelegentlich als weiße Frau oder gar als eine Filmschauspielerin wie zum Beispiel Sophia Loren, sodass er nie über abwechselnde Reize zu klagen haben würde. Sie werde in solchen Gestalten aber nur über Nacht zu ihm kommen. Der junge Mann versprach ihr alles. Und die ersten Wochen lebten sie als Verheiratete glücklich mit einander. Doch dann war sie verschwunden und tauchte nur nachts bei ihm in den angekündigten verwandelten Gestalten auf. Doch der junge Mann begegnete eines Tages einer anderen jungen Frau und führte sie in sein Haus. Bei Dunkelheit kehrte seine Frau wieder zu ihm zurück und wusste Bescheid über das Vorgefallene, weshalb sie ihn für immer verlassen wollte. Doch er bat sie eindringlich, ihm zu vergeben und bei ihm zu bleiben. Sie gab nach unter der wiederholten Warnung, keine andere Frau zu begehren. Wie sie versprochen hatte, wurde er sehr reich. Doch wiederum verführte ihn eine andere Frau. Nun gab seine Ehefrau ihm die letzte Chance, die ihr gegebenen Versprechungen einzuhalten. Doch lernte er wiederum eine Frau kennen, die, wie verabredet, an seine Haustür klopfte. Als er das bestimmte Klopfzeichen hörte, ließ er sie ein. Doch wenig später vernahm er ein gleiches Klopfzeichen an der Tür. Als er diese öffnete, stand ein Double der bei ihm im Haus befindlichen Frau vor der Tür. Und er wusste, dass diese vor ihm Stehende seine Djinnfrau war, die ihm jetzt verkündete, dass sie ihn nun auf immer verließe. Wenige Monate später, wie Sagaff weiterhin ausführte, verfiel das Gesicht dieses Mannes. Er verlor seinen Reichtum und verstarb innerhalb eines Jahres.

Und noch weitere Geschichten über Djinnfrauen bekam ich zu hören. Vielleicht gebe ich noch eine wieder, zeigt sie doch, welche Geistergeschichten unter dem Volk kursieren. Ein Mann nahm eine Djinnfrau als zweite Ehefrau, die ihm aber nur jeden Donnerstag erscheinen und ihn reich machen würde unter der Bedingung, dass sie das erstgeborene Kind seiner Erstfrau sieben Tage lang mit ins Geisterreich nehmen dürfe. Er ließe sich auf diesen Vertrag ein, lag es ihm doch daran, reich zu werden. Und tatsächlich, als sein erstgeborenes Kind sieben Tage lang verschwunden war und dann wieder in den Armen der Mutter lag, wurde er allmählich reicher und reicher. Derlei Geschichten könnten in einem Märchenbuch aus „Tausend und eine Nacht" stehen. Doch das Volk glaubt an solche und ähnliche Märchen, sodass man meinen könnte, sie befänden sich ebenfalls in einem Märchen. Oder ist unser ganzes Leben nur ein Märchen, ein Spiel der Vorstellungen, ein Märchen, bei dem es am Ende heißt: „Und wenn sie nicht gestorben sind, dann leben sie noch heute"?

Doch unter den jungen Männern, die mich neugierig beobachtet hatten und mich dann ansprachen, erfuhr ich noch weitere interessante Berichte über Djinns und Hexereien. Einer von ihnen wollte mich zu einem Garten führen, in welchem ein böser Geist wohnte. Jeder, der es wagte, bei Dunkelheit diesen Garten zu betreten, würde jener befallen und in Panik versetzen, sodass der ganze Körper hin- und hergeschüttelt werde. Mir war dieses Angebot doch zu unheimlich. Heute würde ich mich in diesen Garten trauen und versuchen, mich telepathisch mit diesem Geist zu unterhalten und ihn vielleicht von seiner Erdgebundenheit zu erlösen. Ein anderer junger Mann berichtete mir von einem Mann, der jedem sagen könne, wie viel Geld er gerade in der Tasche bei sich trage. Leider war dieser verreist, als dass ich ihn auf die Probe gestellt haben könnte. So erfuhr ich viele Geschichten, die wir Europäer als dem Aberglauben zugehörig betrachten würden. Doch immer wieder sprachen sie von einer englischen Hexe, die hinten bei den Dünen in Shela wohne, wo sich einige Weiße fern ab vom Hauptort ihr Haus erbaut hatten. Diese solle angeblich Katzenaugen haben, da ihre Pupillen schlitzförmig und senkrecht ausgerichtet seien. Wenn sie mal in den Ort käme, wichen ihr alle aus. Natürlich wollte ich diese Frau aufsuchen.

Ihr bescheidenes Flachbauhaus war vor den Dünen gelegen, dem gegenüber sich noch ein größeres Haus befand, das, wie ich dann in Erfahrung bringen konnte, einem Dänen gehörte. Als ich an die Tür dieser „Hexe" klopfte, war ich erstaunt, eine freundliche Mitfünfzigerin von gepflegtem Aussehen vor mir zu sehen, an der nichts auf eine zu befürchtende Zauberin hinzuweisen schien, wenngleich eine schwarze Katze neben ihr neugierig zu mir hochschaute. Doch tatsächlich, die Pupillen dieser Frau hatten in der Mitte eine schlitzartige Formung nach oben, wie ich sie noch nie bei einem anderen Menschen zu sehen bekommen hatte. Sie war erfreut, mich als erwarteten Besucher empfangen zu können, hatte ihre Eingebung doch solch einen ihr für den heutigen Tag angekündigt. Bei einer cup of tea" mit Milch und Zucker und Keksen waren wir schnell in ein spannendes Gespräch verwickelt. Und während ich ihr von meinen Abenteuern bei Medizinmännern berichtete, erzählte sie mir, die sich mir als *Kay Wilson* vorgestellt hatte, über ihre ihr selbst unheimlichen Fähigkeiten, die sich zu ihrem Bedauern nicht nur auf ihre Hellsichtigkeit beschränkten. Denn wenn sie in Wut die Faust schloss und einen Wunsch aussprach, würde dieser sich in die Tat umsetzen. Diese ihre unangenehme Fähigkeit hatte sie schon vor zwanzig Jahren an sich entdeckt. Auf einer Fahrt in ihrem Auto nach Nairobi, wo sie ein größeres Haus besaß, schnitt ein vorbeirasender Fahrer ihren Wagen, sodass sie beinahe selbst die Kontrolle über ihr Fahrzeug verloren hätte. In ihrer Wut ballte sie die Faust und wünschte, dass er einen Abhang hinunterfahren möge. Und tatsächlich, genau so geschah es. Bei einem anderen Mal habe der Nachbar neben ihrem Haus in Nairobi gegen ihren Willen die ihre Grundstücke trennende Hecke samt Bäumen ganz kurz geschnitten und ihr dann die Rechnung zugeschickt. In ihrer Wurt ballte sie wiederum die Faust und sagte: „I wish, he would drop dead." (Ich wünschte, dass er tot umfallen würde.) Wenige Tage später, als sie sich wieder in Lamu befand, rief ihre Freundin an und sagte: „Weißt du, was mit deinem Nachbarn geschehen ist? He dropped dead."

Und dann zeigte sie durch das Fenster auf das gegenüberliegende nun unbewohnte Haus und sagte, dass sie leider auch jenen Dänen auf dem Gewissen hätte. Und sie berichtete mir Folgendes: Als sie vor einigen Wochen hierher zurückgekehrt war, entdeckte sie, dass ihre Katzen verschwunden waren. Sie hatte sofort ihren Nachbarn in Verdacht, dass er sie getötet haben könnte, waren sie ihm doch ein Dorn im Auge, zumal sie auch seine Hühner samt Küken verängstigten. Ihr wurde sofort eingegeben, dass er diese auf eine benachbarte kleine Insel, auf der es kein Trinkwasser gab, ausgesetzt habe. Sie ließ sich von ihrem „boy", einem Angestelltem aus dem Ort, auf jene Insel rudern. Und tatsächlich, als ob sie es geahnt hätte, erwarteten sie ihre vier Katzen dort miauend am Strand. Zurückgekehrt ballte sie die Faust und wünschte, dass dieser Nachbar für seine Gemeinheit tot umfallen würde. Und sie schloss den Bericht, indem sie bedauerte, dass dieser Mann einige Tage später verstorben sei. Sie schwöre, dass jene beiden Vorfälle die einzigen Male waren, dass ihre „Kräfte" tödlichen Schaden verursacht hätten. Sie hasse diese Gabe der Verwünschung und hoffe, dass Gott einmal Nachsicht über sie walten lassen würde, wenn sie drüben ankäme. Und ich sprach sie darauf an, wie sie mit der Bevölkerung dieser Insel auskäme. Sie wisse, dass man sie als Hexe bezeichne aufgrund ihrer angeborenen Pupillenverengung. Viele gingen ihr aus dem Weg. Doch beim Einkaufen würde man sich hüten, sie zu übervorteilen. Auch würde es keiner wagen, bei ihr aus Furcht vor unheimlichen Konsequenzen einzubrechen. Somit habe auch alles seine Vor- und Nachteile. Sie möchte sich nie mit Hexerei und schwarzer Magie abgeben, denn sie fürchte sich davor. In Nairobi lege sie Karten und überweise von diesem Verdienst Gelder an das SOS-Kinderdorf. Sie sei erstaunt, wie akkurat ihre Karten über die Gegenwart, Vergangenheit und Zukunft bei Konsultationen aussagten. Und als sie mich fragte, ob ich etwas über meine Zukunft wissen wollte, lehnte ich ab, da die Zukunft mir lieber ein Rätsel bleiben möge, das sich mit der Zeit von selbst entfalten sollte. Auch gehe sie gelegentlich in die Kirche. Und trotzdem spricht hier jeder in Nairobi von ihr als Hexe. Und es gebe schon Verslein über ihre Person, die ihr von Kindern nachgerufen werden.

Und schließlich erzählte sie mir den eigentlichen Grund, warum sie als die „Hexe von Lamu" gefürchtet sei, und zwar nicht nur ihrer eigenartigen Pupillen wegen. Als sie ihr erstes von zwei Häusern hier sehr zum Unwillen des Schulleiters in Shela baute – wollte dieser doch auf diesem Grundstück eine Schule errichten lassen –, schickte er einen Wizzard auf die Baustelle, um den Hausbau zu verhindern. Während dieser mit Zaubersprüchen und Geräucher seinen Hokuspokus absolvierte, wobei viele Leute zusahen, stand Kay auf dem Baugerüst, lachte und rief herunter, dass sie eine Hexe sei und der Wizzard ihr darum keinen Schaden zufügen könne. Doch dieser verkündete nach vollendeter Prozedur, dass sie am nächsten Tag tot sein würde. Die Leute warteten nun, dass dieser Zauberbann sich nun anderen Tags bewahrheitete. Doch sie blieb am Leben, was sich natürlich auf der ganzen Insel und darüber hinaus herumsprach und ihr Ansehen als Hexe gewaltig erhöhte. Eine weiße Hexe hatte über einen afrikanischen Hexer gesiegt. Sie lebte als Witwe schon lange allein, doch habe sie, wie sie mir anvertraute, ihre geistigen Freunde wie auch ihren verstorbenen Mann an ihrer Seite. Und da sie schon am nächsten Tag wieder nach Nairobi abzureisen gedachte, blieb es bei dieser einmaligen Begegnung.

Ich hielt am Abend dieses Treffen in meinem Notizbuch fest, das sich immer mehr füllte und das mir auch jetzt beim Scheiben meiner Erinnerungen vorliegt. Und trotz all der aufregenden Geschichten, die ich über Hexen und Zauberer und ihren Geistern hörte, fielen mir immer wieder neue Gedanken zu meinem Molar-Roman ein, die ich dann ebenfalls notierte. So schrieb ich über Hitler als den Gehilfen des Teufels: *Er spielte mit den Instinkten der Menschen. Er hypnotisierte sie, und sie liefen, handelten, mordeten nach seinem Willen. Die Vernunft wurde durch Hypnose übertölpelt, da sie den einen Fehler beging, ihr Ohr dem Teufel für seine Einflüsterungen zu leihen und die Augen dabei zu schließen. Die Deutschen waren ein Lieblingskind Gottes wie früher die Griechen. Was Gott liebt, tracht der Teufel zu zerstören. Hatte Gott nicht den schöpferischen Funken so mannigfach während der letzten drei Jahrhunderte in die deutschen Genies gelegt, sie entflammt zu übermenschlich schöpferischen Taten? Hatte er nicht die Deutschen besonders in der Musik und Dichtung geradezu bevorzugt? Ja, die deutschen Bürger waren stolz auf ihre Klassiker und sahen es gerne, wie andere Nationen sie beneideten. Und der Teufel schlich sich ein. Er schmeichelte das deutsche Volk in seinem erhabenen Gefühl und feuerte es geradezu an. Wer konnte sich ihm da widersetzen, besonders nachdem die Deutschen nach dem verlorenen Ersten Weltkrieg als Bösewichter „in der Ecke stehen" mussten? Der Teufel gab ihnen wieder das Gefühl, in der ersten Reihe der Menschheit zu sitzen, indem er ihnen ein Kissen unterschob, damit sie sich höher dünken konnten als die anderen.*

Ja, das Thema Hitler und die Deutschen muss im Molar-Roman von vielen Seiten beleuchtet werden. Und hatte Gott den Deutschen aus jenem Grund die Phalanx der deutschen Genies geschenkt, weil er wusste, was einmal für Verbrechen an der Menschheit von ihnen durch einen Abgesandten des Teufels begangen würden, um eine weltweite Beschämung und Verurteilung durch ein vorweggegebenes Gegengewicht göttlicher Kunst auszugleichen? Nun, wie ich mir vornahm, wird der Roman diese Ambivalenz von Genie und Teufel eingehender behandeln müssen.

5. Die Magier der bösen und guten Geister

Einen Tag vor meiner geplanten Abreise stellten mich meine neuen Freunde einem 31-jährigen Mann vor, der zu Besuch bei seiner Mutter und seinen Geschwistern weilte. Er nannte sich *Sheik Muhammed Said Islam* und galt trotz seiner relativ jungen Jahre als ein der Zauberei kundiger Marabut. Und die Leute kamen zu ihm, um sich Rat zu holen. Er fertigte auch Amulette an und verkaufte magische Ringe, die gegen alles Mögliche hilfreich sein sollten. Ich unterhielt mich länger mit ihm. Er hatte sich in *Oman* bei einem berühmten Marabut ausbilden lassen. Wie er mir erklärte, gibt es vier Arten von Geistern. Zur ersten Gruppe gehören die „*Rohanis*". Dies sind Geister der Verstorbenen. Um ihre Hilfe zu erhalten, gibt es verschiedene Möglichkeiten. Eine davon ist, dass man bei ihrer Anrufung sieben bestimmte Räuchermittel anzündet und in deren Rauch nun seine Wünsche spricht. Auf meinen eisernen Mann auf der Brust deutend, meinte er, dass ich die Richtigkeit der von Geisterhand bewirkten Aussagen erhöhen könnte, wenn ich diesen bei Befragungen über solche Dämpfe halten würde. Die zweite Geistergruppe besteht aus so genannten „*souls*" (Seelen). Ihrer Macht kann man sich bedienen, wenn man auf dem Friedhof einen Menschenknochen ausgräbt und daraus eine menschliche Figur schnitzt und mit Zaubersprüchen versieht. Daraufhin hat man sich 40 Tage lang mit dieser Knochenfigur in einen ungestörten Raum zurückzuziehen und während dieser Zeit auch kein Fleisch zu essen. Unter Anrufungen wird nun der Geist desjenigen, zu dessen Körper dieser Knochen gehörte, erweckt. Die Macht dieses Geistes hängt jedoch von den Fähigkeiten ab, über die er in seinem Erdenleben verfügt hatte. Gelingt es einem, den Knochen eines Zauberers auszugraben, wird man durch diesen wiedererweckten Geist Wunder bewirken. Die dritte Gruppe von Geistern sind die *Djinns*, die sich zumeist in Felsen aufhalten. Es gibt weiße Djinns, die Gutes tun, und schwarze Djinns, die Böses bezwecken. Beide sind mächtiger als die der vierten Gruppe zugehörigen „*Scheitans*", die jenen dienen.

Am Abend gingen wir zu *Omar Said Bakor*, seinem Onkel, der ebenfalls ein bekannter Magier war. Dieser, von mir über Geister befragt, meinte, dass die *Rohanis* die mächtigsten seien, beziehungsweise den Menschen am nützlichsten sein könnten. Um ihrer habhaft zu werden, grabe man in den Sand eine etwa 30 Zentimeter große hohle Figur und fülle sie mit flüssigem Wachs. Sobald diese hart geworden sei, grabe man sie aus und ziehe sich mit ihr 40 Tage lang in die Stille zurück und spreche bestimmte Sprüche. Danach wird die Kraft eines Geistes in diese Figur steigen und Dienste verrichten. Die Rohanis kann man im Allgemeinen nicht sehen, wohl aber Djinns und Sheitans, die oft in Höhlen wohnen. Man lege, um sich dieser zu bedienen, fünf verschiedene Kräuter auf eine heiße Räucherpfanne, und unter dem Sprechen bestimmter Sprüche betrete man die Höhle. Daraufhin werde man dieser Geister ansichtig und könne seine Wünsche äußern. Omar Said Bakar besäße auf seinem Grundstück einen Sheitan, der jedoch nicht bösartig sei. Ich könne, wenn ich wolle, nachts dorthin gehen und unter Rezitation gewisser Koranverse und anderen Anrufungen seine Gegenwart fühlen und ihm meine Wünsche äußern.

Sheik Muhammed, der mir einen Einblick in seine Magie gewährte, erzählte am nächsten Tag, als wir uns wiedertrafen, nachdem ich beschlossen hatte, der spannenden Begegnungen halber meinen Aufenthalt in Lamu noch zu verlängern, dass er im frühen Alter schon gewusst habe, dass er Magier werden wolle. Deshalb verließ er Lamu schon mit 16 Jahren und suchte im Jemen, in Ägypten, Pakistan, im Iran, im Irak und in Kuweit nach den besten Magiern, um ihn in die höhere Magie einzuweisen. Schließlich kam er in *Oman* in der Hauptstadt Muskat zu einem berühmten Magier und wurde einer von dessen über 300 Schülern. Muhammed verfügte über mehrere Kraftringe. In Muskat erschien im Traum sein Vater, der ebenfalls ein Magier in Lamu gewesen war. Dieser berichtete ihm, dass er nun ein Geist sei und ihm seine Hilfe durch einen Ring zuteil werden lasse, der, wenn er aufgewacht sei, unter seinem Kopfkissen liegen werde. Und er fügte hinzu, dass, wann immer er seine Hilfe in Anspruch nehmen wolle, er am Abend sein Begehren zum Ring sprechen und diesen unter das Kopfkissen legen solle, so würde er ihm im Traum erscheinen und ihm Auskunft erteilen. Und tatsächlich, als Mohammed am nächsten Morgen unter das Kopfkissen schaute, befand sich dort dieser Ring. Wenige Tage darauf erhielt er ein Telegramm, dass der Vater kurz vor jenem Traum verstorben sei. Einen nächsten Ring erhielt er von seinem verstorbenen großen Meister in Muskat, den er ebenso mittels dieses Ringes um Hilfe bitten könne. Auch die Bedeutung der anderen Ringe erklärte er mir. Muhammed wird, wie ich von anderen erfuhr, trotz seiner 31 Jahre von vielen als bedeutendster Magier Kenias angesehen. Er wolle in den nächsten Tagen nach Sansibar reisen, um dort einen in der Magie ihm Ebenbürtigen aufzusuchen. Sein Hauptsitz sei aber Malindi, wohin er mich einlud, um mir noch vieles zu zeigen. Er sah in mir einen weitgereisten Wahrheitssucher, und er fühlte sich aufgerufen, mich in die Magie einzuführen.

Er, wie er mir weiterhin offenbarte, kann den bösen Geist eines Besessenen in eine Falsche zwingen und diesen mittels eines auf Papier geschriebenen Bannes verschließen. Dieser Djinn müsse dann so lange in der Flasche bleiben, bis diese durch Zufall von jemandem geöffnet würde, die Schrift auf dem Blatt verlösche oder die vorher besessene Person verstorben sei. Wegen seiner Berühmtheit müsse er ständig von Ort zu Ort reisen, da man überall seine Hilfe in Anspruch nehmen möchte. Muhammed sieht seinen Geschwistern gar nicht ähnlich, vielmehr lassen seine Gesichtszüge ein Gemisch aus mongolisch-indisch-arabischen Zügen, ja sogar ein afrikanisch-zigeunermäßiges Aussehen erkennen. Er scheint ein edles Herz zu haben. Er spricht sechs Sprachen, darunter eben auch Englisch, aber leider nur in gebrochener Form, sodass ich mir oft etwas nochmals wiederholen lassen musste. Er zeichnete für mich ein viergeteiltes kreisförmiges Zauberdiagramm, in welchen er die vier wichtigsten Geister hineinschrieb. Ich solle vor dem Schlafen zusätzlich die vier Erzengel bitten, mir das Gesicht einer von mir erwünschten Person zu zeigen. Auch könne ich das Papier bei mir tragen und drei Finger, mit dem entsprechenden Wunsch verbunden, auf dieses legen, so würde mir dieses Gesicht selbst am hellen Tag erscheinen. Er erklärte mir die Bedeutung der Hand und der Finger, indem er eine Skizze zeichnete. Auch zeigte er mir seine magischen Bücher und erklärte mir ein 1918 in Beirut erschienenes Buch von *Ali Mutalif*, das unter dem Namen *Hanoffi* erschienen war. In diesem wird beschrieben, wie man sich auf See zurechtfindet und wo und wie man Schätze heben kann. Ein anderes Zauberbuch ist jenes von einem *Abdel Hamid*, das 1922 in Kairo unter dem Titel *Säherr Kohani* herausgegeben worden war, in welchem beschrieben wird, wie man Djinns als Helfer gewinnen kann. Er selbst habe von seinem Vater drei Rohanis bekommen, die er aber nur in dessen Geburtsstadt Aden im Jemen in Anspruch nehmen könne. Doch verfüge er jeder Zeit über vier andere Rohanis.

Ausführlich erklärte er mir die Bedeutung der verschiedensten für die Magie wichtigen Gerüche. Zum Bespiel könne man beim Geruch von Ihalam-Lacham – natürlich verbunden mit Zaubersprüchen – auf einem Stück Papier den Namen von jenem Mann aufschreiben, der sich eine von ihm geliebte Frau zur Ehe wünscht, auch wenn diese ihn bisher abgewiesen haben sollte. Alsdann faltet man beide Zettel ineinander, damit dieser Zauber sich auswirken kann. Mit dem Rauch eines bestimmten Korns kann man Augenerkrankungen heilen, mit dem Rauch von einer bestimmten Pflanze wird die Potenz erhöht, mit einem anderen Geruch ein Geist herbeizitiert und so weiter. Tschanga ist ein anderer Geruch, und zwar der für die Nase ekeligste. Bei der Verbrennung kann man einen Djinn herbeirufen, der selbst gewillt ist, auf Wunsch zu töten. Er hilft bei gerichtlichen Entscheidungen und wird alles in Bittbriefen Erwünschte, zum Beispiel bei Bewerbungen, erfüllen lassen. Auch der Geruch von getrocknetem Blut hat große Wirkung. Wenn jemand von einem Geist befallen ist, dann verbrenne man sein eigenes getrocknetes Blut. Wenn der Besessene aufschreit oder weint, so hat er einen Djinn in sich. Wenn er gleichgültig bleibt, handelt es sich bei dem Besetzer um einen Scheitan, doch wenn er zufrieden lächelt, dann ist jener innewohnende Geist ein Rohani.

Doch außer diesen verschiedenen beim Verbrennen Gerüche erzeugenden Mitteln und anderen Zauberutensilien verfügt mein junger Lehrer über Muscheln. Eine davon wird von einem Djinn bewohnt namens *Kibonango*. Besonders stark wirkt er, wenn man diese Muschel über den Dampf von getrocknetem Blut zweier Geschwister, möglichst Zwillingen, hält. Wolle man an einen Ort reisen, um jemanden auch dort vorzufinden, könne man über Kibonango erfahren, ob jene Person bei der Ankunft auch anzutreffen sein wird. Doch dürfe man diese Muschel mit dem innewohnenden Geist nie bei sich tragen, wenn man sich sexuell betätigt, da sonst dieser Geist zu Muhammed zurückkehren würde. Er zeigte mir auch sein aus 88 Muscheln bestehendes Orakel. Anhand dieser ausgestreuten Muscheln sagte er mir einiges über meine Vergangenheit, was nicht immer stimmte, und auch über meine Zukunft. In Nairobi würden zwei Briefe auf mich warten. Einer käme mit einem beiliegenden Foto, das eine Frau mit einem Kind zeige, aus Europa und ein anderer aus Afrika. Außerdem würde ich erst 1981 nach Deutschland zurückkehren und einmal eine Dänin heiraten. Auch nach Nigeria würde ich später einmal zurückkehren. Von all dem, so kann ich jetzt sagen, hat sich nichts bewahrheitet. Man sieht, wie viel irreleitender Betrug durch „faulen Zauber" verbreitet wird.

Unter anderem sagte er, dass er die Fähigkeit habe, jede x-beliebige Person hierher kommen zu lassen, wo immer sie auch wohne. So habe ihn vor einiger Zeit ein Ägypter gebeten, eine Frau, die er liebte, aber sich einem anderen zugewandt hatte, nach Malindi kommen zu lassen. Diese packte plötzlich ihre Koffer und flog nach Kenia, ohne zu wissen, wen sie dort antreffen würde. Ich dachte sofort an Maria und wünschte mir, dass sie bei mir wäre. Ich fragte ihn, ob er meine heimlich Geliebte ebenfalls zu mir nach Kenia bringen könne, was er bejahte, doch müsse er von ihr entweder ein Bild, ein Kleidungsstück oder am besten ein Haar haben. Über all das verfügte ich nicht. Das, wie er meinte, sei dann etwas schwerer durchzuführen. Doch solle ich zu ihm nach Malindi kommen, wo er dann seine Geister beauftragen würde, trotzdem meinen Wunsch, Maria bei mir zu haben, zu erfüllen. Auch könne er mir ihr Gesicht zeigen, das sich auf der Oberfläche des Wassers in einer Schüssel zeigen würde.

Muhammed übergab mir zum Abschied einen Ring samt einer aus mehreren Kräutern hergestellten Flüssigkeit. Diesen würde er mir gerne geschenkt haben, aber ich müsse ihn bezahlen, sonst hätte er keinerlei Wirkung. Ich solle ihn am Abend vor dem Einschlafen in die mir gereichte Mixtur hineinhalten, meinen Wunsch dabei äußern und ihn anschließend unter mein Kopfkissen legen, so würde mir der Ringgeist, ein Rohani, im Traum erscheinen. Wenn ich meinen Rohani – und er deutete auf meinen Eisenmann-Pendel auf meiner Brust – sehen wollte, müsse ich sieben Tage lang diesen zusammen mit dem Ring über den Rauch halten und dabei meinen Wunsch immer wiederholen, indem ich mehrere Mal „Laarhsch-Tararuhsch" rufe. Daraufhin wird sich mir der Rohani zeigen. Er kann die Gestalt wechseln. Am Abend zeige er sich als Frau, am Morgen als Mann.

Er gab mir seine Adresse, und ich versprach, ihn in den nächsten Tagen in Malindi aufsuchen zu wollen. Den silbernen Ring steckte er mir an den rechten Ringfinger. Dieser solle mir außerdem magische Kräfte verleihen und mich von allen bösen Geistern beschützen.

In meiner Dachhütte angekommen, haderte ich mit mir. Wie durfte ich mich mit solch einem Magier einlassen? Wie konnte ich es wagen, Maria hierherreisen zu lassen, zu jemandem, den sie gar nicht liebte? Und sicherlich wäre ihr solch eine von Geisterkraft bewirkte Entführung höchst unwillkommen. Ich würde sie also gegen ihren Willen manipulieren. Nein, das darf nicht sein! Ich werde bei meinem Besuch dieses Magiers ihm sagen, dass ich von meinem Wunsch Abstand nehmen werde, meine ferne Geliebte nach Kenia kommen zu lassen. Denn wie er mir erklärt hatte, würde sie dann plötzlich von einem Trieb gelenkt sein, unvorhergesehen auf dem Flughafen ein Ticket nach Mombasa zu lösen und dann von dort wie in Trance mit einem Taxi genau zu mir gebracht zu werden. Später in der Ausbildung zum Heilpraktiker für psychische Krankheiten sollte ich über das psychopathologische Phänomen einer so genannten „Fugue" lesen, dass ganz normale Leute auf einmal von einem Wahn besessen werden, sich ein Billett zu kaufen, und mit einem Transportmittel oder gar mit einem Flugzeug weit weg reisen. Am Ankunftsort buchen sie ein Zimmer. Doch am nächsten Morgen beim Erwachen wissen sie dann nicht, wo sie sich befinden und wie sie an den augenblicklichen Ort gelangt sind. Und so stellt sich mir die Frage: Wurden solche von diesem Zwangssymptom durch Magie oder Geisterkraft oder von beidem zu solch einer plötzlichen Flucht aus ihrer Umgebung hinweggeführt? Sie vermögen sich gegen diese psychische Entführung nicht zu wehren, befinden sie sich doch in einer Art Trance. In der Psychologie und in der Psychiatrie stehen wir oft noch vor ungelösten Rätseln. Werden wir sie einmal alle lösen können? Wir haben noch viel zu lernen! Aber wir können nur lernen, wenn wir uns für ganz Neues und vielleicht auch völlig irrational Erscheinendes zu öffnen vermögen.

Mit mir selbst hadernd, musste ich wohl eingeschlafen sein. Doch mitten in der Nacht wurde ich durch einen heftigen Schmerz an meinem rechten Ringfinger geweckt. Entweder hatte sich der dort befindliche magische Ring zusammengezogen, oder, was noch wahrscheinlicher war, verdickte sich der Finger, reagierte er doch vielleicht allergisch gegen das Silber. Aber je mehr ich immer wieder auch mit aller Kraftanstrengung versuchte, den Ring abzustreifen, desto mehr vermehrte sich der Schmerz. Schließlich versuchte ich unter Zuhilfenahme von Seife mich von dieser schmerzhaften Einengung zu befreien. Aber auch das brachte keinen Erfolg. Was sollte ich unternehmen, um mich nun von diesem „vermaledeiten" Ring zu befreien? Ich müsste ihn bei einem Juwelier aufschneiden lassen. Doch in Lamu war kein Juwelier vorhanden. Also, entgegen meiner Absicht, noch ein, zwei Tage länger auf dieser Insel zu bleiben, nahm ich das erste Fährboot, das mich ans Festland brachte, und nahm den Bus nach *Malindi*, um dort schnellstmöglich einen Juwelier aufzufinden, der mich von diesem schmerzvollen Ring befreite.

Im Bus nach Malindi traf ich zu meiner Überraschung auch *Salim*, den Bruder Muhammeds, wie auch seinen Vetter und seinen mir ebenfalls bekannten Schwager. Trotz meines schmerzenden Fingers fragte ich sie auch nach Erlebnissen mit Geistern. Der Vetter war Sohn des oben erwähnten Omar Said Bakar. Er gab sich ebenfalls als Magier aus und meinte gar, dass seine Orakelauslegungen zutreffender seien als jene von Muhammed. Von Salim erfuhr ich, dass arabische Magier sich auch in der Hypnose auskennen. Will man bei einem Magier die Hypnose erlernen, müsse man drei Monate während des Tageslichts fasten und sich auch während dieser ganzen Zeit der Sexualität enthalten und eine Nacht lang unter Vollmond auf einem Stuhl sitzen. Dann erst werde man vom Lehrer unterrichtet. Und sie bestätigten mir, dass Muhammed wirklich im Wasser die Gesichter von Leuten erscheinen lassen könne, die jedoch von Kindern leichter als von Erwachsenen gesehen würden. Zum Beispiel war seiner Schwester die Uhr gestohlen worden. Muhammed zeigte ihr das Gesicht des Diebes im Wasserglas. Einer seiner Freunde hatte ebenfalls seine Uhr verloren. Muhammed sagte ihm, dass er den von ihm erhaltenen Ring unter das Kopfkissen legen und fünf Minuten darauf liegen solle. Und als dieser dann unter das Kissen sah, lag neben dem Ring die vermisste Uhr. Er sei 14 Jahre lang im Ausland gewesen, wo er bei verschiedenen Magiern seine vielen Fähigkeiten erlernt habe. Eines Tages sei eine ihm unbekannte Kranke bei ihm erschienen, die Schmerzen im Arm hatte. Er sagte ihr nach Befragung seines Kettenorakels, dass diese Schmerzen von einem Unfall herrührten, den sie mit neun Jahren gehabt habe, als sie von einem Baum gefallen sei. Genau das bestätigte diese erstaunte Frau. Salim meinte, dass 95 Prozent aller Leute in Lamu an Geister glauben. Und eine ganze Reihe unter ihnen können die Vergangenheit und die Zukunft voraussagen. Auch gebe es dort einen Mann, der einem anderen einen Ringe gegeben hatte mit der Aufforderung, ihn dann wegzuwerfen. Alsdann reichte er ihm einen Apfel, den er durchzuschneiden hatte. Und der soeben weggeworfene Ring befand sich in dessen Mitte. Wenn man einen Djinn anriefe, mache dieser sich dadurch bemerkbar, dass einem die Haare an Armen hoch und auf dem Kopf zu Berge stehen. Also auch bei einer Busreise kann man wunderliche Dinge vernehmen.

In Malindi angekommen, fand ich auch schnell einen Juwelier, der den Ring aufschnitt. Ich wusste, dass ich mich von diesem magischen Ring zu trennen hatte und überließ ihn diesem Retter aus höchster Not als Dankeschön für meine Schmerzbefreiung. Mir wurde durch dieses Erlebnis ganz klar, dass meine geistige Führung mir zu verstehen geben wollte, dass ich mich nie mit Magiern einlassen solle, vor allem dann nicht, wenn ich mir durch ihr Einwirken eigene Vorteile verschaffen wolle unter Missachtung der höheren geistigen Gesetze und dass man nie jemand zu etwas Unerwünschtem zwingen dürfe, wie ich es im Falle Marias, wenn auch nur vorübergehend, geplant hatte. Der freie Wille, so er keinem anderen Schaden zufügt, muss immer gewahrt bleiben. Dies ist ein Gebot des Himmels. Natürlich dachte ich nicht mehr daran, jenen Magier aufzusuchen. Diese Lektion hatte mir gereicht, indem sie mir Grenzen setzte, die ich nie überschreiten dürfe.

Ich hatte also vorerst oder gar für immer von Magiern zweifelhafter Art genug. Nach meiner Einschätzung war 90 Prozent der von mir erlebten afrikanischen Magie ohne Einfluss von unsichtbarer Seite und dadurch zumeist unwirksam. Doch die Leute glaubten genau das Gegenteil, dass nur zehn Prozent von allem vielleicht nicht stimmen könnte. Sie befinden sich damit in einer Illusion des Unsichtbaren und halten die irdischen angeblichen Vermittler, die sich als Magier, Medizinmänner, Hexer und Hexen ausgeben oder als solche angesehen werden, für mächtige und oft angsteinflößende Respektspersonen. Deren meist teuer verkaufte Medizinen, Amulette, Zaubersprüche, Räucherwerk, und andere Zauberutensilien haben in Wirklichkeit oft keinerlei anhaftende Kraft. Lug und Trug samt Geldschneiderei liegt in den meisten Fällen vor. Viele Medizinmänner und Wundermittelverkäufer sind bewusste Betrüger. Und viele von ihnen betrügen sich selbst, indem sie an ihre eigenen Fähigkeiten glauben, die auch bei einigen von Zeit zu Zeit sich als wahrhaft erwiesen haben, jedoch beileibe nicht immer wirksam wird, obwohl sie selbst gerne das Gegenteil behaupten. Dass es Magie gibt und Unsichtbare und Verstorbene einwirken, steht außer Frage. Nur die Dimension ihrer Einwirkungen entspricht nicht dem, was man vorgibt. In Afrika herrscht die Angst vor unsichtbaren Kräften, deren schädigendem Einfluss und oft lebensbedrohlichen Auswirkungen man, koste es was es wolle, zu entgehen trachtet. Und wiederum kann man sich nur gegen diese negativen Kräfte schützen, indem man ebenfalls von unsichtbarer Seite Gegenmaßnahmen sucht. Und viele Halunken nutzen diese Panik unverfroren aus und stellen sich als Kenner der von unsichtbarer Seite bewirkten Magie dar, und das Volk glaubt an deren Machtvermittlung. Das Ergebnis ist festsitzender Aberglaube samt eines oft wirkungsvollen Placebo-Effekts. Denn wenn jemand sich eine starke Heil- oder

Schutzmedizin teuer erkauft hat, glaubt er beschützt zu sein und reduziert seine Angst.

Aus zehn mach neunzig,
verliere keins.
Das ist in Afrika
das Hexen-Einmaleins.

Am nächsten Tag erreichte ich spät abends *Mombasa*. Würde ich wieder für die Nacht eine schwarze Schönheit finden, die mich zu sich in ihr Zimmer nähme und mich ablenken würde von meinen Gedanken an Maria? Ich ging in eine der mir schon bekannten Nachtbars, stellte dort meinen Rucksack und meinen Regenschirm in eine Ecke und sah mich nach einer der „belles de la nuit" um. Ich setzte mich zu zwei jungen Frauen an den Tisch, von denen ich annahm, dass sie keine Djinnfrauen waren, und bestellte für uns alle ein alkoholisches Getränk. (Wie umständlich ist doch manchmal meine geliebte deutsche Sprache, denn viel einfacher wäre es zu sagen: Und ich bestellte uns dreien einen Drink.) Welche von den beiden gleichermaßen Reizvollen sollte ich jetzt wohl für einen Unterschlupf für die Nacht fragen? Ich führte mein Pendel unter den Tisch, um sicherheitshalber herauszufinden, von welcher der beiden ich keine peinliche Krankheit bekommen könnte. Beide waren „clean", wie der Engländer und Amerikaner sagen würden. So ließ ich denn eine heimlich in meiner Hand geschüttelte Münze entscheiden, wer meine Auserwählte sein sollte. Die Entscheidung war nun für die rechts neben mir Sitzende gefallen, die ich *Eba* nennen möchte. Ich legte nun meinen Arm über den ihren, um der anderen verstehen zu geben, für welche ich mich entschieden hätte. Jene stand alsbald auf. Und als eine Gruppe von sechs bereits angeheiterten Schweden das Lokal betrat und sich an den leeren Tisch neben uns niederließ, leistete sie nun diesen Gesellschaft. Und schon waren andere Konkurrentinnen zur Stelle. Doch ihr gelang es, auf den Schoß eines blonden Mannes gezogen zu werden, der auch nicht zimperlich mit ihr umging und sie begrapschte und küsste. Und durch zuwerfende Blicke gab sie meiner Auserwählten zu erkennen, dass sie jetzt überglücklich sei, endlich einen großen Fisch an der Angel zu haben. Und Eba flüsterte mir zu, dass sie selber jetzt glücklich sei, da diese sicherlich heute Nacht endlich etwas verdienen könne, habe sie schon über eine Woche lang keinen Verdienst morgens mit nach Hause bringen können. Sie habe wie sie selbst ein zu versorgendes Kind, welches wie auch das ihre bei der Familie eines Verwandten aufwachse, jedoch mit der Auflage, monatliche Zahlungen zu leisten.

Als wir beide nun aufbrechen wollten, erhoben sich auch die Schweden. Drei von ihnen nahmen eines der Mädchen mit, doch drei verabschiedeten sich von ihren enttäuschten Gesellschaftsdamen und verließen ohne Anhang das Lokal. Und nun entdeckte ich, wie Ebas Freundin in der Ecke mit dem Kopf zur Wand stand und, den Arm über ihr Gesicht gelegt, hemmungslos weinte. Sie konnte es einfach nicht fassen. Denn wieder war ihr ein großer Fisch entglitten, den sie schon fest in der Hand zu halten glaubte. Lag etwa ein Fluch auf ihr, ein „spell", dass sie mit Freiern kein Glück haben sollte? Eba nahm sie nun in den Arm. Ich stand daneben. Was sollte ich tun? Sollte ich jetzt mich von Eba abwenden, um mit der Enttäuschten eine Nacht zu verbringen? Das würde sicherlich Eba verletzten und ihre Freundschaft zu jener anderen in Gefahr gebracht haben. Ich suchte ein wenig Geld hervor und steckte es der Weinenden in die Hand, die mir daraufhin ein Lächeln schenkte. Das Dasein als Freudenmädchen ist sehr hart. Denn zu viele Frauen sind aus dem Gleichgewicht ihres Schutz bietenden Familienverbandes gefallen, da sie sich eventuell nicht an einen alten oder ungeliebten Mann hatte verkaufen lassen wollen oder von solch einem vielleicht sogar schon verstoßen worden waren.

Blick in den riesigen Ngorongoro-Krater

6.   Im Ngorongoro-Krater der Serengeti

Nach *Nairobi* zurückgekehrt, suchte ich am nächsten Tag die deutsche Botschaft auf in der Hoffnung, dass das Buch von Rosemary Brown schon auf mich wartete. Doch war es noch nicht eingetroffen. Ich verblieb bei diesem zweiten Besuch in Nairobi eine ganze Woche lang dort und sah mir weiterhin die Stadt, ihre Slums wie auch die nähere Umgebung an. Von einem Berg bei Nairobi aus konnte man bei klarem Wetter sogar den 250 Kilometer weit entfernen Kilimandscharo sehen. Abends verfiel ich meist den Reizen einer schwarzen Schönheit. Bei einer von ihnen wohnte ich zwei Tage lang. Doch die Schönste von allen lernte ich mit ihrer Freundin in einem Lokal kennen. Ich umwarb sie und fragte schließlich, ob ich die Nacht mit ihr verbringen könne. Doch sie lehnte ab. Und auf meine Frage hin, warum, erklärte sie mir, dass sie einen finnischen Mann und mit ihm ein gemeinsames

Kind habe. Er habe früher als Ingenieur in Nairobi gearbeitet, befände sich aber jetzt wieder in seinem Heimatland, von wo er zweimal im Jahr zu ihr reise. Er habe ihr eine Wohnung gemietet und überweise ihr jeden Monat Geld. Und auf meine weiterführende Frage, ob er in Finnland verheiratet sei, antwortete sie, dass er Frau und Kinder habe. Sie selbst sei seine Zweitfrau, die er auch in ihrem Heimatdorf geheiratet hatte. Sie dürfe ihrem Mann nicht schreiben oder ihn anrufen, damit seine Frau nie erfahre, dass ihr Ehemann noch eine andere Frau geehelicht habe. Sie selbst brauche nicht mehr zu arbeiten, sondern sei meist mit ihrem Kind allein zu Hause und warte immer darauf, dass er anrufe oder ihr schreibe und dann endlich für ein, zwei Wochen sie besuchen komme. Diese privateren Einzelheiten hatte sie mir natürlich nicht in jenem Lokal anvertraut.

Massai-Frauen vor ihrer Hütte

Mit Begeisterung hatte ich vor Jahren im deutschen Fernsehen die Berichte von dem Frankfurter Zoodirektor *Professor Bernhard Grzimeck* über die Serengeti und ihren Tieren mitverfolgt, sodass ich diesen auch unbedingt einen Besuch abstatten wollte. Sein Sohn Michael war bei einem der Beobachtungsflüge über der Serengeti abgestürzt, was wohl alle Fernsehzuschauer, die die Sendungen des Vaters verfolgten, mit großem Beileid erfasste. Mein Gymnasium, an welchem ich als Referendar angestellt war und auf welchem auch mein Freund Jochen meine Klassen übernommen hatte, sollte dann schließlich nicht mehr Tannenberg Gymnasium, zur Erinnerung an den Sieg der deutschen Armee im Ersten Weltkrieg über die Russen bei dem ostpreußischen Tannenberg, heißen, sondern bekam den Namen des verunglückten Sohnes des Zooprofessors. *Michael Grzimek* († 1959) und sein Vater *Bernhard Grzimek* († 1987) wurden am Rande des *Ngorongoro*-Kraters bestattet.

Über den Grenzort *Namanga* nach *Arusha* zurückgekehrt, das unterhalb des 4.565 Meter hohen Vulkans *Mount Meru* malerisch platziert liegt, schloss ich mich einer Safarigruppe an. So fuhren wir in einem offenen Planwagen mit Sitzreihen in die *Serengeti*, der berühmtesten Savanne Afrikas. Wir sahen Giraffen, Antilopen und Herden von Gnus, Büffeln und Zebras. Schließlich führte die Fahrt über einen Pass in 2.300 Meter Höhe hinein in den 1.700 Meter hochliegenden *Ngorongoro*. In diesem gewaltigen Krater von 17 bis 21 Kilometer Durchmesser leben zirka 25.000 Tiere, womit er die höchste Raubtierdichte Afrikas darbietet, ja überhaupt der größte in sich geschlossene Freilandzoo der Welt ist. Besonders groß ist die Zahl an Zebras Büffeln Gnus Elenantilopen und Gazellen Sie werden gejagt von Löwen und Leoparden und von ihnen wie auch von Geiern, Hyänen und Schakalen gefressen. Daneben gibt es im Krater unter anderem Spitzmaulnashörner Elefanten und, ungewöhnlich in dieser Gegend, sogar Flusspferde. Wie haben diese wohl den hohen Pass überqueren können? Auch die großen Tierwanderungen in der Serengeti führen ebenfalls durch diesen Krater.

Von den bekannten Tieren in diesem erloschenen Krater und in der ihn umgebenden Savanne blieben uns nur Geparden und Leoparden ausgeklammert, da diese uns nicht die Ehre erwiesen, erspäht und fotografiert zu werden. Die bewaffneten Wildparkhüter der Serengeti entdecken immer wieder Kadaver von Elefanten und Rhinozerossen, die, von Elfenbein- und Nashornjägern niedergeschossen und nun dann den Hyänen und Geiern zum Fraß herumlagen. Trotz hoher Gefängnisstrafen ließen diese Wilderer von ihrem verbotenen Vorgehen nicht ab. Das Elfenbein wie auch das Horn des Rhinozeros erzielen auf dem Schwarzmarkt hohe Preise. Das Horn wird nach Asien an Chinesen verkauft, die dieses in verpulverter Form einnehmen, da sie glauben, dass es ihrer Potenz einen gehörigen Auftrieb verschafft. Somit handelt es sich hierbei um ein Aphrodisiakum, dessen Wirkung allein der Einbildungskraft zuzuschreiben ist.

In *Arusha* begegnete ich auch einigen der großgewachsenen *Massai*, die sich von ihrer traditionellen Lebensweise nicht trennen wollen und weiterhin in den Savannen mit ihren Rinderherden leben. Ihr Lebensraum wurde durch Plantagen, Straßendurchquerungen und anderen Vertreibungsmaßnahmen immer mehr eingeengt. Sie leben mit vier bis acht Familien in so genannten, von Dornenhecken umzäunten Krals, die aus Lehmhütten bestehen. Auch die Rinder werden nachts in den Kral hineingetrieben, um sie vor Löwen zu schützen. Sie ernähren sich hauptsächlich vom Fleisch, dem Blut und der Milch ihrer Vierbeiner. Wie bei den Eskimos tauschen sie auch ihre Frauen zum Beischlaf aus. Sie sind als tapfere Krieger, den so genannten *Mohans*, weit bekannt, müssen diese doch, wie man sich erzählt, schon im jugendlichen Alter Mutproben bestehen, zu welchem auch das Erlegen eines Löwen mit bloßem Speer gehören soll.

Nach Nairobi zurückgekehrt, war immer noch nicht das Buch von Rosemary Brown angekommen. Auf dieses wollte ich aber unbedingt warten, bevor meine Reise über Uganda zur Mitte Afrikas fortgesetzt werden sollte. Doch begegnete ich in meinem Hotel einem Rucksacktramper aus England, der gerade aus Uganda zurückgekehrt war, der mir mitteilte, dass man überall dort kontrolliert würde und er schließlich sogar im Gefängnis landete, da man glaubte, er sei ein verkappter Journalist, der über die gegenwärtigen Zustände in Uganda schreiben wolle. Das änderte natürlich meine Planung, sodass ich meine Reiserute, um nach Ruanda, dem Herzen Afrikas zu kommen, den Viktoriasee zu umfahren mir nun vornahm.

Was war im Nachbarland *Uganda*, das man mir als das schönste Land Afrikas angepriesen hatte und das ich daher unbedingt bereisen wollte, geschehen? 1971 hatte der Armeegeneral *Idi Amin* die Macht an sich gerissen und das Land mit diktatorischer Strenge regiert. Ein Jahr nach seiner durch einen Staatsstreich bewirkten Machtübernahme vertrieb er alle Inder des Landes, die das Wirtschaftsleben im hohen Maße bestimmt hatten. Damit geriet Uganda in eine wirtschaftliche Krise, die zusätzlich auch dadurch verstärkt wurde, dass der grausame Diktator innere Kriege gegen Stämme des Nordens durchführte, wobei 200.000 bis 300.000 Menschen ihr Leben verloren. Und in seinem Übermut begann er 1978 in die Gebiete des westlichen Tansania einzufallen. Doch als er diesen Krieg ein Jahr später verloren hatte, floh er zu seinem Freund Gaddafi nach Libyen und später nach Saudi Arabien.

Am 19.7. 1976 schrieb ich an meinen Freund folgenden Brief:

„Lieber Jochen! Ich habe eben Deine zwei Juni-Briefe nochmals gelesen, und es erfüllte mich wieder die Gewissheit, dass Du für mich doch der einzige Mensch bist, mit dem ich innerlich verbunden bin und dessen Freundschaft ich genießen darf. In gewisser Weise spiegelt sich in uns, wenn auch in mattglänzenden Farben, das Verhältnis Wagner-Nietzsche wieder, zwei Dionysos, die um die Gestaltung des Apollinischen ringen, wobei der eine „naiv" ans Werk geht, der andere „sentimental" – oder sollte ich besser sagen „abstrahierend"? Es gibt noch einen anderen Menschen, der mir sehr nahe steht, obwohl er in der Realität sehr weit entfernt ist. Es handelt sich um jenes Mädchen, von dem ich Dir einmal kurz berichtete. In den letzten zweieinhalb Jahren musste ich jeden Tag an sie denken, denn oft weilten meine Herzensgedanken viele sich aneinanderreihende Stunden bei ihr, oder besser gesagt, bei meiner Vorstellung von ihr. Ich schrieb ungeschriebene und geschriebene Briefe hundertfach an sie, ohne seit meinem Reiseantritt auch nur einen davon abzuschicken. Auch jetzt stehe ich wieder vor der Frage, ob ich ihr zu ihrem 21. Geburtstag, der drei Tage vor demjenigen Goethes liegt, doch endlich schreiben sollte. Dieser Brief ist schon seit Monaten skizziert. Ich kenne diese meine „kurzweilige" Schülerin nur äußerlich, und doch haben meine Vorstellungen sie ganz verinnerlicht. Eventuell ist sie ein störrisches, eingebildetes und verwöhntes Wesen, und doch habe ich sie

zu meiner hehren „frowe" erhoben und sinne darauf, ihr meinen Roman
T & F zur Einsicht zuzuschicken und ihr auch meinen zweiten Roman
(in spe) zu dedizieren. In jenem Roman wird sie mehr oder weniger die
Hauptrolle übernehmen in Gestalt von Molars dritter Frau, der in ihr
dem Phänomen der Liebe in seiner herrlichsten Erfüllung zu begegnen
glaubt. Doch, wie so oft, wandelt sich auch diese schöne Idealität in am-
bivalente Realität und lässt die sengende Flamme der Liebe nur in den
wenigen „Inseln in der Ehe", von denen Tolstoi spricht, zur Leidenschaft
auflodern. Ich habe von letzterem eine ganze Reihe Erzählungen gelesen und fand bei Spengler die Äußerung, dass er dessen „Anna Karenina"
als den wertvollsten und künstlerisch vollendeten Roman bewerte, woraufhin ich mir diesen besorgt und ihn in meinem Rucksack nebst zwanzig anderen Büchern mit herumschleppe. Wer Wissen erlangen will,
muss sich in manches Joch zu spannen bereit sein. Ich freue mich, dass
Galini über Ostern Dich seelisch wieder reich beschert hatte. Ich glaube,
dass dieser Ort für uns eine kosmische Beziehung hat – auch in ferner
Zukunft. ... Wenn ich 1980 nach Europa zurückkomme, will ich mich
nach einem Haus oder einem Wohnwagen umsehen. Ich muss schließlich, wenn auch als ewiger Junggeselle, doch einmal sesshafter werden,
da es meinem schriftstellerischen Wirken zugute kommen dürfte. Ich
kaufe auf dieser meiner zweiten Weltreise, die, wie schon vormals bemerkt, eine Welterfahrung ist, keine „Souvenirs", da sie den Geist späterhin nur belästigen und zwingen, sich an das Vergangene zu erinnern.
Mein Leben muss immer Gegenwart sein, denn auch in ihr lebt genügend
Vergangenheit und Zukunft, die auszuloten bleiben. ... „Die Sanduhr
läuft" – auch für mich. Ich bin mir dessen stets bewusst! Nairobi ist so
recht der Ort, um zu versumpfen. Deshalb werde ich schon übermorgen
mich in Richtung Burundi aufmachen, jedoch ohne dabei Uganda zu
durchqueren. ... Du wirst bald von einer hier in Nairobi angetroffenen
Französin ein Buch über Uri Geller zugeschickt bekommen, das noch
Hintergründigeres auszusagen hat als das von Rosemary Brown. Augenblicklich lese ich in einem Buch von Joan Grant, die sich an verschiedene Inkarnationen genauestens erinnern kann und somit einmal für
die ägyptische und griechische Altertumswissenschaft von größtem
Nutzen sein wird. Dies und anderes werde ich Dir noch in diesem Jahr
aus Südafrika zuschicken.

Du erwähntest im letzten Brief Nietzsches und Wagners „heilige Stunde". Am 13.2.1883 ist meine Großmutter geboren worden, und am 25.12.1975 ist mir die Idee zu meinem Wagnerbuch gekommen. Dies nur nebenbei. Vor kurzem sind die geheimen Tagebücher Cosimas erschienen. Sie werden mir viel Nützliches für meine Darstellung des Leipzigers geben können. ...

Herzlichst Dein „Troubadour des 20. Jahrhunderts" und Freund durch Vorhersehung

Tom"

Um auf das angekündigte Buch von Rosemary Brown noch weiterhin zu warten, verschob ich meine Abreise zum Viktoriasee und nutzte die Zeit, auf der westlichen Ringstraße um den Kenya-Berg herum zu fahren, um von dort aus mir den *Samburu Nationalpark* anzusehen, der sich nördlich dieses Kratermassivs erstreckt und den ich auf meiner Hinfahrt von Äthiopien aus schon durchquert hatte. Jetzt aber beabsichtigte ich, das Volk mit ihren schilfbedeckten Rundhütten in diesen trockenen Steppen näher kennen zu lernen. Nach meinem Ausflug inklusive einem Abstecher zu den berühmten *Thomson Falls*, einem hohen Wasserfall, wieder in Nairobi angekommen, suchte ich wiederum die Deutsche Botschaft auf, um nach der von mir erwarteten Buchsendung zu fragen. Und tatsächlich, Rosemarys Browns Buch war angekommen. Es trug den Titel *„Immortels at my Arm Sleeves"* (Die Unsterblichen an meinen Armzipfeln). Dieses gebundene Buch war eine Steigerung des Buches *„Unfinished Symphonies"*, das ich in Addis Abeba gelesen hatte. Denn jetzt, nachdem das Medium sich noch besser führen ließ, schrieben die jenseitigen Tonkünstler durch Rosemarys Hand nun ganze Kammermusikwerke nieder, und *Beethoven* notierte ihr sogar seine elfte Symphonie. Späterhin sollte ich über diese Erstaufführung den Bericht eines Musikkritikers lesen, in welchem es hieß, dass er über Monate hin von der himmlischen Melodie des Adagios begleitet wurde. Inzwischen waren einige der durch Rosemarys Hand niedergeschriebenen Klavierstücke auf Philips-Schallplatten erschienen, und bekannte Musiker wie Leonard Bernstein und Jehudi Menuhin bekannten, dass kein heute lebender

Musiker diese Stücke derart zu schreiben in der Lage sei, dass sie deshalb nur aus der Feder jener verstorbenen Genies stammen könnten. Später habe ich mir selbst diese Platten zulegen können und dem Urteil dieser beiden Musiker zustimmen müssen. Besonders hat mich die Musik des jenseitigen *Franz Liszt* beeindruckt, dessen Werke ich mir in der Folge genauer anhörte und dadurch auch seine gewaltige Dante-Symphonie kennenlernte, die ich zu den zwanzig größten Symphonien zähle.

Aber dieses neue Buch von Rosemary berichtete nun auch darüber, dass Liszt sie gefragt habe, ob auch die jenseitigen englischen Dichter ihre Hand benutzen dürften, um einige ihrer jenseits erschaffenen Dichtungen aufzuschreiben. Und so geschah es. Von Shakespeare, über Lord Byron, Shelly, Browning bis hin zu *Bernard Shaw* entstanden herrliche Lyrik und auch Prosatexte. Und Bernhard Shaw, der zu seinen Lebzeiten an überirdische Einwirkungen glaubte, schrieb durch ihre Hand ein ganzes Bühnenstück nieder, von dem einige Szenen in diesem Buch wiedergegeben waren. Darin lässt Shaw die Mörder von Caesar, also Brutus und Cassius, als irische Rocker wiedergeboren sein, die nun ihr Karma von der damaligen Bluttat auszugleichen haben, indem sie selbst den Tod finden. Und wer die Dramen von Bernard Shaw kennt, der weiß, dass er einen ganz nur ihm eigenen, oft bissigen Humor besitzt, den ich auch in jenem jenseitigen Stück wiederfand. Noch war mir damals nicht bewusst, dass ich selber späterhin eine ganze Reihe von Reinkarnationsdramen und Reinkarnationskomödien schreiben würde.

In diesen beiden Büchern von Rosemary Brown fand ich auch wundervolle Gedanken. So sagte der jenseitige *Chopin* zu Rosemary: *„Die Materie ist eine Jalousie, die uns daran hindert, das Licht zu sehen. Erst im nachtodlichen Zustand werden wir erkennen, wie blind viele von uns gewesen waren."* Und Liszt schrieb: *„Der Lebensfaden endet nicht mit dem Tod. Er wird einfach auf eine andere Spule übertragen. … Der eigentliche Sinn einer Erdinkarnation ist zu lernen, dass man sich mit seinem wahren, unsterblichen Selbst identifiziert und sich spirituell ausrichtet. … Ich hoffe einmal perfekt zu werden durch anhaltendes Bemühen." … Die Wahrheit kennt keine Grenzen. Nur die Menschen setzen ihnen solche."*

Und nun liebe Leserin und lieber Leser, gestatten Sie mir, dass ich, was Rosemary Brown angeht, ein wenig vorausgreife.

Später erwarb ich auch ihr drittes Buch, in welchem *John Lennon*, der erst kürzlich ermordet wurde, ihr neue Songs mit Text und Musik diktierte. Aber, was mich nun noch mehr verblüffte, war, wie sie schrieb, dass *Liszt*, der inzwischen ihr Mentor und Geistführer und als solcher gleichzeitig der jenseitige Vermittler für verstorbene Genies zu jener irdischen Empfangsstation Rosemary Brown geworden war, sie eines Tages fragte, ob sie gewillt sei, einige Maler durchkommen zu lassen, die ebenfalls durch Beispiele ihrer Malkunst den Irdischen beweisen wollten, dass sie weiter existierten und auch weiterhin schöpferisch tätig seien, antwortete sie, das sie ja überhaupt nicht malen könne. Doch Liszt meinte, dass sie ihnen nur ihren Arm überlassen solle, dann würden sie alles andere selbst in die Wege leiten. Sie möge bei einem gewissen Fernsehsender anrufen und dort sagen, dass sie bereit sei, sich bei der nächsten Direktübertragung als Fernsehgast zur Verfügung zu stellen, da ein verstorbener Maler ein Gemälde durch ihre Hand anfertigen wolle. Alles, was als Vorbereitung dazu nötig wäre, sei eine Staffelei, Ölfarben und Pinsel. Und natürlich lud man sie ein, denn sie war inzwischen zu einer landesweiten Berühmtheit geworden, weshalb man sich versprach, dass die Einschaltquoten sich verdoppeln könnten. Als Rosmarie nun in dem mit vielen Zuschauern gefüllten Saal die Bühne, auf der schon die Staffelei aufgestellt war, betrat, wurde sie von der Moderatorin gefragt, welcher Maler nun durch ihre Hand auf dieser Leinwand ein Bild malen würde. Und sie entgegnete, dass sie es nicht wisse, aber nun in sich gehen möchte, um die Verbindung zu einem der jenseitigen Künstler herzustellen. Dann sagte sie: „*Van Gogh ist hier.*" Und dieser ergriff nun ihren Arm. Und innerhalb von 20 Minuten entstand ein größeres Gemälde, wie es typischer von Van Gogh gar nicht hätte gemalt sein können. Natürlich war die Sensation groß. Und die als Gutachter auf den vorderen Reihen hinzugezogenen Kritiker konnten auch mit ihrem Erstaunen nicht zurückhalten. Diese Sendung wurde einige Zeit später in Übersetzung sogar vom Bayrischen Fernsehen ausgestrahlt. Verständlicherweise müsste man jetzt, was die Beweiskräftigkeit eines Überlebens des Menschen nach dem Tod angeht, einen nachhaltigen Bewusstseinsschub bei der gesamten Bevölkerung oder zumindest bei den Zuschauern dieser Sendung annehmen. Aber was der Mensch sich nicht vorzustellen vermag, wird wieder beiseite geschoben. Mit dieser Demonstration bezweckten die Jenseitigen, den Menschen mitzuteilen, dass es keinen Tod gibt. War ihr Bemühen umsonst gewesen? Doch für mich waren ihre Anstrengungen nicht umsonst gewesen. Für mich war es bereits zur Tatsache geworden, dass wir nach dem Tod weiterhin existieren, weiterhin handeln und lieben dürfen. Der Tod, wie meine spätere Lehrerin Elisabeth Kübler-Ross sich ausdrückte, ist nur ein Hinübergehen in eine schönere Welt.

Aber ich habe die Geschichte der Rosemary Brown noch nicht zu Ende erzählt.

Denn diese mediale Frau wurde nun von vielen Menschen aufgesucht, die Kontakt durch sie mit den Jenseitigen herstellen wollten. Selbst Dirigenten kamen zu ihr, um durch ihre Vermittlung von dem ein oder anderen jenseitigem Musikgenie erklärt zu bekommen, welche Geschwindigkeit oder Hervorhebung an welcher Stelle eigentlich die richtige sei. Rosemary zog sich an einen geheim gehaltenen Ort zurück, um dem Rummel, den man um sie nun machte, samt den vielen Anfeindungen, die sie des Betruges bezichtigten, zu entgehen. Selbst mein späterer Freund *Tom Johanson*, der Leiter der Spiritistischen Gesellschaft Großbritanniens (SAGB), der für sie die Erstverbindung zum Rundfunk herstellte, wusste nicht, wo sie sich aufhielt. Doch nach einigen Jahren wurde sie von *Liszt* dazu aufgefordert, sich wieder einmal im Fernsehen zu zeigen. Sie rief also bei einer Fernsehredaktion an und fragte, ob sie damit einverstanden wäre, wenn sie wieder einmal bei einer ihrer Sendungen auftreten würde. Natürlich war man froh, versprach doch ihr Auftritt wieder eine erhöhte Zuschauerquote. Auf dem Weg zu dieser Live-Sendung überkam sie noch vor dem Veranstaltungsgebäude auf einmal ein ungutes Gefühl. Und sie gab dem sie unsichtbar begleitendem „Franz", der inzwischen ihr Klavierspiel bedeutend verbessert hatte und gelegentlich auch ihre Hände übernahm, zu verstehen, dass sie keinerlei Befürchtungen zu haben brauche, werde doch dieser Fernsehauftritt der wichtigste von allen ihrer bisherigen sein. Die diese Sendung moderierende Frau war sich dessen sicher, dass Rosemary Brown eine sehr begabte Musikerin sei und nun sich als Medium aufspiele, um sich wichtig zu tun, während sie doch selbst diese Musik komponiert habe und nun in betrügerische Absicht jene niedergeschriebenen Noten als die der angeblich im Jenseits weiterhin musizierenden Komponisten ausgebe. Deshalb hatte sie vorsorglich einen begabten Musiker engagiert, der, nachdem Rosemary ihre Darbietung beendet haben würde, hervorgeholt werden sollte, um ebenfalls etwas in jenem Stil des angeblich gerade durch das Medium sich verkündeten Jenseitigen vorzutragen. Somit könne bewiesen werden, dass die von Rosemary vorgetragene Musik sicherlich nicht von einem Verstorbenen stammen könne. Diese negative Haltung jener Moderatorin hatte Rosemary gespürt, bevor sie das Gebäude betrat, in welchem nun über zweihundert Zuschauer saßen, während sicherlich schon einige Millionen zu Hause auf das angekündigte sensationelle Ereignis warteten.

Zuerst unterhielt die Moderatorin sich mit ihr. Es wurde ein Zeitschriftenartikel über sie aufgeschlagen und gemeinsam darüber gesprochen. Dieser fand dann seinen Platz auf der schwarzen Oberfläche des Grand Pianos. Und Rosemary, nun aufgefordert, etwas von Liszt zu spielen, setzte sich an den Flügel und ließ sich von ihrem jenseitigen Musiklehrer beim Spiel inspirieren oder gar die Hände führen. Nach diesem Vortrag, der eifrig beklatscht wurde, wollte gerade die Moderatorin jenen Musiker zum Vorspielen hinter dem Vorhang hervorzitieren, als sich nun etwas ganz Unfassbares ereignete, das allen Zuschauer wohl den Atem stocken ließ. Wie von Geisterhand erhob sich jene auf dem Flügel aufgeschlagene Musikzeitschrift und schwebte in Brusthöhe auf die Mitte der Bühne. Die Kameraleute wussten nicht, wohin sie nun ihre Apparate lenken sollten. Die Hände der Moderatorin begannen zu zittern. Sie schaute Rosemary entsetzt an, um eine Erklärung für diesen Spuk zu erhalten. Und diese erklärte in aller Seelenruhe, dass Franz Liszt sich gerade diesen Artikel ansehe. Daraufhin schwebte die aufgeschlagene Zeitschrift zurück und ließ sich auf dem Flügel nieder. Natürlich, wie Liszt vorausgesagt hatte, wurde dieser Auftritt zu ihrem größten Erfolg. Und trotzdem heißt es immer wieder, es gäbe keine Beweise für ein Leben nach dem Tod. (Anmerkung: Wer über überzeugende Beweise über Leben nach dem

Tod lesen möchte, dem empfehle ich das von mir bald nach meiner Rückkehr im Silberschnur Verlag herausgegebene Buch *Über den Tod und das Leben danach* von *Elisabeth Kübler-Ross*, der berühmtesten Ärztin ihrer Zeit.)

In der Buchhandlung versorgte ich mich mit weiterer Literatur, die ich unterwegs zu lesen gedachte, musste ich doch auch mit Regentagen rechnen, die mich zwangen, unter irgendeinem Dach Zuflucht zu suchen oder in irgendeinem Zimmer oder in einer Hütte auszuharren. Somit konnte ich mich immer beschäftigen, waren doch meine Gedanken meist sehr rege, sodass sich meine Notizbücher weiterhin mit Ideen zu meinen beiden geplanten Büchern füllten. In jener Buchhandlung in Nairobi kaufte ich mir auch *Tolstois* dicken Roman „*Anna Karenina*" auf Englisch. Damals wusste ich noch nicht, welche Bedeutung dieser Autor für mich haben würde, las ich doch während der über sieben Jahre sich hinstreckenden allwinterlichen Niederschrift meines *Molar-Romans* parallel in seinem Roman „*Krieg und Frieden*". Hatte ich es doch wie er übernommen, die jeweils politisch bedrückendste Zeit unseres jeweiligen Landes anhand einer bewegenden Liebesgeschichte zu schildern. Tolstoi beschrieb den Krieg gegen Napoleon samt der Einnahme der Hauptstadt Moskau. Aber er stellte auch das Leiden der Bevölkerung wie auch der Soldaten dar. Meine Aufgabe sollte nun darin bestehen, ebenfalls die heftige Liebesgeschichte meines Romanhelden Molar zu seiner Maria zu schildern und gleichfalls die Kriegswirren mit all ihren Schrecknissen und dem Leiden der Bevölkerung und der Soldaten zu beschreiben. Doch Tolstoi hatte das einfachere Los gezogen, denn er musste nicht über entsprechend ungeheuerliche Grausamkeiten schreiben, die ich mit der Schilderung des Holocausts mir vorgenommen hatte. Das Leiden dieser auf grausamste Weise Umgekommenen durfte niemals vergessen werden. Ich wollte, nein musste ihnen ein literarisches Denkmal setzen. Das hatte ich mir fest vorgenommen.

Und meine Weiterreise sollte immer spannender werden und Aussichtspunkte erreichen, die höher lagen als die höchsten Berggipfel dieser Erde. Denn bisher hatte ich in der horizontalen Weite gesucht. Mit Afrika ging es in die Vertikale geographisch nach unten. Mir war klar, dass ich noch ein Leben lang um die Welt reisen konnte, ohne das

Eigentliche, das Warum meines Hierseins auf Erden und damit den Sinn des Lebens überhaupt zu finden, wonach ich so lange gesucht hatte, nämlich nach innen zu gehen und mich mit höheren und für uns unsichtbaren Ebenen des Daseins in vertikaler Richtung nach oben zu verbinden.

Der Fortsetzungsband heißt „Reise ins spirituelle Afrika"

IV. Teil der Weltreise

Der Autor

Trutz Hardo schreibt seine Bücher in den Wintermonaten im Fernen Osten. Er trampte fünfeinhalb Jahre um die ganze Welt und anschließend zweieinhalb Jahre durch ganz Afrika. Bisher hat er ca. 140 Länder besucht und 24 Jobs ausgeführt – u. a. Taxifahrer in Berlin, Matrose, Kellner, Rausschmeißer in einem Nachtlokal in Sydney, Reiseleiter in den USA, Tür zu Tür als Enzyklopädien-Verkäufer in Australien, Neuseeland und Südafrika, Tellerwäscher in Kopenhagen, Fabrikarbeiter in Kalifornien u. a.. Er studierte Germanistik und Geschichte und arbeitete an einem Berliner Gymnasium als Lehrer. Er ist Autor vieler esoterischer Bücher (siehe Amazon.de) und als Weltneuheit Schriftsteller des ersten Romans in sieben Farben, der zugleich der umfangreichste Roman der deutschen Literatur ist. Der Gesamttitel dieser Tetralogie heißt MOLAR und beschreibt anhand der Familiengeschichte seines Vaters und Dichters mit seinem Pseudonym 'Molar' zugleich die Geschichte des deutschen Volkes in den Jahren 1933 bis 1949.

Trutz Hardo als Reinkarnationstherapeut

Seine eingehende Beschäftigung mit Reinkarnation und Rückführungen in frühere Leben führten ihn zur Reinkarnationstherapie, da die damit sich befassende Forschung herausgefunden hat, dass die Ursache zahlreicher Probleme wie z. B. Phobien, chronische Beschwerden, Allergien und Beziehungsschwierigkeiten in früheren Leben liegen kann.

Wenn somit die jeweils eigentliche Ursache gefunden wird, kann eine Reprogrammierung erfolgen, womit das Problem in seiner heutigen Auswirkung, z. B.in Form von Asthma, Heuschnupfen Klaustrophobie, Impotenz, Partnerproblemen usw. oftmals behoben ist.

Trutz Hardo, der seine Ausbildung bei dem bekanntesten Reinkarnationstherapeuten und -lehrer Amerikas, Richard Sutphen, erhielt, konnte schon vielen Menschen in Privatsitzungen zur Erfahrung einer Besserung oder gar völligen Beseitigung ihrer Probleme verhelfen. Seit 1989 führt er auch Ausbildungsseminare für Rückführungstherapeuten und Reinkarnationsleiter durch, sodass es heute schon einige Ärzte, Therapeuten und Heilpraktiker gibt, die in dieser aus Amerika stammenden Therapie von ihm ausgebildet sind.

Im November 1992 demonstrierte Trutz Hardo in SAT1 „Einspruch" eine Zeitversetzung in die Zukunft, und zwar in das Jahr 3030. Im April 1994 war er in Schreinemakers Live mit einer Gruppenrückführung zu Gast. Er führte auch Frau Schreinemakers in zwei ihrer früheren Leben zurück. In der Sendereihe Mysteries trat er am 14. August 1997 bei RTL auf, wo er den Moderator Jörg Draeger in ein früheres Leben zurückführte.

Trutz Hardo hat eine ganze Anzahl von Vorträgen über esoterische Themen gehalten, sei es über Goethe als Esoteriker, über seine eigenen Erlebnisse bei philippinischen und brasilianischen Wunderchirurgen, über den Nutzen von Rückführungen in frühere Leben, über das Einwirken der Jenseitigen auf das diesseitige Leben, über Kommunikationsmöglichkeiten mit dem Jenseits, über die Beschaffenheit des Jenseits, über Beweise für Reinkarnationen, über die Geschichte des Reinkarnationsglaubens u.a.m.

Er ist in der heutigen New-Age-Szene ein bekannter Mann und ein bestens qualifizierter Sprecher für das „Neue Denken", das sich unter einer neuen Generation immer mehr verbreitet. Trutz Hardo lebt heute in Berlin.

**Seminare und Ausbildungen zum
Rückführungstherapeuten mit Trutz Hardo sind unter**

www.trutzhardo.de

einzusehen.

Nachfolgend aufgeführte **Bücher** von Trutz Hardo sind im Buchhandel erschienen oder über www.silberschnur.de zu beziehen

Der Roman in sieben Farben in vier Bänden
(Dieser behandelt die Geschichte des deutschen Volkes zwischen 1933 und 1949. Er ist der umfangreichste Roman der deutschen Literatur. Im Mittelpunkt steht der Dichter Molar und seine Familie.)
1.   MOLAR (auch ‚Molar und seine Kinder')
2.   LILIA
3.   JEDEM DAS SEINE [2]
4.   MARIA (juristisch vorzensiert)

Sachbücher
Das große Handbuch der Reinkarnation
Das große Handbuch der Sexualität
Wiedergeburt – Die Beweise
Entdecke deine früheren Leben
Reinkarnation aktuell
Supersurfing (in Ko-Autorenschaft mit Johannes von Buttlar[3])

Durch den Vertrieb T. Hockemeyer, mail@trutzhardo.de sind folgende Dramen und Bücher von Trutz Hardo zu beziehen, die noch nicht im Buchhandel zu erhalten sind:

Valerian, ein Kaiserdrama (12 EUR)
Wiedergeboren, eine Reinkarnationskomödie (10 EUR)
Gift und Liebe, ein Reinkarnationsdrama (10 EUR)
Liebe auf den ersten Blick, eine Reinkarnationskomödie (10 EUR)
Wenn ich doch nur wüsste, warum; ein Familiendrama (10 EUR)
T & F – Ein Roman über die Dichtung und die Liebe (15 EUR)

---

[2] Dieses Buch ist in Deutschland wegen des Bezuges zum Karmagesetz auf den Holocaust verboten.
[3] Johannes Freiherr Treusch von Buttlar-Brandenfels, in Kurzform Johannes von Buttlar, ist Sachbuchautor, der über 30 Bücher zu Themen wie Esoterik oder UFOs sowie Anti-Aging, aber auch vereinzelt zum Thema Astrophysik, verfasste. Quelle: Wikipedia

Per Anhalter um die Welt – Weltreise Teil I
Europa – Asien – Australien – Südsee – Neuseeland
erschienen bei tredition Verlag Hamburg
ISBN: 978-3-7345-1223-0 (Paperback)
        978-3-7345-1224-7 (Hardcover)
        978-3-7345-1225-4 (e-Book)

Per Anhalter um die Welt – Weltreise Teil II
Osterinsel – Süd-, Mittel- und Nordamerika – Karibik
Ostküste von Südamerika - Westafrika
erschienen bei tredition Verlag Hamburg
ISBN: 978-3-7345-1226-1 (Paperback)
        978-3-7345-1227-8 (Hardcover)
        978-3-7345-1228-5 (eBook)

Reise ins spirituelle Afrika – Weltreise Teil IV
Von Zentralafrika bis Südafrika
erschienen bei tredition Verlag Hamburg
ISBN: 978-3-7345-1232-2 (Paperback
        978-3-7345-1233-9 (Hardcover)
        978-3-7345-1234-6 (e-Book)

Der blinde Dichter; ein Reinkarnationsroman
Erschienen bei tredition Verlag Hamburg
ISBN: 978-3-7345-1252-0 (Paperback)
        978-3-7345-1253-7 (Hardcover)
        978-3-7345-1254-4 (e-Book)

Mörder im Taxi – Erlebnisse eines Taxifahrers
erschienen bei tredition Verlag Hamburg
ISBN: 978-3-7345-1255-1 (Paperback)
        978-3-7345-1256-8 (Hardcover)
        978-3-7345-1257-5 (e-Book)

Der Rabbi von Majdanek oder Bitte um Vergebung
Ein Lese-Drama in 34 Szenen
erschienen bei tredition Verlag Hamburg
ISBN: 978-3-7345-1258-2 (Paperback)
       978-3-7345-1259-9 (Hardcover)
       978-3-7345-1260-5 (e-Book)

Das Geheimnis der Sonnenblume – ein magisches Märchen
Mit einem Vorwort von Chris Griscom
Neuauflage erschienen bei tredition Verlag Hamburg
ISBN: 978-3-7345-1262-9 (Paperback)
       978-3-7345-1263-6 (Hardcover)
       978-3-7345-1264-3 (e-Book)

––––––

Zeitfracht Medien GmbH
Ferdinand-Jühlke-Straße 7
99095 Erfurt, Deutschland
produktsicherheit@kolibri360.de